U0904948

国刃

第1组

掌天灯★著

时事出版社

目　录

第一章　身陷重围 / 1

啪！

一声尖锐的枪声打破了宁静的西部边陲原始森林。

天高云淡，清风吹拂，茂密的原始森林卷起一片绿色的海浪。风吹过山岗，来到一处悬崖断壁前，轻轻的拍打声引出一老一少两颗头来，他们警惕地四处打探着。

第二章　神秘少年 / 7

前面充当“尖刀”的风子潜伏了一阵后，弯曲右手肘，前臂指向上方，手指紧闭，从身后向前方摆动，做出推进的手势。后面二人见状，手掌举到面颊高度做握拳状，掌心向着风子，做出明白的手势，紧跟上来。

第三章　命悬瘴气谷 / 12

呼——！

第二声枪响接踵而至，清脆的声音瞬间传遍整个峡谷。

三人相互对视了一下，决定留下斌子看护队长，风子和刚子二人朝声音的方向摸去。让陌生人为自己挡子弹，这事国刃的兵可干不出来。

第四章　龙丹再现／17

阴寒的地方易出毒物，且非同一般。眼前这个峡谷，上有瘴气，终日难见太阳，正是喜阴毒物出没的场所。赵无极也没有想到，这里居然潜藏着这么大的一条巨蟒，现在看来正好给大家果腹之用。

第五章　孤身制敌／22

在丛林战中讲究的一个战略就是偷袭，越让敌人不可预见就越预示着将取得成功。

这些军事理论赵无极本不懂，但凭借着之前和狼的几次血战，对偷袭二字也有着自己的理解。其中成功伏击过狼王这件事，是他最骄傲的。

第六章　成功潜逃／27

夜袭也好，脱离包围圈也罢，最重要的是行踪不能被发现，这里速度和声音很关键。没有速度，一切都免谈；发出声响，就会变成遭遇战或是强攻，代价会很大，是不明智的选择。

第七章　穿越生死线／32

任谁也没有想到，势力强大的贩毒集团——瓦乌集团这次的态度这么强硬，雇佣了如此众多的武装力量，看来不把张鹏一伙人消灭殆尽誓不罢休。刚子不禁骂咧起来，“奶奶的，真看得起老子，这么大阵仗！”

第八章 攻破群狼阵 / 37

赵无极回头一看，原来的阵地就好像在放一场烟火，滚滚浓烟里面夹杂着无数的惨叫声。

斌子不动声色地说："哼，能躲过我布置的陷阱的人，估计还没出生呢！这次让他们吃个够！"

第九章 死里逃生 / 42

清晨的阳光洒满大地，空气格外清新。连绵的原始森林，在清风的吹拂下，掀起了一片绿色的波涛。

亘古延绵的山腰上，几个人正焦急地奔走着，正是张鹏一行。与天气不相映衬的是大家阴沉的脸色——赵无极似乎没有好转的迹象。

第十章 清除目标 / 46

根据之前得到的地图显示，这里离瓦乌集团的秘密制毒工厂所在地——紫檀山已经不远了，眼前的公路便是毒贩们每日运毒的必经之路。如果判断准确，现在敌人还没有押送目标到达工厂，那在这里进行伏击便是最佳的选择。

第十一章 游击战 / 51

这种战术拼的是单兵作战能力和意志力。以少打多，敌人也不是固定靶子，除了出色的技能、过硬的体能外，意志力更重要，谁先被拖垮谁就输，输的结果就是赔上自己的性命。

第十二章　初试牛刀 / 56

斌子找了个有利地势，拿起枪静静地瞄准前方，打出了一声长啸。正靠过来的张鹏等人听到枪声后，身形一滞，双臂往两边一分，迅速地变换方向，从侧面绕道而行。多年的训练和配合，让大家心照不宣地明白了队友的暗示——前方有陷阱。

第十三章　险象环生 / 61

十几分钟后，战场渐渐安静了下来，笼罩在空中的硝烟徘徊着，而后随着微风缓缓飘向远方。展露在眼前的是满地七零八落的武器，以及和鲜血、断肢碎肉搅拌在一起的深红色泥土。

第十四章　剑走偏锋 / 65

张鹏选择往南，也是迫不得已，现在收不到情报，根本不知道哪个方向才是敌人的伏击点。头上直升机一直没有散去，谁敢保证下一秒他们不会被发现？往北路线太长，真要碰上敌人的队伍，想脱身都难。

第十五章　突发意外 / 70

赵无极一行五人遇到了几队一字排开的阻击部队，每队几十号人马，彼此间隔五六百米左右。这有点烽火台的味道，只要一队遇上敌人，其他各队都能第一时间火力相助。

第十六章　正面搏杀 / 75

没有近距离经历过战争，永远不会知道什么叫做惨烈和残酷；没有近距离的格斗，永远不会体现一名战士真正的作战素质！

一直以来，赵无极跟着大家不是打阻击就是打偷袭，而且往往打完就跑，实力相差的悬殊让他们不敢多加停留。

第十七章　传授技能 / 79

狼是非常记仇的动物，一次进攻失败后，肯定会有第二次、第三次……直到猎物得手为止。而且只要这个区域还有同伴，就会都赶过来，因此数量会越来越多……

第十八章　胜利归师 / 85

炎热夏季中的西部边陲丛林地区难挡闷热和潮湿，在没有一丝风的空气里让人喘不上气来。经常性的一场场暴雨反而使地面更加灼热。混杂着泥土、腐叶和野兽尸体臭味的气息散发到空气中，几乎让人窒息。

第十九章　接受挑战 / 90

一个小时后，武装直升机带着张鹏五人降落到一个军营前。大家下了飞机后，第一次坐飞机的赵无极还意犹未尽。

一排排整齐的兵舍，一队队训练有素的士兵……一切都是那么地朝气蓬勃又井然有序。

第二十章　独门必杀技 / 97

赵无极是谁？一个长期和狡诈、凶悍野兽打交道的人，一个汲取各家之长、领悟力极高的武学奇才，如何看不出汪强使出的招数？

第二十一章　心系军营 / 102

过了一会，唐智出了口气说：“你们是好样的，不愧是我们国刃一流的战士！你刚才提供的一些情报，回去后写成材料交给小李。现在说说你嘴里的那个赵无极吧，听你刚才的意思是想将他招到国刃的麾下？”

第二十二章　接受任务／106

铃——

清晨，唐智桌上的电话铃急促地响了起来。

“喂？是！首长好！”

“看到我让小李放到你桌子上的密件了吗？”

第二十三章　潜入学堂／111

枫华路67号。

一辆越野车驶入了藏匿在半山腰的万和小区。小区外部的装饰风格是上世纪九十年代的，因此显得有些陈旧。

车子在七号楼下熄火，张鹏停好车，和赵无极一起走进了二单元。开动电梯，二人来到五层503房门前。

第二十四章　铲除毒瘤／116

时间像陀螺一样飞快地转着，赵无极每天除了上学听课外，就是抓紧一切机会，暗地里了解校园里各社团组织的情况以及各样传闻，从常人看似正常的表面剥丝抽茧收集一切关于敌人的情报。

第二十五章　忘年交／120

听闻此声，老者忽然全身一抖，发出一阵劈里啪啦的声响，仿佛警觉的毒蛇般，探头打望，犀利的眼神瞬间锁定赵无极藏身的位置，冷冷喝道：“何方高人偷窥老朽练功，还不现身？”

第二十六章　形意拳／126

这天，晴空万里，一个穿着休闲装的小伙子，走进了这片四合院的巷子口。他貌不出众，留着寸长短发，挎着书包，边走边观赏着身边的风景，发出啧啧称赞的声音。

第二十七章　英雄救美 / 130

意外得到武学真传的赵无极一心醉在习武上，空余时间便抓紧学习英文，浑然不觉时间的流逝。转眼到了学期末，这天是学校运动会的日子，赵无极想起班长韩雪曾通知过他，便朝操场走去。

第二十八章　惊天秘密 / 135

那个项飞，连学校保卫科的人都忌惮他几分，看来他骄横跋扈不是一天两天了。可为什么他能如此狂妄？难道仅仅是因为有个靠山老爸？事情真的就这么简单？

第二十九章　暗生情愫 / 140

久等赵无极不来的林语又是发短信又是打电话，就是联系不上，心里一下子慌了，感觉自己好不容易找到的支柱一下子轰然倒塌，什么希望、什么未来，一下子又全没了。这时她才发现，这个质朴的赵无极已经在不知不觉中走进了她的内心。

第三十章　其乐融融 / 145

林树堂虽然栽了个大跟头，但在生意场上打拼多年，也算是老江湖了，阅人无数。他心里面很清楚，只有一种人能够拥有这样的眼神，那就是有大本事、大智慧的人，这让林树堂非常满意。而更让林树堂满意的是赵无极对自己女儿所做的一切。

第三十一章　超级杀手 / 150

在酒吧门口，大家不期而遇，尤其是赵无极与张鹏四人，高兴地拥抱在一起，仿佛回到了过去的时光。刚要走进去，赵无极猛然感觉到一丝不安，停了一下。霍然，眼前一道人影闪动，再一定神，一个金发高鼻的老外站在了十米开外的地方。

第三十二章　波托集团／155

唐智接过赵无极手上的东西看了一眼后，叫来小李，叮嘱马上派特勤队送到科学院去。

随后，唐智对赵无极说道：“没想到你连‘超级杀手’都能打败，真是了不得啊！给我说说当时的情况。”

第三十三章　科考队／162

赵无极站起来，走到幻灯布前，用激光笔指着播放出来的地图说：“大家往这里看，原计划我们是从S国边境处着陆，因为这里是库里河的上游，再进入库里三角洲，完成任务后从N国巴斯岛搭乘直升机回国，先难后易。现在我们的路线要调整一下，反过来走。”

第三十四章　挺进丛林／168

一不做二不休，林语找来刀片，沿着粘贴处，小心地启开了信封。一张到达N国巴斯岛的机票呈现在眼前，名字不是赵无极的，上面写着“赵峰”。赵峰？这又是谁？今天一早，赵无极就出去了，说是去买些东西，明天回一趟老家，看看爷爷，可又不准林语去，说是先回去跟爷爷打声招呼再带她回去。天底下有这么巧的事？

第三十五章　蜘蛛来袭／177

水齐腰深了，在阳光照耀下，河底的沙粒粒可数，水葫芦偶尔随波漂过，水草在水下如同少女的秀发，任由河水母亲轻轻梳理着；太阳鱼和神仙鱼成群结队，随波摇曳，仿佛水中仙子一般美丽。

第三十六章　暗藏杀机／182

凌晨，一声凄厉的动物嘶鸣，应该是动物间的捕食或撕杀时的垂死声，把林语惊醒了。她有些颤抖地打着手电筒走出了帐篷。赵无极感觉到她的惊慌失措，便将她拥在怀里说："没事的，不用害怕，森林里就是这样，习惯就好了。但你应该抽空加紧练功，这样我才放心。"

第三十七章　水中搏巨蟒／187

这段水域明显开阔不少，一路上涓流潺潺，鸟翔蓝天，风景如画，加上田野这位专家的讲解，大家总算感觉放松了一些，享受这旅游观光般的轻松惬意。

第三十八章　蛇形拳／192

巨蟒不受控制地在空中扭动着，仿佛被抛飞的麻绳一般，快速向下砸去。赵无极紧紧抱住它，在落地的瞬间，身体腾空起来，然后又骑了上去，一阵雨点般的拳头落在巨蟒身上。不消一会功夫，蟒蛇已被打得晕头转向，气息渐弱。

第三十九章　轻装上阵／196

库里三角洲的夜幕悄悄地拉下。相伴降临的是树叶在风中的沙沙声、各种猛兽的低鸣声和昆虫的鸣叫声，偶尔还有猛兽们争抢地盘、猎食时撕咬、挣扎的拼命搏击声传来。一丝风吹过，夹着阵阵腐败的气味拂过身体，令人产生莫名的恐慌。

第四十章　百年食人花 / 201

在这久未下过雨的日子里，空气中散发出的树叶腐烂臭气，夹杂着尸体的腥臭味，环绕在赵无极一行人的身旁，实在难闻。这两天的气压更加低沉，压得人呼吸都不顺畅起来，好在刺目的阳光被高达十几米的巨树遮挡，否则非被烤死不可。

第四十一章　拳打美洲豹 / 205

忽然，赵无极眼睛猛然睁开，一道精光闪动，没入夜色丛林中。他挺身而起，走向营帐外围。正在站岗的成钢在树上好奇地小声喊道："老板，怎么啦?"

"有猛兽靠近。"赵无极低声应道，全身功力运转起来，凝神戒备。

第四十二章　杀人蜂 / 210

赵无极上窜下跳，丝毫不逊色于那些猿猴。现在走着的这片丛林里有很多诸如藤蔓的垂吊植物。看准方向，从一根藤荡至另一根，速度要快，这样才能掌握好节奏。当藤蔓植物减少或无法抓到时，他就直接走"高空通道"——从一颗树上直接跳跃出去，抓住最近一颗树的枝丫，以此类推。

第四十三章　汹涌赤潮 / 215

出现危机了！赵无极惊骇地看着天空，云层中时不时有一丝光亮，呈紫色、红色又或是蓝色，将一小片乌云映得绚丽多彩，没有闪电袭来，好似云母腹中孕育着新的生命，正到了分娩的关键时期，那股蠢蠢的冲动，就要破开天地，喷薄而出！

第四十四章　蛇洞避险／220

听完这番话，众人的脸色一下变得苍白，甚至是一片绝望。在大自然的威力下，一切力量都显得那么的渺小。

赵无极一下子冷静了下来。面对危险，只有无比的冷静才能生存下去，这是原始丛林教给赵无极的生存准则。

第四十五章　史前动物／224

渗水问题顺利解决了，加上从暗河内不时冒出来的冷空气，使蛇洞里的空气有了些许对流，大家的处境变得相对安全起来。杨露从包里掏出一些巧克力，大家分着吃了，感觉身体暖和了许多。

第四十六章　洞中修炼／229

暗河有七八米宽、五六米深，虽清澈可视，但却冰冷刺骨，流速很快。赵无极将功力运至极限，热量升腾上来才感觉好受一些，接着手脚并用，飞快地朝前游去，仿佛迅猛的鲨鱼般，瞬间已在十米开外。

第四十七章　智斗鳄鱼母／235

渡河的食人蚁虽然速度较慢，但在付出了损失外围大片兵蚁的代价下，总算安全抵达了对岸。着陆后的蚁群又显现出了霸道本色，所过之处可谓是寸草不生，甚至连地皮都恨不得啃掉一层。

第四十八章　遭遇火拼 / 239

杨露和蔡琼停下来，拿出自己绘制的路线图，比照着商量了一下，然后走到赵无极面前说：“老板，我们觉得前面这段路可能会不好走，山坡和碎石比较多。不如我们从这里过去，在对岸继续走。动物们也都喜欢树木茂密、平坦的地方。”

第四十九章　误入敌控区 / 242

在原始丛林中，有时候遇到人比遇到动物更危险，特别是装备了枪、炮等现代武器的人。前方正在等待他们的就不是善类。赵无极认真听着二人的分析，不时地点点头。

第五十章　远古文明 / 246

一口气走了三四个小时，两位老专家总归是年迈了些，体力有了透支的迹象，赵无极命令全队原地休息。

望着眼前这样一支队伍，赵无极完全体会到了当时张鹏的心情：既要制定作战计划，带领大家突围，还要完成上级交给的任务，确实不易。

第五十一章　食人部落 / 250

“天呐，是七根石柱！老田你过来看一下！”王一夫忽然想到了什么似的冲着田野招了招手，“七根石柱应该是象征着当时的七个部落。难道那些石柱上的图像，记录的是这些部族的发展历程?”

第五十二章　祭杀仪式 / 254

眨眼功夫，全副武装的军人丢下几具尸体和三四名伤兵后，就全速撤退了。上百名脸上画着图腾、头戴羽毛装饰的土著人，成群结队地从树林中冒了出来。他们把受伤的捆在木棒上，抬起尸体，兴奋地叫嚷着，高举武器欢呼着，簇拥着消失在丛林中。

第五十三章　元气大伤 / 259

连夜奔走，加上食物太单一，田老的身体有些顶不住了。

“林语，你照顾好田老，谁有压缩饼干先给他吃一点。我去找找有没有草药。钢子、老袁注意警戒!”说完，赵无极插好匕首，跑开了。

第五十四章　意外收获 / 264

修炼必须停止了，赵无极收功起身，让成钢把袁国平叫来。

二人快步跑来，袁国平看了一眼地上死掉的森蚺，再看看脸色有些惨白的赵无极，关切地问：“老板，你还好吧?”

第五十五章　库尔族朋友 / 269

服从命令就是天职，对特种兵来说更是如此。成钢、袁国平二话不说，赶紧找好伏击地点，眨眼间便进入了战斗状态。

前面一声凄厉而又尖锐的声音响起，仿佛来自远古的猛兽，又如悲壮凄婉的战歌，实在古怪。

第五十六章　捕获目标 / 274

一场酣畅淋漓的战斗毫无悬念地结束了，库尔族战士们欢呼着从树上、草丛中聚集到了地上，大家围着族长雪鹰和赵无极三人振臂欢呼庆贺着。之后人群散去，三三两两准备返寨。

第五十七章　垂死挣扎／280

从地图上可以看出，这里距离伊基地区直线距离不是很远。如果按照原计划赶到那里乘坐快艇，赶一赶时间的话，应该没有问题。目前最棘手的问题是，敌人的具体情况己方根本一无所知啊！赵无极剑眉紧锁。

第五十八章　巧妙脱身／284

大家都有意地加快了步伐，两位老专家也小跑跟上，白奇和蓝韵拿着标本箱紧随其后。杨露和蔡琼两人打起十二分精神默不作声，快速前行。毕竟现在能安全离开这片丛林才是最重要的。

第五十九章　顺利返航／289

波托集团麦德办公室。

“你们这帮饭桶！蠢猪！三天时间不仅损失了一队人马，而且连他们的毛都没摸到！我现在不管你们用什么方法，一定要在逃跑之前截住他们！”麦德面对两名手下气急败坏地大声骂道。

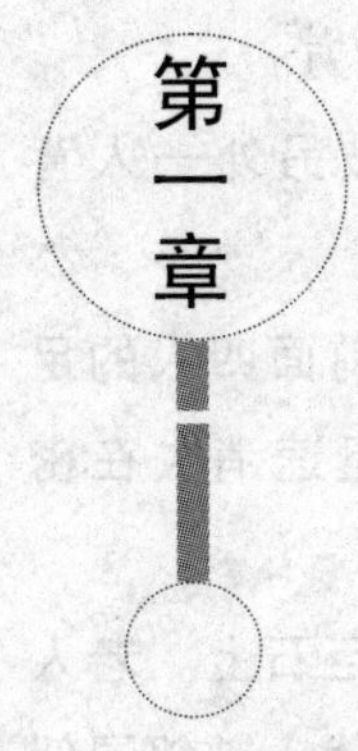

第一章 身陷重围

啪!

一声尖锐的枪声打破了宁静的西部边陲原始森林。

天高云淡，清风吹拂，茂密的原始森林卷起一片绿色的海浪。风吹过山岗，来到一处悬崖断壁前，轻轻的拍打声引出一老一少两颗头来，他们警惕地四处打探着。

老的慈眉善目、仙风道骨，脸上一双饱经沧桑的眼睛深邃而又平静；少的皮肤黝黑、俊朗健壮，一对黑白分明的眼珠透着好奇、狡黠和冷静。

瞬时，原始森林又恢复了平静，仿佛什么都没有发生过。参天大树发出沙沙的声响，被惊起的鸟儿又飞回树丛，几只罕有的短尾猴从悬崖断壁下爬上来重新跳上树梢，吱吱地叫唤着。

一老一少疑惑地交换了一下眼神，慢慢地缩回悬崖后面。老人一袭灰黑色粗麻布衣服，手上拿着一卷有些发黄的线装书籍，随意地坐在一块巨石上；小伙子披着一件狼皮做的坎肩，背着一张大弓，露出来的结实肌肉在阳光下发着淡淡光泽。在他们脚下不远处有一头刚死不久的野羊。

啪!

又是一声枪响，二人一惊，马上做扑伏状慢慢爬到悬崖边上，抬头远望，很快发现不远处的峡谷密林里，几个人正匆匆地朝前跑去，身影显得有些狼狈。

“军人？我国的？”老人疑惑地低声问道。

“嗯，好像正被追杀！”少年兴奋地应着，眼睛紧紧看着远方。

片刻功夫，前面被追的四个人——其中一个身受重伤被另外一人背着——很快穿过悬崖边，向更深的密林处跑去。

不一会儿，十几个同样全副武装的人出现了，他们循着前面四人的足迹追击过去。看他们的穿着应该不是一个国家的。两拨人迅速消失在密林中。

看完这一幕，趴在高耸悬崖上的二人缩了回来，斜靠在巨石上。老人看着兴奋的少年，低声说道：“情况有些危急，好像是我们的战士被邻国部队追杀。”

“是啊，他们走进了饿狼谷，再往前就是瘴气谷，到了那里一个都难活，这种情况以前见多了。爷爷，天不早了，咱们回去吧。”年轻人性格洒脱、好刺激，虽然说的是回家，但眼睛仍不时地瞟向两拨人离开的方向。

老人这次却没有像往常般起身离开，沉思片刻，叹了口气说：“小子，你不是总想着走出大山，去外面看看吗？眼前这就是机会。好男儿志在四方，爷爷不留你了。”

少年听闻一惊，疑惑地望着老人，说道：“爷爷，你不是说等我功夫练好了才能出去吗？再说，我不放心你一个人。我还年轻，不着急，这事以后再说吧！”

老人没有回答，眼睛盯着远方，呢喃道：“自然之道常清，阴阳之道常静，为人之道常经。你从三岁开始跟我学四书五经子集，五岁开始修炼《自然经》功法，至今已经十三年，也算是有成了。去吧，殊不知，分分合合也是自然。出去后，无论干什么，你只要记住自己的根在哪里就可以了。”

“爷爷，我……”少年虽说对外面的世界很向往，两人之前也没少探讨这个问题，但他放心不下眼前这个唯一的亲人，所以每次都不了了之。

“你已经十八了，该有自己的生活了。去吧，再晚那几个人就有麻烦了，记得有空就回来看看我这老头子。”老人说完转过身，自顾飘然离开，边歌边行：“善哉，大道之自然！天地合其德，日月合其明，阴阳合其道，四时合其序，万物合其自然，法到乾坤开，功到自然成。故太上无极自然圣祖，广布自然之道法，普济群生，以明道要……”

小伙子强忍着泪花，看着离去的这个抚养自己长大的老人，十八年的点点滴滴浮现脑海，心中忍不住，跪地深深三拜。

完毕，小伙子起身扭过头，大踏步朝密林方向奔去，脑海中响起了老人经常说的一句话：“小子，我老头子教你这么多，不是让你埋没于山林，有朝一日，你一定要走出大山，去干一番自己的事业，人生可不能枉活一次啊!”

原始森林练就了小伙子坚强、果断的性格，虽然刚刚经历分离，心中的不忍不舍却早已被深深埋在心底。小伙子很清楚爷爷的为人，他一旦决定的事情是决不会更改的。因此，前行，只有义无反顾的前行，才是对爷爷最大的报答和尊重。

遮天蔽日的原始森林，即使在炎热夏季的太阳炙烤下，依然透着一丝阴森的寒意。

一名军人正在前面小心地开路，精干的身躯像狸猫般迅捷，坚忍脸庞上那双有神的眼睛正警惕地打量着四周的动静。他身后是一名体格强壮、背上背着昏迷同伴的军人。最后一位负责断路的军人在小心翼翼地抹掉三人的脚印，同时紧张地戒备着后面的追兵。

带着负伤的同伴，三人一路急速奔走，不敢停歇。

不一会儿，当走到一棵巨大的古树旁时，中间的军人忽然小声喊道：“不好，老大发高烧了!”说着，将背上的同伴放到地上，随手折断一枝带有宽大树叶的枝杈，焦急地扇起风来。扇着扇着，这位铁打的汉子居然眼睛赤红起来。

前面探路的人一听，赶紧折返回来，仔细看了看地上昏迷的队长，然后冷静地说：“现在不行，还没有跳出堵截范围，先背上，快走!”

“高烧不退，伤口又发炎，再这样下去恐怕不行啊!这样，你带着老大和斌哥先走，找个隐蔽的地方躲起来，我去引开他们。”背人的军人果断地说。

这时，断后的人也跟了上来，看到这种情形，马上明白了缘由，说道：

“别吵了，爆破是我的强项，我去最合适!”

“还是我去，我是狙击手，在丛林里你们都不如我!”前面开路的军人说着，抄起枪就要走。

“等等，谁也不是孬种！奶奶的，这么好的事情，谁也别想独吞，老规矩，抽签。”背人的军人说着挡在同伴的前面。

“好，我来做签。”断后的人说着，顺手折断一根细树枝来回折起来。“老规矩，最长的去，短的留下。”很快，他单手握拳垂直捏着三根看上去一样长的树枝，示意面前的俩人先抽。

这时，地上躺着的人忽然发出轻微的声音：“水——给我水——”

三人一听，哪还顾得上抽签，赶忙分头寻找密林中可以解渴的扁担藤。这是一种常年生在密林的植物，因形似扁担而得名，通常缠绕在树干上，藤面呈灰白色，砍断藤子后，里面很快就会流出可供饮用的清澈液体。一人从旁边找到了这种植物，砍下一根，将里面流出的液体尽数滴在队长嘴里。

这样三人来回几次，地上的队长也已经稍微清醒了些。他摆摆手，示意三个人停下来，说：“刚子、风子、斌子，我不行了，你们走吧。”

“不行!”三人异口同声地喊到，丝毫没有反驳的余地。

在前面开路的刚子说：“奶奶的，我们什么时候丢下过自己兄弟？老子丢不起这人！再说的话，兄弟都没得做!”

“不就是一帮‘牛皮癣’吗？我去把他们灭了。”断后的斌子叫嚷着就要离开，被队长一把拽住。

气氛沉闷下来。其实，四人心里很清楚，这帮人可不是简单的“牛皮癣”，要不然他们也不会这般狼狈。

队长松了口气，微笑着说道：“好兄弟，哥哥对不起你们。真没想到国刃第一组有被人追得像丧家犬一般的时候。老子实在丢不起这人，咽不下这口气。不走了，跟他们拼了!”

“好，不跑了！青山处处埋英魂！我去布置一番，死也得再拉几个垫背的。”斌子说着转身去布置陷阱。

简短的几句交流，彼此的心意流露无遗，热血再一次燃烧，战意再一次沸腾。

砰砰！

忽然传来几声枪响。四人警觉地停下来，竖起耳朵四下里瞄了瞄。

斌子说："听枪声应该在三公里左右。"

"无故开枪，不是他们的风格。"刚子自言自语。

"难道……"

四人疑惑地相互对望着，渴望从对方眼里证实自己的猜测。

队长见状吃力地吩咐道："刚子，上树侦察；斌子、风子，你俩各就各位。看来，敌人马上就要到了。国刃利剑，所向无敌；只有战死，没有跪生！准备战斗！"

三个人默契地各自行动开去。

队长独自留下检查自己的枪支，但他很快苦笑起来——枪里面已经没有一颗子弹了，而身上唯一的武器就是那把伴随着自己多年的"国刃"军用匕首。那由高碳钢合金造成的刀身，此刻发着冷冽的寒光，仿佛上古的凶器。

回头看看各自忙活的战友，队长眼里充满了愧疚，但心中依然战欲浓浓——作为军人，战死沙场就是一件无上荣幸的事情！

这时，刚子从大树上哧溜一声跳下来，放下手中的特种望远镜，惊讶地说："老大，发现一个人朝我方奔跑过来，好像是猎户。"

"猎户？"队长惊讶道，"这茫茫大山，怎么会有猎户？不会是对方耍的伎俩吧？"

"应该不是，对方一副猎户打扮，手上拿着一张大弓，没有其他武器。"刚子补充道。

"看来，刚才的枪声跟他有关。你快去告诉风子他们，别伤着对方了，把他带过来。有熟人带路，说不定能走出这该死的原始森林。"队长冷静地回答道。

刚子应允着跑开了。

风子和斌子听了刚子的话，也吃了一惊，但很快又欣喜起来。自从进入这遮天蔽日的原始森林，因为对周围环境不熟悉，根本找不到出口，后面又紧贴着追兵，就算大家都是特种兵中的精英，也吃尽了苦头。现在有个熟悉环境的人跟在身边，说不定情况能好转。

三个人成箭头队形，小心地潜伏蛇行，消无声息，手里都握着随身唯一的武器——“国刃”军用匕首。他们就像三头迅捷的猎豹，随时会对敌人发出致命的一击。

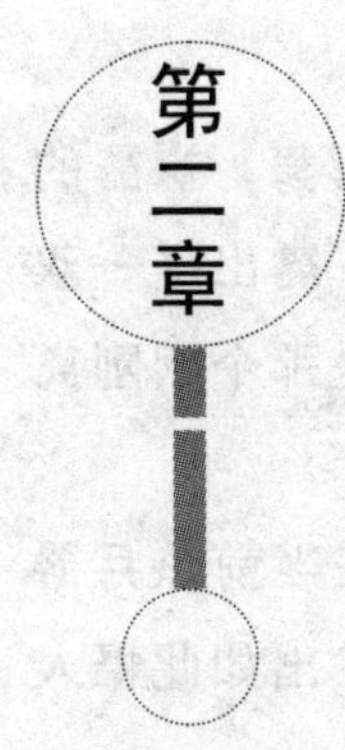

第二章 神秘少年

前面充当“尖刀”的风子潜伏了一阵后，弯曲右手肘，前臂指向上方，手指紧闭，从身后向前方摆动，做出推进的手势。后面二人见状，手掌举到面颊高度做握拳状，掌心向着风子，做出明白的手势，紧跟上来。

往前推进十几米后，风子展开右手臂，食指指向一个方向，接着掌心弯曲，五指并拢，水平放置在前额上，向队友示意已发现目标。刚子和斌子马上呈伏地身形朝前看去。

待风子再次确认目标时，目标却在眼前消失了。风子心头猛一吃紧，立刻发出停止的手势，示意同伴先别轻举妄动。

恍惚间，风子忽然感觉自己眉心一跳，头皮发麻，一种被狙击手盯上的危险感侵袭上来，内心不由大骇，赶紧发出危险信号，示意后面二人原地隐蔽。虽然还不确定这种威胁是不是来自敌方，但生命受到危胁的感觉却很强烈。

电光石火之间，风子做为国刃特战部队为数不多的顶级狙击手，凭借自身超强的反应能力，一个四十五度侧扑，滚进了旁边三米外的乱木丛中。可是奇怪了，危机感并没有消失。

“高手!”风子脑海中闪过这个念头，现在最好的策略就是停止行动，逃无可逃，干脆直接面对。两军对决，有时候暴露自己也是一种战术，置于死地而后生。

这时，从丛林里传出一个声音：“出来吧。”

风子朝后面的队友发出别动的手势，然后慢慢地站了起来。

出现在眼前的是一个阳光般少年，披肩的长发随风恣意起舞，裸露的胸膛和手臂黝黑粗壮，仿似充满了爆炸般的力量，裤子不长，露出了一双光着的宽厚脚掌，双手张弓搭箭，目标直指自己眉心——正是那个刚刚离开爷爷的小伙子。

风子没有想到，那种被狙击的感觉竟来自眼前这张弓。在当前热兵器时代，冷兵器早已消失在战场，小伙子手中的弓箭，怎又会发出如此慑人心魄的威力?

风子毕竟是训练有素的狙击手，时刻保持沉着冷静是他的基本素质。他猛然想到了什么，张口问道：“你听得懂中文吗?”

语言是身份的象征，听到对方略带口音的普通话，再看看对方的服饰、肩章和标识，确定对方身份后，小伙子放下弓箭，咧开嘴，灿烂地笑了。

危险解除，风子松了口气，示意身后战友现身。三人收好武器，围了上来。

风子问道：“小兄弟怎么称呼?”

小伙子没有回答，鼻子轻微地不停抖动着，狠狠吸了一下四周的空气，正当风子三人好奇不已时，却听到小伙子说道：“快走，有危险，离开再说!”说着，率先朝前跑去。

风子三人只见一阵风刮过，小伙子已经跑出去四五米。好快的速度!他们惊讶地交换了一个眼神，拔腿就追。

可无论如何使力，却始终无法赶上对方。这个人可真不般啊！要知道这三人都是特种兵中有数的好手，速度和爆发力皆非比寻常。

更奇的是，小伙子竟然知道队长所在的位置，直奔了过去。等三人赶到时，看到小伙子已经蹲在地上仔细地检查着队长的伤势。他摸摸队长的额头，看看他腿上的伤口，手法熟练而快速。

看到三人赶了上来，小伙子站起来说道：“我叫赵无极。敌人五分钟后赶上。初次见面，你们未必信得过我，但想离开这就得跟我走。”干净利落的几句话，表达得清楚明了。

风子等人略微沉思了一下，抬头默契地用眼神交流了一下，也许是被他说话时的那份从容和自信所感染，也许是无路可走的被逼无奈，他们点点头。刚子蹲下背上又昏迷了的队长，风子和斌子自觉地负责断后。

赵无极在前带路，走了两步，回头看了看后面的风子和斌子，以不容商量的口吻说道："不用断路了，现在必须以最快的速度离开此地！"

风子三人已经在这片原始森林里面逛荡了几天，早被折磨得没了脾气，听了这话，便放开手脚加速地快走起来。

猎户是森林的精灵，而赵无极又自小生长在这片原始森林中，因此选择的路都是最好走的。他知道哪里能走，哪里不能走。没有了淤泥、浮土、陷洞和灌木枯叶等自然陷阱的拖累，大家走得很快。

所有的特种兵都知道，在丛林这种复杂的地形中，要选择在纵向的山梁、山脊、山腰、河流小溪边缘，以及树高林稀、空隙大、草丛低疏的地形上行进，要力求"走梁不走沟，走纵不走横"。

但赵无极却不同。他认准一个方向后，就会毫不犹豫地大步走下去，决不绕弯走斜线。遇到阻挡，他就抽出长长的开山刀，在挥刀上下纷飞后，直接杀出一条路来，根本不顾忌会留下痕迹给追兵。

在这种行进中，三人不时地感叹于赵无极的力气和速度：这个开路先锋可是相当的称职，又快又好，力气仿佛用不完似的。

很快，他们停了下来。出现在眼前的是一个云雾缭绕的峡谷，看不出多大，也看不出多深，更看不出里面藏有什么。大家都疑惑地望着赵无极，不知道下一步要做什么。

赵无极没有多说什么，手中拿着不知何时从哪里弄来的小树枝递给三人道："把叶子吞下去。"说着，自己先飞快地吃了起来。

三人不明所以，但都不是喜欢废话的人，放下队长，也吃起来。

赵无极吃完，捋下一些树叶，将它们揉成一团，挤出汁液来，滴进队长的嘴里。其他三人一看，赶紧过来帮忙。虽然不明白赵无极这么做的目的，但很明显，一定有原因，并且没有歹意。

一切准备妥当，赵无极忽然眉头一皱，说道："真快，已经追上来了，赶紧走！"

三人也侧耳细听，却什么都没有听到。这只能说明一个问题：赵无极感知危险的能力要比大家高出很多。这种能力也许就是他作为猎户的天赋和本能。长期居于原始森林，与野兽为伍，对危险的感知能力自然要超越一般人，不服不行。

背上队长，三人在赵无极的带领下，朝峡谷中飞奔而去。

穿过袅袅的云雾，他们发现这下面居然是瘴气。作为优秀的丛林战特种兵，风子三人当然认识瘴气，只是没有想到瘴气居然在山雾之下，如果不知情况的人贸然前行肯定会中招！

正当三人担忧的时候，却发现没有一丝不舒服，脑海中闪过刚吃过的不知名树叶，全都明白过来，感激地看了一眼前面带路的赵无极。

但愿后面的追兵不熟悉这里的情况，能给我们留有足够的缓冲时间！有希望就有动力，心情好了战斗力也跟着提升上来。三人的脚下顿时轻快了许多，一路猛进，眨眼间就到了谷底。

找了块干净一点的地方，大家停了下来。赵无极看了一眼躺在地上的队长，平静地说道：“你们在这里歇息一会儿，我马上回来。”说着，朝来路走去。

三人相对了一眼，风子追了过去，说道：“小兄弟，大恩不言谢，我们也不是怕死之辈，你是不是要去对付追兵？我跟你一起去！”

赵无极看了对方一眼，坚毅中透着自信，笑了笑说：“这位大哥，借你的刀一用。我去采点药，晚了他就没救了。”

风子一听队长有救，毫不犹豫地拔出了视为生命的武器——“国刃”军用匕首，递给赵无极，说道：“小兄弟，有劳了，快去快回。”

赵无极接过匕首，看了一眼，眼中闪过一道惊喜：“好兵器！李风？”

“嗯，兄弟我叫李风，昏迷那个是我们队长张鹏，最壮的叫吴刚，另外一个叫周斌，你可以叫我们风子、刚子、斌子。”

赵无极说了声“很快回来”，便朝前飞奔而去，眨眼间不见了人影。

风子刚到队长身边，刚子就冲着他和斌子神秘兮兮道：“这个人，你们怎么看？”

“可以信赖！”风子赞许地说道。

“能力很‘变态’，做事很爽快，我喜欢！”斌子点点头。

“原始森林里的猎户，国语却说的很好；自信、冷静、果断、神秘……

但不管怎样，只要能带我们离开这里，就是我兄弟。”刚子双拳紧握坚定地说。

“兄弟”对于军人来说，就是可以以命相托的人，就是可以挡子弹的人，就是一辈子不离不弃的人！

三人一边有一搭没一搭地聊着，一边焦急地看着地上昏迷不醒的队长。

四周低矮的灌木丛林里面散发着阵阵不为人知的危险气息。

砰——！

突然一声枪响，三人警惕地站了起来，竖起了耳朵……

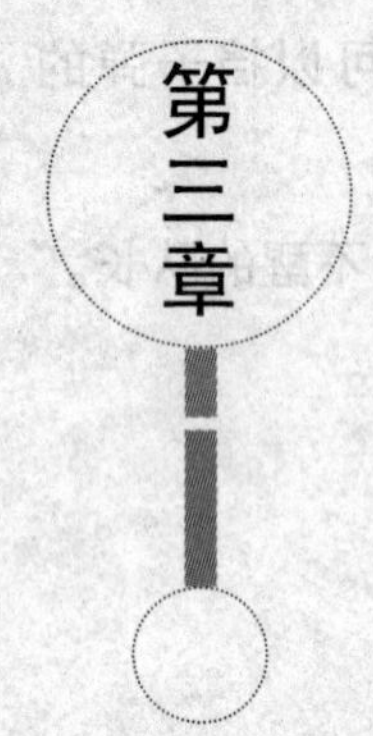

第三章 命悬瘴气谷

呼——!

第二声枪响接踵而至，清脆的声音瞬间传遍整个峡谷。

三人相互对视了一下，决定留下斌子看护队长，风子和刚子二人朝声音的方向摸去。让陌生人为自己挡子弹，这事“国刃”的兵可干不出来。

刚走出不到一百米，又是一声枪响，想到赵无极有可能遭遇危险，二人腾地而起，猎豹般飞奔起来。

远远地他们瞧见一个人正潜伏在草丛中，骤然窜起，犹如出洞巨蟒一般朝悄悄摸过来的一人电闪般扑去——正是赵无极。

二人显然没有想到赵无极的速度有这么快。眨眼间，对方就像一摊烂泥般倒在地上，手上的枪已经到了赵无极手上。

察觉到赶来的风子和刚子，赵无极看都不看地上的尸体，走了过来。

这时，风子才发现他身上还背着两支枪。赵无极将枪全部递给二人，说道：“这玩意我不会用，你们拿着吧。那边还有几个，你们看着办吧，我去救你们队长了。”

风子接过枪，看看不远处躺着的几具尸体，给了刚子一个眼神。刚子默契地跑了过去。风子紧跟在赵无极身后，虽然一肚子问题，但他知道现在还不是问的时候，看看手中拿着的这些枪，有 AK 步兵枪，有突击步枪，都是国外产的好东西。

斌子见二人平安回来，放下心来。再看到风子手上的枪，眼睛顿时一亮。自从几天前把子弹打光后，还没再摸过枪呢，这下可好了！

赵无极从怀里掏出一堆野草，麻利地撵碎，做成膏状。这些草药风子也认识几种，只是一路忙于逃命，根本来不及给队长处理伤口。

赵无极示意风子二人按住张鹏受伤的腿，然后熟练地用匕首割开裤子，小心划开脓包，只见黑色的血汩汩地流了下来，张鹏居然也跟着清醒了些。

赵无极皱皱眉头低声念道："要将里面的东西拿出来才行。这个你们谁在行?"

斌子接过匕首，说道："我来，老大，忍着点。"

张鹏微张着眼睛上下打量着眼前这个猎户打扮的小伙子，他是谁？怎么跟他们在一起？但张鹏明白，现在是兄弟要给他疗伤，剩下的以后再问也不迟。他冲斌子微微点点头，没有说话。

斌子飞快旋转着手中的刀，先将伤口割得再大些，然后仔细地寻起埋入肌肉里的子弹来。

赵无极看了张鹏一眼，此刻的张鹏已经疼得眉头拧成一团，冷汗直流，但硬是哼都不哼一声，真是条硬汉，不由大为敬佩起来。

子弹很快被起了出来，赵无极见状将早准备好的草药膏按在伤口上，说道："躺好，先别动。"

这时，刚子背着几支收缴上来的枪走回来，一脸的兴奋。看到地上的队长和他脚上的药膏，明白是赵无极在给队长疗伤，感激地冲赵无极点了一下头。

赵无极接着又掏出一大堆草药，从里面挑出几味，对张鹏说道："内服。"

风子接过草药轻轻地揉成一团，硬生生地塞到张鹏嘴里，协助他吞咽下去。

该做的都做完后，赵无极擦了擦额头上的汗，吐了口气，一屁股坐下来，说了句"应该没事了"，还没见他坐稳却又忽然站了起来，跑到旁边狂呕起来。

三人一阵惊讶，谁也不明白是怎么回事。

平时就善于分析和观察的风子，很快脸上露出了不自然的苦笑，说道：“哥几个，看来，这位小兄弟是初次杀人，有些不适应。”刚子和斌子释然地点点头。

对于特种兵来说，每个人都有过这么一次经历，这种滋味很不好受。大家望着赵无极，眼里满是愧疚，这个年龄不大的小伙子，为救几位素不相识的人而杀人，这份情谊真是很重啊！

吐了一会儿，赵无极直起身从衣服里摸出几颗草药丸吞了下去，冲着风子三人不好意思地笑着说道：“三位哥哥见笑了，想不到我青牛寨第一勇士，居然一世英名扫地啦，哈哈！”

三人听见赵无极的自我解嘲，也呵呵地笑了起来。看的出来，眼前的这个小伙子并不是不善言谈的人，一路来惜字如金的他却还有幽默的一面。

赵无极的豪迈、直爽无疑很对三人的胃口。自然地，以风子为首，三人跟赵无极聊了起来。

风子问：“小兄弟，你说你是青牛寨的人，青牛寨在哪儿？怎么会发现我们的？你为什么要帮我们？”

“问题有点多啊？”赵无极笑道：“青牛寨是这片原始森林边缘的一个寨子，外人很难发现的。我和爷爷在一个悬崖上晒太阳休息的时候，刚好被枪声吵着了，就发现了你们。至于为什么帮你们，其实谈不上帮不帮的，大家同祖同宗的，就这么简单。但我希望你们可以答应我一个条件。”

“条件？什么条件说来听听，能做到的我们决不含糊。”刚子好奇地问。刚才那份以命相搏的情宜很重，足以让这些汉子以命相报。

“其实也没什么，我没离开过这片大山，想到外面去闯闯，希望你们带我出去，可以的话，照顾着点儿我这个小兄弟。”赵无极说道。

众人一听，这算什么条件啊？不由纷纷说道：“这有何难？我们以后就是兄弟了，过命的交情，没说的。”

“对了，据我所知，这一片住的都是少数民族，不会讲国语，你的是你爷爷教的吧？你爷爷一定很了不起，他是什么人？”风子试探地问。

“嗯，是他教的，在我心中，他就是一座不可逾越的大山！”赵无极说着，眼里流露出了由衷的敬意，“但具体他做过什么，为什么有那么多的本事，我也不知道。”

四个人又闲聊了一阵后，风子三人关心起眼前的情况来。风子说：“敌人在外面，我们在这里面总不是个事，你有没有办法离开这里?”

“那要等天黑了。你们队长现在不易搬动，我建议在这里过一晚，明天一早再离开。”赵无极说，“至于外面的人，我看他们不敢下来。这样，你们准备今晚生火的东西，我去找点吃的。”

凭借着丰富的野外生存技能和经验，大家很快便分工干起来。

斌子去戒备，拿着从敌人那里缴获来的武器和手雷，这个爆破专家已经忍不住要去布置陷阱了。刚子负责生火和找水。风子留下来照顾队长。这个地方除了敌人外，还有许多未知的危险存在，千万马虎不得。

看着赵无极背上那张让自己惊悚过的大弓随意地走向密林深处，风子不由得感慨：多亏了这个谜一般的少年有着超强的身手，才给大家带来了活着的希望！

远处，赵无极寻到了一棵果树，像猴子一般迅捷地爬了上去，从上面摘下几颗果子，爬下来拿着三两步跑到一块大岩石附近，他没有吃下的意思，而是将它们放在地上，自己趴在不远处躲了起来。

一分钟……五分钟过去了，赵无极没有动，十分钟……二十分钟过去了，赵无极还没有动的意思。他在做什么？是在等什么东西吗？寻思间，赵无极整个人仿佛大雕般扑了过去，很快消失在那块岩石下面。

远处的风子看到赵无极忽闪一下，便不见了踪影，不由吃了一惊。可要照看队长又不能分身，正要招呼不远处的刚子去帮忙，就看到一条大腿粗的巨蟒窜了出来，而巨蟒上那个紧紧抱住它的正是赵无极。风子当下大骇，赶紧给刚子示警。

还没等刚子跑过去，只见赵无极一只手搂紧巨蟒，一只手拔出匕首，狠狠地将其插了进去，动作强劲、凶悍。

巨蟒猛一吃疼，上半身径直竖了起来，这无疑更方便了赵无极。只见他一只手插进巨蟒的伤口内，两腿锁死在巨蟒身上不让自己掉下来；另一只手舞动匕首，又是一顿狂刺，在巨蟒的七寸位置硬生生地开了十几道口子。

风子和刚子也算是特种军中的铁血男儿了，看到赵无极这般不要命的打法，浑身浴血，彻底惊呆住了，这哪里还有阳光少年的影子？

不一会儿，巨蟒庞大的身体轰然倒塌，赵无极一个猴窜冲天而起，飘然落地，抹了一把脸上的血后，伸出舌头舔舔嘴唇，收起匕首，拖着巨蟒的尾巴朝风子等人走了过来。

听见声响，斌子也赶过来了，看到巨蟒，愣了一下，眼里满是疑问。风子向他指了指赵无极，眼里充满佩服之意。

刚子在旁边小声地给斌子讲着刚才发生的事情，这边赵无极坐在火堆旁，运起匕首，划拉一下，将巨蟒开膛剖肚，说道："蛇胆明目，这东西我吃的多了，你们谁要?"

蛇胆的好处大家自然都知道，况且这么大的巨蟒，其胆更非凡物。刚子说道："给风子吧，他是狙击手，需要一副好眼睛。"

风子接过蛇胆，没有客气，一口吞下，大家见状哈哈大乐起来……

第四章 龙丹再现

阴寒的地方易出毒物，且非同一般。眼前这个峡谷，上有瘴气，终日难见太阳，正是喜阴毒物出没的场所。赵无极也没有想到，这里居然潜藏着一条这么大的一条巨蟒，现在看来正好给大家果腹之用。

赵无极将蛇胆递给风子后，又从蛇身子里掏出一个金黄色的东西，鸽蛋大小。众人不明白这是何物，赵无极举着那东西抬头望着大家道："这个东西我们叫'龙丹'，十分罕见，祛百毒，是疗伤圣药，给你们队长正好。"

听赵无极这么一说，大家也隐隐感觉到了这东西的价值，看着赵无极好像司空见惯的模样，想想还在昏迷的张鹏，也没有客气，刚子接过去，拨开张鹏的嘴帮他服下。

在峡谷的深处流淌着一条小溪。赵无极将下面的事情交给大家后，直奔过去，洗了一下身体。蛇血燥热有毒，长时间在身上会引起皮肤溃烂，而峡谷中的清泉正好是解毒良药。大自然有自己的法则，关键在于你是否懂得。

等赵无极洗好再赶过来时发现，刚子正在火堆上翻滚烧烤着切好的巨蟒肉。特种兵在野外是不能讲究吃的，一口粮食一口命，饿的时候只要能充饥的都要吃。有这么大一条巨蟒，对他们来说简直就是山珍海味了。

赵无极显然不喜欢吃烤的东西，他操起一个头盔，剁碎了些蛇肉，拿到小溪边洗了一番，并留了些水在头盔里。回来他用几块大石头做了个简易的灶，将头盔放上去，上面再扣上另一个头盔，下面烧起火来。

一边是烧烤，一边是炖肉，赵无极的到来让风子一伙人的日子看起来不再像以前那样艰难和枯燥，起码大家的心都平稳下来，多日来被追杀的紧张感也得到了缓解。

这个峡谷真的很大，静静谧谧的，头顶上又有瘴气的保护，上面根本发现不了下面的情况，敌人在目前看来没有想出什么好的办法对付他们。况且一些关键路口又被斌子布置了许多手雷，暂时不用太担心会有危险。大家边吃边闲聊起来。

刚子忍不住问："兄弟，你刚才的动作太酷了，看的出来，你练过，等出去后咱们切磋切磋如何?"

风子笑骂道："你个武痴，我赌你不是小兄弟的对手!"

"呵呵呵，说实话，我也没底，但就是没底才切磋嘛，这样才可以很快提高实力。"刚子不以为然地说，"再说，谁赢谁输还不知道呢。"

练过武的人都喜欢没事过过招。赵无极其实也想会会刚子，但想想还是算了。不是赵无极怕输，而是怕自己出手没有分寸。一直以来他都是和野兽以命相搏，很少跟人对打，怕失手，便说："刚子哥，有时间向你请教请教啊。"

"好，东风吹，战鼓擂，咱们打架谁怕谁，哈哈！明知不可为而为之，方是真汉子。兄弟，对你说句实话，我心里没底，但决不怯战!"刚子认真地说。

敢战才是真男人，好斗只是一懦夫。赵无极的眼里闪过一丝战意，望了望头顶朦胧的云雾，很快平息下来，说："谨慎起见，咱们半夜离开这里怎样?"

"没问题，只是队长——不是说先歇一晚吗? 再有，这里一片漆黑，怎么走?"斌子疑惑起来。

"不用担心，我有办法。趁现在有空，你们谁教我这玩意?"赵无极指了指放在地上的枪说。

"我来。咱们先认识认识这些枪。"风子应道，弯腰操起一把枪，熟练地推动了保险，"这把叫 MSG90 军用狙击步枪，它采用了直径较小、重量较轻的枪管，在枪管前端接一个直径22.5mm的套管，看上去好像一个枪口制退器，但套管没有任何制退或消焰的作用，只是为了增加枪口的重量，在发射时能够抑制枪管振动。MSG90可以安装消声器。枪托的长度、贴腮板高低可调。它可以选用两脚架或三脚架支撑射击，虽然三脚架更加稳定，但作为野战步枪，两脚架更适合。”

说着，风子又拿起一把枪，同样指着上面每一个部件耐心地向赵无极讲解着：“这把是56式7.62mm突击步枪，俗称56式冲锋枪，也称为突击步枪，仿制于苏联AK—47型7.62mm突击步枪，带有可折叠刺刀，有效射程400m，直射距离275m，初速每秒710—730米。”

虽然赵无极对这些专用术语一知半解，但可以看出他听得很用心。

接着风子又给他讲了俗称“丛林冲锋枪”、中国设计制造的79式7.62mm轻型冲锋枪、苏联时期研制的AK—47突击步枪，以及一些手雷的性能、用途和使用方法，并当场给赵无极演示了各种枪和手雷的使用姿势、注意事项等。看得赵无极大呼过瘾，恨不得马上端起枪尝试一把。

众人正兴致勃勃地聊着，忽然听见队长张鹏发出轻咳声，大家立马围拢过去。见他清醒过来便摸摸他的额头，发现烧已经退了，明白这是赵无极的草药和“龙丹”发挥了效用，都很高兴，放下心来。

补充了食物，体力和精气神恢复了不少，大家的生存欲望也变强了。众人扶着队长张鹏坐起来，喂他喝了不少蛇汤，眼见着精神好了许多，便向他汇报起发生的事来。旁边的风子原原本本地将过程说了一遍，特别是赵无极和巨蟒搏斗的环节，边说脸上边表现出了佩服之情。

张鹏听后，笑着看向赵无极说：“我比你大，叫你一声小兄弟了。小兄弟，我欠你一条命，大恩不言谢，咱们以后就是生死兄弟了。”

“客气了，鹏哥。”赵无极挠挠后脑勺，不好意思起来。

“要是早碰到兄弟你就好了。”张鹏自言自语地说着，眼睛一片湿润，仿佛想起了什么伤心之事。旁边的几人见状也神情陡然一悲，情绪低落下来。

过了一会儿，张鹏说：“小兄弟见笑了，军中有纪律，有些事情不方便告诉你，请你谅解。我现在感觉好多了，脚也暖洋洋的，很舒服，想不到兄弟你还懂得医道。对了，咱们要什么时候离开这里呢?”

“夜里三点，你们看呢?”赵无极问道。

“好，那就听你的。你们几个听好了，如果我有什么意外，你们就听小兄弟的指挥!”张鹏叮嘱道，其他三人毫不含糊地点头答应。因为他们心中清楚，在这片森林里，没有人自信能比赵无极做的更好。

赵无极笑着说道：“鹏哥言重了，你不会有事的。大家放心吧，这片原始森林就是我的地盘。我要想走，没人能留得下。”

话虽说的淡然，但所有人都听出了其中的那份自信和实力。

“在出发之前大家轮流睡觉。刚子，你站第一班岗，风子第二，斌子第三，一人一个小时。不站岗的抓紧时间休息!”张鹏说道。

赵无极连忙制止说：“大家要相信我就都休息吧，我来守夜。我们几个人当中，当下就数我的精力最好。我目前一段时间内还不需要休息，你们放心地睡吧，到时间我叫你们。”

几人还要力争，张鹏朝他们摆了摆手，认真地看了看赵无极说：“好，就辛苦你了。大家睡觉!”

众人听队长发话了，都没再吭声。只有休息好，明天才能有精力战斗，才能不成为队伍的包袱，才能为弟兄们遮挡飞临的子弹!

在张鹏睡着之前，赵无极又给他换了一次药。看大家都放心地躺下了，赵无极瞬间读懂了大家在这生死关头对他的信任，而他也从心底喜欢这些光明磊落、重情重义的真汉子。赵无极拨弄了一下火堆，火苗烧得更旺了，然后自己盘腿静坐，调整起气息来。

修炼了不到一个小时，赵无极突然感觉到有几个人正从远处慢慢地靠近着。这种超乎寻常的敏锐感觉来自爷爷传授给赵无极的这套功夫，它极其强调内外兼具，尤其注重精神意识的锻炼。在爷爷的悉心指导下，现在的赵无极已经能够察觉到一千米左右的生命体活动迹象。

抓起风子的军用匕首，赵无极起了身，他明白暂时不用担心睡着的几个人。况且张鹏服下的那颗丹不仅可以疗伤解毒，还能散发出一股常人闻不到的气息，可以保证方圆十米范围内，绝对没有任何毒物敢靠近。

赵无极把匕首换到左手，右手拾起自己的那张大弓背了起来。他将巨蟒嘴里的毒囊取出来，悉数全部涂抹在箭矢上，朝已经靠近的几名敌人气息处摸了过去。

从林法则，弱肉强食，赵无极深有体会。大敌当前，他现在捍卫的已不单是自己，还有把自己视为生死兄弟的一群人。这是一场决不能输掉的战斗！

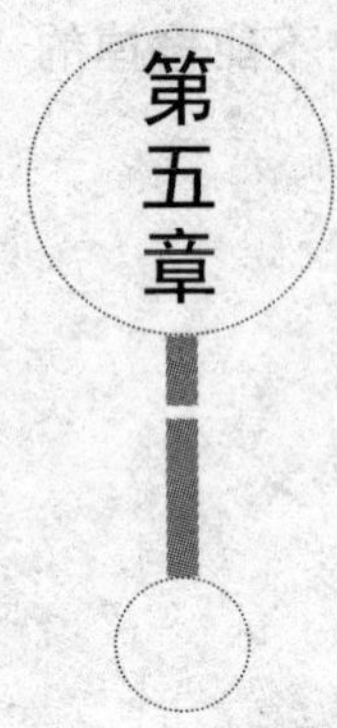

第五章 孤身制敌

在丛林战中讲究的一个战略就是偷袭，越让敌人不可预见就越预示着将取得成功。

这些军事理论赵无极本不懂，但凭借着之前和狼的几次血战，对偷袭二字也有着自己的理解。其中成功伏击过狼王这件事，是他最骄傲的。那年，赵无极十岁。从此以后，他的脖子上有了一个红线围成的吊坠，上面挂着狼王的牙齿——最锋利的那两颗。

敌人已经靠近，呈三角阵形，一共十二个，都戴着夜视仪。可惜赵无极看不懂，否则，几颗曳光弹过去，就全变瞎子了。可以想到，这些训练有素的人敢犯大忌这么干，一是没有办法，因为峡谷的深夜肉眼根本看不清路；二来就是赌对手的大意，万一对方没有警备，只要双方一接上，不但占了先机，而且只要马上摘下来，就不会影响大局。

只是就算有夜视仪，黑夜也依然是最好的掩藏体。因为夜视仪只能看到视力范围内的东西，不像白天那样，四周都一览无遗，这就给赵无极带来了机会。这个吃过“龙丹”的少年早已具备了较强的夜视能力，炼就了一副火眼金睛。

多年的狩猎经验告诉赵无极，决不能和野兽正面接触，更不能让野兽发现自己的行踪，现在最应做的就是收敛气息，潜伏待机。

赵无极很快找准地形，潜伏在一堆枯草里，将自己完全遮挡住，没有露出任何破绽。

不大一会儿，敌人从前方不远处慢慢走过来，看着这些戴着古怪装备的家伙，赵无极满是好奇。他调整好气息，慢慢地好像一只移动的刺猬，跟随着敌人走走停停，悄无声息。

等到最后一个离前行大部队保持五米左右距离、负责断后的人，端着枪缓缓从赵无极身边经过后，赵无极当机立断，一跃而起从后面捂着对方的嘴巴，只见一道寒光划过，匕首准确地割断了对方的喉管，动作迅猛，没有发出一点声音。接着他像幽灵般光着的脚丫在地上飞奔起来，几个起落后消失在黑夜当中。

敌人前进的方向正是大家休息的营地，必须出手阻止敌人再朝这个方向继续行进了。赵无极拿起弓箭，瞄准了对面的一个目标，嗖的一声，黑夜中的箭矢就像死神的亲吻直奔目标的喉管。

这个人只感觉喉咙一疼，一口气没上来，身体挣扎了两下，就倒在了地上。他发出的异常声响，让前面的同伙都警惕地伏在地上。很快，他们发现了躺在不远处已经毙命的同伴，立刻一人打了几个手势，另外一人匍匐过来。

赵无极躲在旁边静静地看着敌人走入自己设下的圈套。原来，他刚才利用自己高超的箭术，让箭矢在射中敌人的同时，利用惯性作用将尾部转向了另外一个方向。可能是被着突如其来的袭击吓着了，前来侦察的敌人不假思索地做了错误的判断，仅看了一眼，便转身对着身后打了几个手势，余下的便调头朝另外一个方向走去。

赵无极见状心中窃喜，但同时又很疑惑这些人为什么不怕瘴气，难道是找到了解药？消灭敌人要紧！顾不上多想，他继续像敏捷的狸猫一样小心地尾随在这群人后面。

刚走了两步，赵无极突然冒出个想法。他看准一个落队的敌人后，拿出弓箭如法炮制，消无声息地干掉了对手。然后把敌人拖进旁边的草丛，三下五除二地剥下对方的装备和衣物，有样学样地穿戴一番，一路小跑混进了敌人的队伍。说也怪了，竟没一个人发现队伍中同伴的异样。

这时，赵无极才发现戴在头上这玩意的好处来，眼前一片红绿色的世界，前面潜行的敌人一目了然。

看来敌人并不知道张鹏一行人的具体位置，加上峡谷很大很长，周围一片黝黑，地上全是高低起伏排布得错落有致的山坡和灌木，现在应该是丢失了方向感，正在胡乱穿行。

话说回来，赵无极当初选择营地时是很用心的，那是在一个巨大的岩石背后，四处都是高低错落的土坡和杂草灌木，人若不走进去是很难发现的。

他再一次慢慢地靠近了一名敌人，见他与前面的人之间渐渐拉开了距离，便瞅准一个时机下了手。顺利解决掉对方后，赵无极紧跟上去，突然看到有人回头朝自己打了个手势，看不懂什么意思，估计是催自己快点吧?想着跑了几步，见对方没有起疑转过身继续潜行，心下一高兴胆子越发大了起来。

不到一袋烟的工夫，赵无极接连又干掉了三名敌人。正当第三个倒下之时，前面队伍却忽然停下了。一连串的偷袭成功得手，靠的是赵无极不凡的身手和敌人战斗力的下降。可现在就算是再笨的敌人也发现了情况的不对劲，此时他们呜哇乱叫着集合起来，将手中的枪口全部掉转过来，对着身后不远处的赵无极。

被发现了?！赵无极大吃一惊。五杆枪可不是吃素的，赵无极完全相信自己会被打成筛子，赶紧身体一滚，隐蔽在旁边的灌木丛中。

说时迟那时快，对方的枪声犹如炒豆子一般乒乒乓乓地在耳边响起，压得赵无极抬不起头来。赵无极瞅准时机一个鱼跃闪电般翻过一个山包，又是一阵急速跑，再一个急停，将身体隐藏在一块巨石后面。

张弓，搭箭，瞄准，嗖的一箭，直入一个敌人的后脑勺。对自己的作战技术无比自信的赵无极看都不看，接着又搭弓一箭射向另外一人，那人也应声倒地。接着他身体一滚，猎豹般一个腾跃扑向前面的草丛，再看原来藏身的地方，已被一阵子弹雨覆盖。

好险，好悬！就算赵无极再艺高胆大，也惊出了一身冷汗。热兵器作战对他来说还是不熟悉，纵使手上有枪，他也不敢用，因为对自己的枪法根本没有把握和信心。

刚才异常密集的枪声停了下来，看来敌人发现了并没有打中目标，此刻正在寻找他的藏身地。赵无极屏住呼吸，趁着幕色摸到另外一侧，看准一名敌人的身位嗖嗖又是两发连珠箭……很快就只剩下一杆枪在响了——最后一人。现在，赵无极根本没什么好担心的了，他将手中刚捡到的枪当成暗器，直接朝对方砸了过去。

谁知那名敌人反应不慢，察觉到危险来临，直接朝这边开火，将那杆枪打得空中翻滚。发现上当后，那人意识到大事不妙，但唯时已晚，他只觉得眉心一痛，顿时失去了知觉——一把骇人的匕首深深地插了进去。

敌人全部消灭，赵无极拍了拍手，松了口气。忽然察觉到有两个人正向这边奔跑过来，是熟悉的气息，赵无极不由笑了，待对方走近了，喊道："风子哥、刚子哥，你们来了，几条山狗，吵着你们睡觉了，小弟我真是过意不去啊！"

闻声来的正是李风和吴刚，见战斗已经结束，二人顿时吐了口气。风子骂道："这么多敌人，你逞什么英雄？万一有个三长两短，让我们做兄弟的怎么办？"

赵无极不好意思地挠挠头，他们跟自己不同，不熟悉这个峡谷，况且又是深夜，听到枪声不顾一切地赶来，能找到这里凭的可全是感觉啊！赵无极拿起两副夜视仪说："你们在原地别动，我过来了。"

靠近后，他将夜视仪递给二人。刚子惊讶地说："兄弟，风子说的没错，你一个人跟这么多敌人玩，很不地道。哥哥我很生气，告诉我情况就不罚你了。"说着戴上夜视仪，四处打量起来。

赵无极简略地讲了一下经过后，刚子和风子惊讶地看了他一眼。很快，在赵无极的指点下，他们找到十二人的装备，凡是可以用的全部收集起来。

三人怕斌子和队长担心，背好装备后赶紧跑了回去。有了夜视仪，风子和刚子就少了来时那般狼狈了。

原来，听到枪声，营地的人全都醒了，张鹏让刚子和风子赶去支援，虽然什么都看不清，但二人二话没说，毫不犹豫地拿起武器朝着声音方向摸黑过去，高一脚，低一脚，不时还会踢到石头、绊到树根。虽然踉踉跄跄，但好在二人战斗素质好，反应也快，没伤着。

见了张鹏和斌子，赵无极再一次将事情简略地说了一遍。这些人个个都是特种兵中的精锐，当然能够想到赵无极作战时的凶险。他们知道，如果没有赵无极超强的感知能力，是不可能发现敌情，并取敌制胜的。而如果赵无极胆子小点，做事粗心点，反应犹豫点，也不可能安全完成这次阻敌行动。

这就是说，赵无极有着优秀特种兵所应具备的所有实力！来犯之敌并不是庸手，这点从敌人的装配和武器上就可以看的出来。一人凭借一张大弓，就消灭了十二个荷枪实弹、装配精良的精英，这份实力太可怕了！

消灭了这一小撮敌人，暂时没有后顾之忧了，众人商议一番后，决定还是赶紧上路，先离开这个鬼地方再说。别看这个峡谷藏身不错，但只要周围派兵一把守，恐怕就只能待一辈子了。

有了夜视仪后，大家走起路来更加方便了，每人戴一副，一人一杆枪，子弹和手雷都很充足。大家你看看我，我看看你，脸上挂着自信的镇定，一扫之前的死气和颓废。

出发！张鹏大手一挥，赵无极带路，斌子断后，大家鱼贯而行，开始了穿越瘴气谷的行动。

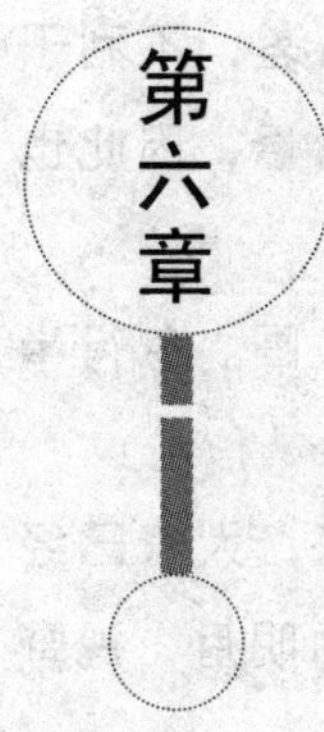

第六章 成功潜逃

夜袭也好，脱离包围圈也罢，最重要的是行踪不能被发现，这里速度和声音很关键。没有速度，一切都免谈；发出声响，就会变成遭遇战或是强攻，代价会很大，是不明智的选择。

好在这支战斗小分队的成员能力个顶个。要知道，能成为国刃小组的一员，特战训练的每一项要有绝对优势才行。因为国刃小组就是国家的一把利刃，它要执行的是各种在常人眼中不可能完成的艰巨任务。

当然，这一切都是赵无极所不知道的。他看到大家迈着高抬低放的行军步伐，每一步轻巧而稳重，速度均匀而迅速，也不由暗暗佩服起来。他很熟悉原始森林的生存法则，是因为打小就在这片森林里面长大，并且吸收了青牛寨祖祖辈辈积累下来的经验和教训，可这些人小时候的生活环境各不相同，接受训练也不过几年功夫，能做到这一步，可见都是极具天赋之辈。

放下担忧，默运内功，将精神力提高到极限，周围的一切生命物体那若有若无的气息隐隐可辨，赵无极小心谨慎地带着路，朝一个没有敌人活动迹象的方向前行。

其实，赵无极也隐约感觉到两边山顶上埋伏着几个人，距离约有一公里左右，但感觉不到任何的杀气。不懂现代特种作战的赵无极不知道那几个人是狙击手。狙击手一般担当两项职责：狙击；警戒和监视。

一公里对于一般的狙击手来说，是一个很难突破的距离，除非他是顶级的；显然，这几个人不是。加上峡谷顶上云雾遮蔽，视线很差，不利于狙击；而且己方一下子损失了十二名精锐人员，丧失了有生力量，因此也不再敢硬碰，只好选择了防御。

就这样，一行人在峡谷瘴气的掩护下，渐渐脱离了狙击范围。急行半个小时相安无事。

又走了一段路后，前面居然有了些亮光——是月光。看来，大家已经走出了瘴气谷。张鹏一行人摘掉夜视仪，抬头看了一眼皎洁的明月，视野顿时清晰了。

没时间感叹，大家都是训练有素的特种精英，明白危险还没有解除，不适宜停留时间太长。队长张鹏发出了继续前进的手势后，赵无极查看了一番周围的地形，带领大家爬起山坡来。

这里的山坡有些陡，与地面成四五十度左右。每个人都知道如何攀爬能不发出声响，也懂得通过识别岩石的质量和风化程度确定攀登的方向和路线。大家两手一脚或两脚一手固定后再移动剩余的一手或一脚，使身体重心上移，增加爬行速度。张鹏由于伤势还未完全恢复，便在刚子、刘斌一上一下的拉、托帮助下跟随大家一起向上爬。

很快，众人站到了顶峰的悬崖上，回头看了一眼远处的峡谷，上面一片云雾缭绕，大家不觉有种劫后余生的感觉，都感激地望着赵无极。

天色开始放亮了，用不了多久，太阳就会出来，赵无极对大家说："先歇息一会吧。"

几个人随意地坐在地上，按摩自己的腿，放松肌肉，恢复体力。风子凑过来好奇地问道："兄弟，有一个问题憋的我实在难受，想问你一下。为什么那条巨蟒会出来？你用了什么办法？"多掌握一些生存技能，对这些特种兵来说是异常重要的。

赵无极有些惊讶地望着他说道："你们不知道吗？那是龙果。蛇最喜欢吃龙果了。我爷爷说，蛇属阴，龙果属阳，蛇喜龙果，是为了增强自身阳气，达到体内平衡。"

风子听后，努力回想着赵无极所说的龙果样子，由衷地感叹道："你爷爷真是了不起啊!”

“下一步，你们有什么打算?”赵无极看向了队长张鹏。

正在沉思的张鹏走了过来，坐到赵无极身边，小声说道:“咱们是生死弟兄，不瞒你说，这次的任务还没有完成，这对我们来说是一个巨大的耻辱。我打算继续完成任务，我相信他们和我的想法一样。军人可以战死，但绝不能做逃兵!”

其他几个都围拢过来，点头附和。

张鹏继续说道:“无极兄弟本不是军人，不用执行这次任务。你如果有意走出大山见识一番，就先去A市的凌云大学找我妹妹，她会好好照顾你的。兄弟们要是有命回去，咱们再相聚，喝个痛快!”

风子三人对张鹏的安排没有任何异议。每个人都有自己的使命，军人的使命就是坚决完成上级交给的任务。

赵无极很想离开这片大山，去感受一下外面的生活，但他明白做事要有始有终。况且这两天相处下来，他对张鹏四人产生了敬重感和信任感，这样一群刚毅、身手不凡、有使命感的人绝对值得结交。

因此赵无极想了想，拒绝道:“你们别想赶我走。大家现在成了兄弟，就要同生共死，你们甘当向前的勇士，我也绝不做退缩的猎人！我跟你们一起去!”

“好兄弟，谢谢你的决定!”张鹏说，“自家兄弟，客套话就不说了，有你的帮忙，我们就有八成的把握了。”

“我还是那个请求。”赵无极说，“等完成任务了，你们可得带我到外面瞧瞧!”

“没问题!”张鹏用力地点了点头，“那下面，咱们研究一下下一步的行动。无极兄弟，下面我说的都是机密，关乎生死，你可要牢记于心，且不能透露半句出去。”

接着，张鹏捡起一根树枝，在地上划拉起来。很快，一个地图轮廓出现在了大家的面前。他一边指着地图一边分析道:“我们是在这里遭遇Q国瓦乌集团贩毒武装反伏击的，这只能说明一个问题，那就是我们的行踪提前暴露——这个问题回去后再说。现在，我们的任务是必须抢在目标开口前，将对方擒获并击毙。但这需要我们事先掌握对方的行踪。大家看看有什么办法没有?”

“目标身边现在肯定护卫森严。经过几天时间，我想敌人已经把他带进Q国境内。要想完成任务，就必须到Q国去才行。”风子说道。

“也不一定，不排除他们会把目标带到某个军事基地。”刚子在一旁提出了不同看法。

“我认为去Q国的可能性最大。目标现在掌握的是世界级的制毒技术。如果是我，肯定会第一时间将其带到有技术条件、保卫又安全的场所，将想要的东西从对方口里掏出来。这样的地方在邻国只有一处，那就是瓦乌集团的秘密制毒工厂所在地——情报中提过的——紫檀山。”斌子提出了自己的看法。

大家觉得斌子分析得有理，频频点头，然后静静地等待队长最后的决定。

张鹏没有马上表态，深思片刻后，缓缓地说道：“斌子的说法确实最具可能性。如果是那样的话，我们就必须赶在目标到达之前，在半路进行伏击。”

说着，张鹏的目光转向赵无极。大家心里清楚，能不能及时赶到预定位置，赵无极是关键。虽然大家凭借导航装备不会迷路，但要说到对大山的熟悉程度，谁也不如赵无极。

赵无极从四人的嘴里听出了这次任务的重点，虽然关于任务的详细情况不是很了解，但并不妨碍自己在其中发挥作用。

赵无极想了想，说道：“紫檀山在什么位置?”

张鹏马上重新在地上画出一个地理位置图，标出了原始森林、邻国以及紫檀山的方位，指着对赵无极说：“你看，如果敌人从这里出发，经过四天行程要到这里，我们现在出发最快多长时间能赶上他们?”

赵无极看了一眼说：“我知道这个地方。青牛寨的典籍里面有记载，只是叫法不同罢了。”说着捡起树枝画着，“从我们这个位置过去，有一条秘道，是当年祖辈们贩盐、贩铁的时候留下的。走上一天一夜就可以撵上他们。”

“真的?”张鹏惊喜地说，“太好了！虽然没有准确情报，只是靠推算，但机会不容错过，也许我们能有运气!”

说着，大家摩拳擦掌地站起来，准备上路。

忽然，天空响起了轰鸣声，众人大吃一惊。因为这个声音对于张鹏他们来说，实在是太熟悉不过了。只见天空出现四架武装直升机，直奔峡谷而去。

“是敌人的武装直升机!”风子眼尖，吃惊地小声喊道。

正当众人潜伏观察时，只见那四架武装直升机一个俯冲，将随机带来的弹药全部倾泄下来。瞬间，爆炸声此起彼伏，峡谷顿时变成了一片火海，伴随着滚滚硝烟，直升机上的高射机枪开始肆意地倾泻着子弹，并排地在峡谷上空犁了两遍。

众人不由大骇，后背生出一股寒意，庆幸提前离开了峡谷，否则想不死都难。好悬！谁能想到天刚蒙蒙亮，敌人就派出了这等大火力的装备过来，绝对跟一般的正规军有一拼。瓦乌集团这个本钱下得可够大的啊!

赵无极也是第一次看到这样的场景，不由得惊呆了。现代高科技武器的杀伤力太恐怖了，真是有违天和，也不知道这片峡谷多久才能恢复生机。

这时，众人发现峡谷上面的山坡上出现了许多荷枪实弹的武装敌人，眉头不由一皱，特种作战不过是小范围争斗，派出如此规模的军队来，性质就完全不同了，看来瓦乌集团这次是动真格的了！

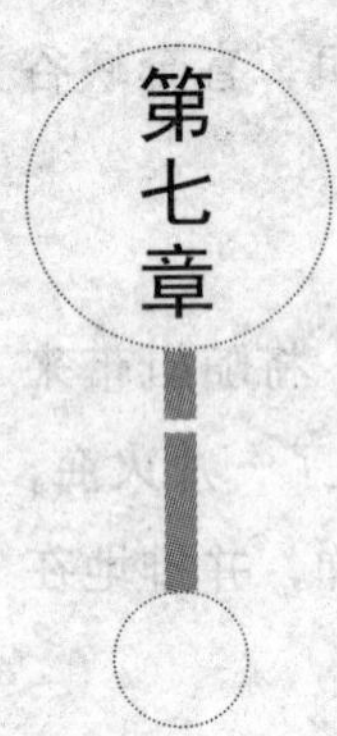

第七章 穿越生死线

任谁也没有想到，势力强大的贩毒集团——瓦乌集团这次的态度这么强硬，雇佣了如此众多的武装力量，看来不把张鹏一伙人消灭殆尽誓不罢休。刚子不禁骂咧起来，“奶奶的，真看得起老子，这么大阵仗！”

“不好，直升机！”风子惊呼起来。

众人探出头去，原来是刚才的两架直升机已经打完子弹，准备返航了。而且巧的是，返航的路线正好路过大家潜伏的位置。也就是说，在这一片光秃秃、躲都没处躲的地方，张鹏他们肯定要暴露了！

真是才出虎口，又入狼窝啊！大家心头苦笑不已。

奇怪的是，不知道什么原因，直升机从大家头上掠过却一个子弹都没有打下来。可此时谁敢心存侥幸？不管被没被发现，谁让大家在山峰的顶部呢？事不宜迟，大家招呼着，由赵无极开路，认准一个方向飞快地移动身形，跑下山去。

刚才武装直升机轰炸的场面，那一片片血红翻滚的气势，让赵无极心里很郁闷，在大规模杀伤性武器面前，人的能力显得如此渺小，不由心中生出一阵后怕来。

赵无极一边飞跑，一边观察地形。能不能逃出去，大家都没底，现在只有看他的了。

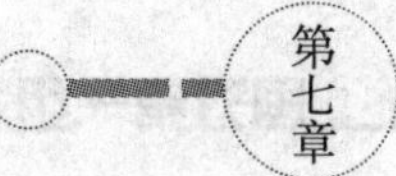

半个小时后，前面出现一片延绵起伏的森林，其后是云雾缭绕的雾霭山岚。森林里面很幽静，肃穆而又透着无尽的寒意，让人产生了“绝对是一个可以吞下一切的洪荒巨兽”的想法。

大家跟在赵无极身后毫不迟疑地依次钻了进去，很快消失在了高大茂密的树林里。

森林有个最大的好处，就是不用担心高空直升机的威胁，也不用担心有人从上空发现自己的行踪。

这时赵无极放慢了速度，对大家说：“现在可以放心了，这里是我的后花园，大家跟着我走就行了。”

看着闲庭信步的赵无极确实有几分在自家后花园散步的味道，大家心中的那份担心也就完全放下了。前面有熟悉的人带路，手上有壮胆的武器，后面的追兵根本没什么好怕的了。

走了不一会，身后突然传来喧嚣声，显然是敌人追了上来了。听声音，来者人数不少，虽然是一些雇佣来的军队，和特种部队差几个档次，但好汉架不住人多，猛虎架不住群狼，如果不赶快逃跑是要有生命危险的。

被大批军队追赶很容易暴露自己的位置和作战意图。张鹏眉头紧皱，看着前面的赵无极问：“无极兄弟，有什么办法能甩开他们?”

赵无极停下脚步，调匀气息，看着张鹏说：“办法不是没有，但需要耗费一点时间。”

“说来听听。”张鹏赶紧问道。

“在森林里，再多的人也斗不过野兽；而引来野兽的最好办法就是血腥。”赵无极说道。

“你的意思是干上一架给敌人放点血，然后引来野兽相助?”张鹏用求证的眼神望向赵无极，“可是，野兽不认人，也会给我们带来麻烦的。”

“放心吧，我有办法，别忘了这里可是我的后花园。”赵无极说道，“同意的话，前面就是一个很好的伏击地点。”

“好，干了！这回非掰下这颗牙齿不可！”张鹏狠狠地揣起枪说。看得出来，这些天的疲惫潜逃让国刃第一组成员们积了一肚子的怨愤，就要爆发了。

一听有仗打，大家都高兴得嗷嗷直叫。

场地很快选好了。作为特种兵，懂得如何利用地形，才懂得如何在保护自己的同时打击敌人。

斌子这个爆破专家先在四周布置了一番，本来设置了几个诡雷后，还想再埋一些地雷，却被张鹏拉住了。这次作战的意图就是杀伤几个人而已，临撤走时再布置一些就行了，没必要搞那么大阵仗，武器有限，还要留着后面用。

大家一听是小打小闹，兴趣大减，但一想打总比不打强，很快一切便准备就绪。

大战一触即发，几个人都打开了狙击步枪的保险，像跟木头似的伏在地上，一动不动地盯着前方，专注、有力，瞬时进入了战斗状态。

现在几个人当中最闲的反而是赵无极。除了一张大弓外，身上就剩下一把开山刀，那把军用匕首已经还了，上面有风子的名字，赵无极就算再喜欢，也懂得不夺他人之好的道理。

张鹏瞥眼见赵无极无聊地躺在地上，一只手臂垫在脑后，嘴里叼着根草，很惬意地瞄着大家的狙击枪，眼里不时闪过一丝羡慕和好奇，不由觉得好笑地说："无极兄弟，过来！"

等赵无极一个鱼跃伏在身旁后，张鹏拍着手上的家伙小声说道："听说风子教过你一些枪械的知识，现在哥再教你点。这是AMR式15mm狙击枪，为了获得更大的动能，枪管里取消了来复线，其标准容弹量为5发。"

接着，又指着瞄准器和其他功能构件说道："这个光学瞄准镜，其放大率为10倍。它能在距离800米时穿透40毫米厚的轧制均质装甲板，还可以对付诸如轻型装甲车辆、直升机等，被称为步兵手里的'大炮'……"

对于这些枯燥的枪械知识，赵无极的兴趣实在不大。这点，张鹏从赵无极的反应中就能看出来。他停了停，微笑着继续说："狙击手，需要做的就是远距离潜伏，瞄准目标后一枪爆头消灭目标，然后马上离开。"

边说边将枪推给赵无极，手把手地教他如何使用：怎么拉开枪栓，怎么开枪，怎么瞄准……然后补充道："无极兄弟，你的射箭能力很强，这打枪和射箭一样，讲究人枪合一，唯一不同的是，射箭可以抛射、弧射，而子弹是不能拐弯的。"

赵无极认真地听着，一一记在心里，很快他从狙击镜里面发现一个目标，用手指指了指。然后按照张鹏教的方法，将十字架对准了一名军官模样人的脑袋。此时，他的手激动得微微发抖，在张鹏的示意下，赶紧调整了一下呼吸节奏，平稳心跳，等待命令。

猎人一起出去打猎都讲究个配合和指挥，赵无极知道，这行军打仗跟打猎一样，不能由着自己乱来，得听指挥。这里张鹏官职最大，当然得听他的。

敌人缓缓地又走近了一些，张鹏拍拍赵无极的肩膀，小声叮嘱道："瞄准了，预备——开枪！"

赵无极激昂的情绪一下子又涌了上来，高兴地点点头，摆正身体，再一次瞄准目标，扣动板机——砰的一声巨响，从黑白色的狙击镜中，赵无极发现目标的脑袋像西瓜一样开了瓢，红的白的物体在空中飞舞。

一股庞大的后座力，让赵无极的身体不由一抖，一股疼痛弥漫了整个肩膀，张鹏善意地笑着看向赵无极，问道："怎么样？够劲吧?!"

"嗯！"赵无极反应过来，旋即兴奋地点点头。这时，其他人听见赵无极的枪声，也跟着打起来。对方的反应也很迅速，在连续丢掉几条人命后，开始还击，一时之间，森林里枪声大作，尘土飞扬。

赵无极定了定神，再次将狙击枪的瞄准镜对准一名敌人，这次有了思想准备，将内功运到肩膀后，控制住呼吸，想象自己在射箭一般，呯！又是一枪爆头。几次下来，赵无极显得有点像个玩闹的小孩，乐此不疲地玩着自己喜欢的游戏。

有张鹏几个军中真正的强者在，敌人想靠上来是要付出惨重代价的。也许是感受到了对手的强大，几分钟后，敌人的进攻停了下来，并都潜伏起来，不再露头，空气顿时凝固住了一般。

赵无极等人这边，也只有风子拎着一杆狙击步枪，不停地变换方位，打击着一个个的敌人。风子可真不愧是顶级的狙击手，他比其他人更善于发现敌人，制造机会。

身后的刚子笑呵呵地看着前方喊道："无极兄弟，行啊，刚才那一枪够劲！"

"爽吧？"风子抽空也打趣地说。

张鹏看了赵无极一眼，眼里流露出赞许的神色，拍拍他肩膀说："潜力不错，天赋更佳，回头让风子好好教教你，他可是狙击高手！”说着，招手示意斌子过来，让他马上在周围再布置一番，准备撤退。

赵无极见斌子随手拿起挂在身上的手雷，不断地到处安放起来，上面再盖上树叶，不知道的人根本看不出来，有些旁边还放了一些子弹。斌子见他好奇就说道：“兄弟，别急，回头哥教你。”

赵无极点点头，他不知道这些东西有多大威力，只是想当然地把它们和自己打猎时安放的夹子等同起来。

三分钟后，斌子布置完毕。张鹏大手一挥，赵无极带路，大家悄然撤离了战场。

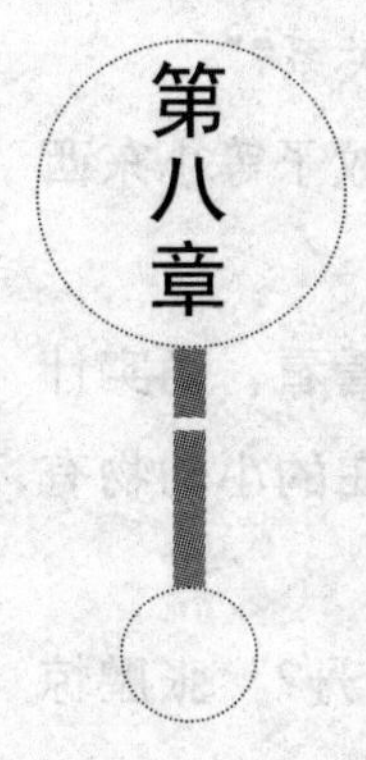

攻破群狼阵

又是一路疯狂后撤。十分钟后，赵无极听到了无数声巨响，还有不少发出嗖嗖声的东西在森林里面乱穿。回头一看，原来的阵地就好像在放一场烟火，滚滚浓烟里面夹杂着无数的惨叫声。

斌子不动声色地说："哼，能躲过我布置的陷阱的人，估计还没出生呢！这次让他们吃个够！"

"这次肯定能吓破他们的胆，都是些普通杂鱼，没劲，量他们也不敢追上来了。"刚子接道。

张鹏示意大家快走，可走了不到半个小时，却忽然示意大家停下来。众人警惕地看着周围，这里除了密密麻麻的树木外，地上全是枯叶灌木，参天古树上缠绕的树藤恣意地蔓延着，几缕阳光穿透树叶洒下来，晃动着，像极了太阳花。

"是狼群，大家小心！"赵无极低声说了一句，并赶紧招呼大家聚集起来。

"干什么？防御阵形不是更能形成战斗力？"张鹏边警戒，边疑惑地问。

"防御阵形？"赵无极并不懂张鹏话里的意思，"大家快聚在一起，这样狼群才发现不了我们！"

这完全有违常理！但大家知道赵无极不会无的放矢，便一直看着他，等待解释。

看见大家愣愣的眼神，赵无极边比划边说："你们忘了那颗龙丹?"

"知道啊，队长吃了。"风子抢着说道，"这和狼群有什么关系?"

"你们没有发现一路来，没有毒蝎子、毒蜘蛛、毒蛇、毒蚊子等小东西靠近?"赵无极问。

"咦，对啊，你不说我还没注意到呢!"刚子说着，四处看看，确实什么都没有。大家都在原始森林里生存过，知道那些无处不存在的小动物有时候对他们的威胁胜过敌人。

"你是说我们一路没有毒物靠近，都是因为我吃的那颗龙丹?"张鹏惊讶地看着赵无极，脸上布满了兴奋。

风子在旁边插嘴说："你光着膀子什么事都没有，是不是也吃过龙丹?"

"是啊!十五岁那年我杀了一条比那条还要大的金刚蛇，也找到一颗龙丹。"赵无极说道，"吃了那东西后，不仅不用担心中毒，森林里面的毒虫见到你就跑。我也说不清其中的原因，这都是青牛寨老辈人教的。"

"金刚蛇?"了解原始森林的人都知道，金刚蛇绝对是蛇中之王、丛林之王，它不仅最毒，而且最难缠，战斗力也最强大，就算是大象遇到了，也只有掉头逃走的份。

刚子好奇地问道："兄弟，你怎么敢去遭惹金刚蛇?"

"那年我练功遇到瓶颈，老辈人说当人遇到生死关头的时候，可以爆发潜能，有可能突破瓶颈，而事实证明这话是对的。"赵无极说道。

"你真是个超级武痴!"刚子感叹道，"连命都敢赌!"

"丛林是公平的，大自然也是公平的。我追了金刚蛇七天七夜，虽然吃了不少苦，还差点成了它的点心，但悟出了金刚蛇的攻击方式，自创了一套拳法。半个月后，我用这套拳法杀了金刚蛇，说起来还是赚了。"赵无极说道。

赵无极讲的仿佛是一件和自己无关的平常事情，把其中的凶险一言带过，但大家听得心惊肉跳。

"难怪我感觉身体里充满了力量，好像用不完似的。"张鹏感激地说道，"可是，吓退毒虫，未必能吓退狼群吧?"

“能，至于什么原因，我也不知道。好了，狼群刚从我们两边过去了，估计有五十多匹。现在他们要遭殃了。”赵无极说着，指了指后面敌人所在的位置。

众人听后吃了一惊，虽然不知道赵无极怎么知道狼群已经过去，并且有五十多匹的，但被这么多野狼盯着可不是件好事，还是赶紧撤退吧。

大家飞快地朝前跑去，没有了后面的“尾巴”，大家一路上放松不少，身怀“龙丹”的赵无极和张鹏一前一后，帮大家驱走有毒物。

一路上遇到野果什么的，赵无极都会爬上树摘下来，分给大家。

黄昏时分，众人路过一片乱石岗后见赵无极抬起小手臂向大家示警。他们哪里知道，赵无极之所以有这么强的感知能力，完全是修炼了爷爷教的《自然经》神功的缘故。这还不算，他还利用修炼出来的内家真气，结合野兽捕食的动作，自创了一套兽拳，威力非同小可。

见大家都围拢过来后，赵无极警惕地说道：“是狼群。刚才那群狼又折回来了。”

怎么回事？什么状况？大家一听，脑海中随即浮现出了被五十多匹凶猛、残忍的野狼围猎的画面。本来以大家的能力和手段，对付几匹野狼是没有问题的，但五十多匹就不同了，这不仅仅是数量的叠加，还有战斗力的叠加。

碰上这么多的狼，谁也没有完胜的把握。大家都看向赵无极，希望他能提供些有价值的意见，因为只要是在原始森林里，大家觉得一切问题都难不倒他。

其实此时的赵无极也搞不清状况，这个狼群怎么敢向他们发起进攻了？难道是数量又增多了？顾不得多加思考，他赶紧示意大家先背靠背组成一个圆阵。这样一来，无论野狼从哪个方位过来，都会遭到反击，即进攻和防守效果是一样的。在如此紧急的状况下，使用这个没办法中的办法，实属迫不得已。

黄澄澄的晚霞洒进山林，在地上映出道道金花。清风吹过山冈，带动山林哗哗作响。一股腥风徐徐吹来，夹杂着血气和动物的骚味，狼群临近了。

不一会儿，四周便隐隐出现了一些狼的轮廓。这群狩猎者并没有急于发起进攻，而是探头探脑地望着他们，到处嗅着鼻子，好像对什么东西有所顾忌。

如果一旦狼群中有发起进攻的，那硬攻便是大家唯一的选择了。狼是一种非常聪明的动物，对战时也有自己的“计谋”，比人不逊多少。

正当大家紧张而又战意澎湃地拉动枪栓的时候，只见赵无极向前几步，放下背上的大弓，分开两脚，双手成爪状，匍匐在地，仿佛某个行走的动物一般，头抬起来冲向狼群，凌厉的目光中充满了不屑和狂傲。

“危险！兄弟，回来！”风子焦急地叫喊着，就要跑过去拉赵无极，但被张鹏拉住，小声喝道：“别急，等等！大家注意四周警戒，无极兄弟的安全交给我了。”

众人一听，即刻保持住队形，小心地盯着自己方位的野狼，拉开拼命的架势。刚子冷冷地笑着：“来吧，正好给老子今晚加餐。”

这时，只见赵无极一个虎跃，矫健的身躯散发出丛林王者一般的气息，紧接着，只见他忽然张开大口，吼——！

一声霸道十足的呼啸脱口而出，眼前更是刮起一股小旋风，吹得地上的枯叶翻飞起来。接着身体如一只雄壮的老虎一般，伸缩之间又是一声狂吼，吼——！

呼啸山野，群兽震慑！

声势磅礴的声音响彻山林，震撼四周，藏匿于其间的群鸟顿时乱飞起来。野狼们看了赵无极一眼，愤恨地瞪着双眼，心有不甘又无可奈何地纷纷掉转身躯，瞬间没了影子。

张鹏等人目瞪口呆地看着眼前发生的一切，眼里充满了敬畏，那是一种对山中王者的敬畏——虽然谁也不清楚他是如何做到的。直到群狼全部消失得无影无踪，赵无极才身体摇晃着软倒在地。众人听到他倒地时“咚”的声响，才从刚才不可思议中反应过来，赶紧冲上去把他抱在怀里，关切地喊着赵无极的名字。

在阵阵轻微的摇晃中，赵无极慢慢睁开了双眼，一脸疲惫地逗趣道：“奶奶的，这玩意好久不练就退步了。我脱力了。现在必须赶紧离开这里，

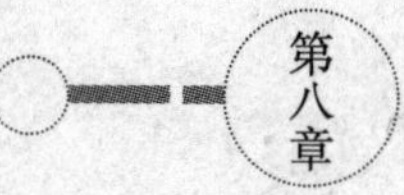

朝前走。”说着，手指了一个方向，又昏迷过去。

张鹏见此情形下命令道：“刚子，背上无极兄弟。快，大家快走!”语气急促，谁也没注意到张鹏的眼里已涌满了泪水。

“是!”刚子也有些悲呛地应着，麻利地蹲下轻背上赵无极。

大家掩护着刚子，飞快地朝前奔去。

死里逃生

清晨的阳光洒满大地，空气格外清新。连绵的原始森林，在清风的吹拂下，掀起了一片绿色的波涛。林子里早起的鸟儿欢快地鸣叫着，充满了鲜活地韵律。

亘古延绵的山腰上，几个人正焦急地奔走着，正是张鹏一行。与天气不相映衬的是大家阴沉的脸色——赵无极似乎没有好转的迹象。

虽然那威猛不可一世的呼啸，深深地印在了大家的脑海中，他又一次救了大家的命，可大家对他现在的状况却手足无措。

低落的情绪并没有影响大家行军的速度。饿了，随便吃点野果；夜了，戴上夜视仪继续赶路。按着赵无极事先指明的方向前行，此时谁也不知道到了哪里，却没有停下来的意思。

谁也没有察觉，刚子背上的赵无极此时那苍白的脸上已有了轻微的红润。由于刚才那两声呼啸已经透支了他的全部内力和精力，因此，此时他整个人像被掏空似的瘫软在刚子背上。虽然知道大家马不停蹄在朝前走，却没有力气让大家停下来休息一下。

不停的跑动颠簸让赵无极胸口很难受，几次好不容易从昏迷中醒了过来，却又晕了过去。也不知道过了多久，他感觉体内有一丝熟悉的真气在流动，不由心下暗喜，赶紧默运功法，让这缕不强的真气按照秘法轨迹流动起来。

不多时，赵无极感觉体内的真气逐渐地越来越多，便咬紧牙关，忍着颠簸的疼痛，集中精神，将功法念得更连贯些，把周围大自然的生气和灵气尽可能地引入体内，化作缕缕真气。啊，赵无极猛然醒悟，这应该就是爷爷讲过的大破大立的机遇吧?！真是因祸得福！

正行走着的刚子忽然感觉到背后有些发热，而且越来越热。情况不对！不会是赵无极发起高烧了吧？于是赶紧放下，让他平躺在地上，伸手摸了一下赵无极的额头，没烧啊？刚子不禁纳起闷来。太蹊跷了？怎么回事？目光转向了张鹏。

张鹏锁眉思索了一阵，摇摇头，猜不出个所以然来，脸上满是愧疚之情。只有命令大家先就地休整，生火烧水煮些东西补充一下体力，再商量救治赵无极的办法。

大家都不知道，这个时候的赵无极已经进入了最关键的时候。好在刚子及时发现，将赵无极的身子放下并平躺在地，使得其身体内的真气避免乱窜，导致因岔气而走火入魔。

渐渐地，赵无极感觉身体内的真气就像一团烈火，淬炼着自己的身体，扩张着自己的经脉，无休无止。他尝试着控制体内的真气，可换来的却是更大的痛苦，如同刀绞一般。

反复尝试了几次没有丝毫效果，赵无极突然想到了一个可怕的后果：自己不是要归于尘土了吧？生性豁达的赵无极转念一想：倒不如干脆放开精神，顺其自然。只在脑海中默运着《自然经》中的功法。

渐渐地，赵无极感觉自己身体内的真气慢慢安静下来，温顺得像只小羊羔，在体内无声游走，修复着损伤的经脉和筋骨。

约摸又过了几分钟，赵无极感觉浑身每一个细胞都在唱歌似的，有着说不尽的愉悦，知道自己应该基本恢复了，便慢慢睁开眼睛。映入眼帘的四个熟悉的身影，正神情低落地吃着东西。

神志逐渐清醒的赵无极笑着爬起来，冲着张鹏四人用微弱的声音说：“还说是兄弟，有吃的都不叫一声，太不仗义了。”

无极兄弟？众人听见声音大喜，放下食物都围拢过来，不可思议地上下打量着赵无极，摸摸这里，瞧瞧那里，检查着他的身体。

“别摸——别摸——”赵无极被大家摸得痒痒，笑着左右躲闪着。

“兄弟，有你的，我刚子算是服你了。”刚子笑着递过来一大头盔食物。

赵无极也确实感觉饿了，伸手抓起里面的食物就塞进了嘴里。心头的一块大石头落了地，大家高兴地围着赵无极聊了起来。

吃饱了的赵无极放下头盔呼喊了一声，伸开双臂上下左右活动了一下身体，然后直奔不远处的山涧小溪，三两下脱了个精光，洗了起来。

看着精气神逐渐恢复的赵无极，大家会心地笑起来。

风子说：“老大，干脆让无极兄弟加入我们吧？以他的身手，完全具备条件。你去跟老板说说，肯定能行。”

“是啊！说真的，那呼啸，太震憾了，够劲！”刚子也说道。

“斌子，你怎么看？”张鹏问身边的斌子道。

“我看还是算了吧，无极兄弟是一个崇尚自由的人，要不然也不会想着去外面闯闯。我看这件事还是延后吧，有时间问问无极兄弟的意思再作打算。”

说的也对，这件事确实不能操之过急，还要考虑赵无极的感受。

张鹏沉思片刻后道：“我看这事先按斌子说的来。具体的，等有机会问过无极之后再说。另外，我看无极兄弟不太喜欢说自己的事情，可能是性格使然。大家也不要太多打听他的过去了，只要像现在这样一心为了完成任务团结协作就行了！”

等赵无极回来了，大家处理完留下的痕迹后，便继续向前赶路。

走了大约十里地，来到一个土堆前，赵无极停下来查看了一下周围的地形，分析比照了一番后，指着一个方向说道：“从这里过去，大概半天路程，就要出山了，之后再往前走就是你们说的紫檀山。”

大家一听，都振奋起来，想到马上要执行的任务，脚下更是有力了许多。一路上，大家边走边说，交流了战术、武器的运用方法，身手功夫的练习心得等等。

不知不觉中，一行人走出了原始森林，远远眺望中看到了山村人家的房屋。眼下离完成任务越来越近，众人不由得加快了脚步……

不一会儿，大家来到山下。眼前是一条两车道的公路，现在没有车，也没有人，村庄离的还很远。张鹏举起望远镜侦察了一会儿说：“这里已经是Q国了，因为语言不同，大家处事要小心，避免提前暴露身份。另外，大家现在把一切证明身份的东西销毁。准备行动!”

大家立即麻利地把肩章、标识等代表身份的东西扯下来，堆到地下，一把火烧了。赵无极不明白这次任务究竟为什么让大家如此紧张？而将要面对的敌人到底又有着什么样不可告人的秘密呢?

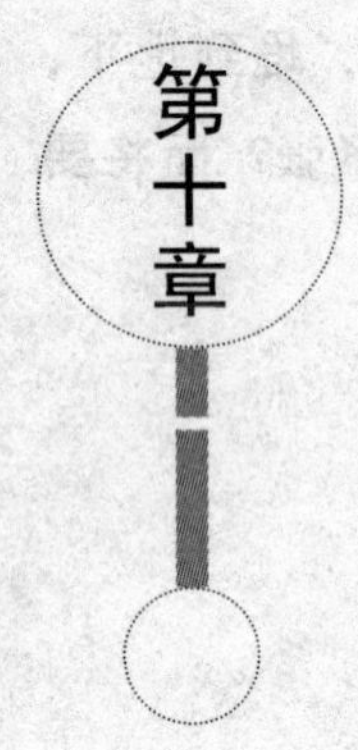

第十章 清除目标

根据之前得到的地图显示，这里离瓦乌集团的秘密制毒工厂所在地——紫檀山已经不远了，眼前的公路便是毒贩们每日运毒的必经之路。如果判断准确，现在敌人还没有押送目标到达工厂，那在这里进行伏击便是最佳的选择。

行动开始前，张鹏把大家召集来，部署了具体作战方案：爆破专家斌子负责在公路上布置陷阱，其他人集中火力对付目标。时间有限，张鹏要求队员务必认准目标位置后再下手。

当太阳藏起它最后一丝光芒时，一支武装车队从远处出现，顺着盘山的公路蜿蜒而来。

张鹏举起望远镜，映入眼帘的一幕画面不禁令他激动起来，接着将望远镜递给旁边的风子道："风子，你看看，是不是很熟悉？"

风子疑惑地接过望远镜看了一会，兴奋地咬了一下嘴唇，将望远镜递给其他人说："哈，鹏哥，真是苍天有眼啊！"

其他人依次接过望远镜看了一下，一副求战心切的表情跃然脸上，浑然忘了旁边茫然的赵无极。

刚子惊喜地说道："奶奶的，得来全不废工夫，今天到这就别想再走了！"

张鹏沉思片刻后说道：“机不可失，时不再来。大家警戒，准备战斗！”接着下命令说：“估计车队十分钟后经过这里。斌子，亮出你的绝活来，其他人狙击掩护。注意，任务完成后，从森林里撤离，都明白了吗？”

“明白！”大家异口同声地答道。斌子将大家手中的地雷都收集过去，跑出了林子。风子和刚子紧随其后选择狙击地点准备就绪。

赵无极隐隐猜到了什么，问道：“是不是车队里有你们的目标？”

“嗯！”张鹏紧盯前方点点头，“但敌人很多，我们最多只有三分钟时间，因此必须第一时间杀死目标，然后从后面这片大山撤退回去。到时候还得靠你带路。”

“小事一桩。对了，我能做什么？”赵无极问。

“跟紧我了。”张鹏说完，将一把突击步枪塞到赵无极手中。

公路上的陷阱布置完毕，斌子悄无声息地埋伏在另外一个制高点上。

赵无极跟着张鹏来到距离公路五百多米远的地方，潜伏好，静静地看着前方，侧耳听着远处的声音。

不一会儿，一支长长的车队出现了：前面是彪悍的坦克开路，中间是几辆小车，后面有十几辆军用卡车。张鹏小声说：“好家伙，一个营的兵力，真够硬的。”

“你们的目标在哪辆车上？”赵无极问道。

“看到前面开路坦克上那个神气的刀疤脸没？要不是他，我都不敢肯定目标在这支队伍里面。他就是前些日子带队去边境接目标的人。一会就让他好看！”接着张鹏神秘地说，“至于目标的位置，马上敌人会告诉我们的。”

“敌人？”赵无极很好奇，还没等下句问出来，车队已经临近了。他赶紧摒住呼吸，将全身的气息全部收敛住。旁边的张鹏现在已经完全感觉不到赵无极了，不由吃了一惊，暗叹这个小伙子的功夫实在了得！

轰——！

一团巨大的火球忽然出现，猛烈的爆炸将前面开路的坦克掀翻在地，狠狠地砸在了地上。后面一阵阵急刹车，敌人没有料到，在自己控制的地盘内竟会遇到武装袭击。谁吃豹子胆了？

所有的车全部停了下来，大批的武装人员从车上跳了出来，快速寻找有利地形，准备伺机还击。其中二十几个人更是围拢在中间两辆小车旁边，组成了一道人墙。

有时候反应快并不见得是好事。张鹏嘲讽地看着公路上敌人布防起来的情景，嘴角一咧，说道：“你不是想知道目标在哪辆车上吗？喏，这其中一辆中肯定有。”说着拿起了望远镜。

“果然在里面！”张鹏放下望远镜狠狠地说道，同时用狙击枪快速瞄准了目标。

这声爆炸后，公路在硝烟中安静了下来。怎么个状况？就一颗雷？谁埋的？敌人疑惑地四处张望，原地候命。

砰！突然一声枪响，张鹏愣了一下，骂道：“该死的风子！就不能将目标给老子留着？”说着，扣动板机，一颗子弹随即呼啸而出。

轰！赵无极看到公路上的一辆车被掀翻在高空中，落地后，发生了爆炸，整个车子变成了一团火球。

好厉害！赵无极看一眼从张鹏那支狙击枪弹出的、此时正冒着青烟的黑黝黝的子弹壳，心中暗自称赞。

“这些人必须统统消灭，免得再出去祸害别人！”张鹏说着又是砰砰几枪，旁边几辆车顿时炸飞开去。

那边斌子、刚子、风子三人也在拼力作战，子弹嗖嗖飞舞，仿佛要将这些天来的愤懑全部发泄出来。

这一刻，赵无极算是领教了热兵器的厉害。看来武功再高，遇到子弹还是要低头的。完成这次任务后，有机会得叫张鹏他们教自己练练枪才行。想到这，赵无极看看手中的枪，一边念着张鹏、刚子教的要领，一边瞄准敌人练习射击起来。

毕竟是人数众多、装备精良的武装力量，很快敌人就明白过来当下的状况，锁定张鹏一帮人的方位，并快速围拢过来。张鹏见状再次拿起望远镜，确定目标所乘坐的车子已经被子弹轰击得爆炸起火，目标被炸得半个身子垂在车门上后，又端起狙击枪朝目标补射了一枪，然后把枪一扔，拉起赵无极就跑，“快走，晚了就被‘包饺子’了！”

见识过这等场面后，赵无极没有多问，撒开腿跟着跑起来。

大家很快在森林里会合起来，看着已经甩在身后的敌人，不禁相互击掌，痛快地大笑起来。任务完成了，可以回去交差了。

为了避免后面追击的敌人对自己形成包围之势，张鹏命令大家不要停歇，马上火速撤退。至于原始森林里的危险，有赵无极在，大家都不再担心。

任务完成，丢掉了一些用不上的武器，身体顿觉轻了一大半，加上不用再顾忌留下的痕迹，大家的速度自然提了上去。

轰隆隆！

不好，是直升机！

众人心里立刻又紧张了起来。赵无极也知道这个家伙的厉害，不敢大意，带着大家径直往密林里面钻。也许是参天的大树遮挡了视线，直升机在上空盘绕了几个圈后，开始四处盲目扫射起来，空中立刻下起了“子弹雨”。

不好，危险！

所有人都第一时间选择最近的大树伏地躲避起来。子弹到处纷飞，发出嗖嗖的声音，仿佛死亡的交响曲，狰狞地叫嚣着。头顶上的大树不时被直升机带动的气流吹得四散开去，露出森林里一块块的平地，一览无遗。

大家依托茂密的古树，随时调换位置。

几分钟后，直升机大概没有发现情况，便逐渐飞离开去，到其他地方继续侦查去了。大家松了口气，看来这架直升机上没有装配先进的热成像仪，否则不可能发现不了他们。

望着远去的直升机，风子三下两下爬上一颗巨大的古树，观察了一会爬下来，脸色凝重地说道：“不好，敌人的地面部队追来了，估计不下一百人，配有军犬！”

嘶！众人倒吸一口冷气。在这片森林里面，只要跑的快、隐藏的好，躲避多少人都不是问题。但军犬就不同了，它们能够轻易地发现大家的行踪，还会像牛皮糖似的，甩都甩不掉。

“鹏哥，干吧！给他们点颜色瞧瞧！”刚子一脸战意地说道。

张鹏看了看大家的表情道：“情况大家都清楚了，现在检查武器！”

由于之前为了提高速度，大家把不必要的武器都扔掉了，现在手上除了几把突击步枪和四把军用匕首外，没有别的有效武器了。子弹也不多，每人十几发而已，手雷更是欠缺。

敌强我弱啊！不过，对于大家来说，这些都不是问题，森林里到处都是致命的武器。况且现在任务已经完成，没有后顾之忧，对付起这些人来就没有心理负担，可以轻装上阵了。

打游击战！在运动中消灭敌人有生力量，将对手拖垮再说！

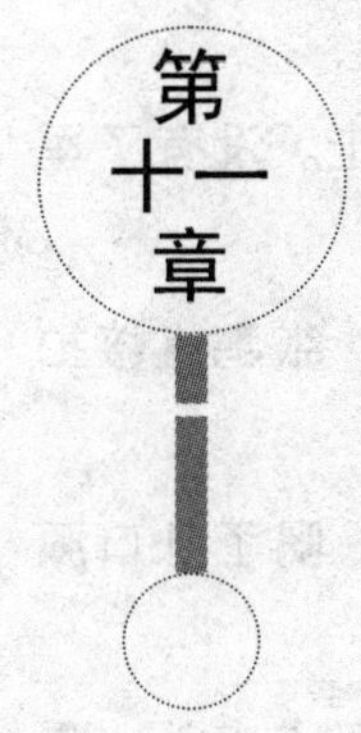

第十一章 游击战

制定这个战术无疑是符合实际的。为了完成任务，大家都可以豁出命去，但拼上自己的命就没必要了。

不过，这种战术拼的是单兵作战能力和意志力。以少打多，敌人也不是固定靶子，除了出色的技能、过硬的体能外，意志力更重要，谁先被拖垮谁就输，输的结果就是赔上自己的性命。

赵无极听完大家的作战计划后说："森林中只有老虎才能称王，只有狼才能称霸。区区猎犬，交给我吧。"

大家脑海中闪过赵无极呼啸的绝世气概，不由神驰，可一想到"呼啸"的后遗症，大家都摇摇头，否定了。一个人昏迷，需要另一个保护，那就是两个人没有了战斗力，大兵压境，这个主意不好。

看到大家为难的样子，赵无极说："放心吧，这次我没问题。"

大家一听不是"呼啸"，便竖起了耳朵，不知道这次他又要想出怎样的高招。

张鹏说："说说你的计划?"

"很简单，我去将他们引开，你们帮我狙击掩护一下就可以了。"赵无极黝黑的脸上写满了坚定和自信，一副保证完成任务的模样。

"不行，军犬不同于猎狗，受过特殊训练。而且，他们都被主人用皮带牵着，不会轻易追击你的！”张鹏马上否定掉了。

在大家眼里，这件事情跟赵无极无关。让一个局外人去冒生命危险，这是作为军人绝对不容许的。

斌子在旁边说：“依我看，先干掉对方的军犬，边打边走。没有了军犬，我们再和他们捉迷藏。”

“斌子说的有道理，就这么办，大家各自做好战斗准备！”张鹏直接拍板。赵无极还想再说什么，却被张鹏一个手势制止了。

命令下达，大家都行动起来。斌子随手砍下一根扁担藤，喝了几口藤里面的水说：“无极兄弟，你跟着我吧。”

张鹏想了想，应允下来，示意赵无极跟着斌子走。赵无极点点头，看到其他二人都在将树枝枯草之类的东西编织起来，准备伪装，也照猫画虎地给自己做了一个。

不一会儿，每个人身上都挂满了各式各样的植物，很快散开，眨眼间消失在森林里面。

斌子穿着伪装，像株植物似的往树上一靠，马上与周围的环境融为一体，只剩下两个黑白分明的眼珠看着赵无极。

赵无极明白过来，但他觉得大家不能都装成一个样子，便放下伪装物，左瞧瞧右看看，然后直接跳到旁边的淤泥塘里面。出来后，又在堆满腐叶的地上滚了几下，让树叶沾满全身，接着屏住呼吸，整个人躺在地上。

斌子赞许地看着赵无极，连忙脱下伪装，学着他的样子重新装扮了一番，然后披上原来的伪装，二人相视一笑。斌子边警备边说：“还是你这个猎人有办法，这样一来，就算军犬也发现不了咱们。走，跟我来。”

丛林热兵器特种作战完全是赵无极不熟知的领域，赵无极不敢掩沓，紧跟在斌子身后。二人很快选择了一棵被雷电击倒多年的古树，地上满是枯枝败叶，杂草丛生，更重要的是这里地势较高，刚好可以看到周围的一切。

斌子压低声音对赵无极说：“特种作战，除了个人能力和装备外，更重要的是对敌人心理的分析。看到旁边那两个高些的地形没有？按说是最好的潜伏点，但敌人不是傻子，自然也知道这个道理，必然会注意对那两个潜伏点的警戒。我们躲在别处，这就给了我们袭击的机会，打赢的希望才更大!”

“嗯，我们猎人打猎也是这样，必须知道猎物的习性和生活习惯，还要故布疑阵来迷惑猎物，消除它的警惕性，最后做到一击。”赵无极小声地附和道。

斌子愕然一笑道：“兄弟你真是个天才！有没有想过和我们一样?”

“当兵?”赵无极疑惑地问道：“当兵是好，过着热血刺激的生活。可就是有些不自由，规矩太多。我的目标可是走遍全世界。”

“走过之后呢?”斌子听了仍不死心，追问道。

“不知道，那还没想呢！到那时，我可能会回青牛寨。外面再好，看看就可以了，青牛寨才是我的家，人总是要回家的嘛。”赵无极应道。

斌子叹了口气，停了一会儿说：“咱们的武器不够了，一会我想搞点。有没有兴趣陪我玩把大的?”

“好啊!”赵无极从没有对未知危险的恐惧。只要在原始森林里面，赵无极自信可以全身而退。

话音未落，二人突然听到了军犬的吠声，赶紧噤声，接着丛林里响起了脚步声，一些军人陆陆续续出现在不远处，连奔带跑，动作迅速有力。

砰!

不知是谁开了一枪，一条军犬仿佛被重锤狠狠打击了一下似的往侧面飞去，重重摔在地上后呻吟几声死掉了。敌人顿时警惕地趴到在地。

砰砰砰!

又是几声枪响，几条军犬应声翻倒在地，挣扎了几下，没了气息。这时，摸清了枪声方向的敌人也动了，分散着朝那个地方潜伏突进，不时地开几枪。

赵无极见斌子没有动手，只是一动不动地趴在那里，和地上的枯枝败叶浑然一体。

不远处响起一阵枪声，看来双方是碰上了，树林里影影绰绰地看见几名敌人倒下去。

赵无极见斌子还是没有动，便学着，静静地看着大批敌人陆陆续续猫着腰从不远处经过，朝前跑去。被血腥刺激得兽性大发的军犬显然也没有发现二人的身影，狂吠着带着牵绳的敌人，凶悍地朝前扑去。

等敌人跑的没有了踪影，斌子重重地出了一口气，说道：“来吧，收获的时候到了。”说完，一跃而起，朝前面躺着的敌人尸体走去。

不一会儿，斌子从尸体上解下不少的手雷、子弹，赵无极也跟着帮忙拿了不少，然后二人尾随敌人追击过去。

一路上，子弹、手雷挂满了二人的身体，捡的差不多了，斌子望了望敌人行进时留下的痕迹，不屑地说：“兄弟，该我们上场了！”

赵无极不知道斌子打算怎么干，只能紧跟在其身后。二人一路绕开敌人的队伍，约摸抄到敌人的前面后停下来，就听斌子说：“看好了，哥教你一招。”

说着，开始布置起来。他先取下一个诡雷，小心地挂在离地面一尺高的灌木上，拔下保险针，略微鼓捣了一下后说：“这是触发诡雷。只要有人碰上周围的任何一根灌木，这颗诡雷就会掉在地上，把周围的敌人炸个血肉模糊！”

然后，他又在不远处的枯叶里面安置了几颗雷，上面盖着几串子弹，再把掉在地上的树叶和枯草铺到上面，伪装得很精妙，不露一丝痕迹。斌子继续说道：“当刚才的那颗雷爆炸后，敌人的第一反应是卧倒，而这颗雷受到刚才爆炸气压和弹片的影响，也会跟着爆炸。”

赵无极听着头皮发麻，感觉斌子思维缜密的大脑就像一台精密的机器，提前把敌人每个将会发生的动作都计算好了。

此时的斌子已经陶醉在自己的战斗世界里，手脚飞快，不停地变换位置，继续布置着陷阱，嘴不停地说道：“当敌人连续遭到打击后，肯定会绕道而行，也会小心翼翼了。这颗真假子母雷就是送给他们的最好礼物。上面的是假雷，一旦被发现，敌人肯定会起出来，不过不要紧，下面还有一颗，它是靠上面这颗的重量发动的，一旦拿开上面的，下面的就会爆炸。”

赵无极忽然感觉这个布置很有意思，兴趣也来了，便问道：“这个爆炸后会怎样?”

“也没什么，还要在周围挂上一些打开保险的触发雷。就和第一个一样，它们受到震动后会掉在地上，接着就是一场连续大爆炸。这是对付大批敌人和密集阵形的最好选择。你觉得怎样?”斌子侧过头问道。

赵无极想到十几颗炸弹同时爆炸的情形，汗毛都竖起来了，舔舔嘴道：

“好厉害的兵器!”

正说着，赵无极感觉到几股熟悉的气息飘来，便说道：“是鹏哥他们来了。”回头看时，几道身影正如狸猫般潜伏跳跃，飞速前进，紧随其后的是串串连珠似的子弹。

这时，赵无极才发现几位的身手如此了得，这速度估计跟森林里面的野狼差不多吧!

斌子皱起了眉头，惊呼道：“不好，敌人当中有高手，随我来!”

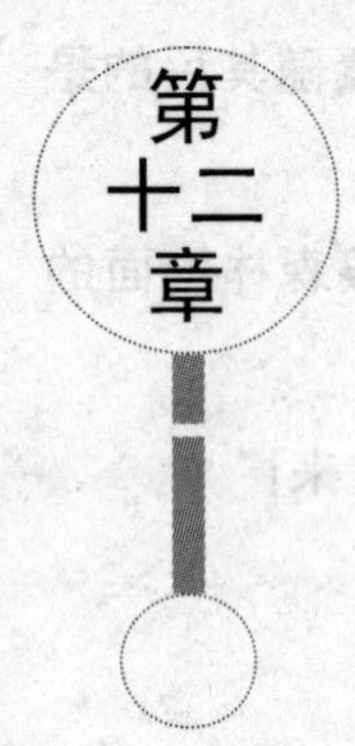

第十二章 初试牛刀

前方就是斌子设计的地雷阵了，现在的当务之急是必须尽快通知队长他们闪躲开来。

斌子找了个有利地势，拿起枪静静地瞄准前方，打出了一声长啸。正靠过来的张鹏等人听到枪声后，身形一滞，双臂往两边一分，迅速地变换方向，从侧面绕道而行。多年的训练和配合，让大家心照不宣地明白了队友的暗示——前方有陷阱。

赵无极看着张鹏等人绕行，知道是刚才斌子的长啸示警起了作用，原本担心大家踩到雷的心放了下来。

十几个同样伪装的敌人很快尾随出现了，从他们奔跑的速度来看战斗力非常强。他们离开后几秒钟大部队人马也赶到了。

斌子说道："兄弟，你往后走，追上鹏哥他们，我随后就到。"

赵无极一脸平静地说："那么精妙的陷阱，我要是不看一眼，实在是可惜了。放心吧，我能自己照顾自己。"

斌子没有再说什么，举起枪瞄准，搂火，砰的一声，一名披着伪装的敌人被一枪爆头。斌子一个闪身离开原地，不忘护住赵无极。

突如其来的袭击，没有让敌人停止进攻的脚步，看他们不要命的样子，显然是接到了死命令。

斌子小声地对赵无极说："不要在任何地方停留太久，特别是开枪后，必须马上换一个地方。咱俩现在分开干，不然目标太大。小心点！"说着，一个闪身消失在森林里面。

斌子知道，虽说赵无极没有多少枪战经验，但他狩猎经验很丰富，知道怎么趋吉避凶，因此并无大的危险，也可趁机锻炼锻炼他的丛林作战能力。

赵无极见识过国刃小组成员的作战实力，自己顶多在武艺和丛林冷兵器作战与他们不相上下，可若论起这种武器战来，自己肯定是要吃亏的。想要弥补自己的弱项，拉小差距，现在就是最好的时机。

突然，赵无极感觉一种充满敌意的气息存在于自己的周围。他不敢大意，慢慢蹲下，定睛观察，发现离自己不远处一个浑身与灌木丛融为一体的家伙正左顾右盼。可能是这里的灌木比较高，敌人并没有发现隐藏在里面的赵无极。

深呼吸，举枪，瞄准，射击——砰！

从赵无极枪口射发的子弹一下擦过对方的头顶，飞了过去。

嘿！枪法不是一般的臭！赵无极懊恼地在心中暗骂自己。看着吓了一跳的敌人，赵无极想起了斌子说的话，赶紧闪开，借助地形和自然植被飞快地重新躲藏起来，刚站稳，原来的地方已经被几枪子弹打得枯草、树枝乱飞，尘土四溅；敌人的反应不慢啊！

一枪没把敌人打倒，可能下一声枪响时倒下的就是自己！赵无极不禁心里一颤。当然，如果让敌人知道偷袭他们的是没有任何用枪经验的人，不知道又会作何感想？

听到不远处此起彼伏的枪响，赵无极知道是国刃成员们在与敌人厮杀。他很快调整好自己的呼吸，心里默念着枪法要诀，一次打不中不要紧，下一次一定不能再犯同样的错误了！

赵无极寻思着，很快发现刚才那个目标已经潜伏到一个沼泽泥潭旁边，这次除了原来的伪装，浑身上下还涂满了污泥。

哼，只要你生命气息还在，就逃不出我的手掌心！砰！赵无极又开了一枪——可惜还是没中，赵无极用拳头捶了一下地面。

闪身，离开，潜伏到另外一个位置。现在，陌生的生命气息增加了，大约在距离自己三百米的地方存在。难道敌人发现了我的位置，来包抄我了?

周围透着一股庞大的危险气息，凝重而阴森。

虽然这种作战方式有些陌生，但并不影响赵无极的决心，现在他什么都不怕。

等他再抬头时，发现刚才那个敌人还没有离开。看来这是个战斗能力很差的人，估计并没有想到射击自己的是个生手，可能以为自己还没被发现呢? 真是自己往火坑里跳啊! 赵无极冷笑着。

你不动是吧? 我动! 他簌地把气息往上提，身体前倾，忽然整个人贴到地上，开始滑行——仿佛一条捕猎的巨蛇，整个身体不停地扭曲着，在地上飘忽闪过，快速无比。

蛇形! 赵无极围猎金刚蛇时发明的秘技拳法之一。此时就算世界顶级狙击手在眼前，恐怕也无法锁定他的位置。

不一会儿，赵无极没有发出任何响动地潜伏到距离对方五米远的位置。

砰—砰—砰! 一连三枪，打中目标。

剧烈的疼痛让敌人翻滚身体，脸上露出不可思议的惊骇。砰! 又是一声，目标头部中枪，身体停止了挣扎，身体瘫软下来，一动也不动。

赵无极轻吐一口气，看了看眼前倒地的敌人，转身快速朝斌子奔跑的方向跑去。

很快，他身后留下的痕迹引来了两个追击者，奔跑中的赵无极脸上露出了不屑的笑容。同时，他察觉斌子的气息就在自己二百米开外，张鹏三人也已经折返过来帮忙了。

赵无极看准旁边的地势，迅速爬上一棵古树，架好枪，静静地等待着敌人的到来。手中的这把枪不如公路狙杀战中的那支强悍，那把是真正的狙击枪，这把连瞄准镜都没有，威力小了很多，若想一枪击毙敌人只有等目标进了有效射程中才行。

两个敌人端着枪，一前一后相互配合着朝前跑来，并没有感觉到赵无极已经藏了起来。赵无极明白，只要自己开枪，没打中的那人肯定会锁定自己，把他打下来，那样自己就凶多吉少了。

突然，赵无极发现自己窝着的不远处，有一条青蛇正惊恐地望着自己，一动不动。估计是被自己体内的“龙丹”气息给吓着了。赵无极心中忽生一计，一把操起青蛇就朝另一个方向扔了出去。

青蛇带着丝丝的声响划空而过。砰砰！敌人两枪准确的射击，将青蛇打成了两段。机会！赵无极等的就是这个时候，他毫不迟疑地开枪了，砰砰，一个连击。

两名敌人听到枪响，条件反射一般地跃向旁边的大树底下。但再快也快不过赵无极的子弹，一名敌人被当场击毙，胸口汩汩地冒着鲜血，另一名侥幸逃脱了。

完毕，赵无极像紫貂似的，一下子闪到了旁边树杈上躲起来。噗噗，刚刚待过的地方出现了几个弹孔！敌人实力很强啊！

赵无极又一个“蛇滑”，身体悄无声息地落在地上，然后用自创的“狸闪”步伐，狸猫般消失在原地。

存活的敌人并没有急于追击，而是停了下来，对着耳麦说着什么，估计是请求援助。

此刻，赵无极已经躲在对方背后二百米远的地方，趴在一棵断木下，冷冷地看着对方，举枪，瞄准，砰！

中啦！赵无极看着脑袋一歪的敌人，心潮澎湃起来，没想到自己的枪法进步这么快！为防万一，赵无极又连续两枪过去。远处已经有援兵过来了，来不及多加思考，赵无极拔腿就跑。

在原始森林中，赵无极凭借从小练就的本领，奔跑的速度无人能及。几分钟后，追兵已经被他甩得不知踪影。

一连干掉几人的赵无极自信提升了不少，也喜欢上了用枪的感觉，那个跟了自己十几年的大弓，今天还没有开张过。

确定安全后，赵无极决定寻找其他人，看能不能帮上忙。

跑到一棵大树旁，赵无极看到一个人远远地跑了出来，连忙隐蔽起来。这个披着伪装的敌人正一脸愤怒地向后面招手示意，立即有一支人数众多的武装人员急速开进过来。

赵无极看了一眼离敌人不远的陷阱，摇了摇头。

这时，又一个人摸过来，仔细一看原来是斌子，为了避免产生误会，赵无极赶紧出声道：“斌子哥，是我。”

斌子一看是赵无极，兴奋地说：“没受伤吧?”见赵无极摇摇头，斌子摸摸他的头说：“看斌子哥给你安排的好戏就要上演了!”

轰!

随着一声手雷巨大的爆炸声，几名敌人翻飞着上了天空，残肢断臂随着气流四处飞舞着。

轰轰！连着又是几声爆炸声响起。

接着，无数的子弹在林中四处乱飞，好像钻天炮似地窜动着，四周几名仓皇逃窜的敌人无一幸免，倾刻被打成了马蜂窝。

“看到没有，谁说子弹不能拐弯?”斌子低声说道。

如雨般的子弹加上手雷爆炸掀起的无数硝烟和火光，隆隆声响的场面异常震撼!

敌人急了，也慌了！眨眼间几十条生命永远地消失在这片大山里。

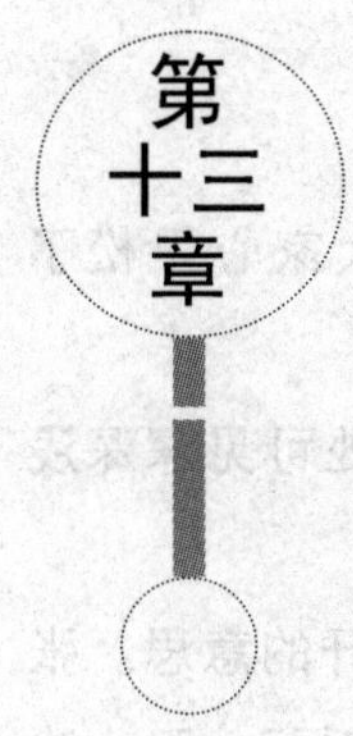

第十三章 险象环生

十几分钟后，战场渐渐安静了下来，笼罩在空中的硝烟徘徊着，而后随着微风缓缓飘向远方。展露在眼前的是满地七零八落的武器，以及和鲜血、断肢碎肉搅拌在一起的深红色泥土。

大家沉默地站起来，虽然这次战斗完胜了敌人，但只要还没有走出这片森林，就有再次身陷险境的可能，千万大意不得。张鹏用眼睛清点了一下人数，见大家都安全后，马上指挥他们更换武器，抓紧时间撤退。

这些家伙显然是瓦乌集团的主力军，配备的武器很不一般。赵无极跑去拣了一把狙击枪，手上的突击步枪又舍不得丢掉，于是全部背上，顺带捡了些备用的子弹挂在身上。

在缕缕阳光的照射下，这群沾满淤泥的黑乎乎人影上，闪着金灿灿的子弹光芒，给人一种诡异的感觉。

大家刚准备走，就听到了敌人武装直升机的轰轰声，于是撒开腿没命地跑了起来。

在森林里，跑的再快也快不过直升机。三公里后，赵无极他们还是被追上了，子弹就像一阵磅礴大雨，打在树叶上、树干上、地面上……留下无数的弹孔，四处冒起阵阵硝烟。大家紧贴着古树，不时变换位置躲避着。

嘶——！

一枚直升机携带的小型导弹带着白色的曳光尾烟，仿佛陨石般降落下来。大家暗自祈祷它不要落在的正面，否则就算这棵枝叶茂密的古树也保护不了他们。

轰——！

炸弹在离古树二百米九点钟处爆炸，冒起滚滚浓烟，大家心里松了口气。

攻击足足持续了十分钟，地上满是金灿灿的子弹壳，随处可见深深浅浅的弹痕。

武装直升机停止攻击后，在上空缓慢盘旋着，并没有离开的意思。张鹏连忙召集大家凑到一起，说："看来，直升机的目的是拖延时间，阻止我们前进。估计敌人的地面部队很快就会跟上来。现在要抓紧时间离开这里才是！"

很快大家统一了思想：风子和赵无极断后，其他人呈单线进攻方式，尽量以大树为掩体前进。这样一是不用担心头上的直升机，直升机来了，大家就各自隐蔽起来；二是大家身上的伪装还在，便于潜伏，可以增加成功的几率。

刚子作为搏击能手，一直是队里的尖刀，开起路来游刃有余。他率先从古树下跑出去，二百米后确定没有危险，冲后面发出一个手势，张鹏、斌子……大家依次波浪式前进。

赵无极和风子二人殿后，经过这段时间的磨合，两人配合起来迅速又默契。只见一个人用树枝将大家的脚印扫平，另外一个人同步在上面洒一些枯草败叶，尽量掩盖得和周围一致，让敌人看不出任何痕迹。

特别的是，赵无极选择的树枝散发有一种怪怪的味道，可以掩盖人体活动的气息，阻挡后面警犬的追踪。这一点让风子振奋不已，这样大家就无后顾之忧了！

一行人小心翼翼地走了两公里，忽然队伍停了下来。张鹏一个手势，命令赵无极和风子向前靠。正在纳闷，凑近一看，斌子蹲在刚子的脚下，正琢磨着什么东西。

赵无极疑惑地望着张鹏，"刚子踩到雷了！斌子正在想办法。"张鹏一把挡住了想要冲过去的赵无极。

此刻，斌子站了起来，环顾了一下大家，说道："棒状地雷。"

"棒状地雷？很危险吗？"赵无极好奇地问道。

"标准的大杀伤性地雷。一般地雷都是圆的，通过感应区或导绊索爆炸，是地面全方位杀伤。这种棒状地雷的引爆装置和圆型地雷一样，但是定向杀伤。"斌子解释说。

赵无极没太听懂，只见那枚地雷露在地面一侧的外壳上密致而均匀地分布着钢片。

"能拆除吗？"张鹏问出了自己关心的问题。

"能是能，但对时间没有把握！"斌子回答道，"诡雷有两种，一种是在人想像不到的地方设置高爆性材料，让敌人在最无防备的时候受到伤害；还有一种则复杂许多，那就是反诡雷，是专门针对拆弹人设计的。这完全是布雷者和目标攻击对手间智力的较量！现在这颗是诡雷还是反诡雷，我还不敢确定。"说着又蹲在了地上。

"不要管我了，赶路要紧，敌人很快就追来了，你们快走！"刚子一脸镇定地说道。大家瞪了他一眼，没有吱声，怕打断斌子的思路。

赵无极刚才已经见识过这个会爆炸的厉害家伙，能要人命的，也深知现在大家的危险处境。看到刚子的大义凛然、大家对刚子的不离不弃，心头一热，真是患难见真情啊！

过了一会，斌子抬起头来，肯定地说道："没问题，是反诡雷，可以拆除。"反诡雷的引炸方式是强力弹簧隔开两极的张力装置，这个张力装置是以插销的形态固定弹簧，因此就算是踩到了导绊索，也根本不会引爆地雷。因为这个导绊索只是诱饵、诡计，如果当一般地雷去拆它，一旦拉开就会使弹簧两极弹在一起产生爆炸。因此拆除这种反诡雷，只有斌子这样的高手才行。

斌子埋头作业，大家都屏住呼吸，仔细观察。在斌子娴熟的手法下，地雷很快被拆除了。风子激动地拍了拍斌子，跟刚子击了一下掌。大家松了一口气，但不敢怠慢，时间已经耽搁太久了。张鹏分析道："敌人显然没有放弃，前面会有更大的危险，继续往东是不可能了，下面还剩下南面和北面。大家说说，我们朝哪个方向更好？"

斌子这个爆破专家最懂得分析人的心理，说道："北面。南边虽然有我们的红旗军区，但是敌人显然也会想到这点，提前布防，硬碰硬对我们现在没有好处。所以，我个人建议往北。”

“我同意斌子的说法。虽然南面有我们的军队，但也许我们还没有靠近国境线，就被敌人重兵包围了。见敌人这阵势，肯定是不想让我们活着离开。因此往北危险会小一些。”风子说道。

“往北吧，虽然路远了一倍多，但会更容易突破包围圈。”刚子说道。

张鹏等大家说完了，转头看了看赵无极。

赵无极说道：“我不懂军事，但我知道一个道理，在这片森林里没有绝对的安全，必须赶快离开。除去敌人不说，也不能低估任何野兽，因为它们往往会在你意料之外出现。刚子他们分析的虽然有道理，但未必敌人不会想到，因此我觉得反其道而行之，往南！”

张鹏肯定地说道：“没错，我觉得既然大家都想到了往南有危险，会选择往北，那么敌人也未必不会这么做。因此他们会在北面埋下重兵，而在南面只选择布下地雷。所以现在我们只有赌了，赌我们的命，赌我们的运气，往南。”

“要不，我来开路吧?”赵无极说道，“我有办法避开前面的敌人!”

大家想到赵无极表现出来的超强感知能力和对危险的预见力，都赞同地点点头。

“好，我同意，自从我们遇到无极兄弟后，好运总是站在我们这边，就这么定了！风子、刚子，你俩断后；斌子，你协助无极兄弟开路。”张鹏下达了最后的作战指令。

几个人很快各司其职行动起来。赵无极带路，全神贯注地感知着前面的一切生命气息。是人? 还是动物? 这很重要，它可是关乎全队人的性命啊!

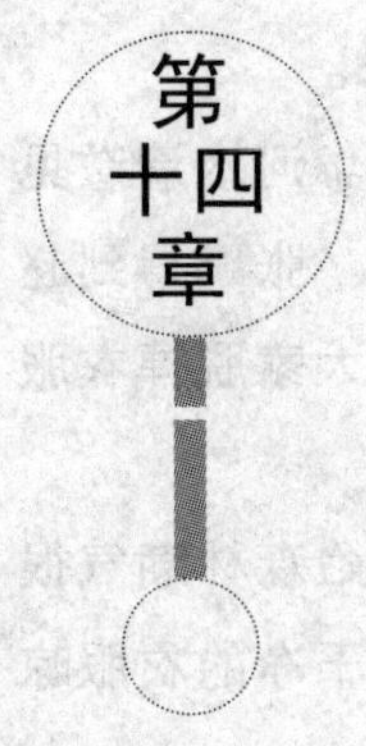

剑走偏锋

张鹏选择往南，也是迫不得已，现在收不到情报，根本不知道哪个方向才是敌人的伏击点。头上直升机一直没有散去，谁敢保证下一秒他们不会被发现？往北路线太长，真要碰上敌人的队伍，想脱身都难。与其这样，还不如选择一条最快、最直接的路线，这样活下去的机会会更大。往南，只要进入国境就不用担心了，红旗军区的利剑特种部队也是善于丛林战的精锐，如果他们能接应，便再好不过了。

这次有了赵无极和斌子在前面开道，不管是地雷还是敌人、野兽，防御能力是会大大提高的。

让大家高兴的是，这条往南的路上并没有地雷。大家一路走的是单线，后面的踩着前面的脚印，这对大家的安全是个很大保障。

走过一公里左右时，赵无极忽然拉住了斌子，先闭目凝神，又很快睁开眼睛说道：“东南方向有大批人活动。”

斌子略微向东南方向看了看，虽然此时没有丝毫的异样，但他相信赵无极的判断，随后打出手势，示意大家的路线要略微偏西南方向行走。

这时，天上忽然响起了雷鸣声，狂风大作，乌云压顶，一副大雨欲下的模样；直升机很快掉头跑了。

在原始森林里，下雨是很平常的事情。现在没有了空中的直升机，大家少了许多担忧，跑动起来速度更加快了起来。

雨很快下了起来，愈发猛烈的暴雨打在脸上，生疼。

暴雨是掩盖痕迹的最好帮手，大家干脆在暴雨中狂奔起来。

一个小时后，暴雨停了，大家安全地到了一条小河旁边。河水清澈见底。这一路的高度紧张，无疑透支了身体大量的精力和体力。张鹏得到赵无极确认周围一公里范围内没有危险的保证后，一声令下，大家脱掉衣服在河水边洗了起来，除掉了原来的伪装。

长时间没有洗澡，身上都长满了虱子，再加上夏季的原始森林潮气很重，这时的清爽真是难得的休整。洗完，大家将在水里投洗干净的衣服晾了起来，然后纷纷下水捕鱼充饥。

有了赵无极的警戒，根本不必担心敌袭。大家一边吃着生鱼片，一边调整气息，迅速修复体力。

两天后的上午，大家正在急匆匆地向着边境线行军。看来，这次赵无极和张鹏的判断是准确的，一路上除了避开几颗地雷和几个觅食的野兽外，并无其他危险。现在离国境越来越近了，突然，赵无极示意前面有危险，大家都戒备起来。

在再一次感知周围的气息后，赵无极随手在地上一字摆放了几块石头，说："这些地方有人活动的气息，每个地方几十人左右。"

好家伙，怪不得这几天见不到敌人的影子呢，原来摆开了阵势在这等着呢，可真老谋深算啊！

张鹏问道："他们中间间隔多远？"

"不敢确定，依我的感觉，五百米左右。"赵无极说道。

"继续往前，小心脚下，准备夹缝穿行。"张鹏下达了进一步行动的命令。

半个小时后，赵无极示意大家停下来，伏地待机。张鹏爬了过来，小声问道："什么情况？"

赵无极压低声音道："敌人两队之间相距六百米左右，要不要穿过去？"

"好，大家听清楚了，"张鹏对其他人吩咐道，"前面就是敌人了，大家准备行动！"

“奶奶的，要是通讯电话还在就好了，前后夹击看这帮牛皮癣还顽固不！”风子小声说道。

通讯电话？赵无极已经从大家这几日的聊天中知道了这个玩意，心中想着完成任务后一定到城里去体验一把。

几分钟时间，大家全都伪装完毕，在赵无极的带领下，朝前面小心摸去。

国刃特种大队某办公室。

一个两鬓有些斑白的国字脸中年人正剑眉深锁、神情专注地看着一份文件，不时抬笔批阅几下，举手投足之间透着一股沉稳、睿智和威严。

这时，敲门声响起，一位身穿中校军装的年轻人站在门口，得到中年人允许后走了进来，递给他一份报告，说：“报告大队长，情报部门收到消息，蔡远之已经被击毙，西部国境外的原始森林有几起战斗，种种迹象表明，是派出去的国刃第一组干的。”

“你说什么？”中年人惊喜地一把拽过报告，说道：“我就知道这只大鹏鸟没那么容易死！好样的，干的漂亮！他们现在在什么位置？”

年轻人用激光笔指着墙上地图的某个位置说道：“最后一次战斗在这个位置，敌人出动了武装直升机，战果不明。”

“离边境很近了啊！小李，据你分析，大鹏鸟会往哪儿飞？”中年人问道。

“往南。”中校毫不迟疑地说道。

“说说你的理由。”

“往南是最近的路程。”

“敌人也知道这个道理，就不怕围堵？”

“围堵无处不在，哪个方向都有可能，选择最近的路线无疑是最省力的。”

“有道理，我很认可你这个判断。我现在就给熊司令打电话，让最近的红旗军区支援一下。转战丛林近一个月了，拖不得啊！”

说着，他拿起电话，拨通了一个秘密号码：“熊司令吗？我是老唐，大鹏鸟还活着，并圆满完成了任务！现在他们在被追击，是不是让红旗军区的利剑大队支援一下啊?！人家都快摸到屁股了！”

“是吗?！真是个好消息！好，我会马上想办法的。老唐，国刃大队真是我们的一把利刃啊！”

“谢谢领导！那就拜托了！”中年人放下电话，不住地搓着手，在房间里来回走着。

眼前的这个人就是数一数二的国刃特种大队最高首领——唐智。

过了一会，唐智忽然脸色一沉，说道：“一组前去执行任务时，碰到了猛烈的伏击，行动提前暴露，情报部门查到原因没有?”

“刚查出来，是咱们内部的人，大队作战参谋沈长生。”中校回答道。

“沈长生? 没想到是他！人控制住了吗? 直接将他提押到军事法庭，这样的叛徒绝不能留！”唐智脸色铁青地说道，“对了，蔡远之被击毙前开口没有?”

“应该没有。虽然事隔几天，但蔡远之不是笨蛋，没有得到自己想要的东西是不会轻易开口的。他是在被送往瓦乌集团的路上被击毙的，离秘密毒品加工厂所在地紫檀山不过五公里的距离。”中校说道。

很快，一些卫星图片通过电脑传送过来，通过投影仪打到屏幕上，上面显示的正是张鹏等人与敌人激战的场景。

“干的漂亮！”唐智一掌拍到桌子上，“这只大鹏鸟，钻原始森林还钻上瘾了，看看这进攻和撤退路线。果然是大鹏鸟，喜欢大自然啊！哈哈哈！”说着，不由自主地笑了起来。

“是啊，简直是奇迹，从航拍的照片和种种迹象显示，张鹏他们这几天来都是在原始森林里面穿行，真是令人难以想象。更重要的是，他们曾经在原始森林里面和敌人发生过一场大攻击战，这片峡谷都被炸成火海了，之后更是连打了几次阻击，战斗力丝毫不减啊！”中校说着，脸色露出了一丝敬佩。

“那当然！他们可是咱们的致命武器，最锋利的尖刀！”唐智笑着继续说道：“最重要的是，他们完成了任务，而且还活着。既避免了秘密技术的泄露，又沉重地打击了瓦乌集团这个连国际刑警组织也头疼不已的组织！现在我想武吉那个老东西一定感觉到我们的决心和实力了吧！”

武吉，瓦乌集团的掌舵人，十几年来利用几国边境地区的特殊地理位置作掩护，把自己的毒品王国迅速做大做强。近几年，更是招募大量雇佣兵，组建了自己的武装力量，与其他集团和派来剿灭自己的军队进行火拼，大有不可一世的苗头。现在，他已经把触角伸到中国西南边陲Y镇建立制毒窝点，因屡屡被边防警察端掉，怀恨在心。

这次，他棋出险招，用金钱收买了一位在生物制药公司工作的科研人员，并盗走了已经研制成功的国家X级技术。如果这种技术应用到毒品加工上，定会造成不可预料的后果。

为了挽回国家的损失，避免更多的人受到毒品的残害，中央下达密令，让最优秀的国刃大队派遣小分队前去阻截。现在，任务顺利完成，眼看到口的肥肉灰飞烟灭，武吉肯定是痛不欲生！

这几天因为与国刃第一组的联络讯号突然中断而忧虑不已的唐智，一直在办公室连续通宵坐阵指挥。现在好了，云开了，雾散了，等人安全归来，就可以完美谢幕了！

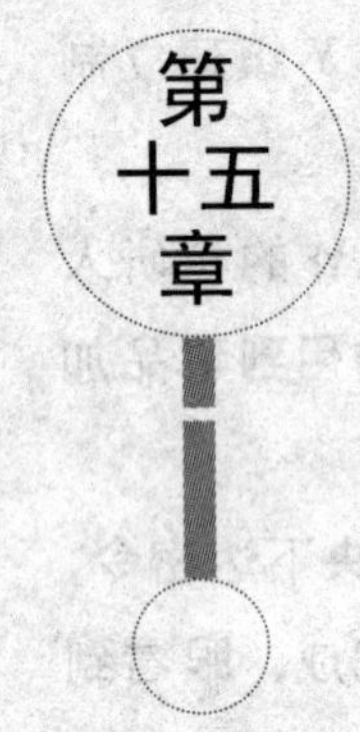

突发意外

赵无极一行五人遇到了几队一字排开的阻击部队，每队几十号人马，彼此间隔五六百米左右。这有点烽火台的味道，只要一队遇上敌人，其他各队都能第一时间火力相助。

现在还看不出敌人有多少部队。这种拉开架势阻拦的方式，虽然很不符合军事常规，但不得不说对付张鹏这支小分队却非常合适。并排拉网的目的不过是像一道篱笆一样，将对手拦住，至于能不能完成歼灭，那个不重要。只要发现了他们的行踪，后面的同伴自然可以调整战略部署，将他们一网打尽。

看来，“发现”是敌人第一目的。但赵无极会让对方发现吗？这是一个无须回答就知道的问题。全副伪装的众人正准备潜伏过去，忽然赵无极感觉到了一丝不对，眉头一皱，拉住打头的刚子。

大家知道赵无极不是个无的放矢的人，这个关键时刻，当然不会乱开玩笑，肯定是发现了什么，不由都看了过来。

赵无极放松情绪，闭上双目，调整气息，努力将身体与自然融为一体，收集着空气中散发的各种气息。不一会儿，他睁开眼说道：“我感觉到有几股强大的生命气息过来了，好像是什么野兽，需要再过一会才能感知清楚。”

大家沉闷了一下，张鹏说道："你们在这里等着，我去侦察一下。尤其保护好无极兄弟。"说着，拿起枪，闪身朝前跑了。

风子看到赵无极不解的表情，解释道："你是不是觉得奇怪，为什么队长亲自去侦察?"见赵无极点了一下头，便继续说道："你就放心吧，我善狙击，刚子善搏击，斌子善爆破，队长是全能，指挥能力更是超过我们。所以亲自去观察一下，便于做出决策。"

赵无极恍然大悟。等了一会，张鹏幽灵一般出现在大家眼前，说道："没看到野兽。但敌人的情况很奇怪，好像在走形式一般，防守的很松懈，也许以为我们不会从这里过。我观察了一下，只要能安全地穿过这道防线不被发现，后面的路就会安全很多。"

大家听后略微沟通了几句后，排成单兵进攻队形，刚走了一百多米，见前面的赵无极又举手示警，大家便停下来，警惕地看着周围。

一切都静悄悄的，除了不知名的鸟叫声外，就只剩下沙沙的风声了。

张鹏狸猫般快速地走到赵无极身边，眼里满是询问，赵无极谨慎地说道："应该是野象，一共三头，两大一小，正朝前面敌人营地而去，怎么办?"

"妈的，不好，敌人发现野象，必然会追击或者驱赶。敌我相距不过五百米远，一旦敌人出动，就有可能发现我们的行踪，得撤退。"张鹏说道。

赵无极苦笑地说道："已经来不及了，敌人已经出营，正在猎杀大象。"

话音刚落，对面便响起了枪声以及野兽奔跑的声音，声音越来越近，显然是朝大家这边而来。

"快，上树。"张鹏命令道，转眼间大家都爬到树上躲了起来。

咚——咚——

大地响起了阵阵闷响，伴随大象脚步的是它奔跑时庞大身躯擦过树皮、树叶的哗哗声，一时间地动山摇。赵无极他们紧紧抱住树杈，免得摔落下来。

嗷——

几声凄厉的野象嘶鸣声响彻山谷，伴随着叫声，二大一小三头野象出现在众人眼前。它们身上残留了几个弹孔，鲜血直流不停，向赵无极这边逃窜过来。

紧跟在野象后面的是十几个追兵，他们哦哦叫着，不时停下来对着野象乱开着枪。清脆的枪声，在这片宁静的森林里面显得格外地突出。

砰！

小象一个跟头载倒在一棵大树底下，挣扎着想站起来，发出阵阵哀鸣，凄厉的令人心碎。两头大象听见叫声跑了回来，对着小象哀鸣着，回头看着追兵，眼里布满了赤红的愤怒和仇恨。

两头大象用长长的鼻子拍了小象几下，忽然发了疯似的朝敌人撞去。大地被巨大的力量晃动得颤抖起来，气势如虹，追兵吓了一跳，慌张地冲着两头大象就是一阵子弹扫射。带着流着鲜血的伤口，大象好像浑然不觉一样，拼命冲向敌人，挥动着鼻子抽打他们。

敌人慌了神，怪叫连连，呼啦一下散开，朝身边的大树上爬去。

不好！张鹏看了一眼爬上来的敌人，心中一惊，这样一来，敌人就会发现躲在上面的张鹏等人。于是以迅雷不及掩耳之势拔出匕首，一个猛虎扑羊，一把抱住爬到这棵树上的敌人，将匕首刺进了他的喉咙。

谁也没有想到会发生这样的突变，这些追兵居然会被大象吓得爬树，而且恰好是大家正在躲藏的树，不动手是不行了。大家见队长张鹏率先行动起来，便也干脆利落地解决了爬到自己树上的敌人。

既然已经动手，就没有回旋的余地。不动如山，进攻如火，势如破竹，是为王道。乘着敌人惊慌失措、没有反应过来之际，大家一阵急速点射，十几个追兵眨眼间就被突袭得干干净净。

两头大象显然没有想到还有其他人，看着地上堆满的仇人尸体，又看看几个全副伪装、打扮诡异的另一群人，停下了脚步，甩动着鼻子。

为了避免无谓冲突，张鹏示意大家后退几步，将尸体躺着的地方让给了大象。大象毫不客气，猛然把脚踏了上去——森林里响起了沉闷的骨骼碎裂声，阴森而恐怖。

发泄完了愤怒的情绪，大象转身晃着摇摇欲坠的庞大身躯向前迈进。赵无极在大家沉默的注视下，朝大象追了过去，一边走一边用嘴发出古怪的声音，仿佛是大象的叫声一样。

两头大象听见赵无极发出的声音，愤怒的血红眼睛变得缓和下来，停止了脚步，扭头嘴里合着赵无极的声音，双方对峙了几分钟。然后在张鹏等人不可思议的眼神注视下，两头大象先后缓缓倒在地上。

风子等人想要上前，被张鹏拉住。只见赵无极走到大象跟前，抚摸着它们的头、鼻子和巨大的象牙，大象们平静地闭上了眼睛，喘着粗气，不再充满恐惧和满腹敌意。

又过了几分钟，两头大象再也没有了响动，显然已经透支了生命，永远地留在了这片森林里。

张鹏等人围拢过来，看着一脸沉重的赵无极，不知道说什么好。赵无极深深地吸了一口气，说道："野象临死前感谢我们为它们报了仇，愿意献出象牙以答谢。你们说，这个象牙要还是不要?"

"虽然听不懂大象的语言，但我听说象牙是很有灵性的东西，不可随意猎取。既然无极兄弟跟它们有过交流，那你拿主意吧?"张鹏看看赵无极。

"象牙可以带走，但是有一点，只能收藏纪念，否则会遭到大象的诅咒。"赵无极说道。

时间非常有限，敌人不会留给自己太多的时间。象牙要解下来比较麻烦，现在顾不了那么多了，大家商议了一下，决定动用手雷。反正敌人派出部队来打象，应该不会在意手雷的动静。

轰轰几声巨响后，四根象牙被取了下来。刚捆绑好，还来不及收拾仔细，就在张鹏的命令下，大家剥下敌人的衣服穿在外面。

张鹏的计划是这样的：利用敌人出营打象的机会，化装成敌人，冲进敌营，到时候直接突袭，打开缺口冲过去。

原来的潜行计划已经行不通了。这么多敌人被杀，用不了多久就会被发现，还不如现在利用敌人麻痹大意之际，硬冲过去，等敌人大部队追上来时，可能已经跑的很远了。

计划是临时调整的，大家都没有异议。将敌人尸体上的手雷收集后，五人义无反顾地冲了过去，不一会就来到了敌营跟前。

敌营建造在一个小山包上，由十几个军用帐篷搭建而成，不时有人进进出出。其中一个帐篷附近还有一个小型地面雷达。看他们的样子，可能还在等待狩猎的那群人回营，到处是嘻嘻哈哈歌舞升平的场景。

门口守卫朝张鹏等人用他们听不懂的语言大声吆喝着，估计是问他们口令；大家穿着一样的服装，因此应该是按惯例盘查。

张鹏走在前头，头也不抬地继续带领大家继续前行。

听到守卫再次喊了一句，紧跟着是哗啦拉枪栓拉动的声音后，张鹏紧跑了几步，小声命令道：“斌子和我攻击正前方，风子负责左边，刚子负责右边。”

说时迟那时快，张鹏突然转身后倾，抬手砰的一枪，将对方的脑袋击爆。这一连贯动作把赵无极看得不由张大了嘴巴，要知道张鹏现在用的可仅仅是一把自动步枪而已啊！

不懂枪的赵无极哪里知道什么是神枪手？在他看来，只有装配了狙击镜的枪才能打的准，其他枪都不好用。然而，他不知道，能进国刃第一组的特种兵，可必须个个枪法如神。像在这么近的距离内，哪里用得着狙击镜？

听见枪声响起，敌营顿时乱成一片。除了几个戒备的敌人外，悠闲了几天的敌人甚至手中连枪都没来得及拿，就那样赤裸裸地出现在了国刃第一组队员们的视线里……

正面搏杀

没有近距离经历过战争，永远不会知道什么叫做惨烈和残酷；没有近距离的格斗，永远不会体现一名战士真正的作战素质！

一直以来，赵无极跟着大家不是打阻击就是打偷袭，而且往往打完就跑，实力相差的悬殊让他们不敢多加停留。因此眼下面对面的冲突，完全是第一次。

直到这一刻，赵无极终于知道这支小分队的作战水平了。也许大家在原始森林里面的生存能力不如自己，但这种当面冲锋击杀的本事，赵无极只有自叹不如的份了。

只见一马当先的张鹏干掉守卫后，整个人就像一只凶猛的猎豹一般，速度奇快无比——一边呈“之”字形跑动，一边做着奔腾跳跃。他步法虽奇怪，可手上的枪却一刻没有停止过，眨眼功夫，便有五个人被直接命中眉心。

高速运动中杀敌如探囊取物，赵无极觉得自己用弓箭虽然也能百发百中，但做不到跑动这么快、连发间隔这么短。敌人还击的子弹好像只能跟着张鹏的后脚跟跑似的，永远打不中他。

旁边的斌子也凶悍无比，他大喝着，手雷一个接一个投向周围的敌人。轰—轰！爆炸后产生的巨大冲击波，将敌人的帐篷掀得漫天飞舞。

两旁压阵的风子和刚子配合得天衣无缝，将目及范围内的敌人打得纷纷倒地。

惨叫声、呐喊声、爆炸声、子弹钻肉的扑扑声交织在一起……战斗简直就是一面倒。反倒是赵无极没事可作，在阵形之中被保护着，随着大家朝前面移动着。

从开枪到敌人反应还击不过二十秒时间，地上已经躺满了尸体。凡是看见的都被击毙；至于躲在帐篷里没出来的，还不知道被炸成什么样了呢！

战斗很快结束了，这个营地里的敌人不是被消灭了，就是已经吓得逃掉了，现在是一个人也没有了。来不及打扫战场，众人拔腿就跑。要知道，敌营之间的距离不过五六百米的距离，它的两边可是有两支部队在候着命，随时可能赶到这里支援，而且没人知道还有多少敌人正赶赴过来。

大家随走随收集了一些弹药，赵无极也拣了一把枪和一些子弹。想想自己以前遇到的危险和恐怖场面，再看着眼前满目疮痍的战场，可真是小巫见大巫了。

来不及多想，已经经历了几场战斗的赵无极开始适应这种场面了，见大家已经离去，赶紧追了上去。

一口气跑了半个小时，大家呼吸有些急促了，跑到一条小溪边，眼前出现了一座高大的山峰，直穿云霄，横亘着，将去路彻底堵死。看看两边延绵起伏的山脉，摆在大家面前的只有两条路：一是顺着溪流往东，这条路线的好处就是能尽快进入国境线，坏处就是很容易被敌人发现；二是翻过眼前这座看上去如同洪荒时代的山峰，好处毋庸置疑，既可以躲避敌人的空中侦察，也能躲过敌人的追兵，坏处就是不可预知的危险太多。

怎么走？大家都看向了张鹏。张鹏沉思片刻后说道：“顺着溪流走固然快，但敌人的空中侦察肯定不会放过这条线路，后面的追兵也能够及时赶到围堵我们；在断了与上级联系的前提下，一切只能靠我们自己，这样可能损失会很大。所以，我建议大家翻过对面这座大山，有无极兄弟在，危险可以大打折扣。你们的意见呢？”

大家觉得张鹏说的有理，都没有发表异议。大家在溪流边吃了点山果，稍作修整后，穿过溪流，一头扎进了洪荒大山之中。

山上密林里的天气就像小孩子的脸一样，谁也不知道下一刻会怎样。十分钟后，密林里下了一场暴雨，不过二十分钟就停了下来。

这时山下一阵车轮、人言混杂声响起，原来这个时候，敌军已经追击到溪流边，可因为再也找不到任何痕迹，便沿着溪流往东追击过去。张鹏五人了解到情况后，不禁暗自庆幸了一下。

天渐渐黑了，赵无极一行已经到了深山里面。大家找了一处较平整的小山丘扎营。这里虽然不近水，但背风，而且不用担心半夜有滚石、滚木之类的砸下来。营地周围没有野兽足迹、粪便和巢穴，不用担心它们的侵袭。而蝎子、蜘蛛、毒蛇等毒物，因为有两颗“龙丹”的保护，大家根本不怕。

野外生存是特种军人必修科目，原始森林里面就算下过雨，也有不少的枯草和干柴，能否找到就要看人的生存能力了。至于火，张鹏身上带有防水、防风、防潮的“三防”打火机，所以不用担心。

赵无极这个森林里的主人，只用了片刻功夫，就和斌子拎着两只肥大的野兔、一只山鸡跑回来，这足够大家吃的了。

因为没有水，大家只好烤了。赵无极学着村里长辈的模样，弄了一些黏性十足的黄土，全部抹在野味身上，接着挖了几个坑，将它们埋在里面，再把火放在上面烧了起来。

大家知道这种做法源自叫化鸡，都笑了。一切准备妥当后，众人脱下衣服来烤。边烤大家边聊着，借以恢复体力和精力。等大家衣服烤的差不多时，浓郁的烤熟肉味飘了出来，大家穿好衣服，掏出食物，拍掉外面的黏土，抓着里面鲜嫩的肉大口吃了起来。

等一顿饱食过后，天色已经晚了。为了让长时间精神力高度集中的赵无极好好休息一下，张鹏安排刚子值第一班，然后是风子、斌子和自己。

在大家看来，赵无极就是他们的弟弟，虽然本事强，但没有走出过大山的他是非常需要照顾的。

赵无极没有坚持，睡觉是及时修复身体和功力的最好途径。连续的奔跑、杀敌，让大家都累的不行，吃饱喝足后，没有放哨任务的都是倒头就睡。

即使陷入了沉睡，因为练过功的原因，感知能力还是存在的。不知道过了多久，赵无极从睡梦中惊醒过来，一股庞大的危险气息弥漫了他的脑海，他心中顿时一紧，多年的丛林生活经验告诉自己，周围有凶猛的野兽出没，大家很危险。

对于未知的危险，赵无极此时却不敢动一下，这是丛林生存的铁血经验。如果自己这个时候动了，说不定会第一时间遭到攻击。

慢慢睁开眼睛，赵无极朝危险气息传来的方位看去，只见五十几米远的黑漆漆森林里闪出一道蓝汪汪的亮光。是狼！而刚子正在不远处找柴火，显然没有发现狼的出没。

赵无极随手摸到了身边的开山刀，刚想示警，就看到几头狼闪电般朝刚子偷袭过来，不由大喊："危险！"然后一个鲤鱼打挺站了起来。

刚子发现来袭的狼后，并没有慌乱，而是迎了上去，大喝一声，一拳直奔扑上来的狼头。这一拳势如闪电，发出隐隐的风声。砰！狠狠的击打声后，只见狼低吟着摔倒在地，身体抽搐着。

好快的速度、好强的攻击力，赵无极暗吐一口气，没有想到刚子的力量和速度都这么好，不愧是搏击高手！

刚子知道右后侧还有一头狼同时攻击过来，一拳过去后，身势不收，右脚顺势一个侧踢，正中那头狼的腰部。这一脚将它踢出了七八米远，重重摔倒在地，再也没有爬起来。

熟悉狼的人都知道，这种野兽不仅善于团队作战，而且狡猾、凶残，有"铜头、铁尾、豆腐腰"之说。也就是说，狼的唯一软肋在腰上，所以刚子一脚将其毙命，估计那头狼的整个脊椎骨都断了。

不得不说这两头狼是很狡猾的，一头正面进攻，一头侧面偷袭。不过，也该这两头狼倒霉，遇到了最善于攻击的刚子。

一秒钟不到解决掉两头狼后，其他观战的狼犹豫了。狼有较高的智商，特别是战斗本能非常强；见偷袭受挫，事不可为，都慢慢地往后缩。

刚子不屑地朝远去的狼撇了一眼，看到已经醒来的其他人，无所谓地说道："几头畜牲而已，没事了。"

大家没有放松，拉动枪栓，小心地四处打量一番。赵无极感知了一下周围，冲大家点点头，表示暂时安全了。

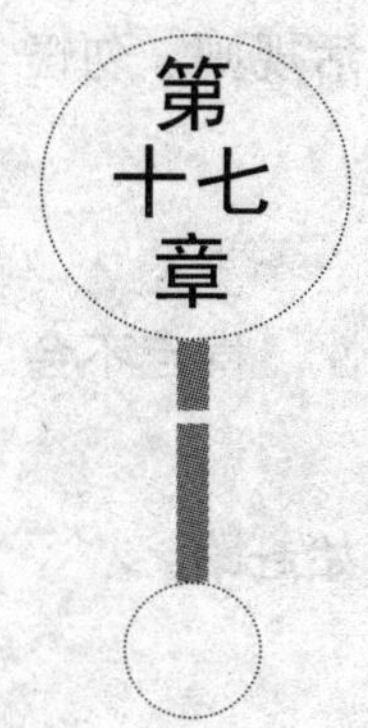

第十七章 传授技能

狼是非常记仇的动物，一次进攻失败后，肯定会有第二次、第三次……直到猎物得手为止。而且只要这个区域还有同伴，就会都赶过来，因此数量会越来越多……

惹上了狼，大家都没有兴致再睡了。天还没亮，这个时候出发不可取，大家干脆在附近多烧了几堆火，可以暂时防御保护一下自己。

大家随意地聊着，想睡就打个盹，保证两个以上的人警戒。赵无极睡了一会，加上平时练功的原因，精神无比旺盛，刚好轮到张鹏值班，二人便一起闲聊起来。

张鹏问赵无极道："无极兄弟，我听刚子说，你最大的理想是周游全世界?"

"嗯，还不知道能不能实现呢!"赵无极挠挠头说道，"外面的世界我没有去过，只是听你们讲，觉得还是要去闯闯的。"

"哥哥知道你是个生性自由的人，有句话讲'好男儿志在四方'，按说不应该劝你做不喜欢的事情，但你有没有想过为国家效力呢?"张鹏问道。

赵无极没有接话，沉默起来，他想到了临行前爷爷嘱托他的话"去干一番自己的事业，人生不能枉活一次"。是啊，自己从小到大读了那么多经典古籍，书中的道理早已是烂熟于心，如果说以前只是机械记忆没有理解的话，那经过了这么多事情后，自己是否已经开始领悟到其中的精髓了、明白爷爷的那番意味深长的话了呢？

见赵无极没有接话，张鹏说道："不同的环境有不同的生活规则。勿怪哥哥多嘴，但希望你能好好思考一下我的话。"

赵无极望着张鹏用力地点点头。

不知不觉，天色放亮，狼群没有再来攻击。但以狼的脾性，肯定不会放弃这么绝好的机会，重新再来不过是早晚的事。

大家弄了点野果，喝了点青竹中续存的水，劲头十足地开始赶路。

这一走就走了两天，不知不觉中，大家翻过了这座山峰，走到山涧中。

山涧中清水潺潺石上流，两边茂密灌木丛中飘来阵阵野花香。溪水边不远的地方生长着很多竹子，看上去是那么的秀美、那么的宁静。山涧上有一些从山顶滑坡下来的大石块，经过时间的打磨，变得光秃秃的，几只小猴在上面玩耍，闲乐非常。没有经历过几天前血雨腥风的人，哪里会了解这幽静、安详的背后隐藏有那么多罪恶和凶残？

一帮出生入死的汉子，此时被眼前的景色迷住了，反正天已经见黑了，大家决定晚上就在这里扎营。这条山涧很隐蔽，出于两座山峰之间，峡谷四周都是高大茂密的树林，应该比较安全。

打猎、烧火、做法、洗浴，一切都进行得井然有序。赵无极不知道从哪里找来了一些草药，和打上来的鱼一起放在头盔里炖着，不多时便飘出来一股浓郁的香气。

大家很好奇，不知道这草药叫什么，有什么功效。

"一种草药，我看你们的身体有些疲惫，好像要生病的样子，所以我采了这些药，吃后就没事了。"赵无极说。

"难怪我尝了一口浑身暖洋洋的，身体感觉恢复了不少，原来是这样啊！"斌子边喝汤边说道，"哈哈，一会儿大家都多吃点！"

"咦？你放这些石头做什么？"刚子问。

"我们把这叫味石，放下去煮出来的东西有味道。我们青牛寨产这种石头，都是这么做菜的。"赵无极边说边把一些晶状石块放入鱼汤中。

"味石？"刚子捡起一块没有放下去的石头舔了一下，赶紧啐了一口，说："呸呸，这不就是盐石嘛，就是外面拿去做粗盐的矿物质。"

哈哈哈！看着刚子吐着盐石的样子，其他人都大笑起来。

爽朗的笑声在山涧周围肆意飞扬，惊得猴子窜到了树上，回头好奇地看着这些人类，吱吱乱叫着向同伴发表自己的看法。那些准备入睡的鸟儿吓得也扑闪着飞了起来，在大家的头顶盘旋着。

吃饱喝足，闲来无事，赵无极便向刚子请教起武功来。在赵无极看来，刚子对抗偷袭狼的那两下子实在不简单。赵无极的武功，一是靠爷爷传授，二是修炼《自然经》中的内功心法，三是观察野兽搏击的动作自创。但是没受过正规搏击训练，也没有什么套路。因此很想向张鹏他们，尤其是刚子讨教讨教。

刚子一听，脸上露出了小小的得意和满足，总算有东西让这个小兄弟看上眼了不是？便甩开膀子耍了一套军体拳和一套近身搏斗组合拳，就看他汗不出，气不喘，出如蛟龙升天，收如乳燕投林，封如铁山矗立，闪如狸猫舞蹈；一会龙战四野，一会又山火肆虐。光看他那简洁、流畅、劲道十足的招式，就知道他是好手中的好手。

赵无极看得是连连称好，刚子见状便亲切地说："想学？哥哥教你。"

赵无极立马起身跟着刚子认真学习起来。刚子也不藏私，详细地解释自己的搏击技巧：如何发现敌人破绽和软肋？如何节省力气而又最大限度地攻击敌人？以及人的身体结构和弱点等等。一边比划一边解释，不知不觉过了两三个小时，浑然不知道疲惫。

这几个小时对一直靠自己摸索的赵无极来说，无疑是弥足珍贵的，对武功的内涵有了更全面的认识，一扇全新的大门无形之中打开了。

对于赵无极来说，招式、技巧固然要紧，但理论更重要。刚子好像也发现了赵无极身上的不足，将自己知道的搏击理论尽量全面地讲出来。对于武功修炼到一定程度的人来说，大巧不弓，重剑无锋，技巧此时只是花架子。

此时的天空已然变得漆黑了，全无睡意的赵无极让大家休息，自己在月色下继续琢磨着刚子说的理论和技巧，不时地比划几下，又琢磨一阵，再比划几下，力求做到融会贯通。

张鹏看着痴迷的赵无极，对刚子说道："刚子，看看，你可是让无极兄弟走火入魔了，哈哈！他现在这种状态不适合放哨，第一班哨交给你了！”

刚子呵呵一笑，说道：“老大，你就放心吧，他是个好苗子，做哥哥的没什么东西拿的出手，指点一下，算是给他的见面礼吧。斌子教他玩炸弹，风子教他打枪，我指点他搏击不算什么，倒是你这个做大哥的，出手别太寒碜了。”

张鹏瞪了刚子一眼，轻轻笑着倒在一块铺了很厚干草的大石头上睡去了。刚子见其他兄弟睡了，又去捡了一些柴火过来，将火堆烧旺，免得大家受冻。

夜色更深了，赵无极却看着星空，沉思着什么……

整整一个晚上，野狼没有跟上来骚扰。第二天一早，大家醒来见赵无极正盘坐在一块大石头上打坐，神情自然肃穆。晨光洒在他身上，让那张阳光般灿烂的脸上平添了几分飘逸、淡雅的气质。

知道赵无极肯定在修炼什么内家功法，谁都没有打扰，各自忙碌着准备早餐。

半个小时后，阵阵鱼香飘散，赵无极睁开双眼，炯炯有神，并没有因为一晚没睡而精神不振。不得不说赵无极的武功悟性很高，经过一个晚上的不断思索和分析，他已经将刚子教的东西全部消化、吸收，转化成了自己的东西，并和自创的兽拳结合起来，使得自己的拳法更加完善、实效。

二十分钟后，大家吃完饭收拾一番，将痕迹清除后上路。中午时分，大家爬上一座山峰的顶部，看着眼前逶迤起伏的山脉，知道前面还有很长一段路要走。休息时，赵无极和刚子打了一只野猪回来。

做饭的功夫，赵无极看到张鹏把一根直树枝插在地面上，将一块石头放在树枝影子的顶端。看到赵无极好奇的表情，张鹏说道：“这是在确认方位，虽然现在的大致方向没有错，但我要更精确一些，好判断下一步具体的路线。”

十分钟后，张鹏在移动了的树枝影子的顶点又放一块石头，再将两块石头连成一条直线，然后四处打望起来。

赵无极跟在张鹏后面，听他解释道：“这条线的指向就是东西方向，与这条线垂直的方向则是南北方向，向太阳的一端是正南。”说着，张鹏指着前面说道："你看，我们要去的目的地在东南方向四五度位置。"说着，他在刚才画线处又填了一个箭头。

赵无极顺着这个箭头指向看了过去，前面除了山还是山，一座连着一座，没有尽头，要到那里恐怕还要翻过好几座高山才行。

这时，张鹏脱下穿在外面的敌人军服，用木炭将眼前的情况直接画在了衣服上。不一会儿，一副地形图出现了。有了这幅图，就算在峡谷底部也能把握好方向了。

吃过午饭后，大家砍了些野芭蕉，里面的含水量非常丰富。刚子不喜欢这个味道，不知道从哪里采到了一些野葛藤，喝着里面的水。

补充了水分后，大家继续前行。一路上依次开路警戒，轮流休息，以保证旺盛的战斗力。

张鹏拉着赵无极走在后面，给赵无极讲解单兵作战理论和技巧。上次的突袭战，赵无极见识了张鹏的能力，特别是对子弹都打不中的那个奇怪步法尤为羡慕，抽空请教了一下。

"在敌人枪林弹雨中突进，一定不能走直线。否则，敌人把握你的步伐和节奏后，适当的提前量瞄准，你就完了。因此要走S线或者"之"字线，这样敌人就很难瞄准你。"张鹏一边说着，一边演示着步法和用力的技巧。接着张鹏又给赵无极讲解了什么是直身前进、什么是屈身前进、如何匍匐前进等等。一个教的认真，一个学的仔细。

不知不觉又是几天过去了，一路来赵无极学了不少东西：什么单兵作战技能、团队合作技能，什么人枪合一境界等等，边学边琢磨，先把它们熟记于心，再转化成自己的东西——每天都受益匪浅。

国刃特种大队唐智办公室。

一脸威严的唐智端坐在办公桌边，听取着对面中校的汇报。

汇报结束后，唐智冷静地问道："这么说，现在这只大鹏鸟又消失了？不仅我们找不到，敌人也没有找到他们?"

"是的。"中校如实地回答。

"小李，我有一种感觉，他们还活着，而且活的很好！"唐智肯定地说。

"还有一件事。张鹏的未婚妻找了我三次了，看样子很着急，我该如何处理?”中校问道。

唐智沉默了一会，说道：“暂时还不能告诉她实情。他们的情况越少人知道越好，说不定告诉小倪后发而会害了她。过三天再看看，我估计三天后就会有好消息了。”

“好的，我明白了。”中校说道，“第一组这次是玩大了，敌人出动一个山地师的部队都没能留下他们。现在军中都以他们为傲呢!”

“是啊，回来后得想办法保护好他们才行。敌人这次丢尽了颜面，是不会善罢甘休的。”唐智若有所思地说道。

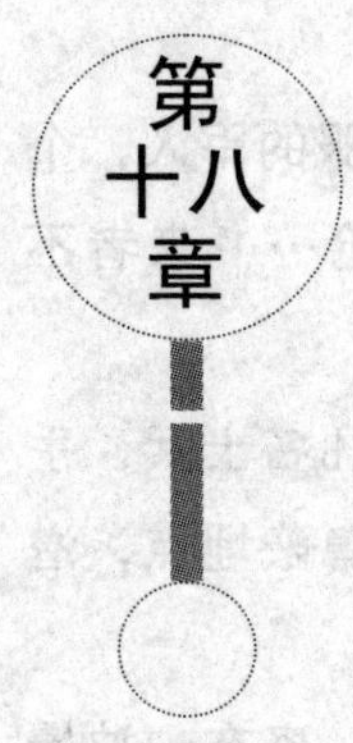

第十八章 胜利归师

炎热夏季中的西部边陲丛林地区难挡闷热和潮湿，在没有一丝风的空气里让人喘不上气来。经常性的一场场暴雨反而使地面更加灼热。混杂着泥土、腐叶和野兽尸体臭味的气息散发到空气中，几乎让人窒息。

连续十几天的徒步穿行，四周除了树木还是树木，这让赵无极等人感觉像老鼠一般，在有限的视野范围内，心里压抑得很。这天当他们走过一片古树参天的森林后，眼前忽然一亮，只见对面的青山秀丽了许多，除了青翠的绿草和低矮灌木外，不再有什么高大的树木。

开阔的视野让钻了几天森林的大家心里顿时亮畅了起来。虽然天上悠悠的白云、炙热的太阳依旧，心情却好了许多。

爬上一处山坡，大家不由警惕地快速卧倒，随后脸上却笑开了花。赵无极走在后面，不知道大家看到了什么，很是好奇地探出头去——只见一处几层楼高的房子上面有一面红色的旗子在迎风摇曳……

西部边陲第五哨所，由红旗军区某班战士看守。此时已经是黄昏时分，站在哨所不远处高高瞭望台上的一名战士笔挺着身躯，手抱钢枪，冷静地注视着对面的邻国地界内任何一处可疑动静。晚霞轻柔地洒在他身上，是那么的冷俊、刚毅！

忽然，哨兵发现远处山岗上有人头闪动，不由一惊。快速举起望远镜仔细观察起来，很快，这几颗脑袋又出来晃动了几下。接着，五个人影闲庭信步一般朝自己方向走来。

敌人?! 哨兵大吃一惊，出现在望远镜里的是穿着异国军服的军人，个个身后背着精良的武器，领头那人手上还拿着 SVU 狙击步枪……来者不善啊!

不好! 哨兵拉向了警报器，从哨所里面立刻飞快地冲出几名士兵，手中都端着步枪。他们对着那五个人，一个个训练有素地找到隐蔽地点，潜伏起来，子弹上膛，准备战斗。

哨所班长是一个经验丰富的老兵，看到对面过来的五人，姿态、神情一个个跟回家一般，枪都背在背上，不时地互相拍打着，不由疑惑起来。

班长喊来副班长，将指挥权交给对方后，端着枪来到瞭望塔上，通过扩音器用 Q 国语言朝来人大声喊道：“前面的人马上停下来! 不要再前进! 否则我们就开枪了!”

这五人正是张鹏等人。大家听到瞭望塔上传来的声音，自己却根本听不懂，不禁眉头一皱。要不是看到熟悉的军服，看他们的架势还以为是敌人，大家不由苦笑起来。

“少扯那些外国话，自己人!”刚子扯着嗓子大喊起来。

哨所班长并没有吃这一套，继续喊道：“站住! 不要动! 亮出你们的证件来!”

咦? 张鹏吃了一惊，猛然醒悟过来，哈哈大笑起来，对大家说道：“刚子，你也别喊了，赶紧脱下你们身上的那层皮吧。”

为了避免误会，张鹏还是朝对面喊道：“别开枪，自己人，我们脱下衣服给你们看就知道了。”

虽然露出了里面熟悉的军服，可还是无法证明自己的身份，因为张鹏他们忘了，上次为了完成任务，在狙击目标前，已将所有证明自己身份的肩章、标识等都烧毁了。

班长一见，更是不敢大意，偷偷给下面的战友发出信号，告诉大家，来者身份不明，随时做好开枪的准备。

张鹏也发现了这个问题，想想，好像现在没有任何东西可以证明自己身份，不由摇摇头说道：“得，兄弟几个，这下好玩了。”

大家也明白。可面对这些战友，不能像对待敌人那样硬来。无奈中，张鹏突然灵机一动说道：“对面的战友，你们过来，我们现在没什么东西可以证明身份。你们过来把我们抓起来，交给上级，保证你们立大功一件。”

哨所班长也不知道对面人倒底是敌是友：要说是敌人吧，对方又说着地道的本国话；可要说是自己人吧，对方又拿不出任何证据。好在目前看来，对方没有开枪动手的意思。毕竟，眼前这些人身上散发出来的气势，是自己没有见过的，那绝对是经历过生死洗礼的人才会有的。

想了想，哨所班长谨慎地喊道：“放下枪，后退十步。”

“得，被自己人俘虏了。”张鹏笑着对其他人说道，“哥几个，放吧，自己人，不丢脸，谁让我们无法证明自己身份的?”

老大发话了，还有什么好说的，眼前这局面，总得有一方妥协不是?情况不明之下，哨所的士兵也是在尽自己的职责，这点是毋容置疑的。

看到大家善意的配合，哨所班长仍然保持警惕，不敢丝毫大意。他示意身后的一名战士跑过去，将地上的枪收集好，接着其他人也都围拢过来。

张鹏看着班长说：“小子，你是第一个让我们放下枪的人，你有种！要不是看在你职责所在，决饶不了你。走吧，去你们哨所，好久没有好好睡个觉了，对了，你们哨所有热水没?”

一番自来熟的话让班长很是摸不着头脑。旁边副班长接道：“报出你的番号，真是自己人，兄弟们会赔礼道歉，给你们准备热水的。”说着，紧了紧手上的枪，丝毫没有松懈的意思。

“有点意思了。”张鹏笑了起来，说：“你们还没有资格知道我们的番号，你可以跟你们上级说‘抓到一只大鹏鸟’。说不定说完你们就不用再守哨所了。”

谁也没有想到，历经一个多月，九死一生地完成任务，一个个都快变成野人了，好不容易回来，却被自己人缴械、盘问、质疑，心里真不是个滋味。

突然，旁边一名士兵看到大家背上的象牙，小声嘀咕道：“该不会是偷猎者吧?”

张鹏何等耳力，听闻勃然大怒，闪电般一把夺过对方的枪，一个巴掌斜擦着战士的脸拍在了他旁边的树上，只见小树咔咔地裂开歪倒了下去。要不是考虑到是自己人，留了七分手力，这一巴掌下去，不但树要粉裂，人也会连带着受伤不可。

这些人都是国刃大队数一数二的高手，反应何等之快，见老大动手了，也不客气，纷纷把压送他们的士兵手中的枪夺了过来。

场面一下子反过来了。张鹏看着完全呆住的刚才说话的士兵冷冷说道："小子，刚参军的吧？饭可以乱吃，话不可以乱说，会要命的。你哪只眼见我像偷猎的？"

班长看到局势大变，知道遇到了高手，内心一片苦涩。这如果是敌人，那就会因为自己的大意，而让兄弟们丢掉性命！

这时，张鹏示意大家冷静，转身对班长说道："兄弟，你是条汉子，我本来不想为难你。但你的人太没眼力见了，得长点见识才行。你可不要怪兄弟们欺负你们。"

说着，张鹏示意风子将枪还给大家，说道："好了，说是自己人非不信，现在可以相信我们了吧？"

眼前的变化让哨兵们不得不相信对方的身份，要是敌人，自己早变成尸体了。哨兵们接过枪，都看着班长。

班长一脸尴尬，没有说话。张鹏头也不回地朝哨所营房走去。

班长见状快速奔跑着去给上级打电话，汇报情况。

消息很快传了上去，情况得到了证实。班长让炊事班准备了可口的饭菜。一个多月来，国刃第一组的队员们总算洗上了热水澡，吃上了饱饭，换上了干净舒适的军服。

两个小时后，哨所上空出现一架武装直升机，很快降落在院子里的草坪上。班长带着一个班的战士在机前列队站好。

直升机上下来一名中校和一名随从中尉。中校还礼后，问道："人呢？"

班长指了指房间，报告说："刚睡着了，看上去好像很久没有睡过了。"

"很好，你们哨所这次立了大功了。当然，你无须明白立了什么功，这是机密。明白了？好了，稍息，立正！带我去看看。"中校说道。

一行人走进房间门口，只见张鹏等人正横七竖八地躺在床上呼呼大睡。见有人进来，几人反射性地睁大了眼睛，快速爬了起来。张鹏问道："是不是来接我们的?”

中校看了对方一眼，拿出一张照片，对比一下后，边敬礼边微笑着说：“你们好，我是红旗军区总参部中校李龙，来迎接同志们回家。你们辛苦了！龙军长听说你们回来了，很高兴，正在等着为你们接风洗尘呢!”

“谢谢领导关心!”张鹏说完冲李龙敬了个军礼。

临走前，张鹏对中校说：“这些哨所的战友们不错。兄弟们手上的这些家伙都是捡来的，送给他们作礼物，不反法纪律吧?”

“那我代表他们谢谢了!”中校认真地说道。

张鹏让大家将武器递给哨所班长，说道：“那个受委屈的兄弟，你替我道个歉吧!”说着，让风子等人将捡来的高级枪弹全部留下，背起象牙，整装待发。

中校这时才发现他们带着象牙，脸上满是狐疑，略微犹豫了一下，张了张嘴没有多问。

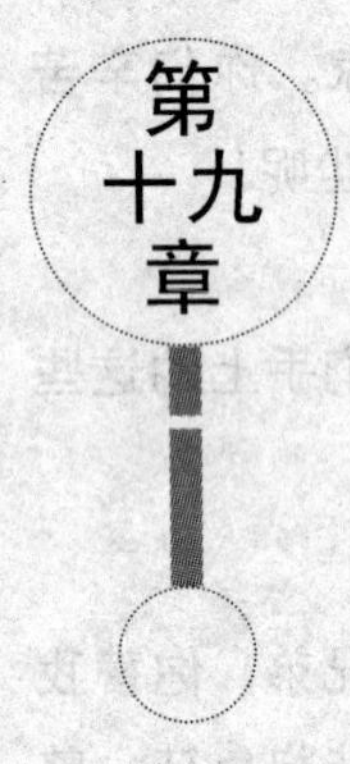

第十九章 接受挑战

一个小时后，武装直升机带着张鹏五人降落到一个军营前。大家下了飞机后，第一次坐飞机的赵无极还意犹未尽。

一排排整齐的兵舍，一队队训练有素的士兵……一切都是那么地朝气蓬勃又井然有序；眼前军绿色的一切，更是给人一阵阵热血沸腾向上奋进的感觉。赵无极心中那份男儿的英雄豪气瞬间被激发了出来。

大家在中校的带领下朝一栋建筑走去，沿路不时有经过的士兵停下来给中校敬礼。对于赵无极来说，一切又是那么的陌生，一切又是那么的新奇。想到张鹏他们就是在这样的环境中训练、成长、生活，不由得羡慕起来。

来到楼下，中校留下随行中尉，张鹏让大家原地待命，将背上的象牙交给赵无极保管后，跟着中校一起上了楼。

中尉在一旁看着大家，一脸的平静。风子等人四处看了看，可能是一个多月的战斗奔波，他们现在还略感疲惫，几个人顺势靠在旁边的树上，聊起天来。

正聊到兴头上，一队士兵向这边走来，他们彪悍的脸上写满了愤怒，全身散发出的强大气势，让风子等人的眼睛不由得眯成了一条缝。

赵无极感到一股威慑力从对方身上散发出来，心里深感奇怪：这都到了自己的地盘了，怎么还有人带有如此挑衅的目光？

这时，队中一名面容刚毅的大个儿走了上来，说：“我们是红旗军区利剑大队的，我叫汪强，是第一分队副队长。听说今天来了几个高手，特意过来请教一二。”说着，摆出了一个请的动作。

张鹏不在，大家知道与兄弟部队之间的纪律。你看看我，我看看你，并没有人说话，只是冷冷地对望着。

风子见赵无极发愣，便把他拉到身边小声说：“别理他们，估计是原本被上面派去找我们，现在没找到回来了，觉得没面子，就找茬来了。”

看到风子等人并不答话，利剑第一小分队的队员个个肺都气炸了。这些人原本就是军中的佼佼者，向来心高气傲，见对方如此轻视自己，如何咽得下这口气？因此一个个怒目圆睁，一副要吃人的样子。

在旁边陪同的中尉一看情形不对，赶忙说道：“汪队长，你干什么？人家怎么说都是客人，咱们不能失了礼数。”

“好！”汪副队长手一挥，身后的队员们退后几步让出一大块空地，继续说道：“大家只是交流交流，点到为止。怎样？兄弟几个敢不敢？”

刚子看了看风子和斌子，说：“哥几个，人家可都欺负到家门口了，你们谁有兴趣陪他们玩玩？我是没兴趣。”

“斌子，你去吧，我歇会儿。”风子说着又靠在了树上。

斌子听了笑了笑，没有吭声，两眼直视着对方。

赵无极看看双方：一面剑拔弩张，一面悠然自得，有点意思。

这种被轻视的感觉，是利剑第一小分队从来没遇到过的，简直就是奇耻大辱，是可忍孰不可忍！汪副队长强压住火，挑衅地说道：“都说国刃藏龙卧虎，今天一见原来都是些软脚虾。兄弟们，人家认怂了，咱们走吧！”

“没劲！”风子嘀咕道。

“切！”刚子不屑地将头扭过去。

“喂，你们两个有些过了啊！怎么说人家都是在骂咱们国刃，你们俩就不想出口气？”斌子一副调拨的表情。

“国刃的威名又不是说出来的。斌子，你不会钻了一个月森林，把脑子给钻坏了吧？那可就麻烦喽！”刚子打趣道。

见到三人一唱一和，根本不将自己放在眼力，利剑的人恨不得眼里立刻喷出火来，让他们吃吃苦头。

这时，张鹏和中校说笑着从楼上走下来。看到眼前这幅情景，张鹏大概明白了一二，见自己人还算安分，暗自松了口气，大声喝道："怎么回事?"

风子等人装出一副茫然的表情，反问道："什么事?"

张鹏太熟悉自己的弟兄们了，暗自好笑，也装作什么都不知道的样子，看向对方，又看看中校。中校是何等的老道，看这架势早就明白了，明知故问地看着汪强问道："汪队，你们这是干什么?"

汪强耸耸肩膀，说："没什么，兄弟们听说来了几位高人，想过来讨教一番。可谁知人家看不上啊，不愿意赐教，我们正准备走呢。"

"这样啊?"中校将眼光移向张鹏。军中只崇拜强者、信服强者，借着交流之际比划一二那是常事，中校也想看看传说中的国刃大队的厉害之处。比试一下也好，一来可以促进特种兵之间的技术交流，二来如果国刃大队赢了，也可让利剑这些家伙收敛收敛傲气，一举两得！想到这里，中校内心不禁一动，决定要促成这次交流。

张鹏也犯难了，按说这种交流，自己也不介意，切磋技艺本来就是提升实力的一种手段，但这次交流牵涉多方，自己做不了这个主；再看眼前这阵势，对方显然有备而来，一副不达目的誓不罢休的架势，不由得犯难起来。

中校仿佛看穿了张鹏的心思，笑了一下说："军中交流也是老传统了，看大家积极性这么高，不好扫了他们的兴啊！要不，我们一起去请示一下上面?"毕竟各方代表着不同的部队，输赢不仅仅是个人的事情，还关乎集体的荣誉。

张鹏明白中校的意思，知道也只能这样了，因此点点头表示同意。

五分钟后，张鹏和中校一起从楼上走了下来。中校对汪强说："军长说了，让你们好好向人家国刃学习，都谦虚着点！"利剑第一小分队一听，绷紧的脸上有了些得意，眼神中挑战的意味更浓了。

张鹏则淡然地对同伴们说道："上头说了，点到为止。"

大家都没再说什么，一起朝练兵场走去。利剑大队第一小分队要和一流特种兵大队国刃第一组比试的消息很快就在红旗军区传开了。没有执勤和训练任务的士兵很快从四面八方赶过来，将比试场地围了个水泄不通。

双方站稳后，中校站在中间说道："我做主持人和公证人，但怎么个比法，你们自己商量！"

汪强看着张鹏说道："军人嘛，当然是比军人的本分。这样吧，就比三场：四百米障碍、枪、搏击。国刃的兄弟们，你们看如何？"

张鹏做了一个同意的动作，拉着赵无极退到中校身边，一副看热闹的样子。

利剑第一小分队的战士们虽然对刚才对方的反应很生气，但大战在即，有什么气都应该放在手上，而不是嘴上。男人就应该有男人的活法，尤其是军人，更要懂得解决问题的方式。

赵无极站在张鹏身边仔细盯着场上。

首先是四百米障碍赛。只见利剑大队率先派出了一名外表精干的小伙子。

斌子冲他喊道："兄弟，就咱们三个，你随便挑一个吧！"

"那就你吧！"对方也不含糊，自信地说道。

军中的四百米障碍赛很特别，这是一个地形设计得非常复杂的训练科目，包括独木桥、坑道、沼泽、高墙、木桩、铁丝网等等，目的在于训练战士在各种复杂的环境下如何快速突进。

信号枪发出，只见二人仿佛离弦的箭，猛地冲了过去。这么好的学习机会当然不能错过，赵无极将目光锁定在斌子身上，只见他像苍鹰一般掠过独木桥，直接扑进了坑道，接着身体仿佛装了弹簧似的，一个后空翻直接弹了出来，落地后一个高跃，翻上了前面的高墙。

反观对方，一路只是中规中矩地跳进跳出，速度很快，但比起斌子来说，显得有些机械教条，等攀上高墙时，已经慢了半个身位。

看到斌子不要命地扑进坑道和那漂亮的后空翻动作，利剑的人都呆了。原来四百米障碍还有这般玩法，不由暗升佩服之情。

现在，大家已经知道孰优孰劣了。这一项比的不仅仅是胆量，更是娴熟过硬的对抗技术。别看四百米距离不长，但往往一个环节抢先，其他就都不用比了。

果然，此时场上的斌子已经趴在沼泽里面匍匐前行，整个身体仿佛洪荒鳄鱼般迅猛，浑身扭动频率极高，三两下就窜了出去，身子一滚，仿佛出膛的炮弹，一下子就是四五米远，接着顺势站了起来，又如猛虎下山一般，越过木桩等障碍，潇洒地完成了比赛。

成绩出来了，斌子领先两秒。这个成绩不知道是不是斌子有意放水，但大家都心知肚明这其中的含义：特种兵的对抗中，领先一秒就已经是不得了了。这一刻，汪强一伙人已经将刚才的自信和傲气都收了起来。

第二场比枪。经过商议，靶心定为八百米远的树枝。随着一阵阵微风吹过，树枝随风摇曳，要想打中可不简单。

风子严阵以待，接过枪仔细地调试了几下后，和对方派出的选手站在同一条线上。

比赛的规则是每人五发子弹，谁在最短的时间内击落最多的柳枝条就为胜。中校很快打响了开始的信号枪。双方瞬间抬枪，瞄准，开枪，砰砰砰，五枪眨眼间就打完了，可远处的柳枝依然悠然自得地摇曳着，一根都没有落地。

大家都吃惊地看着二人，对于双方来说，这个结果真是诡异，要知道这两名选手可都曾当选过“全军第一神枪手”啊！

汪强诧异地看着二人，又看看中校，不知道说什么好。中校也没有想到会是这个结果，正准备宣布平局，这时旁边利剑大队的选手神情落寞地说道：“我输了。”

啊？所有人都大吃一惊，明明都没有打落枝条，怎么就输了呢？

这名选手倒也光明磊落，朝风子敬了个军礼，说道：“感谢你让我看到了差距！”接着他转身面向大家说：“我输的心服口服，因为刚才我的子弹全部都被他的击落了。这份本事我自叹不如！”说着回到了自己队伍中，对战友们说：“大家，对不起！”

啊？听到这个结果，众人不由得大吃一惊，击落高速飞行的子弹可比击落柳枝难上何止十倍！这里面需要超强的反应判断能力，可不是一般特种兵能做到的。

风子走到赵无极身边，小声调侃地说道：“兄弟，这里面可有你的功劳，吃了那个蛇胆后，我这视力可是好的不得了啊！哈哈！”

赵无极没有想到风子的枪法竟如此出神入化，不禁竖起了大拇指。

这时，一名围观的士兵跑了过去，捡回一些被击落的子弹残骸，放到中校手中，大家谁都不再说什么了，看向风子的眼神中都充满了敬意！

三场输了两场，后面这场实在没什么好比的了。但就这么直接认输，不是血性男儿的性格能做到的，这关乎尊严、关乎名声！

汪强用眼神制止了身边的战友，走到张鹏跟前，说道："兄弟，三场比赛我们输了两场，这次的比试你们赢了。这最后一场，就让我们两个交流一下搏击如何？还请多多指教！"这时的汪强已经没有了刚才的狂傲，而是多了一份冷静和凝重。

"要不算了吧，大家都是兄弟，下次有时间再好好切磋一下。"张鹏应道。

"我知道以你的身份和我动手不太合适。要不就让我和你身边的这位小兄弟交流一下吧！"汪强打起了小算盘，这国刃小组的前两个都这么厉害，这队长肯定只强不弱，倒是旁边这个小伙子看上去不显山不露水的，估计有一拼之机。输了也就输了；要是赢了，多少还可以扳回一点面子不是？

赵无极没想到对方会找上自己，不由看向张鹏，处理这种事情赵无极没有任何经验。

张鹏刚想说赵无极不是自己人，但旋即一想赵无极的种种古怪和神秘，也想见识一下他的身手，便用眼神制止了走过来准备接战的刚子。

刚子会意一笑，闪到了一旁。反正是一场无关紧要的比赛，赢了无所谓，输了也没关系，就当给对方留点面子了。

赵无极看出了张鹏的意思，小声问："能不能不打？我出手就是杀招，伤着了不好。"

声音很小，但却被耳尖的汪强听到了，血性一下子被点燃了。在这里，只有战死的汉子，没有吓死的孬种！汪强冷冷地看着赵无极说道："你尽管出手，打死了算我活该，决不找你麻烦。"

赵无极没有和外面人打交道的经验，更没有和军人交手的经验。想到因为自己的一句话惹上了对方，干脆横下心上前一步表示应战。

大家自觉地退开几步，给二人留下了足够的空间，比武开始。

汪强保持与赵无极五米远的距离，摆好搏击前的预备动作，缓步移动着，冷静地观察对方伺机勃发。战场上，对敌人的轻视，就是对自己生命的蔑视。

赵无极见对方不动手，只是看着自己，便不慌不忙地随意站在那里，也没有先出手的意思。

几秒钟后，汪强大喝一声，朝赵无极冲了过来。有力的脚步踏在地面上，发出咚咚的沉闷音。看的出来，他的战斗力已经调整到最佳状态。凶猛的气势更是骇人，仿佛一头饿狼，带着撕碎一切的目的，勇往直前。

赵无极一直在调整气息，浑身蓄势，看到对方出手了，便脚步稳健、势气高昂地迎向对方。

电光火石之间，汪强已经靠了上来，他左手护住胸口，右手硕大的拳头直取赵无极的脑门。受过特种搏击训练的人都知道，汪强的右手绝对是虚式，真正的杀招在左手，它会根据赵无极的反应做出致命的一击。

除此之外的玄机只有搏击高手才看得懂：汪强的计谋除了运用隐藏的左手之外，其实右脚才是最大的秘密武器，其会在前一招式被对手识破之际凶悍出击。

好一套组合拳！刚子心中不禁一颤，担心起赵无极来。

赵无极该会如何破解？这个看上去并不太起眼的小伙子该如何出招？

满场的行家，都摒住了呼吸，拭目以待。

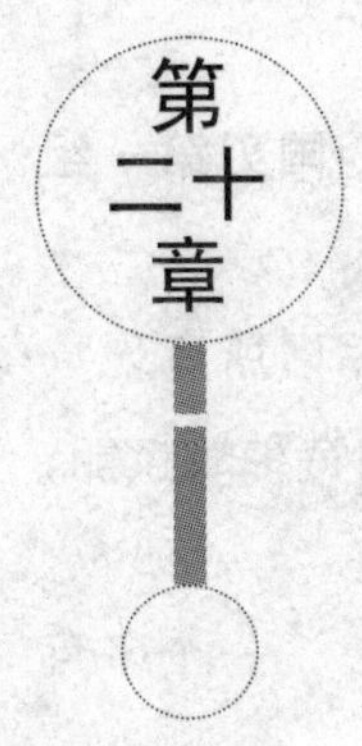

独门必杀技

赵无极是谁？一个长期和狡诈、凶悍野兽打交道的人，一个汲取各家之长、领悟力极高的武学奇才，如何看不出汪强使出的招数？

这套不错的组合拳，在赵无极看来，有许多种破解之法，而现在他主要考虑的是自己出手的分寸。如像往常一般出手，那就是致命一击，可对方不是之前在战场上遇到的敌人，如何做到恰到好处就十分重要了。

见汪强已经攻了上来，赵无极脑海中忽然想到一招……在他闪电般出手的同时，所有人忽然仿佛看到了一头爆裂的巨熊挥舞着硕大、厚实的熊掌，带着呼呼的风声狠狠地准确地扇在了汪强的胳膊上。再看汪强，顿时像陀螺一般旋转了三四圈摔倒在地，什么隐藏的左手、后发的右腿，当下哪还使得出来？

现场一下子寂静下来，鸦雀无声，所有人都没有想到事情会发展成这样。

大家张着嘴巴看着赵无极，再看看汪强。满以为就算能够赢过汪强，也必定是在三五招之后，哪知赵无极平淡无奇的一巴掌过去，就将他打败了！还有，刚才看到的“巨熊掌”是怎么回事？奇怪！大家才知道，原来这个才是更厉害的高手。难道张鹏刚才不让他上场，就是不想让对方输的太难堪！

张鹏等人此时也在震惊中看完了这场比赛。想到赵无极上次的虎啸、搏杀大腿般粗壮的巨蟒时，这才恍然大悟：原来赵无极显露出来的不过是冰山一角啊！这个赵无极真是太神秘、太强悍了！

想到这，张鹏等人在心里都笑开花了。好啊！不愧是我们国刃第一组的好兄弟！

比赛以国刃第一组的完胜而告终。张鹏等人受到了红旗军区所有现场战士们的热烈欢呼！军中都是血性汉子，面对如此高超过硬的特种战技能，心里都散发出无比的崇敬！

晚上张鹏等人参加了红旗军区为他们举办的隆重接待晚宴，一个多月来，总算从地狱回到人间，过上了熟悉而又幸福的军营生活！

众人被安排在红旗军区招待所里的一栋小别墅内。

赵无极第一次见识了热水器、电视、冰箱等等现代社会习以为常、但对他来说却又新鲜无比的事物。大家知道赵无极来自原始的山寨，因此都一副见怪不怪的样子，热心地给他讲解这些电器的用途和使用方法。

一切收拾妥当，五人横七竖八地躺在沙发上，刚子这个武痴想起赵无极白天使出的招式，忍不住问道："无极兄弟，白天你那招实在厉害，是什么名堂?"

"呵呵，让哥哥们见笑了。有一年我去林子里打猎，碰巧见到一头黑熊和老虎打架，见黑熊的抗击打能力特别强，而且一对熊掌灵活有力，就悟出了几招。今天使出的那招我叫它'熊拍式'。"赵无极回答道。

"啊，这样的来由?"刚子无语了，暗暗佩服他的悟性。

斌子听了在旁边插嘴道："无极兄弟，这招能教我不?"

赵无极看了斌子一眼，再看看刚子，站起来说道："你们先再看一下!"

大家一听，都好奇地看着赵无极。只见他慢慢举起一只右手，双腿微屈，同时身体不停地运气。几秒钟后，右手臂前端连带手掌已经略微变得红胀起来，随着赵无极运气频率的加快，他的手臂迅速往下一用力，大家顿时感觉周围的空气像被撕裂开一般，气流从手掌劈开的地方猛然向两旁涌动，强大的气流夹裹着手掌，让人在瞬间仿佛看见了一只巨大的"熊掌"拍了下去。

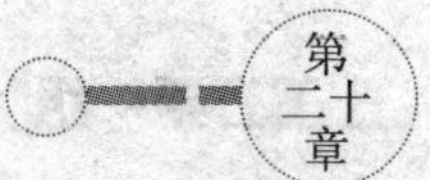

太神奇了！人的手怎么能突然间这样？大家瞪着眼睛，仿佛瞧怪人似的，谁也想不到看似平缓无奇的一掌，实则隐含雷霆万钧之力，真是了不得！

看到如此厉害的招数，大家都动了学艺的心思，若能学到这招，那以后在军队中还不横着走啊？

见大家跃跃欲试的架势，赵无极坦诚地说道："几位哥哥开口，按说我不该拒绝。一来你们传授了我许多东西，我回馈一招半招也是应该的；二来我也不是什么绝世高手，这一简单招式哥哥们能够看上那是我的荣幸。只是，练这招是个慢功，对习武者要求也比较特殊。需要配合爷爷教的内功心法，且学者自身不能有半分其他内功，否则不但达不到预计的效果，甚者还会气乱而亡。我看你们都修炼了硬气功，真要学，一是得把原来的功力全部废掉，二是没有十年八年是绝对不行的。几位哥哥都已经过了最佳时期，恐怕修炼不来啊！"

大家听了这么一番话，不由得面面相觑。看的出来，赵无极并没有半点推诿的意思，说的是实情，也只好忍痛割爱，遗憾放弃了。

沉默了好一会儿，风子开口问张鹏道："嫂子在家一定急坏了吧？"张鹏不好意思地点点头，"估计没少往队部跑。嗐，也不知道现在怎么样啦？"说着叹了口气，目光飘向远处。

看到队长担心的样子，为了缓解忧伤气氛，很快大家把话题转到了各自女朋友身上，想到马上就要相见，互相调侃着，不由嘻嘻哈哈打成了一团。

抬手看看时间已经不早了，旁边张鹏拉开大家说："兄弟们都早点休息，明早八点的飞机。"

赵无极回到房间，一切又瞬间恢复了安静。躺在席梦思床上，软软的，反倒让他觉得不是那么自在。想到明天就可以跟着张鹏他们一同返回大都市，回忆着之前他们描绘的场景，心中隐隐有些兴奋，又有些担心。不知道没有树木、没有野兽、没有大山的地方自己会不会适应。不过爷爷说的没错，身为男人总是该出去闯荡一番的，否则不是白白浪费了大好年华？

这一来，他又想到了青牛寨，想起了那里甘甜的井水；想起了爷爷，怀念起他每晚坐在酥油灯下读书修炼的背影。也不知道他现在怎么样了？

在干什么？虽然在青牛寨有乡亲们陪着不用担心孤单无靠，但第一次分开这么长时间，心里面的思念却还是像浪潮般越推越高……

不能再想了，应该做一个有所担当的汉子了，做出一番事业才对得起爷爷的养育之恩。赵无极静下心，在窗前地板上盘膝而坐，开始进行每天必做的修炼，有节奏地调整着气息，恢复着体内的功力。

天很快亮了，归心似箭的众人洗漱一番，吃过早餐后，收拾妥当，然后在早早等在楼下的中校陪同下，登上了军区指派的军用飞机。

在飞机上，望着窗外簇拥在周围的朵朵白云，大家激动不已，终于可以不辱使命平安回家了！

三个小时后，飞机停在A市市郊国刃大队军营前的停机场上。

对于赵无极来说，周围的一切没有什么变化，还是满目的军绿色，还是一样整齐有序的房子，唯一不同的是这里的每一个战士好像都散发着雄浑的战斗气息，咄咄逼人。

但对于张鹏等人来说，意义完全不同了。国刃大队是他们的家，是他们无比热爱的地方，是他们愿意为之抛头颅、洒热血奉献自己一切的地方！

鱼贯走下飞机，掌声、鲜花、笑脸……为了这一刻，他们付出任何代价都是值得的！

击掌、拥抱，战友们将张鹏等人簇拥着朝营地走去，一路欢歌笑语。

安顿下来后，张鹏将赵无极交给风子照看，便跟着一个人走了。风子告诉赵无极，张鹏去汇报工作了，这里就是他们的家，不用拘束，想做什么、不明白的就问他。

赵无极抬起右手挠了挠脸颊不客气地说出了自己内心的想法：“风子哥，有时间你教我练枪吧，用狙击枪！”

风子扫了赵无极后脑勺一下，示意他会的。

张鹏从军营出来后，坐上一辆高档的防弹轿车，走过一段弯弯曲曲的窄路后，来到国刃大队的办公大楼前。

这是一座古香古色的三层建筑，样式极具中国古典风格，外面的墙壁上爬满了长势茂盛的爬山虎。张鹏在小李的带领下，快步走入唐智的办公室。

“国刃第一组完成任务归来，请首长指示！队长张鹏。”

互敬了一个庄严的军礼后，唐智紧紧地握住张鹏的手示意他坐下来。

“欢迎你们归来！感谢你们为保卫国家安全做出的贡献！”此刻，这位气宇轩昂的中年人双眼热切地注视着张鹏。说话间他气息内敛，平稳有力。

“这是我们的天职。国家利益高于一切！”张鹏回答道。

唐智欣慰地点点头，接着说道：“嗯，不错，不错！瘦了点，黑了点，但气势更足了！再不回来，你们家小倪恐怕要跟我没完了，哈哈！”看着自己眼前的得力干将，唐智显露出了无比的满意，“好了，先公后私，给我讲讲任务完成的情况，尽量详细些。”

“是！”张鹏想到唐智口中说的小倪——自己的未婚妻，心里虽然一片温暖，但他知道现在不是谈儿女情长的时候，马上调整了一下情绪，将事情的原委经过详细地一一道来。这一说就是三个小时。

其中，张鹏着重说了一下赵无极的情况，他在这次行动中的决定性作用，以及自己和队友们有意将其拉入第一组的想法，希望得到唐智的支持。

认真听完张鹏的述说后，唐智脸上肃穆起来，他虽然预料到这次任务的危险，但跟张鹏讲述的困难比起来还是相差了很远。看来这次他们能够平安归队真是奇迹啊！

唐智将身体朝窗户的位置缓缓转了过去，良久默不作声。

张鹏说完后，见唐智一言不发，还背向了自己，不知道该如何是好。

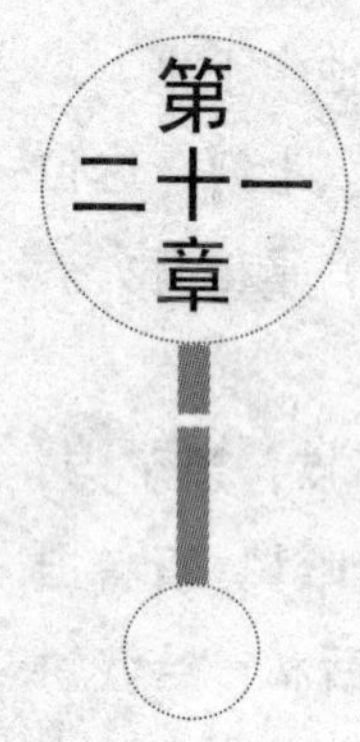

第二十一章 心系军营

过了一会，唐智出了口气说："你们是好样的，不愧是我们国刃一流的战士！你刚才提供的一些情报，回去后写成材料交给小李。现在说说你嘴里的那个赵无极吧，听你刚才的意思是想将他招到国刃的麾下?"

张鹏点点头，肯定地说："别看这小子在那深山老林里长大，自由散漫惯了，但我能够感觉到他身上散发的强大战斗力和忠心报国之情，况且他身上的精湛武艺是我都不得不佩服的！只是他刚从大山里走出来，没有接触过社会，恐怕一时还难以适应。如果可以的话，我想我们应该给他点时间。我相信，这段过渡期后，加上我们国刃的系统训练，他一定会成为最优秀的国刃战士!"

一直在认真倾听的唐智看着张鹏坚定的表情说："你们是一同经历过生死洗礼的人，你对他的感受我很理解、也很相信。但是一切不能操之过急。就像你说的，先让他适应适应这个环境，毕竟不是所有的战场都在丛林。要成为国刃的一员，综合战斗力必须强大到无可挑剔!"

"是!"张鹏打了个军礼。

"这样，先给赵无极解决一下身份问题。刚才你不是说他没有上过学嘛，既然他有着扎实的国学功底，说明他对语言很有天分，不如先给他安排进学校学习一下。再有，安排一下时间，我要见见他!"

谈话结束后，张鹏回到了军营，和国刃特种大队其他小组的弟兄们见了个面，大家一阵寒暄。

风子、斌子和刚子以军营为家，这天也是到处和久未碰面的国刃兄弟们畅聊。赵无极就住在军营的招待所内，因为可以在练兵场随意走动，乐的心里很是满足。

第二天开始，风子领了大量的子弹出来，带着赵无极去了练枪场。

这天以后，赵无极整天泡在练枪场里，除了打枪还是打枪，不厌其烦。自己的悟性加上风子悉心指教，几天下来，大家惊喜地发现赵无极的枪法已经快赶上风子了，不由赞叹他那极高的天赋。

除了练枪，偶尔休息的时候，刚子和斌子就跟他切磋一下武艺、聊聊天。

张鹏在归队的第二天就消失了，直到第三天晚上才回来。他兴冲冲地来到赵无极的住处告诉他，身份和上学的事情已经有眉目了。

一个星期后，张鹏再来时，手里多了几样东西：办好的赵无极身份证、一些换洗的衣服和一部手机。赵无极看着自己的身份证，上面写的住址很陌生，但他知道张鹏这样给他写是有目的的，于是便小心地放进了衣服口袋里。张鹏拉他坐在沙发上，拿出手机耐心地教他如何使用。

几天后，张鹏把斌子三人加赵无极都召集过来，向他们宣布了一个好消息：赵无极要上大学了——凌云大学，一所世界级优秀院校。大家听后都使劲地为赵无极鼓掌，赵无极也激动地涨红了脸，这可是自己梦寐以求的事情！

同时，张鹏告诉大家，由于这次出色地完成了任务，上级决定给大家记特等功一次，并将给他们颁发国家荣誉勋章，军衔晋一级。也就是说，张鹏已经是中校，而风子、刚子和斌子都是少校级别了。另外，出于对他们安全上的保护，加上年纪的缘故，上级已经根据之前同每个人的谈话，对他们做了人事上的安排，任命书过两天就下到队部。

具体是：张鹏留任国刃特种大队情报一处任副处长，刚子派到 A 市公安局任副局长，风子和斌子都舍不得离开部队，便被调到 A 市全军特种兵训练基地任教官。

虽说大家都留在 A 市，但是以后各自都有职责在身，一旦分开想要再相聚就很难了。

晚上，兄弟五个在赵无极的房间里尽情地喝酒唱歌。看着面前四人动情的模样，赵无极第一次感受到了兄弟间分别时的那份留恋和不舍。

大家一直睡到第二天下午才醒来。张鹏他们洗漱过后，整理好衣服，和刚子、斌子办理手续，留下风子继续指导赵无极打枪。

这次可比以往都严格了许多，风子规定赵无极不打完一万发不准休息，赵无极明白风子的良苦用心，拼命地练着。

离别的时刻越来越近了，张鹏四人也是抓紧时间地拉着赵无极练习各种特种兵必备的技能，恨不得把身上所有的本事都传送到赵无极身上。而赵无极也是极其争气，几天下来，通过潜心专研，能力飞快长进。

一天，赵无极正在练枪场练习射击，在打完一轮子弹后，忽然觉得身后有人拍了拍他的肩膀。他停下手中的动作，转过身来，看见张鹏站在身后。他高兴地就要过去跟他拥抱，却被张鹏的眼神制止了。

很快他发现，今天在张鹏的身后多了一个人。这个人虽然上了些年纪，不过英气逼人，目光锐利，气息均畅，一看就知道曾经是个战斗高手。

张鹏向赵无极介绍道："这位是国刃大队的最高领导，唐智！""这个就是我向您提过的赵无极！"看着眼前的小伙子，唐智点点头。

刚才唐智已经在赵无极的身后观察半天了，果然如张鹏所说，这个年轻人个人素质极为出色。单从他刚才的枪法就能知道，经过这么短时间的训练，就能达到如此高水准射击的绝非等闲之辈，是个战斗天才！

唐智打量着眼前这个年轻结实的小伙子，眼里满是欣赏，不禁内心感叹起来："这样的人才不为国家所用，实在是我们国刃的遗憾啊！"

唐智一脸亲切地说道："你就是赵无极吧，我叫唐智，欢迎你来到国刃大队。我听张鹏说，你可是身手不凡啊！"

赵无极现在还没有军衔的概念，但他知道这个中年人既然是张鹏的上级，又是张鹏敬重的人，那当然也是自己要敬重的人！

"呵呵，张大哥言重了。我只是一个从小到大成长在大山里的人。我的这些本领很大一部分都是张大哥他们教的！"赵无极一脸谦虚地说。

"你的情况，张鹏大致都跟我说了。"唐智接着说道，"以你现在的身手，绝对可以成为一名优秀的特种兵战士！怎么样，考不考虑加入我们的队伍?”

赵无极一阵沉默。这个问题从刚子他们第一次谈起，就已经在他心中扎根了。之前一直犹豫是因为跟他们接触时间不长，救援他们原本就是爷爷的主意，当时的他并不理解其中的意义。经过几次生死考验，赵无极现在是打心眼里地佩服、敬重张鹏这些国刃的战士们。

但是自己到底能不能成为张鹏他们那样优秀的特种兵，现在心里不是很吃准。毕竟从小生活环境的不同，令他们之间的差距实在太大了。此外，从前张鹏有意无意讲起过国刃大队的规章制度和要遵守的纪律，赵无极不知道自己能不能适应得了。

“能容我再考虑考虑吗?”赵无极低声问道。

唐智见他有些犹豫，知道这种事情不能勉强，点点头表示同意。

唐智走后，张鹏和赶过来的刚子等人都在赵无极身边一直鼓励他。然后，张鹏告诉赵无极上级关于他们上交象牙的处理意见。

听说国家把这些珍贵的野生象牙放进博物馆永久保存起来后，赵无极顿时喜开颜笑。

分手时，张鹏塞给赵无极一张卡片。赵无极不知道它的用处，问道：“这是干什么的?”张鹏笑着说，以前不是跟你说过在都市中生活需要钱嘛，这张卡里就有钱，可以到银行领取出来买东西；这是上级对你立功的奖励。赵无极挠挠头，似懂非懂地看着手里薄薄的塑料片。“等你上了学，你就自然会用了。别琢磨了，赶紧回去休息吧！”张鹏说完，冲赵无极挥挥手，消失在他眼前。

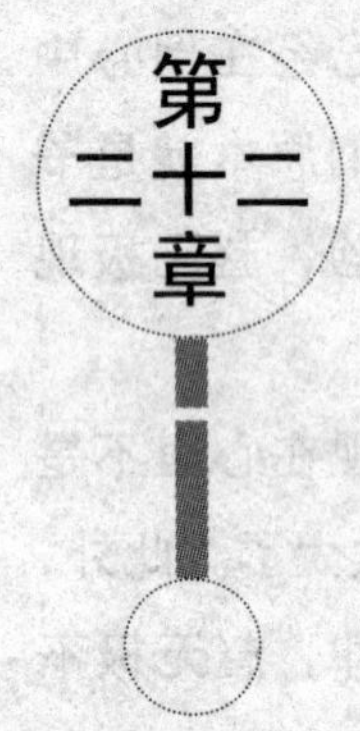

第二十二章 接受任务

铃——

清晨，唐智桌上的电话铃急促地响了起来。

“喂？是！首长好！”

“看到我让小李放到你桌子上的密件了吗？”

“是！看到了。我认为这个问题很棘手，必须马上把这伙人铲除掉，否则对国家安全、社会稳定是个巨大的隐患！”

“很好！看来你对这件事该如何处理已经心中有数了。这群人隐藏得十分深，看他们的身手和作案手段应该是在国外受过特别训练的，你们在行动中要有充分的考虑，千万不要大意！”熊司令提醒道。

“是！明白！请首长放心，我们坚决完成任务！”放下电话，唐智觉得心里沉甸甸的。看看手上刚刚送到的绝密文件，半响按下了电话：“小李吗？你叫张鹏到我办公室来一趟。”

十分钟后，张鹏跑步来到唐智办公室门口。

当当当！“请进！”唐智浑厚的声音从里面传出来。

看见张鹏敬了个军礼，说道：“来，你看这份材料。”说着把文件扔给了张鹏。

张鹏拿过材料凝神阅读，只见他额上的眉毛越来越近很快拧在了一起。

材料中介绍了最近发生在全国几个城市里大大小小十多起刑事案件，受害者多为在校大学生，凶手作案手段残忍；就连前去侦破的办案刑警都没能幸免，已经牺牲了十人。唯一可查的共同点：一是这些受害人的父母均为国家各领域高级专家；二是这些凶手肯定是经过特种培训，这从他们的作案手法上就可以判断出。

“这件事情很蹊跷啊?”张鹏说道，“这些人为什么要残杀这些专家的孩子？他们想要得到什么东西呢?”

“关于这一点上级情报部门正在调查，目前还没有一个明确的答复。”唐智低沉地说道，“上级清楚这群人绝非一般的暴匪，普通警察是无法对付的，因此希望我们来铲除它。但前期的情报还不够充分，因此我希望你能够去把问题解决掉。”

“是！其他的工作我都可以进行，唯独有一个很关键却不方便做的。”

“哪里?”唐智问道。

“大学。”张鹏分析说：“据材料中显示，受害人遇害后都是在十天左右的时间被发现的，在对这些受害人周围的老师、同学调查中，均表示遇害前并没有发现他们的异常之处。这就说明凶手是潜伏在学校里的，并且和这些受害人关系密切。”

“嗯，你是说需要有人在学校里摸情况?”

“对！其实范围可以缩小。材料上说，有所大学被怀疑是这伙人的老巢——凌云大学。因此我们如果把自己人安排进去，说不定就会找到突破口，对我们行动十分有利。”

“嗯，你有合适的人选吗?”

“我认为赵无极可以！”

“赵无极?”唐智盯着他，问道：“他愿意加入我们了?”

“嗯——目前还没有答复。但我认为他是可以争取的。”张鹏肯定地说道。

“好！那这个任务就交给你了！”唐智点点头。

“保证完成任务！”

接着二人又就具体的作战方案详细地部署了一下。

从唐智办公室出来后，张鹏马不停蹄地赶往赵无极的住处。

赵无极已经收拾妥当，准备前往练枪场了。见到张鹏，很高兴，以为他来是要指导自己练习的。

张鹏表情凝重地把赵无极拉到沙发上坐下。赵无极很纳闷张鹏今天的举动，知道他肯定是有什么事情要说。

张鹏注视着赵无极的眼睛，缓缓说道："后天你就要到凌云大学报到了。两天前，我们带你去过那里，这个学校给你的印象如何?"

"环境优美、整洁，学习氛围浓厚，同学们朝气蓬勃，毕业后肯定都是国家的栋梁之材！我有种恨不得马上融入进去的感觉。"赵无极不明白张鹏问他这些做什么，为什么表情又这么严肃，难道是自己的上学计划有变?

"嗯，如果说你这些同学的生命安全已经受到了威胁，你会怎么办?"

受到威胁? 怎么会? 这又不是在丛林里，没有敌人也没有野兽，张鹏为什么说这样的话?"怎么会? 你们不是常告诉我，做学生是最安全最幸福的事情吗?"

张鹏看着他，摇摇头，"今天早上我接受了一项秘密任务。虽然具体的细节不能向你透露，但要告诉你的是，有一伙非常强大的敌人已经潜伏进了凌云大学，并逐渐在向全国其他大学渗透。"

"他们为什么这么做? 大学不是最纯洁的象牙塔吗?"赵无极担忧地说道。他现在刚刚熟悉了军队生活，大学生活对他来说只是道听途说，他不明白那个地方除了学习还能做什么。

"他们不但已经进入了大学，而且还杀害了十多名同学。"

什么?! 赵无极震惊了，现在他才知道，原来都市中有着跟丛林一样的血腥和危险，并且针对的竟是这些毫无缚鸡之力、一心只读圣贤书的学生们！顿时握紧拳头狠狠砸在了沙发上。

"现在的情况很紧急。如果我们出手慢了可能会有越来越多的生命毁在这伙人的手中！"

"张大哥，你说吧，想让我做什么?"赵无极觉得此刻自己应该挺身而出。

"经过这些天的严格训练，我认为你已经具备了一名优秀特种兵的所有条件，因此想向你委派一项任务。"

赵无极盯着张鹏的眼睛，此刻他的思绪久久不能平复，从小时候的刻苦修炼，遇到张鹏他们的出生入死，再到这些天的密集式训练，自己的成长轨迹一目了然。看来，自己是命中注定要成为一名为国家和人民铲奸除恶的战士，一名为国家和人民保驾护航的卫兵！

定了定神，赵无极目光淡定地说道："好！我愿意承担这份责任！张哥，你把具体方案讲给我听！"

张鹏一听真的是喜出望外，激动地抓住赵无极的双肩，说："好兄弟，就知道你是条汉子！我会把你的情况跟上级汇报一下，具体的任务布置，等你去凌云大学前会交代给你！"

说完，按了按他的肩膀，急匆匆地向唐智汇报去了。

"太好了！国刃第一组后继有人了！现在国刃多了这么一员猛将以后定会前途无量啊！好好，第一组下面就按这个标准，再招几个将才啊！哈哈哈！"爱才如命的唐智，此刻也兴奋异常，"这两天你赶紧把赵无极的关系办妥了。记住这次任务不比你们上次去丛林里面的危险系数低，一定要布置周密了，注意安全！"

"是！"张鹏领命退了出来。

张鹏把赵无极答应留下来的消息告诉了刚子等人，大家都激动极了，纷纷跑到练枪场，找到赵无极，将他又搂又抱，弄的他很不好意思。

第二天傍晚，张鹏等人一起来到了赵无极的住处。明天就是他去学校报到的日子了，随后刚子、风子、斌子三人也要奔赴新岗位了。大家来，一是相互告别一下，再叙一下兄弟情；二是张鹏要跟赵无极交代一下以后任务情况。

晚饭结束，大家都散去了。张鹏把赵无极拉回到桌子前，递给他一个文件袋。

赵无极打开一看，里面是一串钥匙、一部加密卫星电话、一本驾驶证，还有一把手枪和六发子弹。张鹏告诉赵无极，从明天开始，他就有了两个身份：一是凌云大学的学生；二是国刃第一组的特种兵战士。

"现在你要记住，自己已经不再是一名普通百姓了，而是人民的战士。这些天来大家给你讲的一些纪律和注意事项你要牢记于心。等完成任务后还要对你进行集中培训，算是补上这一课。"张鹏语重心长地说道。

赵无极点点头，跟国刃第一组的成员接触这么长时间，他清楚地知道，他们之所以有着超强的战斗力，那是和平时的教育与训练分不开的。现在自己也变成第一组的一员，当然也要以这里的最高标准要求自己。

“这把枪是防身用的，子弹不多。车子平时就可以使用。这些天风子一直在陪你练车，相信你的技术已经很过硬了。”张鹏接着说道，“现在你收拾收拾，一会我就送你去公寓。”

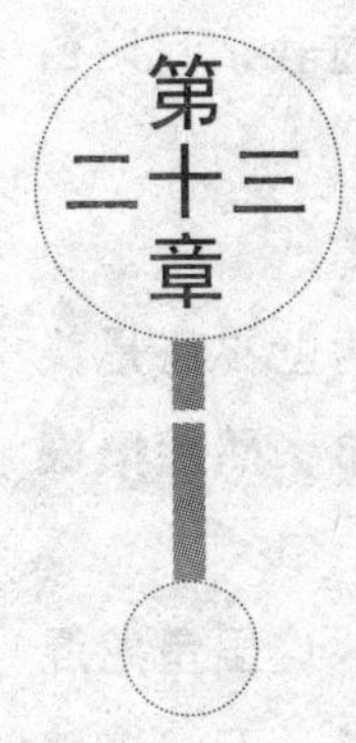

第二十三章 潜入学堂

枫华路67号。

一辆越野车驶入了藏匿在半山腰的万和小区。小区外部的装饰风格是上世纪九十年代的，因此显得有些陈旧。

车子在七号楼下熄火，张鹏停好车，和赵无极一起走进了二单元。开动电梯，二人来到五层503房门前。

开门，打开灯，屋里家具电器一应俱全。这个两室格局的房屋面积不大，70多平，足够赵无极一人生活。考虑到他的双重身份，张鹏特地让人把一间朝北的房间布置成了书房。

赵无极先把行李放进卧室，然后到处走走看看，很是高兴。

张鹏关闭客厅灯，走到窗前把窗户打开，指着前方对赵无极说："从这里出去往山下走，路口左拐前行500米，第二个红绿灯右转一直往前就是凌华大学了。还有，看见我车旁边那辆白色的车子吗？那个就是你的车。"

说完，顺手关上窗户，拉着赵无极走到客厅沙发上坐下，说道："这次你的主要任务就是找出这个黑暗组织在凌华大学的据点。记住，要充分利用你的学生身份，千万不能对任何人透漏真实身份，就算是亲人、女朋友也不行！这是组织纪律，也是对你人身安全最大的保护。你要知道，眼前的敌人不同于过去，我们在明，他们在暗，稍微行动不慎暴露自己就会有生命危险。卫星电话随身携带不许关闭，具体任务指示我会随时告诉你。走，现在领你去见一个人。明天由她带你去学校。”

“好，我记住了。张哥你放心吧，这些之前风子他们都教过我，我明白应该怎么做。”

很快，车子驶出小区大门，下了山，一路狂奔。

赵无极自从来到这个城市就一直在军营里生活，到外面的世界还是头一回。趁着这个机会，他目不转睛地盯着外面热闹繁华的街市、熙熙攘攘穿着各异的人群，看了个够。

旁边的张鹏见状说道：“这回可是真正要在社会上生活了。这里鱼龙混杂，不比军营，凡事要自己小心，不懂的要请示汇报。”顿了一下，接着说：“兄弟，咱们这次虽然是在一起战斗，不过只有你一个人在前方冲锋陷阵，一切都要小心谨慎啊！”

嗯嗯，赵无极点头答应着，觉得张鹏有些过于担心。

张鹏家住在城郊的一个高档小区内。车子驶入小区的一栋楼旁，楼门口一个女人正翘首以盼。她头发盘起，一身雪白的连衣裙，仿佛出水芙蓉般高雅脱俗，精致的脸上透着一股英气。

看到车来，她的脸上显露出浅浅的微笑。车停好后，她很自然地对走下车的赵无极说道：“你就是无极兄弟吧？我叫倪然，是张鹏的未婚妻。”

“嫂子好，我是赵无极，冒昧上门，给你添麻烦了。”赵无极看着这个超凡脱俗的美女，顿生几分亲切，礼貌地说道。

大家客气几句后，进了屋。房间内布置得简洁又高雅。

倪然转身走进书房，出来时身后多了一个亭亭玉立的姑娘。

“这是我妹妹张妮。妮子，这是赵无极。”张鹏介绍说。

张妮听说赵无极马上要成为自己的学弟，很高兴，大方地伸出芊芊细手跟赵无极握了一下，二人算是认识了。

张妮之前从哥哥那里大概知道了些关于赵无极的事情，知道他没有到过大都市，便热心地向他介绍学校和 A 城的大概情况，什么哪里有好吃的、哪个地方好玩等等，听得赵无极兴致盎然。

第二天一早，赵无极跟着张妮一起去学校报到。

按照张鹏的交代，张妮先带着赵无极来到了校长办公室门口，然后自己便去上课了。

赵无极深深吸了一口气，敲响了房门，里面响起了一声略带苍老的声音："请进!"

推门，进去，顺手掩上门。赵无极站在门口礼貌地看着眼前这个老头。他慈眉善目，身体有些单薄，浑身上下透着一股儒雅气质，跟爷爷有几分相似。

"您好，我是赵无极。"

"哦，好，过来坐吧!"老人热情地冲着赵无极挥挥手，说道："我姓王，你叫我王校长就好。"

赵无极也不拘束，说道："王校长好!"

"你的情况上面已经跟我说了。今天开始你就是凌云大学的学生了。手续也全部办完了。如果以后有什么事情，可以直接过来找我。"

赵无极点点头。只见王校长微笑着，打了个电话："小张，你过来一下。"

不一会儿，一个三十岁上下的年轻人走了进来，"校长，您找我?"

"嗯。这个就是我前两天交代你办手续的赵无极同学。现在你带他去领课本资料吧!"

走在小张秘书旁边，赵无极东瞅瞅西看看。忽然，小张开口说道："因为你是外语系旁听生，所以不用参加考试。但其他待遇是跟正式学生一样的。吃饭可以在食堂，图书馆里的书也可以随便借阅。"

到了一间办公室，小张从抽屉里拿出一个文件夹递给赵无极说道："这里面有学生证、课表、饭卡和图书证。上课用的书本在那里，如果一次搬不完，可以随上课随拿。有什么需要办的事情可以交代给我。你看还有什么问题吗?"

赵无极没有上过学，不知道还有什么问题，便摇摇头，说了声谢谢，转身走出了房间。

赵无极想到张鹏交代的任务，决定先熟悉一下环境再说。教室、饭堂、小卖部、图书馆、运动馆、文艺馆、大礼堂……足足花了两个多小时他才走完所有的地方，并把每个地方的地理位置、特征一一记在心里。

正感叹着学校生活真好的赵无极突然发现手机响起，拿起来一看，是张妮。

刚按下接通键，就听见张妮的声音传了出来，“怎么样？手续办完没有？一起过来吃个饭吧。”接着把饭店的位置跟赵无极说了一遍。

匆匆来到指定的饭店门口，就看到张妮和一群美女在叽叽喳喳地说笑着，看到赵无极来了，张妮跟同学们说道：“这位就是我跟你们说过的赵无极，是这届新来的同学。以后大家要帮我多多照顾他啊！”

接着张妮为赵无极介绍了一下这几位女孩，这时赵无极才知道，原来她们都是张妮的室友和同学。大家一个暑假没见，开学第一天自然聚集在一起吃饭庆祝了。

吃饭没问题，但是一群女的，就自己一个男的，坐在一起听不懂她们在讲什么，又不知道该说什么，实在是不自在啊！

于是，赵无极把张妮一把拉过来，不好意思地说道：“你们同学难得见面，一定有说不完的话，我一个男的在不合适，就不去了。下次吧，下次我再请你们啊！”话还没说完，赵无极就憋得满脸通红，在女孩们的笑声中跑开了。

在食堂简单吃了点饭后，赵无极开车往回走，看见公寓附近有超市，便停好车采购了一些吃的，存在冰箱里。一切妥当，他一屁股坐在沙发上，不由想到了万里开外的爷爷，自己孤零零的一个人，也不知道他老人家现在怎么样了，是不是也在思念着自己……

第二天，因为还是报到返校时间，没有课上，赵无极便跑到图书馆看起书来。

晚上七点左右，张鹏过来看他，两人边吃饭边聊到学校两天来的情况。赵无极把整个学校建筑布局、每栋楼的内部格局详细讲了一下，并把自己认为敌人可能作为据点的地方跟张鹏分析了一下。

赵无极和盘托出了自己的一个想法：“要想捕获狡猾的猎物，就必须和猎物混在一起。等彻底熟悉猎物后，再射出致命一箭。所以我想当务之急是搞清楚情况后，最好能找机会混到他们圈子内去。”

“嗯，能够这样做最好。但我估计现在最大的问题是对方有着庞大的消息渠道，不然之前派去摸底的警察不会还没有接触到窝点就提前暴露身份。而这正是你现在最大的优势。你经历简单，敌人想查也查不出什么，所以行动中的危险系数会降低。但劣势就在你现在时间不多了，必须尽快把他们的情况搞明白，然后我们好见机行事。否则不知道谁会是下一个受害者。”张鹏分析道。

赵无极想想说：“还有一个问题，就是平时在校园里如果遇到需要出手相助的情况，我是该帮忙还是按兵不动？毕竟我以前练的武功招招都是杀技，让敌人看到，很容易怀疑我的身份。”

张鹏说：“这个好办。如果是不危及人民生命的，那就打报警电话，让警察来处理；如果涉及到性命、必须要出手的，就要注意自己的动作，尽量用最基本最常见的招式。”接着，又给他讲了一些法律常识，让他学会如何处理常见的矛盾纠纷。

不知不觉间到了十二点，送走张鹏后，赵无极并无睡意，想起自己以前对都市的憧憬觉得真是可笑，原来表面看起来平静如水的地方，反而比原始森林还要复杂、危险。但赵无极觉得越是这样就越要努力工作，现在自己已经是国刃第一组的成员了，身上的责任重大，可不能给国刃抹黑！

第二十四章 铲除毒瘤

赵无极凭着与生俱来的超强记忆力和领悟力，开学没几天就将英语学了个大概。从语法到常用单词，从听到写，都进步神速，连老师都连连称赞他是个奇才。

时间像陀螺一样飞快地转着，赵无极每天除了上学听课外，就是抓紧一切机会，暗地里了解校园里各社团组织的情况以及各样传闻，从常人看似正常的表面剥丝抽茧收集一切关于敌人的情报，然后汇报给张鹏，再由张鹏下达下一步行动的指令。

虽说如此，眼看一个星期过去了，任务并无实质性进展，甚至连这只狡猾狐狸的尾巴毛都没看见，让赵无极很焦虑。看来敌人的反侦察能力不是一般的强，竟把行动痕迹抹得一干二净。常规办法是不行了，必须另辟蹊径。

这段时间，为了消磨课余时间，赵无极参加了空手道社。一是本来学习各种武功就是他的最爱；二是这里的教官身手不凡，几个高年级学员看起来也不逊色，棋逢对手才打得过瘾。

这天晚上，赵无极为任务的事情苦恼不已，跟张鹏通完电话后，决定去空手道社看看，今天正好是教官授课日。

空手道社的教官是一位国际知名的冠军选手，有过十年不败的记录。

退役后一直在各国授课。这次据说是学校花血本聘请来的，就是为了提高一下学校社团的名气。

奇怪的是，今天教官完全不在状态，草草教了几个招式后，就叫两位高年级学有所成的徒弟带领社员反复练习起来。一般情况下，教官做完一遍动作，赵无极就可以把招式牢记在心，领悟到要点；像这样反复练习个没完没了，他便心烦得不行。

正当他想溜走到图书馆看书时，突然瞥见教官跟旁边的一名徒弟咬了咬耳朵，然后神情紧张地向更衣室走去。敏锐的直觉告诉赵无极，这里面一定有问题。于是他趁旁边同学一个不注意溜出了训练室，悄声躲在教官更衣室门口不远处的楼梯口边。

教官显然因为什么事情正在焦躁不安，竟没有关门，换好衣服后，急冲冲地向电梯间走去。赵无极见状从楼梯飞快地跑下了楼，来到楼门口时，正好赶上教官的背影。

只见教官警惕地边往学校南边的后山走，边不时回头看看有没有人跟踪。

对于在原始森林里如鱼得水的赵无极来说，在树林里潜伏跟踪的科目实在是太简单了。考虑到不知对方的底细，应尽量避免让强大的敌人嗅到自己的气息，赵无极见左右无人后，便嗖的一个猴窜冲到了旁边粗壮的大树上，接着如猴子般在树间穿梭，尾随在教官身后。

十来分钟后，教官穿过后山树林，来到学校围墙下，一个纵身翻了过去。

赵无极跟到围墙边，一个空翻越过围墙，落地的同时一个前滚，稳稳地落在一颗大树后。放眼望去，满眼是重重叠叠的桦树。教官身态轻盈，应该在运气前行，没有在密林里留下明显痕迹。

赵无极闭上眼睛调整气息，通过气流感知着教官的行踪，然后睁开眼睛向一个确定的方向寻去。果然，潜行了不过几十米，就看到前方一个鬼鬼祟祟的人影在疾走。

几十分钟后，眼前慢慢出现了一个隐藏在山体边的三层矮楼，里面隐隐约约泛着幽黄的灯光。赵无极叹道，怪不得一直没有头绪，原来藏在了这样隐秘的地方。

只见教官一个寸步迈进楼门，消失在眼前。依托黑夜的掩护，赵无极收敛全身气息，运起“狸行”步法，轻巧迅速地跑到了这栋小楼下。

他三两下顺着墙外的水管爬上了屋顶，轻点着屋瓦来到溢出灯光的房间上，潜伏下来。以赵无极的能力，特别是和自然融为一体的本事，无人能出其右，就算现在有顶级杀手，恐怕也发现不了他的存在。

啪——啪——

屋子里传来响亮的抽打声，接着传来强硬的咒骂声和一个人略微发颤的哀求声。这些人说的是蹩脚英语，可能里面有不同国家的人，多亏自己这些天在努力学习，现在算是派上用场了。

“哼！再给你们一次机会？别做梦了！”一个声音凶狠的人说道，“知不知道，逃跑的这个人对我们有多重要?!现在公司的研制到了攻坚阶段，缺了此人爸爸的协助就不可能完成！知不知道我们会损失多少钱？100亿美元啊！100亿！你赔得起吗?!”

赵无极慢慢探头下去，视线贴着屋檐边直寻到屋内。隐约看见空手道教官跪在地上，低着头，前面站着一个身形肥硕的家伙。后面好像还有几个人影，应该是胖子带来的打手。听胖子的意思，这里应该就是那个组织的据点。

赵无极的脑海中顿时闪过一个个被残杀的年轻人，和为了把他们绳之以法而壮烈牺牲的警察们。血气方刚的赵无极脸腾地一下就红了，紧紧握了握拳头。

但他那野兽般的警觉还没有消失，突然觉得身体左侧的空气中有微微波动的迹象，赶忙一个侧翻，啵——，一颗子弹打在了他刚才趴过的位置。

好险！狙击手？可能是刚才愤怒时身体的气息没有控制好，被埋伏在远处的狙击手发现了。快撤！赵无极也不管会不会发出声响了，一个挺身爬起来就跑。屋子里面的人听见响声，吱哇乱叫起来。

啵——啵——啵——

狙击手对准目标连续射击，都被赵无极躲开了。

必须活着出去，赶紧把情报传给张鹏，否则就抓不住他们了。想到任务的艰巨，赵无极使出浑身解数翻滚、疾奔……能用上的遁跑功夫全部都施展了。

二十分钟后，赵无极用卫星电话把情报传给了张鹏。张鹏火速调动国刃其他小组的成员直接围堵敌人。很快，空手道教练、胖子及他们手下在逃亡码头的路上被截了下来，国刃大队一举端了这个窝点。

等到张鹏把好消息告诉赵无极时，他已折返回桦树林中，围堵可能的漏网之鱼。听到张鹏的电话，赵无极暗暗松了口气。看得出来，其他城市一定还有类似的敌人据点，这次把它们的“心脏”拔除后，那些毒瘤应该很快就会被清除干净！

赵无极带着回味顺着来路漫步着，走出不远，猛然感觉密林深处有动静，不由警惕地潜伏过去，趴在一块巨石后。

这里是学校最深处，树木半围着一池湖水，水面上的睡莲随风摇曳，缕缕香气沁入心脾，对面是一片平整的草坪。清朗的月光洒在湖面上，平添了几分宁静。

草坪上，一位白发老者穿着白色练功服，正在打拳。只见他打法古朴、纯厚，富于攻击性。可一大把年纪了，怎么拳路还这么大火气？这种拳法不适合他，赵无极边看边摇头。突然，他愣住了。

咦！老爷子练的绝非花架子啊！那绝对是一套内家功法，拳势恢宏，劲力刚猛。只见他的拳势时而紧凑，劲力精巧；时而勇猛，气势雄厚；时而又舒展，稳健扎实。

让赵无极更加吃惊的是，其套路皆为摹仿一些动物捕食或自卫时的动作而成，时而如猛虎，时而如狡猴，时而如奔马，时而如雄鹰……转化之间，行云流水，一气呵成；直进直退，较少窜高翻筋斗。

这种打法绝对适合战场应敌作战，尤其适合群战中以一敌十。

“好！”赵无极忍不住小声惊叹起来。

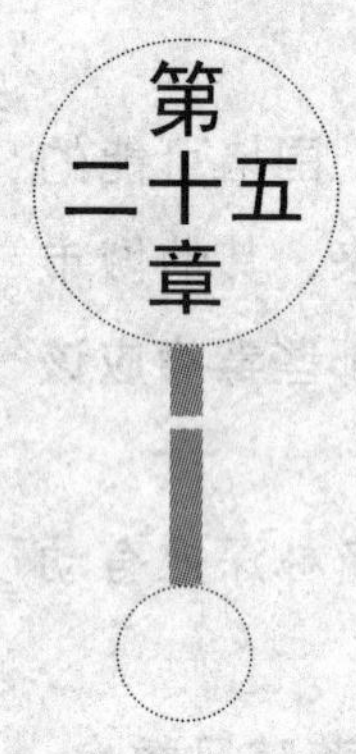

第二十五章 忘年交

听闻此声，老者忽然全身一抖，发出一阵劈里啪啦的声响，仿佛警觉的毒蛇般，探头打望，犀利的眼神瞬间锁定赵无极藏身的位置，冷冷喝道："何方高人偷窥老朽练功，还不现身？"

偷看练功是武学中的大忌，但赵无极并不知道，他只是不管何时一遇到高手练功就迈不动腿罢了。

看到被发现了，赵无极不好意思地走了出去，冲老者礼貌地鞠躬行礼，"老人家好，晚辈赵无极顺路经过此地，忍不住观看一二，冒昧打扰，请您老谅解！"

老者显然没有料到出来的是个不到二十岁的小伙子，不由暗自惊叹对方的功力。这个距离，如果是一般练武之人，自己是没有理由发现不了的。要不是刚才对方发出声音，自己现在还不知道远处躲了个人呢！

看到眼前这个后生彬彬有礼的样子，颇有几分古风，老者的气消了一些。

他冷冷地说道："你是何门何派？难道不知道不能偷看他人练功的规矩？"

"有这规矩？"赵无极茫然地说道，"对不起！对不起！我无门无派，也不知道不能偷看别人练功，要是知道打死我也不敢看的。"

老者见赵无极回答得真诚，不由疑惑起来，难道真的不是江湖中人？不对啊，单凭他这潜伏的本领，就能看出功力肯定不浅，只是年轻一代什么时候出了这么个好手？

赵无极清澈的眼睛让老者看到了坦诚，他的话应该可信。

老者问道：“你是这里的学生？”

“是。”赵无极也感觉到了对方情绪的波动：一会犹豫，一会好奇，一会又充满战意，真是一个古怪的老人家。难道偷看练功真的是禁忌？大意了，还是涉世未深啊。

为了表示自己的诚意，赵无极随手将学生证递给了对方。虽然自己不怕这位老者，但也没必要得罪他不是？现在，赵无极只想早点解释清楚，早点离开这里。从对方身上发散出的强大气息，让赵无极认定这人绝对是自己平生遇到的最厉害的高手。

老者接过学生证，扫了一眼，说：“云海赵家和你什么关系？”

“云海赵家？不知道您在说什么。我的情况王校长最清楚，您老要不信可以问他。”赵无极见对方不信自己，提议道。

老者听到赵无极这么说，不由好奇起来，弯腰从地上的包里掏出手机按了个号码拨过去，也不管现在已经是深夜十二点多了。

电话通了后，老者说道：“喂，是我，老王，有个叫赵无极的你认识吗？”

对方跟老者讲了几句话，老者认真听后说了句“打扰了，改天请喝茶”就挂了。

这时，赵无极发现老人全身放松下来，便也偷偷松开了放在身后已呈鹰爪状的手势。警觉已经成了赵无极的本性，刚才一见老人摆出蛇式，随时都能如蛟龙出洞般攻击自己，就准备了鹰式以待。

当然，赵无极做的非常隐蔽，否则也不能这么长时间这位老者都没有发现。

老者确定对方不是江湖中人后，便对赵无极倍感兴趣，招手示意他走近些，说道：“看的出来，你也是练家子。怎么样，有没有兴趣和我这老头子切磋一下？”

赵无极对老者的身手也很好奇，一直想交流一下，只是不知道应该如何开口。现在听老者提了出来，自然满口答应下来。

“年轻人就应该有血性才行，别婆婆妈妈的，来吧！”老人抱拳做了个请式，整个人忽然爆发出庞大的战斗气势，身上的汗毛仿佛一下子全都炸起来了似的，完全似一只待机而动的猛兽。

赵无极不敢大意，运转全身功力至极限，严阵以待，如同蓄势待发的猎豹，眼中闪过一丝精光，全神贯注地注视着对手每一个动作。

有点意思！老人见赵无极的气势丝毫不比自己弱，微微一笑，心中的熊熊战火烧得更炽热。

赵无极凝神观察了半天，发现看不出对方任何破绽，不由想起了当年和老虎对峙的情况。这时双方摆出的架势才是最不可大意的，看似平稳的外表，实则杀机重重，出手绝对一招致命。

既然没有破绽，那就把你打出破绽。赵无极知道老者自持身份，不好意思先动手，便率先发难，一个“熊撞”使出，身体重心前移，快如闪电，狠狠地撞向对方。与此同时，整个人仿佛一张拉满弦的弓，臂肘就是箭矢，手掌就是毒蛇的獠牙，一旦沾身，绝对咬合对方血肉，直到撕碎为止——正是追击金刚蛇时悟出的绝招之一“蟒咬”。

平地忽然卷起一阵狂风，赵无极一出手就没有给自己留有余地。面对高手，全力出击，就是对其最高的敬意！

老者眼力不错，一眼便看出了赵无极的招数和自己的有些类似，不由大惊，但现在不是犹豫的时候，运足气力大喝一声“来的好”，左右两臂同时画出一个半弦后，双手抱拳如封似闭，周围的空气仿佛一下子变成了厚重的大山，朝对手压了上去。

赵无极直感周围气压忽然增加，仿佛有一双无形的手拖住自己，又似身处泥潭一般阻力大增，内心的热血腾地燃烧起来。这样的对手难求，战意澎湃，一声尖锐的长啸发出后，胸口那股不适尽数排除，在距离对方一步之遥时全身力量忽然爆发，猛地撞了上去。

砰！

老者调动全身力量和气势凝聚成的两扇“大门”，被赵无极手肘以点带面完全化解，身体在与赵无极接触的一刹那弹跳开去，他连忙调整气息，运气使双腿生力，后退一步站定。

咚！

赵无极被老人家抱拳发出的庞大力量阻挡住，身体往后晃动了一下。不愧是赵无极，脚下借力发力，身体硬生生地挤了上去，同时双手犹如出洞的巨蟒，闪电般抓住老者未来得及收回的双手，脚尖用力一扭，身体也跟着扭动起来，仿佛巨蟒翻身一般，整个身体在空中旋转起来。

老者大惊，显然没有想到赵无极不仅势大力沉、凶悍无比，而且更重要的是后招连连、环环相扣，显然是个经过无数厮杀磨炼出来的真正高手。

感觉到赵无极此招扭力巨大，赶紧一招“苏秦解袍”，被抓的手臂犹如泥鳅般滑滚起来，吞吐之间逃出了赵无极的控制，并闪电般直取对手腰部。这招着实厉害，叫做“如影随形”。中了这一招的人无论退进，手都会沾上对方，到那时再中了对手的“半步崩拳”招式，将会被轻易地崩飞——纯粹“以硬攻硬”的手法。

本来老者可以直攻对方中门，再使出“半步崩拳”，但赵无极的“蟒咬”招式虽被化解，但“巨蟒的嘴”还在跟前，自己敢使“崩拳”，对方就敢继续咬过来，因此只好使出“如影随形”这种小巧的打法先逼退对方。

“小巧”并不意味着没有杀伤力。相反，它灵活、快速、多变等特点在实战中往往可以出其不意地制敌取胜。

赵无极自然明白其中的奥妙，他自己是大开大阖式打法，没有过多的小技巧动作，对付这种招式最好的办法就是以不变应万变。

只见他忽然身体后仰，倒在地上，避开了“如影随形”的攻击，同时双腿呈四十五度猛力朝老者蹬了过去——正是根据兔子搏鹰的动作自创的“兔蹬”。但和兔子搏鹰不同的是，赵无极这招后面还跟着一个狠招——“虎剪”。

老虎的杀招有三：一扑，二咬，三剪。最后一招是最厉害的，被老虎钢鞭一般的尾巴扫到，任谁不死也是个皮开肉绽。

老者应变能力非常快，见赵无极倒地就知道不好，脚下斜跨一步，正好躲过了正面的兔蹬。不过到底是年岁不饶人，眼看着赵无极如虎尾一般的刚腿带着破空声扫过来，却再也来不及躲避，被重重地打在了腰上。

老人硬生生地受了这一腿，顿时感觉体内气血翻涌，浑身酥软，使不出一点气力来。而此时赵无极已经退到五步开外，没有继续进攻。老人知道对方已看出自己的不适，不禁心生感激。以现在的状态，完全承受不了第二次攻击了，对方无论是速度、反应、力量还是临机应变能力，都是一等一的高手，经验也非常丰富，这场比试看来是自己落于下风了。

武学境界至高者，生情皆为豁达。老者一边揉着腰一边说道："长江后浪推前浪啊！小伙子不错！你是我如今见过的最厉害对手。如此年纪就有这般身手，看上去有几分形意拳的味道，不知师承何方?"

见赵无极迟疑了一下，老人笑呵呵地说道："不瞒你说，我是王式形意拳传人王儒海。如果你也是形意拳门中人，咱们就是一家人了，输给你也不丢脸。"

见对方如此坦诚谦逊，跟刚见面时判若两人，赵无极想想躬身说道："晚辈赵无极。我在上大学之前只是个猎人。刚才那些招数都是自创的，没有什么师承。"

"自创的?"王儒海听到这话，觉得实在令人难以置信！不由紧紧盯着赵无极，想从他的眼睛里找到解疑答惑的钥匙。因为这么一来，这事的性质就完全变了。自创武功有很多，自己也见过不少，但能用自创武功将自己打败的几乎就是凤毛麟角了，这说明眼前这个小伙子简直可以称得上是百年不遇的武学奇才！

王儒海不由生出了欣喜之情。想到对方的武功虽然内功心法与自己不同，但招式却非常相似，心中又多出了几分惺惺相惜之感。这一刻，王儒海已经将赵无极当成了至交。

王儒海说道："无极小兄弟，没想到你能自创如此高深精妙的武功，真是太令人意外了！如果你不介意的话，明天上午九点，请到寒舍一聚，届时老朽希望能和你一起共讨武学。"说完，一脸的期待。

赵无极想了想，觉得去切磋武艺可以，但现在毕竟自己的身份还不便于公开，因此找了个借口应道："王老言重了，那就叨扰了。不过，我不想太多人知道，'木秀于林，风必摧之'。"

"哈哈！好，就这么说定了，到时候老朽扫塌以待，期待大驾光临。你住什么地方，我明天派车去接你。"王儒海高兴地说着，掏出一张名片递给赵无极。

接过名片一看，上面除了名字就是电话，其他的什么都没有，赵无极说："接就不用了，你告诉我地方，明天我自己过去就是。"

王儒海想到赵无极不喜欢出风头的性格，也不坚持，说了一个地址，客套两句就离开了。

没有想到夜探敌营，不但完成了任务，还"探"出个古怪武林高手，莫名其妙地打了一架，还有了交情，世间之事还真是变幻莫测啊！

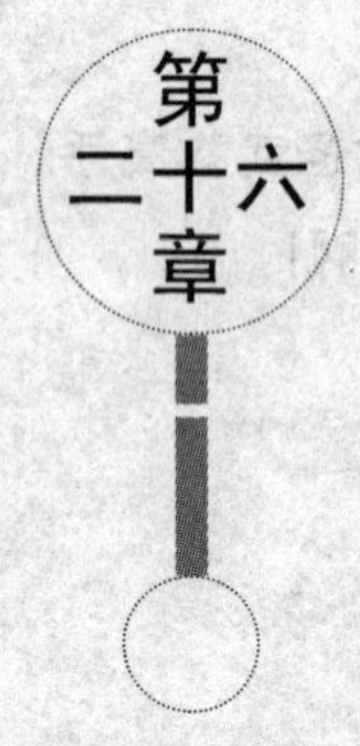

形　意　拳

凌云大学的东南隅有一片四合院，住的多是在学校里任职的著名教授。据说，这片四合院至今还保持着一百多年前的原貌。走进这里，就如同置身于一座活的博物馆，可以让人回味传承的力量。

这天，晴空万里，一个穿着休闲装的小伙子，走进了这片四合院的巷子口。他貌不出众，留着寸长短发，挎着书包，边走边观赏着身边的风景，发出啧啧称赞的声音。

不一会儿，小伙子来到这群建筑中修建得比较考究的一座四合院门口。这扇大门两侧各有一头石狮，看上去很是威武，再对一下门牌号，正是自己要找的地方。抬头仰望，可见四合院里种着枣树，上面的叶子稀稀落落，更增添了老宅的沧桑感。

轻轻地扣了三下门环，大门吱呀一声打开，出来的是一个身穿黑色练功服的老者，见到来人，一脸惊喜地说：“无极小兄弟，你总算来了，老朽盼望多时了！”

来的后生正是赵无极，只见他拱拱手客气地说：“王老，咱们以武会友，君子之交。圣人有云：‘君子之交淡如水。’今天我空手上门，你老别介意。”二人寒暄着走进屋里。

“这就对了嘛，真要带礼物什么的，那就俗气了！”王儒海招呼着赵无极坐在院子中间早已摆好的茶几旁道："人来就好了，昨晚和你一战，实在是多少年来最痛快的事情。咱们都是习武之人，这种感觉你能体会得到!"

"同感，同感!"赵无极也有些感慨地说。

王儒海给赵无极倒了茶后，说："像你这样的年轻人很少了，很多人都不习老祖宗传下来的好东西，却跑去学什么空手道、跆拳道，真是让人寒心啊。"

"对了，王老，能给我说说您老的形意拳是怎么回事吗？我的大部分招式都靠自学而来，对这里面的东西皆是不求甚解啊!"赵无极说。

"这么说可就太客套了，来来，边喝茶边聊，请!"王儒海做了个请式后，酌了一口茶说："形意拳发源于山西太谷，出现于明末清初，为山西姬际可所创，后传曹继武，曹继武又传山西戴龙邦和河南马学礼，由此分化为两大支系：北方的形意拳和河南的心意六合拳。后戴龙邦又传李洛能等弟子。李在河北、山西广收门徒，其八大弟子各有所长，使形意拳得到大发展。形意拳便逐步发扬光大，流传下来。"

"哦，听起来可是源远流长啊！能流传至今的应该说都是精华！要是能够在全国普及传承下去，那定是前途无量啊!"赵无极由衷地感叹道。

"谁说不是。但现在的年轻人更喜欢学习新潮、现实的本领，没有多少人愿意习武了，这几年的情况更甚。"聊到这个话题，王儒海的心情显得有些沉重。

再一次低头喝了一口茶后，王儒海的话匣子打开了，"形意拳也属于道家拳派，讲究内功，在应敌时要求以意念调动出体内的最大潜能，以意行气，以气催力，在触敌前的一瞬间发劲，而且要求肘部不得伸直，这样缩短了出拳距离，使得形意拳具有较强的穿透力，往往可对敌人内脏造成伤害。所以，形意拳好手们在一般情况下绝不轻易出手，也不敢轻易出手，这也限制了形意拳的发展。"

见赵无极一副认真听的表情，王儒海沉思片刻后有意将形意拳相授，便说道："形意拳作为博大精深的中华武术之一，经过历代传人不断钻研、实践、总结、提高，已经形成了较为完整的理论体系。其各派拳法虽各有千秋，便其拳理却根源颇深。通过对形与意的相互调节、内与外的相互作用来达到体用兼修的功效。"

“昨晚一试，王老的形意拳中多有野兽搏击的路数？这是怎么回事?”想到昨天王儒海使出的几乎相同招式的拳法，赵无极试探地问出了心里面的问题。

“形意拳基本属于象形拳。它的主要套路多是摹仿一些动物的动作而成，即所谓“象形而取意”。讲究雄浑质朴，动作简练实用，整齐划一；短打近用，快攻直取。”王儒海笑着答道。

“原来是这样!”赵无极听得出来，对方已经在说拳理了，这些东西除非同门人，一般是不会提及的。可担心犯了跟昨晚同样的错误，他的脸上露出了犹豫的表情。

王儒海察觉到了赵无极的心思说：“无极小兄弟，今天叫你来，除了切磋之外，还有一层意思：我愿以武相授。我见你天赋极高，希望你领悟形意拳精髓后，能将之发扬光大，不知你意下如何?”

听到这样的话，赵无极欣喜地说：“传艺之恩比天高，似海深。晚辈何德何能？不敢当王老大恩。”

“你不用客气，也不用自称晚辈。武林当中以实力为尊，你我平辈论交即可。此外，你也不用感激我，我这是在请你帮忙。形意拳不能绝在我的手上，好传人难找啊！家中各子弟都忙于名利，无心专研武学。自家下一代只剩下个孙女，但无奈女孩不适合练此拳法。上天有眼，让我们有缘，希望你能接受我的请求!”

“无功不受禄。我观王老内功真气有些阴阳失调，阳气太盛，阴气不足。既然王老无私相授，在下也不藏私，愿以一套养生功法相赠，您看如何?”赵无极一脸郑重地说道。

王儒海听后喜出望外，“好，不贪，不躁，就按你说的办吧!”

当下，王儒海起身，领着赵无极来到后花园。站定后，先向赵无极讲解起形意拳口诀来：“在技击原则上，形意拳主张后发先至，抢占中门。拳谱说：‘视人如蒿草，打人如走路’，‘练拳时无人似有人，交手时有人似无人”。因此在交手时，则要求‘遇敌犹如火烧身，硬打硬进无遮拦’，‘拳打三节不见形，如见形影不为能’，‘起如风，落如箭，打倒还嫌慢’。形意拳要求在最短时间内解决战斗‘不招不架，只是一下’。看，就是这样——”说着一招一式地向赵无极演示起来。

之后，王儒海继续讲道："基本拳法都以三体式、五行拳（劈、钻、崩、炮、横五式）、十二形拳为主。山西有些地区站桩不用三体式，而用六合式、站丹田；十二形为十形。单练套路有五行连环、杂式捶、四把拳、八式拳、十二洪捶、出入洞、五行相生、龙虎斗、八字功、上中下八手。对练套路有五行相克、三手炮、五花炮、安身炮、九套环。器械练习有连环刀、三合刀、连环枪、连环棍、三才刀、三才剑、行步六剑、六合刀、六合枪、六合大枪、凤翅镗等等。"

……

就这样边说边演示边指导纠正赵无极的动作，不知不觉过了大半天，浑然忘了时间的飞逝。赵无极调动全身心去牢记、感受着王儒海的每一个动作变化、体内真气运转方式、身体发肤的波动变化，结合拳理细细品位、消化和吸收。

太阳开始懒洋洋地下山了，基本的套路都已经传授完了，大家随便吃了点王儒海早准备好的点心，接着又交流了一下练武心得。之后，赵无极将《自然经》里面记载的一篇养生诀传授给了王儒海。

王儒海内功沉厚，按照养生诀的方式进行修炼，很快身体就有了感觉，自然十分欣喜，连连对赵无极表示感谢。

休息了一会后，借着屋里的灯光、外面的月色，赵无极又在院子里将白天学到的东西演练一遍，王儒海在旁边指点纠正一番，算是基本学有所成了，乐的王儒海不由频频点头赞扬。

如果说和张鹏等人的交流，是学习了军中搏杀的理论和技艺的话，那王儒海的传授，对赵无极领悟更高武学境界就绝对是质的变化。

经过短短一天的苦练，赵无极的修为大大地前进了一步，整个人看上去更加成熟内敛了。

告别王儒海回到家中，趁着没有课的空档，赵无极闭门自己接连练习了三天。他仔细地分析和回味了王儒海传授给自己的形意拳理，将其消化吸收，并把其中的精髓融入到自己摸索出的兽拳里。

武艺的大增让赵无极很想立刻跑回青牛寨去告诉爷爷自己现在的成绩。思念、期待、兴奋夹杂在一起，心情无比复杂……

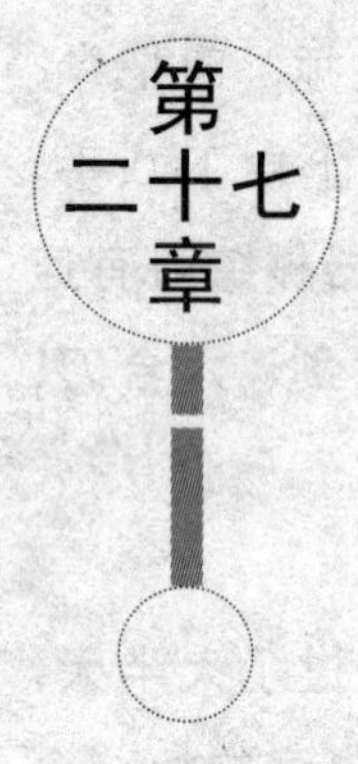

第二十七章 英雄救美

意外得到武学真传的赵无极一心醉在习武上，空余时间便抓紧学习英文，浑然不觉时间的流逝。转眼到了学期末，这天是学校运动会的日子，赵无极想起班长韩雪曾通知过他，便朝操场走去。路上正好碰到张妮，打了个招呼，闲聊起来。

这时，韩雪也看到了赵无极，正准备迎上去，看到高一年级的美女张妮和他有说有笑，不好意思过去打扰，便站在旁边等待。

赵无极知道以自己目前的身份不便和张妮过多接触，就随便聊了几句。谁知刚要离开，旁边突然走过来几个人，其中带头的男生眼神阴冷，全身透着一股不小的煞气。赵无极纳闷，学生怎么会有这么古怪气场?

那男生轻蔑地看了赵无极一眼，转而又流露出谄媚的眼神看着张妮说："张妮，我找你半天了，这位是……"

"你们聊，我还有点事，先走了。"赵无极不想和这种人接触，没太留意到张妮欲言又止的表情，抢先说完，便转身匆匆离开了。四周都是来参加运动会的同学，相信这个家伙再嚣张也不得不忌惮几分吧？虽然这么想着，赵无极还是感觉后背有一双阴森的眼睛看着自己。

他快步来到韩雪跟前，忍不住小声问道："韩雪同学，问你个事，那个男同学是谁啊?"

“怎么，你不认识他?”韩雪好奇地问。

“很有名吗?”赵无极很奇怪韩雪的反应。

韩雪想起了赵无极不太合群，除了上课，其他时间都见不到影子，对学校的事情自然不会关心，便解释道：“凌云大学有两个人物：第一才子范思哲，自称‘离人’；第一武人项飞，自称‘霸王’。那个就是项飞，要是可以的话，你尽可能不要惹上他，他父亲可是A市有钱有势的大人物，他自然嚣张得很，在学校为所欲为，没人敢管。”

旁边跟韩雪一起的“眼镜女”也补充道：“项飞追张妮全校都知道。他可是出了名的心胸狭窄，刚才看你俩那么亲密，以后你可小心点。而且他玩弄了不少女孩，大家都躲着他呢，张妮这下有难了。”

赵无极一听，当下心中起了急，回头一看，那个叫项飞的堵住张妮的路，正争论着什么，要不是在大庭广众之下，赵无极断定这个项飞会动手动脚。

对项飞这种角色赵无极没兴趣，还称“第一武人”呢，赵无极自信自己单手一招就可以搞定他。但张妮有难他是一定要帮的。不好明着出面，他跟韩雪说了声“自己还有事”，就跑到另外一边给学校保卫科挂了个电话。

保卫科的反应很快，马上派人跑了过来，将场面控制住。项飞不想吃眼前亏，向旁边的人挥了挥手，喊了声“还有事等着呢，咱们走”，便嚣张地在众目睽睽之下扬长而去。

看着黯然神伤的张妮从眼前走过，赵无极愤怒了，觉得必须给这个项飞点教训瞧瞧，便朝项飞离开的方向快步跟去。

项飞等人一路晃晃荡荡来到了空手道社附近的一片竹林里。不一会儿，两个男生推搡着一个女孩走了过来。

见情形不对，赵无极决定在距离他们两米左右的地方潜伏下来，见机行事。隐隐地，他听到了女孩抽泣的声音和一个不耐烦的骂咧声。骂人的正是项飞，而那帮跟班小弟则在旁边嬉闹着。

女孩背对着自己，从外形来看，绝对是个美丽的姑娘：修长的身体，上衣穿着宽松的运动体恤，下身穿着牛仔裤，柔顺的、黑黑的秀发用橡皮筋扎了起来。

啪！项飞一巴掌扇在女孩脸上，放大音量骂道："妈的，欠债还钱，没钱以身抵债，自古就是这个规矩。你要是从了本大爷，债务一笔勾销，否则，老子来个霸王硬上弓，到时候你可是吃不了兜着走，哼哼，选哪条，现在给句话吧！"

听到这里，女孩反而不哭了，抬起头，一脸倔强地盯着项飞，忽然不知道从哪里掏出一把小刀片，瞬间举起手在自己脸上狠狠地划了一刀，状若疯癫地任凭鲜血流了满面。

项飞没有想到这女孩这么刚烈，一把抓住对方拿着刀片的手，她脸上那道鲜红而又狰狞的刀伤顿时映入眼帘，项飞抬起一脚踢在了女孩肚子上，把她打倒在地，"妈的，臭婊子，少拿这套吓唬我。今天就饶了你，三天之内不还钱，老子有的是办法整你！"说着狠狠瞪了女孩一眼，带着手下气呼呼地走了。

赵无极被这个女孩的举动镇住了，自毁容貌虽然可以保住清白，但也只是权宜之计，能对自己下得了如此狠心的，可真不是一般人啊。出手相救已经来不及了，赵无极跑过去扶起女孩，要赶紧送去医院才行。

这一刀划得真够深的，血不停地流着，女孩脸色煞白，也许是因为平时就营养不良，走了几步竟晕了过去，倒在赵无极的臂弯里。这个女孩实在太美了，精美的脸庞透着淡雅的气质，漂亮的眼睛微闭着仿佛要将所有心事都关住似的，鼻子微耸，嘴唇小巧，整个人仿佛沉睡的仙子一般，赵无极感觉自己内心的某根弦突然被拨动了一下。

虽不是重伤，但赵无极也不敢耽误，抱着女孩飞快地穿过学校，在大门口拦下一辆出租车直奔医院。

挂号、交费、包扎，剩下的就是等待了。

一个小时后，抢救室的门打开了，护士推着姑娘向病房走去。一位年长的医生几近愤怒地盯着赵无极说道："你们年轻人真是不懂事，多好的姑娘，有什么事情非要用毁容来解决？小伙子，别生在福中不知福，要懂得珍惜。这姑娘身子骨太弱了，真不知道你怎么照顾的。"

一番话说得赵无极一愣一愣的，一时反应不过来。医生看到赵无极的样子，还以为他正在内疚、忏悔，便缓和了一下腔调说："她现在没有生命危险了。观察一段时间就能出院。你可以进去看一看。"说完就转身走了。

赵无极想想，确实需要进去一趟，总得帮她通知一下家人吧，一个人在这里没人照顾可不行。

走进病房，赵无极看到女孩正躺在床上，她的脸上包扎着厚厚的纱布，昏睡着。两个小时后，女孩醒了，微微睁开眼，看着坐床边的赵无极，略带感激地说："是你救了我吧？谢谢你！"

"不客气，举手之劳。对了，你家电话多少，我帮你通知家人过来。"赵无极问道。

女孩一听，并没有回答，头歪向一边，两行清泪无休止般流了下来，身体愈发颤抖起来，一副伤心欲绝的样子。

赵无极知道这里面肯定有什么难言之隐，没有再说什么，但又不知道怎么安慰，只好干坐在一旁。

也许是哭累了，也许是察觉到现在的情况不合适这样，也许是将心中的不快都释放了出来，女孩总算停止了哭泣，看了赵无极一眼，声音嘶哑地小声说："你怎么称呼？花了不少钱吧？等我有钱了，会还你的。"

"钱不钱倒无所谓。我叫赵无极，凌云大学学生。对了，你也是凌云大学的学生吧？"赵无极转移了话题。

"嗯，我叫林语，森林的林，鸟语花香的语。"女孩回答道，"今天的事真是谢谢你了，要不然，还不知道会怎样。"

"谢的话就不用再说了。对了，已经不早了，你想吃点什么我给你买去。"赵无极问着，自己也感觉有些饿了。

也许是多舛的命运让女孩内心渴望关怀，此时她感受到了赵无极的真诚，内心很是感动，眼泪又止不住流了下来。

吱——

那位年长的医生推开病房门来查看女孩的状况，看到这个场面，很不客气地对赵无极说："唉，我说小伙子，你怎么回事？人都伤成这样了，都不会说几句好话哄哄你女朋友啊？有你这样的吗？"

赵无极这才恍然大悟，难怪这个医生刚才这么针对自己，原来是误会自己了，不由又好气又好笑起来。估计这会儿解释只会遭来更多的责备，便干脆不解释了。

医生见赵无极默不作声，火气更大了，正打算再说几句重话，躺在床上的林语却笑了，说道：“医生你误会了，我们素昧平生。今天要不是他，我也得不到这么及时的治疗。”淡淡的笑容仿佛河水解冻，又如春风拂面，唤起无限生机，看的赵无极不由好一阵心跳。

医生尴尬地笑了笑，仔细地检查了一番伤势便离开了。

过了一会，林语再次悠悠地说：“真的谢谢你了！”

“没事，我不懂怎么安慰人，你别介意就好。对了，你先躺着，我去买点吃的来。”说着，赵无极将林语的包放到床边，推开门走了。

看着走出房门的赵无极，林语的眼泪又一次失控地流了下来，太多的伤心和痛苦，太多的仇恨和无奈，她多想找个安全的肩膀靠一靠啊，哪怕是一会儿也好……

惊天秘密

不消半小时，赵无极拎着个塑料袋推开病房门，走到林语床边，一边掏餐盒一边说："我刚问过医生了，你不适合吃油腻的食物，简单买了点粥，吃点吧。"

林语只是伤了脸庞，其他地方并无大碍，休息了几个小时，体力已经恢复了不少。见赵无极进来，自己慢慢坐直，接过稀饭，道了声谢，慢慢吃起来。可能是很疼的缘故，她吃得很慢，生怕扯到伤口。

赵无极看她这样心里很难过，转身走到阳台，静静地看着已经暗下来的夜空。华灯初上，外面的都市一派繁华的景象，谁又能知道刚刚发生的这些事情，谁又会挂念这些受到伤害的人呢?

那个项飞，连学校保卫科的人都忌惮他几分，看来他骄横跋扈不是一天两天了。可为什么他能如此狂妄? 难道仅仅是因为有个靠山老爸? 事情真的就这么简单?

正寻思着，身后传来林语的轻咳声，赵无极知道她已经吃完了，便走过去，一脸温和地看着她，只是仍然不知道该说些什么好。

林语将手上的东西放在旁边，轻声说道："不早了，你回家吧，虽然医生说我身体太弱，还得输液，但我感觉已经好了很多，自己能行的，今天实在太麻烦你了。"

回去？嗯，也好，虽然多少还有些担心这个弱女子的安危，但至少不用再这么尴尬地独自面对她那悲痛欲绝的眼神。

正要抬腿，赵无极却察觉到了林语眼中一闪而过的无奈和失落，不由犹豫了，这样是不是很不地道？这个刚烈的女孩该不会要寻短见吧？如果真是这样的话，那自己一辈子都不会安生，帮人帮到底，送佛送到西，算了，还是不回了！

于是，赵无极稳了稳身子，凝视着女孩的眼睛说："其实现在回去也没什么事，你不介意的话，我就留下来看有什么能帮上忙的。"

林语眼中略过一丝惊喜，迅即又恢复了黯淡，仿佛看穿了生死般，对未来充满了绝望。她缩进了被子里，眼睛望向房顶，空洞得没有生气。

赵无极心里一疼，不忍地说道："林语同学，我不知道在你身上发生了什么事情。自古圣人说过，盛年不重来，一日难再晨。不怨天，不尤人，好好地活下去，比什么都重要。活着，总有希望，对不对？"

"谢谢了。"林语转过头淡淡地看着赵无极，"可以的话，叫我林语就行了，很感谢你的帮助。只是，我还有希望吗？"说着眼泪又悄无声息地流下来，无限感伤弥漫了周身。

"当然有，因为你还活着！"赵无极坚定而有力地说完后定定地看着林语，鼓励、安慰在此时显然更为重要。

这一刻，对生命的热爱忽地出现在林语的心中，暖暖的，久违的感觉。林语的脸色渐渐潮红了起来，有些激动地对着赵无极点了点头。过了一会，她小声问道："嗨，能问你一句吗，你为什么帮我？"

帮人需要理由吗？不需要的，起码对他来说是这样的。赵无极喜欢干脆，一切随心，不想回答这个问题，但看到林语期盼的眼神，不忍她失望，说道："惟仁者，能好人，能恶人。我虽然不是什么仁者，但起码的仁德自认为还是有的。如果我说没有任何理由，你肯定不信，但事实就是如此。"

真挚、坦诚的回答让林语很感动，信任地点头说："别人说我不信，你说的我信；一天前说我不信，现在说我信。"

听到林语奇怪的逻辑，赵无极有些懵，但既然对方信了，起码感到不再孤独无助，也是好事，便说："谢谢你信任我。你能想明白我就安心了。不早了，你休息吧，我看会儿书。"说着，从随身背包里掏出一本书读了起来。

看着特立独行的赵无极，林语心中哑然失笑，看不出这个侠义心肠的小伙子还真有点意思。转念一想，他不愿意多说话的原因，难道是因为自己毁容了？让他内心感到恐怖了？好心帮自己也不过是出于同情，自己的命怎么这么苦啊?!想到伤心处，又不由神色暗伤，眼圈湿润。

女人是善变的，特别是受伤的女人更善变，林语的心思一旦活动开，就越想越觉得难过，越想越觉得憋屈，看着一边认真看书的赵无极，她忽然说："我不用你同情，你还是回去吧，我自己能行的。"

赵无极听得出，这话语中透着的伤心和失落，这才意识到自己这个时候看书有些失礼，赶紧合起书本说："你看你说哪里去了，我是怕打扰你休息。其实我也想和你说话解闷，只是我并不了解你，不知道该说什么。"

听到这番解释，林语也觉得自己有些任性了，想到自己的遭遇，要不是眼前这个萍水相逢的人，现在还不知道在哪里躺着呢，于是不好意思地说："对不起，刚才我说的是气话，我不是怪你，只是心里面难受，你别介意。"

"没事，你要是信得过我，就把你心中的委屈说出来。虽然我不一定能帮上忙，但说出来总归好受些。"赵无极真诚地说。

林语听了这话，眉头紧蹙了一下，用疑虑的眼神打量了赵无极一下，抿了抿嘴唇，像是下了很大决心似地张开了嘴。随着林语的叙述，赵无极听到了一个令人震惊、愤慨的事情。

原来，林语原本是A市曾经风光一时的林氏商贸公司董事长的女儿。一年多前，林父在朋友的引荐和推动下，和一家国际企业——波托集团合作开发新项目。发展势头正劲的林氏集团在没有详细调查对方底细的情况下，单方面听信对方的承诺，在这个项目上倾尽了几乎所有的资金，甚至还从银行贷了几百万。然而好景不长，就在林父期待对方兑现承诺、准备着手开展新项目时，波托集团却单方面撕毁协议，诬陷林氏集团违约，拒绝退还所有已注入的资金。

一夜之间，遭受重创的林氏集团倒闭了，林父为了还债，不得不抵押掉了公司，余下的银行钱款只好找地下钱庄借高利贷。但祸不单行，钱借到的当天晚上林家遭到了盗匪洗劫，高利贷款全部被抢走，林父也被打成重伤，送进了医院。

家里变卖了所有的家产，总算把林父抢救过来，但是得到消息的地下钱庄却开始催债，全家人整天惶惶不可终日。林母一气之下，精神失常，住进了精神病院。林父也因无力偿还贷款而被投入监狱。

为了不让女儿受到牵连，林家的一切变故最初是瞒着林语进行的。直到项飞拿着借据找上门时，她才知道了事情的经过，可惜那时已经晚了，等她奔回家的时候，已经人去楼空，遍地狼藉。

后面的事情，赵无极是在不断地思考中听完的：怎么隐隐中感觉这事有些蹊跷，难道由始至终，就是一个惊天大骗局？为什么这些事情都是那么凑巧？朋友的极力鼓动，国际集团的快速翻脸，地下钱庄的及时出现，深夜盗匪的不请自来……难道一切都是事先计划好的？而目的只有一个，那就是将林家的巨额财富纳入囊中？其中牵涉到的方方面面太多，林语了解得也不够细致，所以不是很肯定自己的判断。

林语说着说着，已经成了泪人，不知不觉抓住了坐在身边的赵无极的手，仿佛要得到一些慰藉。把心中的苦楚说了出来，心情也好受了许多，精神放松下来，不知不觉林语居然睡着了。再坚强、刚烈的女子，也有脆弱的时候，特别是在给自己安全感的人身边。

听完林家的遭遇，赵无极的内心掀起了滔天怒火，这是一个什么逻辑？为什么暗藏的恶势力触角能肆意妄为地伸到任何地方？这种弱肉强食的法则，比原始森林残酷千倍万倍，真是吃人不吐骨头啊！身为国刃的一分子，就要伸张正义、为老百姓铲除邪恶，遇到这样的事理当要做些什么才对!?一定要把这个情况反映给张鹏，看看他有什么办法。

第二天，林语一觉醒来，感觉精力好了许多。咦？那个赵无极哪儿去了？不会是待烦了回家去了吧？这么一想心里不由生出一阵失落感。终归还是离开了。也好，只是恩情未报，心中有些不舍，但愿他以后一切顺利吧……

正胡思乱想着，房门忽然打开，一个熟悉的身影走了进来。林语不由大喜，眼泪又一次不由自主地流了下来。

赵无极愣了一下，以为自己又有什么做的不对了，忐忑地问道：“怎么啦，发生什么事了？”

“没有。”林语满脸通红地低下了头，轻轻拭去眼角不争气的泪水，开心地笑了，接过早餐，没有了昨晚的顾虑和矜持，大口吃了起来。

这一刻，林语的内心已经把赵无极当成了可以依赖的朋友，当成了最值得信任的伙伴，赵无极那健壮的身影已经深深地印在了林语的脑海和心房。

对于女人的善变，赵无极算是领教了，没有多想，看到林语吃得开心，也放心不少，“一会我去学校上课，下课后再来看你，好吗?”

“嗯，你去吧，把你电话号码告诉我，我想你了就给你发短信。”林语脱口而出，忽然意识到自己有些失态，脸刷地又红了，不好意思地偷看了赵无极一眼，见他好像没有反应，心里又涌出一丝失落。

交换完手机号码，赵无极便离开医院，搭车回到了学校。

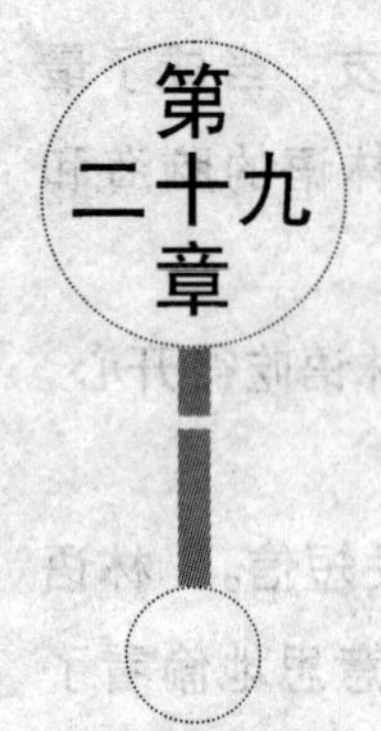

第二十九章 暗生情愫

下课后，赵无极跑到医院食堂打包了一些饭菜，然后直奔医院。

来到病房，他轻轻推开房门，一眼就看到一张包扎着纱布的脸怔怔地看着自己，眼泪正在眼眶里打转。这人怎么这么爱哭啊？不是挺刚烈的吗？

哭是女人的特权。女人一哭，赵无极就发怵，不知道怎么办好。他随手轻轻地关上门，问道："你怎么了？哭什么？对不起，我来晚了，给你带了点饭。"

刚到病床边，赵无极的一只手臂就被林语一把抱了过去。

久等赵无极不来的林语又是发短信又是打电话，就是联系不上，心里一下子慌了，感觉自己好不容易找到的支柱一下子轰然倒塌，什么希望、什么未来，一下子又全没了。这时她才发现，这个质朴的赵无极已经在不知不觉中走进了她的内心。而正在胡思乱想的时候，房门推开，又是那个熟悉的身影：没有高大挺拔的英姿，却透着阳光气息；没有幽默风趣的话语，却给人踏实安心的感觉。林语知道，自己已经无可救药地喜欢上了他。

虚弱、无助、彷徨的林语紧紧地抱住赵无极的手臂，搂在怀里，生怕赵无极会再次离开自己，激动地说："我——我以为你再也不回来了。"

赵无极第一次和女人这么亲密地接触，看着梨花带雨的林语，有些尴尬，有些兴奋，有些无措，不但心跳加速，脸也灼热得厉害。

哭了一会儿，林语的情绪稳定了些，猛然意识到什么，赶紧放开赵无极的手臂，一脸绯红地低下头去。

“来，吃点东西吧。”赵无极赶紧岔开话题，将另外一只手拎着的东西放到桌子上，拆分起来。林语也过来帮忙，二人说笑着，吃了起来。

这时，中年医生进来，看到这个场面，高兴地说：“看，现在多好，年轻人打打闹闹可以，别较真，特别是男人，得学会大度点嘛。”

二人相互交换了一个眼神，默契地都没有接话。医生给林语检查了一下伤口，叮嘱护士按时换药，并告诉两人明天就可以给林语办理出院手续了。

吃过饭后，二人随意地聊了起来。说的最多的是林语，讲的都是学校里的趣事，而对于赵无极的事情，她一句都没问。

不知不觉到了晚上八点，林语很想赵无极留在身边陪自己，但又不忍心，昨天已经守了一夜，今天再守着，非累垮了不可，再说非亲非故的，也不好意思。

赵无极觉得在哪里都一样，回去也是一个人，而且这次得罪了项飞，谁知道什么时候又找来报复，因此也就没有提出离开。

天色越来越晚了，林语已经安心地睡去，赵无极继续学习英语，不知不觉就趴在床沿边睡着了。

第二天早上，赵无极半睡半醒间发觉身上披着件衣服，不再感到冰凉，头好像枕在林语的大腿上，而且有只手正轻轻地抚摸着自己的后脑勺，非常舒服。

猛然想到什么，赵无极的心跳忽然加快，脸色大窘，尴尬地一动不敢动，很想起来，但又怕囧，心情矛盾至极。

也许是察觉到赵无极已经醒了，林语闪电般缩回手，惊慌带臊地钻进了被窝里，怎么都不肯露出头来。赵无极直起身来，呆呆地看着眼前的景象傻笑。

赵无极有一些感动、一些担忧，还有一些甜蜜。感动的是，这个女孩为了让自己休息好，宁愿自己一动不动，相信腿一定麻了吧？担忧的是，这个女孩该不是喜欢上自己了吧？如果真是这样，那就麻烦了，自己的敌人一天比一天多，这会给她带来更多的危险和伤害的。甜蜜的是，在情窦初开之际，有人爱，心里面当然甜丝丝的。

猫在被窝里的林语侧耳听了半天，除了翻书声，没有其他动静，内心稍定，不由寻思起来：这个男的看上去一点都不会甜言蜜语，也不太懂儿女情长之事，像个木头疙瘩似的，该不会从来没有谈过恋爱吧?

吃过赵无极买来的早餐后，尴尬的气氛淡了许多，二人收拾妥当，办理了出院手续。

赵无极知道林语现在是孤身一人，又担心她的人身安全，因此建议林语暂时先到自己的公寓暂住一段时间。

林语感激地点点头，因为自己现在没有更好的地方可去；眼前的赵无极无疑是她目前最可信赖的，也就没有推辞。

赵无极的公寓本来就有两个房间，他们临时买了一些生活用品，将卧室收拾一下，让林语住进来，赵无极搬到书房里。一切安排妥当后，赵无极背着林语给张鹏打了个电话，将这几天的事情向他做了个汇报。

第二天一早，赵无极和林语一起去学校上课。中午两个人吃饭时，林语既兴奋又有些失落地告诉他，同学们看到纱布后面的伤疤后，都很关心她，不停安慰她，但她还是感到一些人异样的眼光，这让她很不舒服。

赵无极看到了林语眼睛里面的那份失落，爱美是每个女人的天性，现在是自己能不能帮她做点什么呢?

赵无极举着筷子认真地盯着林语脸上的伤疤足足观察了一分钟，弄得林语疑惑地直摸自己的脸，这时赵无极轻轻地坚定地说：“你这伤疤应该可以消除，过两天我想办法配些药给你。”

“真的?”林语一把抓住赵无极的手惊讶地问道，见赵无极一副坚定和自信的表情，知道得到了肯定的答案，高兴得脸上洋溢着幸福的笑，仿佛山花盛开一般，不可抗拒。

铃——

赵无极的电话忽然响了，是张鹏的。接通后，张鹏告诉赵无极，林语父亲的事情他已经托人打听了，因为表现突出，监狱方面正在考虑让林父提前保释，初步定在7天后上午八点，到时候你通知林语去接一下吧。

原来那天在给张鹏汇报工作后，赵无极顺便将林语家的遭遇告诉了他。没想到张鹏的办事效率这么高，这么快就有了结果，赵无极高兴地连声道谢。

放下电话，他马上将这个消息告诉了林语。林语一听，真是喜上加喜，幸福得跳了起来，引来周围人好奇的目光。

赵无极连忙拉拉林语的衣角，林语看了看周围的人，不好意思地吐吐舌头，拉着已经吃完的赵无极拔腿逃出了食堂。

六天后的下午各自上完课后，赵无极匆忙走出教室，开车接上林语去买东西。

林家为了还上贷款，已经把房子抵押了。林父出来后，首先要解决的就是住的问题。这几天林语跟赵无极商量了一下，林父出来后就先和赵无极睡在卧室里，林语换到书房。等生活稳定后，再想办法给林语他们找住的地方。

在百货商场里，两个人买了些林父需要的物品，像床单、被子、洗漱用品等。回到家后，赵无极把书房重新打扫了一番，把自己的东西搬回来，再帮助林语布置妥当。一番折腾下来，等要睡觉的时候已经将近晚上十二点了。

第二天早上五点刚过，赵无极就被冲进来的林语拉了起来。睡眼惺忪的他还没睡醒，愣愣地坐在床上，面无表情。林语刚要张嘴催他起床，突然看到赵无极那黝黑、充满坚实肌肉的裸露上身，不由大窘，面颊绯红，捂着脸赶紧跑出了房间。

洗漱一番后，二人吃了点东西就开车上路了，开了近两个小时后，二人赶到了监狱门口。八点刚过，监狱大门打开，走出一位五十多岁模样的中年人，正是林语的父亲——林树堂。监狱里的生活已经磨掉了林树堂的锐气和棱角，但看上去身体很硬朗，高大的身躯走起路来沉稳有力。

赵无极还没有看清对方的模样，林语已经扑了上去，父女俩抱头痛哭起来。赵无极有些感慨，不由想起了自己的父母，遗憾的是，那只是两个朦胧的影像，没有完整的容貌，父母离世的时候，他不过两岁多一点。

足足等了十分钟，林语父女俩才朝赵无极慢慢走过来。林语挽着父亲的胳膊，一边抽泣着，一边看着赵无极笑，这次是高兴的泪水。

赵无极赶紧迎上去，伸出手，礼貌而又恭敬地喊道："林叔叔好，我叫赵无极。"

林树堂站在赵无极跟前，上下打量起来，赵无极能够感觉到他此刻身上散发出来的那股气势，特别是眼神，非常犀利。他心里面清楚，林父这是在检验自己，不由挺直了身板。

“嗯。”林树堂满意地笑了，虽然眼前的这个男孩没有高大英俊的相貌，但眉眼间有种气宇轩昂的气度，一双眼睛清澈、深邃而又坦荡。

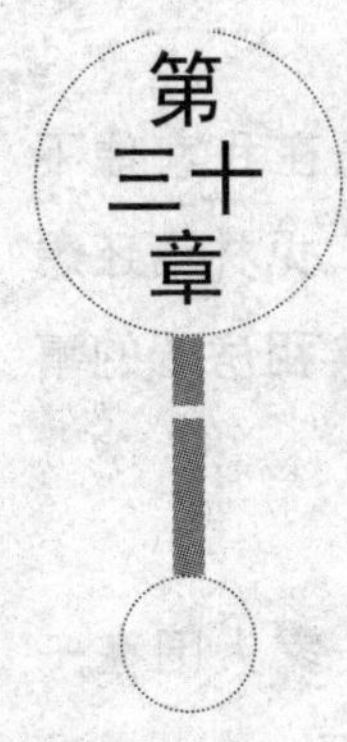

第三十章 其乐融融

林树堂虽然栽了个大跟头，但在生意场上打拼多年，也算是老江湖了，阅人无数。他心里面很清楚，只有一种人能够拥有这样的眼神，那就是有大本事、大智慧的人，这让林树堂非常满意。而更让林树堂满意的是赵无极对自己女儿所做的一切。短短十分钟，足够林语将一切事情简要地告诉父亲了，林树堂何等人物，听个大概就能想到很多。

林树堂拍拍赵无极的肩膀，笑道："希望你能照顾好她，以一个男人的名义。"

赵无极一听，笑了，也明白了林树堂的意思，坚定地点点头，什么都没说。有些话没必要挂在嘴上，实际行动比什么都有说服力。

回城的路上，林父犹豫了一下，试探着对赵无极说："无极，入狱这几年来一直很挂念你伯母，也不知道她在医院过得怎么样。家里发生这么多事，真是很对不起她啊！我们现在能不能绕一下路，过去看看她?"

林语一听爸爸把自己的心里话讲了出来，赶紧点点头，用热切的眼神看着赵无极。

赵无极明白亲情的力量，表示理解地说："没问题。你们一家人经历这么多磨难，也该团聚了。这样吧，现在您也出狱了，不如把伯母也接出来，有亲人的照料，相信她会很快康复的。"

林语听了高兴地拍起了手，随即又满怀歉疚地说：“那不就委屈了你？我们一大家子都住在你那里，你该怎么办？要不我们一回城就把房子找了，先租下来。不能再麻烦你了！”

“不用，没关系，现在你们哪里还有钱去租房子住？就先在我家住下吧，反正那么大房子就我一个人也怪冷清的，正好有人陪我。”见林语还想坚持，赵无极又说道：“好了，就先这么定了，我住客厅就好，租房子的事咱们从长计议。”

就这样，赵无极把林父、林母一起接到了自己家。

中午，林语亲自下厨，做了满满一桌丰盛可口的饭菜，一家人围在一起。林母的精神看上去不错，除了偶尔走神外，神志还比较清楚。

林树堂示意大家举杯后说道：“这次我出来，要多感谢无极这孩子。但是肯定会有很多人已经得到了我出狱的消息，为了不成为你们拖累，我决定和林语她妈到郊区去生活，免得给你们带来麻烦。”

听到这番话，赵无极和林语都沉默了。林树堂说的不是没有道理，一个林语就让赵无极分心不少，再加上两个人会更麻烦，这后面的危险可是无人可以预知啊，万一出个三长两短，让剩下的人可怎么活啊？

想到这里，赵无极点点头说：“叔叔和阿姨的事情先这样办。另外，我会一些中医，伯母的病我有一些办法，希望您能让我试试，不一定百分百地成功，但还是有希望的。”

“好！”林树堂感激地说着，脸上挂着淡淡的微笑。

半瓶酒下肚，二人的话也多了起来，慢慢地说到了林树堂被害的事情上来。

在林父断断续续的回忆中，赵无极把事情听明白了七八分。原来林树堂这么精明的人之所以会遭到陷害，完全是听信了波托集团的鬼话。波托集团用联合研制先进生物药品的幌子蒙骗他，又加上好朋友的鼓吹，对高额利润的追求让他迷失了判断力，签下了“卖身契”。而当他觉得事情不像波托集团许诺的那么好，想抽身而退时，波托集团派出了一个奇怪的人。

“奇怪的人？怎么个奇怪法？”赵无极提起了兴趣。

“此人从外表上看是西方人，好似刀枪不入一般，冲进办公室对我就是一顿暴打和恐吓，闻讯而来的保安和接到报警赶来的警察用尽所有办法都无济于事，直到奄奄一息的我答应变卖公司才算罢手。”

有这样变态的人？怎么能“刀枪不入”？这个波托集团不简单啊！到底有着怎样的背景？赵无极决定弄个明白。

饭后，林语陪着母亲散步去了，赵无极和林树堂坐在阳台上闲聊，看着小区园林里慢慢走动的林语母女俩，林树堂感慨良多：“好久没有这样平静地生活了，原来平淡也是一种幸福啊！”赵无极看着微笑的林树堂，心中对自己的所作所为很有成就感。

趁回屋喝水的功夫，赵无极躲到没人的地方小声地给张鹏打了个电话，汇报了目前的状况，将林父遇到的“奇怪人”告诉了他，让他帮忙查查是怎么回事。处理完这事后，赵无极进屋写了个药单，他想利用林父林母还在这里住的几天给林母调一调身体，顺带试一试看能不能把林语脸上的疤痕去掉。

赵无极对照着药单跟林树堂解释了一番，嘱咐他现在去药房把这些药材备齐。然后又递给他一些钱，他知道林树堂刚从监狱里出来，现在可是身无分文。

林树堂接过药单和钱，只见上面写着一些药材名，像香树粉、黑丑、皂角、天花粉、零陵香、基松、白芷等等，每样都是一斤，面对办事稳健的赵无极，他很信任，没有多问就出了门。

一个小时左右，林树堂回来了，双手拎着几大包中草药。赵无极接过去，打开闻了闻，觉得没什么问题，就躲到厨房里捣鼓起来。林语不知道他在做什么，就在旁边站着，看有没有需要帮忙的地方。

赵无极抓了一些醒神用的中药，用瓦罐熬制起来，然后拿着器皿和酒精灯来到卧室，将香树粉慢慢点燃，房间里很快弥漫着一股浓郁的香味。这种香味有很强的清神、醒神作用，古时习武的人行走江湖都喜欢配备一些，一来防止蚊虫，二来可以辟邪，三来保持清醒，四来可以防止迷烟。

香树粉是植物中的“黄金”，只产于西南边境地区，其他地方可没有。当年慈禧太后知道它的好处后，就加大了征收的力度，一度导致其价格飞涨，民间苦不堪言。赵无极也是在《自然经》里面见过它的记载，否则哪知道这等功效。

香树粉散发出来的香味深厚，令人心旷神怡，赵无极赶忙让林语把林母带到卧室床上躺下，闻闻香味，先调理一下，然后自己又跑进厨房。

半个小时后，赵无极端出来两碗东西，走到客厅。一碗黑糊糊的汤药，一碗黏糊糊呈乳白色。黑色的他让林树堂端去给林母服下。自己则端着乳白色药膏找来林语，让她坐在沙发上，原来是准备给她敷脸上伤疤的。

膏药涂在脸上，林语只感觉凉嗖嗖的，非常舒服，“清凉清凉的，我看你准备的材料都是干粉一样的东西，你还放了什么，这么粘稠?”

“还加了些蛋清。”赵无极道。

“这样敷着就可以了吗? 需要多久啊?”

“你别动，我来就好了，这个需要配合我的真气才行。”说着，运功于指，慢慢地在林语脸上按摩起来。

林语感觉一股热流在脸上滑动，那些清凉的东西仿佛渗透进了自己的皮肤，很舒服。这才知道什么是内功的作用，不由大感好奇，想不到这天底下还真有书中讲过的真气，而且身边这个自己爱慕的人正在运用，太神奇了!

过了一会，等到感觉脸上的膏药仿佛全部被吸收了，就听赵无极说了句“好了”。林语飞快地跑到镜子旁看了起来，发现自己脸上的那条肉红色的条形疤痕真的变白了许多、滑嫩了许多，没想到效果这么明显，心里高兴极了。

赵无极也非常兴奋，没想到自己的配方居然能这么快起效，便说道：“每天早晚各一次，连用半个月，估计就差不多了。”

“真的?”林语跳了起来，一把抱住赵无极，“啪”地亲了一口，忽听见轻声咳嗽声，回头一看是自己的父亲，不由大窘，低下头去。

幸福的日子总是令人沉醉，以至于赵无极都有些找不着北了，特别是林语缠着要学武术后，赵无极情愿每天耗费大量功力，疏通林语的主要经脉，传授给她自己的功法。往后的一个月时间里，两个人朝夕相处，渐渐如胶似漆，相互依赖起来，决定毕业后就结婚。张鹏听说后也过来做客聊了几次，通过进一步的调查，觉得林语还比较可靠，便同意赵无极将他的身份透露给她，但叮嘱林语千万不可告诉包括父母在内的任何人。

另一方面，赵无极也没想到林语的悟性极高，短短几个月的时间，武功居然有所小成，真是不得了。

这天，赵无极在学校上完课，闲来无事，恰好接到张鹏电话说是晚上找个地方喝酒，兄弟们都过来了，赵无极很痛快地答应下来。到了黄昏时分，他带上林语，一路说说笑笑朝约好的地方走去。

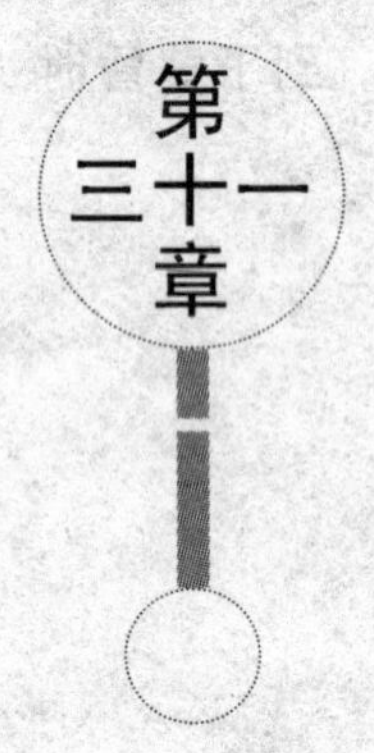

第三十一章 超级杀手

在酒吧门口，大家不期而遇，尤其是赵无极与张鹏四人，高兴地拥抱在一起，仿佛回到了过去的时光。刚要走进去，赵无极猛然感觉到一丝不安，停了一下。霍然，眼前一道人影闪动，再一定神，一个金发高鼻的老外站在了十米开外的地方。

只见他三十岁上下，帅气挺拔，大冬天只穿了一件单衣，胸脯的肌肉把衣服涨得满满的，像小山包似地隆起来。

此刻，他脸上表情狂傲，蟒蛇般冰冷的眼睛死死锁定了赵无极，双手后背，一动不动，任风吹乱长长的头发。

看到这个悄无声息出现的人，不要说其他人，就连赵无极都惊讶了：好快的速度，好重的杀气！就像马上要爆炸的冰火山一般，表面虽冷酷到了极点，但在那充满杀气的身躯里，已经酝酿了快要汹涌喷发的强大气势。

可令赵无极感觉微妙的是，在那庞大能量气势遮掩下的，却是微弱的生命迹象。会不会是因为刚才自己兴奋过头了？这究竟是怎么回事？为什么会出现这种违背常理的状况？赵无极表情凝重起来，因为自己根本看不透眼前这个人，这种情况很危险，直接影响了自己的判断力。

此时的张鹏、风子、斌子也是沉着脸，凝神戒备着。只有转行当上警察的刚子躲在一旁，偷偷地将对方的模样用手机拍摄下来。

这时，金发男子说道：“赵无极?”他的声音和长相一样美，真是个奇怪的男人。

“正是!”赵无极镇定地上前一步，示意想要跟上来并肩作战的张鹏等人退后。走到离对方五米远的距离时他停了下来。五米的距离对于赵无极而言已经足够他发挥了，不存在任何障碍。

“很好！战还是降?”金发男子冷冷地说道，阳光般迷人的脸庞上却透着凶狠的眼神，令人望而胆寒。

一句话，目的分明，什么都没必要再说了。赵无极淡定地看着对方，毫不犹豫地点点头，摆开了一个可攻可守的招式，冲对方勾勾手。

金发男子毫无战略地冲了过来，硕大的拳头直奔正前方，带着风啸声，气势彪悍，空气瞬间塌陷下来，形成一个快速旋转的漩涡，令人窒息。

赵无极一时摸不着对方的套路，只好用自创的绝招之一“貂闪”，闪电般一躲。

森林中的紫貂速度奇快，往往能在不可思议的角度闪避开去，仿佛一条存在于虚空中的直线，就连最厉害的猎人也拿它没有办法。

赵无极这一下跳到了对方的背后，一个肘击顺势而施，打算探探对方的虚实。嘣的一声闷响，怎么自己的反击这么轻易就得手了？难道对方根本就没有躲闪的意思？为了防止遭到回击，赵无极的身体又一个闪电般前扑一空翻后稳稳落地。

彼此交过一招后，两人都停了下来，重新认真地互相打量着，寻找对方的破绽和制敌办法。赵无极能够清晰地感觉到自己刚才的那记肘击伤到了对方两根肋骨，可现在他怎么一点痛苦的表情都没有？事情有些蹊跷。

金发男子忽然先动了，仿佛猛虎下山般飞踹过来。赵无极从对方的招式里看到了很多破绽，很奇怪，对方显然对武学不精通，可为什么体内的能量又这么强大？来不及多想，赵无极双手一个格挡，使出了形意拳中的崩拳。

形意拳是以硬碰硬的绝学，赵无极当然不会被金发男子吓退，而是直接硬扛起来。“遇敌犹如火烧身，硬打硬进无遮拦”，一记刚猛的形意拳崩式出手后，明显听到了金发男子胳膊里骨骼破碎的声音。

打完这一招，赵无极犹如火烧身般急速后退。刚才这一回合，自己没受一点伤，但定睛一瞧，对方也自如地摆动着明显被自己崩碎了的手臂。怎么个状况？赵无极有点蒙了？

赵无极感觉眼前的这个对手不简单，可以说太神秘了，仿佛有着钢筋不坏之身。定了定神，赵无极觉得两次试探性交手后，对方的实力已经摸的差不多了，该出重手了。

突然，赵无极透过金发男子的长发，看到他后面的张鹏上前一步，掏出手枪对着金发男子就是一下，击中的不是致命位置，显然是有意保护赵无极。

张鹏放下手臂，子弹准确地命中金发男子的肚子，顿时渗出几绺鲜血，可不可思议的事情发生了，只见他缓缓转过身去，怒视着张鹏，挥拳就是一击。抬起拳头的同时，金发男子的另一只手伸到伤口处，将弹头硬生生地从肉里抠了出来，摔在了地上。张鹏惊愕着弹跳开，躲了过去。

围观的刚子等人一时没反应过来，张着嘴看着眼前突如其来的一幕。

倒底怎么回事？赵无极疑惑地看着对方。这已经完全脱离人的正常思维了，毫无痛感，简直是同野兽一般的非人类。不等赵无极再次收集对方的弱点，金发男子又动手了，只见他双手呈前后摆放的拳击进攻式，直扑过来。

赵无极看到这个人全身都透着诡异和凶恶，连子弹都挡得住，也发起狠来，面对面地扑上去，二人瞬间在空中交上了手。

赵无极使用的炮拳，把单手变得仿佛出膛的火炮般，带着螺旋气劲直取对方心脏，另外一手藏在腋下，随时准备偷袭和防御。

对方显然不是习武之人，接应的招式是军中常见的自由搏击术，尖锐的拳风扫过赵无极的脸，但还没来得及碰到，身体就被一阵狂大的力量砸飞开去。

围观的人群只感觉心口一滞，呼吸困难起来，同时脚下都如遇到地震般动了一下，再一看场中，赵无极的双脚已经陷入地面三寸深，而金发男子远远地摔在五米开外，身下也被砸出一个大坑来。

金发男子一个鲤鱼打挺站起来，用手摸了一下嘴角的鲜血，眼里满是狂热的战意，怪叫一声冲了过来，丝毫不顾伤痛。

这个人明明没有内功，又受了重伤，为什么能够站起来，并有如此强大的战斗力？

遗憾的是，金发男子根本不给赵无极思考的时间，眨眼间就扑到眼前，带着一股践踏一切的气势，像头受伤的蛮牛般嗷嗷叫着挥拳就砸。

赵无极又一个“貂闪”步伐避开了对方的进攻，顺势借力，一脚将对方踢倒在地上，金发男子控制不住身体狠摔在地上，激起一片尘土飞扬。

这个家伙简直就是打不死的机器！要不是自己功夫高，今天说不定就栽在这里了。他动作之快、力量之大，是赵无极出道以来碰到的最难缠的敌人了。

一旁观战的张鹏、风子等人也同样震惊：这个家伙怎么这么强悍，若现在与他交战的是自己，结果可不敢想象。

至于林语，根本看不清二人交手的情况，只看到金发男子被不停地打飞，然后又站起来与赵无极扭作一团。

趁着对方再一次被自己打倒，赵无极一声长啸，仿佛翱翔九天的大雕，又如出鞘的利剑，飞身朝金发男子扑去，带着龙卷风般的气势，周围变得飞沙走石起来。观战的人惊骇得连连倒退。

这就是他的真实实力？这是他的真实实力吗？林语惊骇地看着夜空中不可一世扑向目标的赵无极，太强大了。

嘎！又是一声尖锐的叫声，气吞山河一般，只见赵无极双手化做利爪，一手抓头，一手抓肩胛骨，用的正是形意拳中的鹰形——雄鹰捕食之术。

金发男子来不及反应，被这招狂暴的绝杀击中，身体蹦起腾跃到空中，扭转了一个不可思议的角度后，人如出膛的炮弹似的，一下子跌到了十米开外，再两个起落，消失在众人眼前。

赵无极看着地上从敌人身上掉下的一小块皮，再看看消失不见的金发人，调整气息，一脸沉重，暗道：“这么强的生命力和战斗力，这家伙可不是一般人！”

一场恶战之后，所有人都没有了喝酒的兴致，一行人满腹疑惑地往回走。路上，张鹏看了一眼正深思着的赵无极，小声说：“你是不是在猜他是什么人？我想如果没猜错的话，他应该就是臭名昭著的波托集团秘密研制出的改造人——超级杀手。记不记得前一段时间你给我打电话汇报的‘打不死的人’？几个礼拜前，情报部门的一名工作人员在一次偶然机会，潜入了波托集团的内部网络，发现了一个惊天秘密：波托集团已经研制出了两代‘超级杀手’，可惜马上被对方发现，不得不退出来，因此没有获取更多有价值的情报。但可以肯定，袭击林树堂和你的应该都是这个‘超级杀手’。”

“改造人？波托集团？”赵无极挠挠头，想起了林父当时的遭遇，可不明白对方为什么找上自己。应该不会因为林父这么简单，那已经是一年多前的事情了，况且如果想杀掉林树堂，之前就该动手啊？何苦等到现在，绕这么大一个圈子？

张鹏看出了他的疑惑，接着说道：“波托集团和瓦乌集团在私下一直有毒品和金钱上的往来。这次派出‘超级杀手’一定和我们之前的行动有关。”

赵无极觉得张鹏说的极有可能，若不然敌人不会派这么个厉害角色将自己置于死地。

张鹏看出了赵无极的担忧，压低声音道：“我想敌人已经把你的底细摸清了。为了做到万无一失，不得不派出他们的王牌力量来。刚接到唐智的电话，有关部门已截获关于波托集团的重要情报。我觉得你应该去找他问个明白。还有这块皮，应该是很重要的东西，说不定可以从中破译出一些他们的秘密来。”

听了张鹏的话，赵无极的思绪跳跃起来。从目前掌握的情报看，这次袭击是波托集团所为已毋庸置疑。一个“超级杀手”已经难以对付了，如果再来上两三个，加上狙击手，以这些人不怕子弹的特点，狙击手可以毫不担心地开枪，自己就算有十条命也得交代了。看来，自己这回遇到大麻烦了，想到这儿，赵无极后背不由冒出一阵冷汗来。

现在，赵无极感到了问题的严重性。不行，一定要将这个隐患消除才行。可是怎么消除？对方有多少这样的“超级杀手”？他们都在哪里？根本是一无所知啊！就凭自己一个人能把他们都打倒？

事情有些棘手，赵无极寻思了一下，下定决心，为了尽快将事情调查清楚，做到有备无患，他对张鹏说：“你和我一起去一趟吧，好商量商量。”

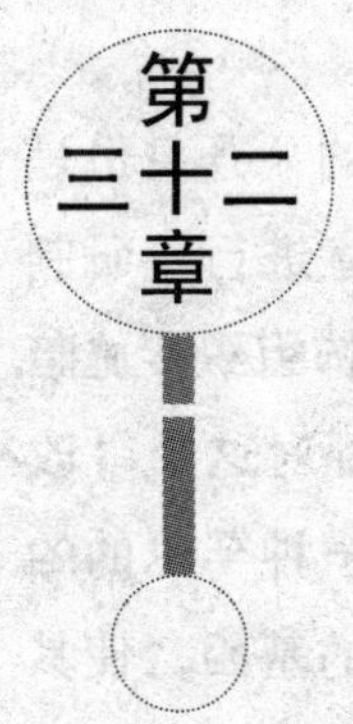

波托集团

国刃大队总部，唐智办公室。

唐智接过赵无极手上的东西看了一眼后，叫来小李，叮嘱马上派特勤队送到科学院去。

随后，唐智对赵无极说道：“没想到你连‘超级杀手’都能打败，真是了不得啊！给我说说当时的情况。”

张鹏直接将刚子手机上录下的视频递给了唐智。唐智看完后感叹地说：“身手果真不凡，可惜当时没有在场一睹你的风采。最后那招太厉害了，看得我都心惊胆战的，一定大有名堂吧?”

“还好，形意拳鹰形罢了。”赵无极不想在这个问题上纠缠，淡淡地应道。

“看的出来，你一定很想知道这里面的情况。”唐智想了想，看向张鹏继续道：“张鹏，你们这次能够及时地带回现场视频和那块标本也算立了大功，我们现在正巧急需这两件东西。”

张鹏点了点头。

唐智站起来点了一根烟，来回踱了几步继续说：“你们猜的没错，这个人正是波托集团秘密研制的‘改造人’，世界上很多国家的特工就是死在这种改造人手上，包括我们国刃大队的几个兄弟。而对于这些人，除了零星的一些现场报告外，我们知之甚少。这次有了标本，相信可以从中得到有价值的信息，破解一些秘密。”

“秘密？你是说……”赵无极更加疑惑了。

“嗯……”唐智整理了一下思路后说道，“波托集团对外的公开身份是一家生物制药公司，瓦乌集团是参股人之一。背地里他们一直进行着研制‘改造人’的计划。他们将这些‘改造人’卖给世界各地的恐怖组织实施暗杀活动和贩运毒品、武器的勾当，从中牟取暴利。世界各国都对这个‘改造人’十分头疼。据说，波托集团从库里三角洲地带找到了一种罕见的凶猛野兽，破解了它们的基因结构，并按照这种结构改造了人的基因，使其变得跟野兽一样的强大。这些改造人经过简单的训练，就能成为他们所谓的超级杀手，他们均有着很强的自愈能力和战斗力，几乎可以做到刀枪不入。”

果真是波托集团这个罪大恶极的敌人，原来他们不光强取豪夺，还干这些见不得人的交易。听老唐这么一说，那被波托集团利用的野兽肯定是比深山里的虎豹甚至金刚蛇还要凶猛几百倍，真是闻所未闻。

赵无极刚想问个仔细，却被唐智一个手势制止了，他继续说道：“根据我们掌握的情况，波托集团已经研发出了第三代改造人。这代改造人的战斗力有多强，谁也不知道。而且你们遇到的是几代我也说不清，总之这里面有很多秘密有待于挖掘。希望这次科学院的专家们可以检验出一些有价值的东西。可说起来，这次改造人好像还是第一次受挫。”

“原来是这样！”赵无极有些明白了，问：“那他们为什么要杀我呢？”

“看来他们是想新仇旧恨一起算啊！”唐智沉思起来。

“此话怎讲？”张鹏问。

“‘旧恨’便是武吉的如意算盘被我们破坏了；至于‘新仇’嘛，据我们已掌握的情报看，这次残杀大学生的幕后指使者就是波托集团，他们目的就是让这些学生的父母就范，加入研制新一代改造人的计划中。”唐智的一番话惊得张鹏和赵无极哑口无言。

唐智接着说：“无极，你是国刃第一组的成员，又给他们带来了那么多麻烦，当然就是他们前进路上的最大绊脚石，只要一天不除掉你，他们就一天不能安心。他们知道你武功好，因此派出超强体魄的改造人也就可以理解了。”

听唐智这么一说，赵无极明白以后的硬仗是少不了了，而且不得不打。避无可避，无须再避，兵来将挡就是。

事情已经很明朗了，屋子里瞬间沉寂了下来，只剩下唐智手里的香烟还在不知疲倦地徐徐缭绕着。

几分钟后，唐智将烟屁股放到烟灰缸里碾了碾，示意张鹏先出去。

等张鹏轻轻关上房门后，唐智语重心长地对赵无极说：“无极，刚才提到的情况事关重大，万不可透露出半句。为了粉碎两大邪恶势力集团的罪恶阴谋，中央打算组织一次科考行动，而主要目标就是收集与改造人基因有关的猛兽基因样本及一些相关资料。有了这些样本，就可以了解基因密码，寻找到破解改造人的办法。只要有百分之一的可能把这些人一网打尽，我们就要做出百分之百的努力！这样才能对得起那些牺牲的国刃队员！”

说到伤心处，唐智眼色暗淡下来，愤慨的语气中多了几分忧伤的情绪。

赵无极明白其中的道理，坚定地说：“只等你一声令下了，我随时准备参加这次行动！”

唐智盯着赵无极的眼睛，把手放到他的肩膀上说：“现经大队和上级领导商议，决定派你参加这次科考行动，去一趟库里三角洲！这个库里三角洲号称‘死亡丛林’，它有百分之九十以上的面积被热带原始雨林覆盖，里面地势错综复杂，天气状况恶劣异常。因此任务的难度不小啊！怎么样？以你的身手有信心吗？”

赵无极一直生活在山里，第一次走出家门来到的便是A市，走出国门是他想都没有想过的。藏匿于库里三角洲地带的猛兽，竟可以帮助人类造出如此凶猛杀手。想到这里，一股战意涌上心头，现在不管那里如何陌生和危险，赵无极都恨不得马上去跟它们搏上一搏。

“有，保证完成任务！”赵无极挺起胸膛，底气十足地说道，“现在科考队的详细情况怎么样？”

“看我，心急则乱，这么重要的事情没有说清楚。”唐智尴尬地搓搓手，“是这样的。这支科考队是由科学院里的顶级科学家组成的。这些科学家个个都是生物遗传学领域的专家，是国家的无形宝藏。你的主要任务就是保护他们的人身安全，协助他们顺利完成任务。需要注意的是：这一地区是波托集团的势力范围，行动会非常危险；而且不便利的是这一地区的通讯信号基本没有，所以所有决断都要靠你和你的团队自己解决。”

使命重大啊！任务艰巨！困难重重！

自己虽从小生活在原始森林，有着丰富的丛林生存经验以及扎实的武功，但热带丛林从没有见过，它的所有特性一概不知，又保护着这么一群国宝级的人物。下派这样的任务，可见上级对自己的充分信任！

“关于这次行动的具体情况这里有个详尽的资料，你先看一下。”唐智说完从桌子上拿起一个文件夹递到赵无极的手中。

资料显示，这次的科考行动一共有六人：两位科学家、两位助手和两个女孩。两位科学家都是院士，是国内在生物遗传学领域的泰斗，两人又分别专攻植物和动物。两位助手分别是两位科学家的学生，这个领域的中坚力量，未来的国家科研顶梁柱。而在两个女孩杨露和蔡琼图片下标注的居然是探险协会的资深会员，她们一位是矿产学博士生，一位是体育营养学博士。可怎么看都与科考行动不相干，怎么回事？让她们去是有什么特殊的用意吗？

赵无极用手指了标注着两个女性探险队员身份的地方，抬头看向唐智。

“哦，是这样的。这两个姑娘已经去过那里几次了，虽然不是所有的地方都熟悉，但是起码可以起到一些向导的作用。况且她们身体条件过硬，又是相关专业领域的优秀人才，有这样的人加入，对我们的行动可是有好处的！别看她们是女孩，可是淘汰了众多男选手从众多的志愿者中经过层层筛选挑出来的。还有，库里三角洲地处几国边境地区，是个‘三不管’地带，因此波托集团的势力渗透很深。为了避免引起他们的警觉，我们决定把科考队伪装成民间探险队的形式，这样对大家的安全就多了一层保护。对了，这次你们路线图的绘制就由她们来负责。”

唐智接过赵无极递回的材料，接着说道：“另外，除了你，我们已经从其他特种部队选拔出了两名新队员，填补刚子、风子的位置，进入第一组。他们也参加到这次行动中，过两天介绍你们认识。”

太好了，有了新的弟兄，完成任务的几率就会大大增加。听到这里，赵无极算是真正体会到了唐智的深谋远虑。带着这样一支毫无战斗力的团队在武装集团的眼皮底下执行任务，真可谓是“九死无生”，如果不把问题想得深远周到些，就算完成了任务，想必人员伤亡也会很惨重。

赵无极使劲点了点头：“太好了，多个人就多了份保障。我自己的命可以不要，可这些专家的生命万万马虎不得。好，我听从你的安排。”

唐智见状，又微微皱起眉头说：“另外，这次行动是不公开的，又很危险，你们的身份、称呼都需要更改一下，以免泄密。”

事情确定下来后，接下来就是具体行动方案了。好的计划是事情成功的关键。唐智掌管国刃大队多年当然很清楚这一点。他从抽屉里将已经谋划好的计划书、路线图以及汇编完整的库里地区资料拿了出来，然后示意赵无极到桌子旁，对着地图边讲解边讨论起来。

从计划中赵无极得知，这次行动定在三天后，自己担任队长。行动时间预计在三个礼拜左右，库里地区很大，时间太短不利于完成任务，太长对大家的生存会造成威胁，毕竟带着两个六十多岁的老科学家不是闹着玩的。

唐智边讲解边在地图上画了几个圈圈，“这是最可能出现目标的地方。我们根据情报反复分析过多次。到时候你们就沿着这条河走，几位专家都是很有科研实验水平的，我们国刃的‘尖刀’们一定要协助他们完成任务!”

看着赵无极认真的模样，唐智拿给他一张纸，上面写了杨露的联系方式和机票送达的时间，待赵无极默记后，点燃烧掉了。

“一会杨露会跟你联系，她会跟你商量购买装备的事宜。因为是化装成民间探险队，所以装备要从商场里买。我会额外再配给你们几件军用救生装备，明天碰头会上发给你们。”

接着他们又认真推敲了一下方案，调整了一下行进次序，使计划更加完善。赵无极对唐智说：“我还需要时间消化一下，顺便准备明天怎么在碰头会上跟大家解释清楚。”

“好，明天我会跟你一起出席的，你就放心吧，相信他们会理解的。”

“但我还有一个问题。”

“说!”

“如果遇到危机，迫不得已的时候，比如完成任务和保护专家，如果兼顾不了，我要保全哪一方？”

唐智轻轻吐了一口烟雾，显然他已料到这样一个两难的情况，顿感身上一下子压了一座小山似地喘不上气来。

停顿了一会儿后，他说：“我知道你的性格，一定会尽力完成任务。但如果需要选择，一定要保证两位老专家的安全！”

唐智又额外强调了一下：“无极啊，这次的任务非常艰巨，可以说只能成功不能失败，因为我们没有第二次机会，也没有时间再拖延下去了。我们执行其他任务的战士们处境很危险啊！”

“是！”赵无极敬了个礼，“我一定拼尽全力保证完成任务！”

唐智点点头，拍拍赵无极的肩膀，示意他可以离开了。

回到家，林语已经准备了满满一桌子饭菜，见赵无极回来了，脸上笑得跟桃花似的，分外妖娆动人，“太好了，你回来了。刚才在酒吧门口可真够危险的。怎么样？领导怎么说的？”

赵无极笑笑没有接话，怎么办？林语要是知道自己去执行这样的任务还不得吵着要一起去啊！毕竟波托集团害得她家破人散，她现在又有功夫在身，肯定不会放过这次机会。可她既不是专业领域的学者，又不是能打善斗的特种兵，组织上又有严格的保密纪律，用什么理由解释三个礼拜的“失踪”啊？哎呀，麻烦死了。从没说过谎的赵无极边拿起碗筷边看着林语的眼睛，边思考着如何把事情蒙骗过去。

见赵无极眉头紧皱，眼睛不敢直视，林语心生疑惑，问道：“无极，你有心事？是不是挨批评了？”

赵无极刚摇头要解释，突然手机响了，杨露的，早不来晚不来，偏这个时候打来，这不添乱嘛！不行，不能让林语听见，怎么办呢？她知道了肯定要跟着去，那样可就坏了。

赵无极下意识地站起来，用手指指电话，快步跑到阳台上，关上门，接了电话。

林语见他这么紧张，认定有不可告人的秘密，便蹑手蹑脚地来到阳台门口，蹲下来，把耳朵贴在门上偷听起来。

“赵无极吗？我是杨露。出发前想跟你核对一下装备，看看有没有遗漏的……”

女人？出发？他要跟她去哪里？我怎么不知道啊？怪不得刚才一问他就慌慌张张的，原来是要跟一个女人出门?!!! 林语越想越气，忍不住眼圈红了起来。

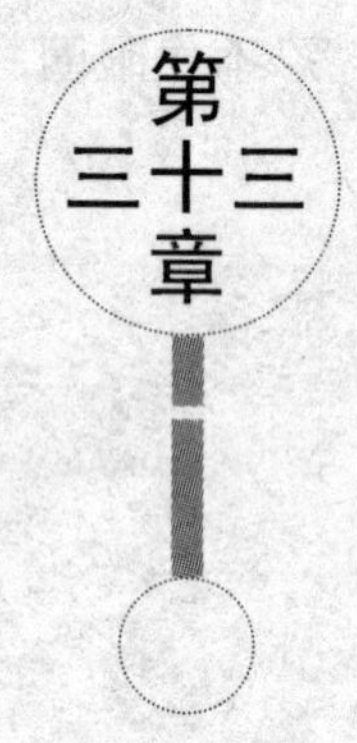

第三十三章 科考队

第二天一早，赵无极趁林语还没起床，便发动汽车，来到了国刃总部。张鹏见他这么早来，调侃道："怎么？没有我和刚子他们陪你，心发慌了？这么早就来求救?"

"什么啊，我是怕林语知道，偷偷出来的。"赵无极尴尬地挠挠头。

张鹏看着他笑了笑，"你放心吧，你走了我让你嫂子多去陪陪她！"

"谢谢，张哥！"

"还谢什么！走，先到我办公室坐会儿！临走前咱哥俩好好聊聊！"

下午一点半，会议室里，唐智领着赵无极和科考队其他成员见了面。大家相互认识了一番后，唐智高兴地说道："我代表国家和领导感谢大家了！现在我宣布：库里三角洲科考队正式成立！"

赵无极特意留心观察了另外两个新到的国刃第一组成员：成钢和袁国平。从上午张鹏给他的资料来看，两人的情况差不多，十八岁左右参军，一个三年后进了西部红星军区的苍狼特种部队，一个四年后进了东部红旅军区的钢牙特种部队。在特种部队待了五年后，成钢因功调任苍狼侦察连指导员，袁国平也因成绩突出被派为钢牙突击连连长。两人的军事技能都非常过硬，丛林生存能力超强，均获得过"山鹰"称号。"山鹰"奖是对特

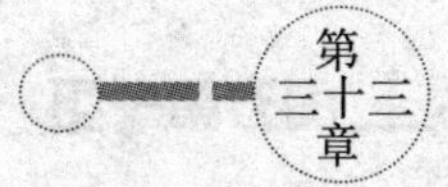

种兵丛林战能力的最高褒奖。这是完全可以信任的两个人。他们自从选入第一组后，唐智便有针对性地对其进行磨合性训练，让他们快速融入到国刃大队里。

接下来，唐智就每个人的职责分工做了详细的交代，之后让赵无极讲一下行动的具体部署。

赵无极站起来，走到幻灯布前，用激光笔指着播放出来的地图说："大家往这里看，原计划我们是从S国边境处着陆，因为这里是库里河的上游，再进入库里三角洲，完成任务后从N国巴斯岛搭乘直升机回国，先难后易。现在我们的路线要调整一下，反过来走。"

这时，几位年轻的科考队员听到赵无极的话，顿时变得不屑起来。尤其是杨露和蔡琼，路线图是由她们精心绘制完成的，这怎么没几天的功夫就被这个毛头小子推翻了？

旁边正在观察的唐智发现不妥，生怕她们跟赵无极闹别扭，赶紧把话接了过去："对不起，我插一句，这是刚刚经过汇总调整的方案，大家等无极说完再发表意见。"

"原方案有个致命的缺陷，就是对安全的考虑不足。后天我们出发时，正值三年一度的美洲豹杯足球赛开赛，我们正好借此机会，以看球团的名义先飞抵N国巴斯岛，再以探险队的名义顺河而上，进入库里三角洲，完成任务后进入S国的边境伊基地区，也就是库里河发源地，从太平洋乘快艇离岸，后转船回国。"赵无极边说边注意着大家的表情，看看是否还有没说明白的地方。

科考队的成员们听了赵无极的建议后并没有马上出言反对，杨露和蔡琼也变得默不作声。必须承认，赵无极的这个方案听起来无疑是最完美的。

唐智把目光转向了两位老专家。两人相互交换了一个眼神后，其中一位叫田野的说："原路线的设计是出于'先难后易'的思路考虑的。毕竟一开始人的精力较好，进行考察活动最合适，而且这次任务的核心地就在库里三角洲上游附近。但这个方案也有一定的道理。小赵，能不能再解释一下你这样设计的原因？"

"多谢田老爷子的信任。"赵无极礼貌地回答道，"库里三角洲的周边围绕着四个国家，大家都知道这个地区很乱，特别是S国边境也就是库里河上游，活跃着波托集团庞大的武装力量以及一些反政府游击队。如果我们直扑上游，说不定还没等完成任务，就会被他们发现，命丧此地。但如果从N国顺流而上，有一段路是相对安全的，至少没有太多的武装力量，等到了上游，我们已经适应得差不多了，很多危险应该可以有效避免。”赵无极分析道。

“到了上游被发现，最后结果还不都是一样？白忙活一场。”蔡琼实在忍不住跳出来挖苦道。

杨露也好奇地问：“是啊，我觉得刚才蔡琼说的有道理，不知道赵先生是不是再考虑一下？原来的方案我们也是经过认真推敲的。”

见大家都一副疑虑的样子，赵无极只好继续解释：“情况是随时变化的，这是我们根据现在的情况反复考量过的，看看大家有没有什么补充？请大家相信我，我一定会把科考成果和大家都安全带回国来。”

见蔡琼又要反驳，另一位老专家王一夫说：“好了，大家不要在这个问题上争论了，我看小赵想得很周到，一切以取得科考目标为根本。我是一辈子时间都花在了研究上，为科学献身我无怨无悔。倒是难为小赵还有大家了。”

蔡琼和杨露见状强压下了怒火，既然老专家都发话了，自己也就没有必要再去争什么了，自己的职责只是向导。再者，库里三角洲是她们最爱的地方，那里有她们的梦想，否则这次也不会冒这么大的风险去执行什么任务了。

虽然二人不明白赵无极的本事如何，但出于对唐智的信任，并没有再强烈抵触和反对，毕竟行动还没开始就发生内讧，显然不利于任务的执行，以后的路还长着呢！

唐智看到这种情况，放心地笑了说：“既然如此，那就这么定了。接应的事由我来安排。一路上赵无极担任队长，希望大家多配合、多沟通，相互支持和理解。”

“什么？”蔡琼惊讶地跳起来，被杨露一把拉住，没有继续说下去了。

“你有什么问题吗？”唐智皱着眉头看着蔡琼。

“没有没有，我们一定配合赵无极的工作。”出于对唐智的信任和不想就此退出这次活动的目的，杨露连忙打着圆场。

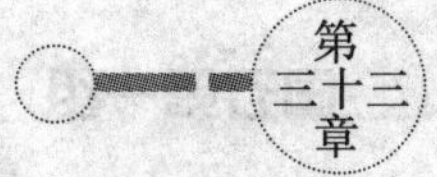

“我不是不信任唐队长您，只是我对这个人是否有这个能力表示怀疑。”一直不说话的冷艳助手蓝韵说道。

“是啊，我也是这个意思。”蔡琼撇着嘴不满地说。

“好了，别争了！我都没有反对，你们反对什么？”蓝韵的导师田野不满地看了她一眼，和王一夫交换了一个眼神后说：“还有谁不满意？现在说还来得及，否则就不要再说这样伤感情的话了。还没出发就吵成这样，一点团队精神都没有，起码的信任之心都欠缺，下面还怎么完成工作？你们凭什么说小赵不行？我看很好，不说远了，起码他提出的方案是从保护大家的立场出发的。你们又做了什么呢？”

是啊，赵无极的出发点完全是为了大家，大家陷入了沉思，反对的人脸上闪过一丝羞愧，气氛有些尴尬。可谁又愿意轻易地将自己的生命完全交给一个不熟悉的人？

对于大家的不信任，赵无极并没有生气，看了一眼为难的唐智，说：“大家对我的怀疑可以理解，因为我并没有拿出让大家信服的东西，而只有自信和有能力的人才会不轻易相信别人。我现在没办法证明给大家看，只能保证在未来的路上，多听大家的意见，多考虑大家的感受，尽自己全力保障大家的安全。”

“就凭这番话，这个态度，我王一夫信任你了！”王老先生满意地笑了，眼中闪过一丝赞许和欣赏。

其实，两位老专家是查看过赵无极资料的，因此当然比其他人了解得多，这么说不过是表明自己的立场和态度，起个示范带头作用。

果然，王一夫这么一说，加上田野的表态，剩余的助手蓝韵、白奇，杨露、蔡琼都不再说话，至于成钢、袁国平当然更没有任何意见。

“那好，就这么定了。最后就是称呼的问题了，主要是赵无极。”唐智说道，“为了避免遭到监视，赵无极这个名字不能用，我建议你们直接叫他‘老板’。这个称呼很笼统，好记又好叫，看看大家有没有什么意见？没有的话就这样吧。”

刚说完，唐智像是忽然想起了什么事，转身向办公室的保险柜走去。在输入一串密码后，他从里面拿出了几张证件，回到会议室交给赵无极——他们新身份的证明。

等一切事项安排妥当，唐智带着大家来到一个房间，指着满地的装备说：“这些东西都是杨露和蔡琼以个人的名义在公开场合购买的，相信不会引起敌人的注意。大家领了后，我会安排你们分别搭乘不同班次的飞机抵达N国，然后在同一家酒店碰头，明天一早会有人按预定的方式把机票给你们送过去。”

赵无极看了看摆放好的物品，知道这是外面能够买到的最精良的探险装备了，什么背包、帐篷、睡袋、徒步鞋、御寒手套、防水火柴、便携炉具、便携小锅、多用途刀、背包防水罩、睡垫、登山扣环、攀岩绳、登山防护头盔、登山杖、GPS系统、地图、指南针、外伤急救包、超强化钢瓶等等，从生存物品到药物一应俱全。其中的超强化钢瓶虽然体积不足墨水瓶大，但里面的固体氧气持续供氧时间从原来的三个小时能够延长至一百零八个小时。

这些装备及使用方法赵无极都在后期的国刃培训课上学到过，但在他看来，很多根本都用不上。以他的习惯，一把好刀、一个防风防水打火机，再加上一些食盐就够了。还有一样是赵无极最想带的——“国刃”匕首，但想到安检通不过，便忍痛割爱了。

趁大家都在检查东西的时机，赵无极将唐智偷偷地拉到一边小声说：“我建议每人配发一件军用贴身防弹衣。五号最好，不行四号也可以。”

五号防弹衣是最新研制出来的科技成果，就像一件贴身穿的内衣一样，既薄又暖和，不仅防水、防电、防火，而且能抵挡特种子弹的袭击。

唐智想了想说：“可以考虑。我马上去申请一下，应该没问题。”说完就跑到办公室打电话去了。

忙完这一切事务后，唐智请大家吃了顿饭，算是为大家饯行，顺带培养一下大家的感情，拉近彼此的距离。

晚饭结束时，九件目前最好的五号防弹衣就送来了。它们看起来跟普通的运动服没什么区别，而且伸缩性很好，不用担心尺码问题。

另外，唐智还给赵无极、成钢和袁国平三人每人额外发了一块最新科技的军用手表、短途飞行用的蝙蝠衫和一双吸力鞋。

这种手表有计时功能和指南功能。表内装飞索，就贴在手腕内侧。火柴盒大小的内胆里面容纳有二十五公尺长的合金钢丝，采用电磁炮的原理发射，前方是金刚石的细钻头，可以植入钢板十公分，然后自动膨胀抓牢目标，属于救急逃生工具，在丛林里使用这种工具远比藤蔓植物要好得多。

可以贴在光滑墙壁表面的吸力鞋，采用壁虎脚掌原理，鞋底布满虹吸刚毛，摩擦力可以承受人体重量，弓形钢板的鞋底使得弹跳力可以接近一个人的体长，而下坠的缓冲力完全可以去做城市极限运动。加上模拟飞鼠肉翼小翅，能避免出现“十层楼难倒英雄汉”的场面。

唐智还告诉赵无极，到了那边后有专人跟他们联络，到时候还会给大家配备高性能步枪、令人同时丧失视力和听力的闪爆弹、即贴即用的纽扣形烈性定时炸弹和一种注射后就算粉碎性骨折也让人感觉不到疼痛的中枢镇定剂。

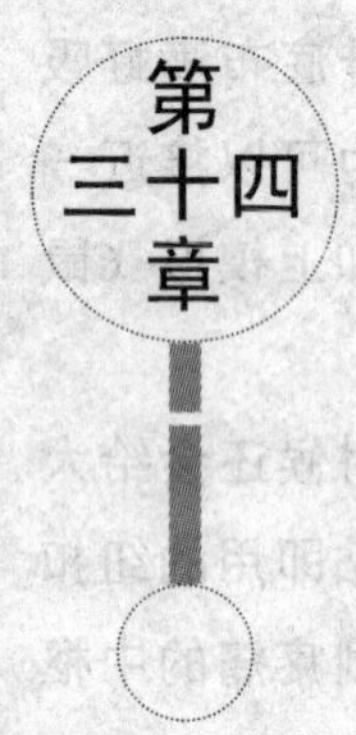

第三十四章 挺进丛林

叮咚!

林语应了一声，放下手中正在洗着的衣服，用围裙擦了擦手，跑去打开门，是来送快递的。

“请问，赵无极先生在吗？这里有一份他的快递。”

“他呀，不在，出去办事了。交给我可以吗?”

“嗯——”快递员面露难色。

“哦，我是他女朋友，要不你给他打个电话确认一下，看能不能交给我?”

电话确认后，林语在快递单上签了字。

商务公司？赵无极在做生意吗？我怎么不知道？“出发前想跟你核对一下……”不知为何，前天晚上赵无极的那通电话中的女声又出现在她的耳畔。会不会跟这件事有关?

一不做二不休，林语找来刀片，沿着粘贴处，小心地启开了信封。一张到达N国巴斯岛的机票呈现在眼前，名字不是赵无极的，上面写着“赵峰”。赵峰？这又是谁？今天一早，赵无极就出去了，说是去买些东西，明天回一趟老家，看看爷爷，可又不准林语去，说是先回去跟爷爷打声招呼再带她回去。天底下有这么巧的事?

林语悄悄记下航班号，目的地不是热门航班，打电话咨询是可以随时买到的。明天我倒要看看你赵无极要去哪？回老家也就算了，要是骗我跟别的女人出去玩，可别怪我让你难堪。

做完这一切，她又按原样把信封粘贴好，放到赵无极屋里的桌子上。

第二天早上五点，林语听到赵无极的房间发出了声响，知道他已经起床了，便悄悄穿好衣服。

门刚一关上，林语便背好背包快速跑出房门，穿好鞋，开门下楼，尾随赵无极的车，打了一辆出租。

果然是到机场，这个赵无极真是不像话，竟然敢——可是怎么就一个人？他怎么打扮成大叔的模样？要不是他的那个背包都认不出来了。那个给他打电话的女人呢？

正在疑惑着，开往巴斯岛的航班开始换登机牌了，赵无极果然站了起来，向兑换窗口走去。

坏了！还真是去巴斯岛。林语赶紧跑去买了张同一班号的飞机票，与赵无极前后脚登上了飞机。

怎么总是怪怪的，像是被盯住了一样？赵无极顿时心生紧张，自己的化妆术应该没有问题啊？这还没出国门就被敌人盯上的滋味可不好受。

起身，走向飞机尾翼处的卫生间。一路用余光扫描，咦，到底会是谁呢？除了几个睡觉的，并没有发现可疑的眼神。看来对手很狡猾啊！要提高警惕，随机应变！

第二天早上，当地时间的傍晚，飞机平稳地降落在 N 国巴斯岛国际机场。

巴斯岛是 N 国东北部哈马州首府，位于库里河支流格罗河左岸，是库里河上的重要港口，可吞吐万吨级货轮。整个岛屿面积 1.45 万平方公里，人口约 11.3 万，属典型的热带丛林气候。16 世纪时为印第安人村落，1669 年建城，后几易其名，1825 年定名为巴斯岛。这里能源产量丰富，旅游业发达。

看着异国他乡的风景，怪异而美丽的城市建筑，悠闲的各色皮肤居民和游客，赵无极新奇不已。当地不说英语，所以赵无极面对铺天盖地叽里呱啦的当地话，就像被蒙上眼睛堵上耳朵般难受不已。机场出口迎接他的是一位华裔美女，她手中举着一块牌子，上面写着他的化名。在她的周围还有其他人举着他们队友的名字。赵无极此时高兴不起来——被跟踪的感觉没有消失。

他四周巡视了一圈，然后大步走上前去，三言两语确定对方身份后，暗示对方有人跟踪。美女赶紧带着赵无极朝停车场跑去。

后面的林语看了气不打一处来。好你个赵无极，私会美女都跑到国外来了，看我不当场揭穿你！林语发疯似的跟在那辆车的后面大叫着跑了起来。这样那里追得上，看见旁边停着一辆出租，二话不说打开门就坐了上去，连比划带蹦英文地告诉司机追上前面那辆车。

一路上，华裔美女并不多话，神情严肃地带着赵无极开始兜圈子，直到发现后面没有跟踪的车辆后，这才驶上正道，停在一家尖塔造型的酒店前。

走进酒店大厅，豪华的装修风格呈现眼前，来来往往的客人很多。华裔美女示意他稍等，然后走到前台用当地语言跟服务员交流着什么。

房间应该是事先定好的，片刻功夫，华裔美女手里拿着房卡走了回来，将赵无极带到一间客房里。关上门后，华裔美女对他说，此地不宜久留，要联系上级看看是否有新的情报，可能需要赶快转移。赵无极点点头，告诉她要小心。

一番整理后，赵无极开始进行修炼，长时间的飞行耗费了不少精力。那个人的身影很熟悉，如果真是敌人，早就该对他下手了，而且刚才离开机场的时候也应该现身。嗯？难道……赵无极觉得应该在机场多逗留一会儿，这样肯定能把事情弄明白。但这样无疑会暴露其他在场队员的真实身份，不是万全之策。现在只有提高警戒，等待上级命令了。

叮咚——

赵无极一个地滚到了门边，躲在了门后。

“老板，您点的红酒。”原来是华裔美女，赵无极打开了门，等她进来后，伸出头向外看了看。

“上级回复并未发现敌情。刚才我也里外侦查了一下酒店，并无异样，是不是我们太紧张了?”

“我也正在想，如果是敌人，恐怕我们早就对上手了。等等再看吧。”

吃过晚饭，华裔美女不动声色地暗示赵无极跟着她走。穿过充满热带风情的回环走廊，他们一路来到了位处酒店后院的贵宾休闲房。推开一扇包间的门，其余的八个人全部围坐在沙发上。

看到大家都已安全到达，赵无极微微松了口气。华裔美女等他进去后，关上了门。

也许是在异国他乡，也许是长时间的旅途还没来得及恢复，大家都显露出了疲惫之色，没有人说话。这时，赵无极才注意到，房间里还有一位华裔中年男子，看了一眼赵无极后，接着对蓝韵畅谈着这里的风土人情。

见人都到齐了，中年男人微微清了清嗓子，低声对大家说了一下出行计划：明天大家先假装游玩一天。后天一早动身，坐门口的专车，到了库里河支流格罗河后，会有一艘快艇将大家送到目的地。见大家都没有什么异议，中年男人便把华裔美女叫进来，送大家回房休息。

“不好！危险!”突然门外华裔女子高喊道，同时传来打斗的声音。

除了中年男子和赵无极三名国刃成员外，其他人都露出惊慌之色，出师不利啊!

赵无极暗示大家赶紧从窗户爬到外面，还没等大家行动，突然门吱扭一声打开了。华裔美女押着一个人走了进来，“她在门口偷听，被我逮住了。三脚猫的功夫还敢做这事!!”

“无极，是我，我是林语啊!”这时，华裔美女抓住的人突然开口说道。

赵无极本来满腔怒火，听了这么一句，赶忙看向这个人，不由嘴角一咧，哈哈笑了起来，大家觉得诧异，只听赵无极说：“放了她吧，她是我朋友，林语!”

华裔美女一听，低头看了看被自己按住的人，再看看中年人的眼神，松了开。林语羞得是满脸通红，扑进赵无极的怀里。其他几位专家队员这才又瘫软地重新坐会沙发里。

赵无极一脸严肃地拉着林语走到角落里，带着怒气说道：“一路跟踪我的就是你?”

林语抽泣着点点头，“我以为你在跟别的女人私会!”

赵无极听了真是哭笑不得，亏得现场没有敌人，否则林语真就是有来无回了。

“你跟着胡闹什么？我这是在工作。你赶紧回去吧！等我完成任务再跟你解释。”赵无极不由分说，拉起林语的胳膊就往外走。

“什么任务要跟女人一起完成？不行，我不信，我偏不走！你要是不让我去，我就跟在你们后面，反正我有合法身份，N 国人也不能把我怎样！”

“你——”看着突然间变得蛮不讲理的林语，赵无极真是觉得麻烦死了。

这时，中年男人走了过来，对赵无极说：“你过来一下！”拉他到了另一边，两人嘀咕起来。

“什么？他知道你的身份？这可不好办了，我必须把这件事跟上级请示一下，情况变得复杂了。这是在 N 国，我们还不能强行送她离开，否则会引起 N 国外交部门的抗议。”中年男人皱着眉说道。

没有办法，赵无极先带着林语回到了自己的房间。

“你怎么这么鲁莽？这样会出人命的！”

“哪有那么严重，我会武功，不会有事的。”

“就你那身手，根本不能自保，不然也不会被人家几下就制服了！”

“你——”林语气的嘴唇直哆嗦，“还不是为了你？反正你不让我知道你来做什么，就别想让我回去。你别忘了当时是怎么跟我父母保证的！”

“你——”这次轮到赵无极无言以对了，对付女人赵无极根本就是菜鸟一个，何况遇上这么个伶牙俐齿的女孩。

十几分钟后，中年男人手拎一个铝合金箱子站在了赵无极的房门前。

叮咚！

赵无极房间的门铃响了。正在吵架的二人马上警觉起来，赵无极示意林语躲起来，自己也猫到门后。

“老板，您点的红酒。”这是他们约定好的暗语，表示没有危险，赵无极打开门，中年人闪身走了进来。

中年人先放下箱子，然后把赵无极拉到卫生间，拧开水龙头后，对他说：“老总查了里屋，是安全的，同意带她同行！”

“这不行！”

“这是经过仔细考虑的，你照办就是。其他的路上你再解释吧。现在必须保证全体人的安全。”说完转身出去了。

赵无极知道这里的纪律，也不多问，顺手关上门。

“怎么说？同意了吗？”见赵无极点点头，林语高兴得跳了起来。

赵无极示意她安静，为了避免她问东问西，便悄悄凑到她耳边说：“情况稍后路上会讲给你，不要多问。”然后走过去，打开了箱子。

箱子里面是一些拆卸成零件的武器，两把AK－47、一把M－16，一些闪爆弹，九把军用高碳匕首，还有几十个纽扣炸弹和基塑子弹。现在的赵无极可不是以前的毛头愣小子了，组装武器对他来说是小菜一碟。

倒是林语很好奇，毕竟没有用过这些武器，边看着赵无极检查，边一一询问起来，一副跃跃欲试的表情。见林语很好学，赵无极便轻声给她讲解起这些武器的性能和使用方法。

末了语重心长地说：“这次行动很危险，路上我会再帮你提升武功，以保护自己。”林语高兴地点点头。突然房门铃声又一次响起。赵无极赶紧把箱子锁好，藏在隐蔽的地方，手握匕首站在门后，示意林语过去开门。

田野和王一夫两位老专家笑容可掬地站在门外，请进来后，大家在小客厅坐下来。林语跑去泡茶，然后很好奇地看着二位，不知道这么晚过来有什么事情？

“打扰你俩休息了！”田野率先打破沉默，笑道：“我们两个老家伙上了年纪，睡觉时间短，睡不着就商量着过来串串门，不介意吧？”

“哪能呢！”赵无极笑道。

“行了，小赵是个痛快人，咱们就别打哑谜了。”王一夫不满地给了田野一个眼神后说：“我俩过来是想和你商量一下，看能不能化解大家的怨气，毕竟马上就要去最危险的地方了，我们不希望团队里有不和谐的因素，这样只会给任务带来危险和变数。白奇和蓝韵虽说是我们的助手，但还年轻，有些心高气傲；杨露和蔡琼多少还有点小姐脾气，但她们的本性都不坏。她们的工作我们来做，但希望你别跟她们一般见识。这次任务非常重要，不能有丝毫差错。”

“嗯，这方面请二老放心。我虽说是个山野莽夫，但是刚才说的这些道理我还是懂的。人都有缺点，我可以理解，也不会计较，毕竟大家都是为了行动可以顺利地完成。至于说到这次任务，确实有些艰难，否则上面也不会派我们第一组出动。未来的一路上大家都要加倍小心、警惕万分啊!”赵无极拍胸脯保证道。

两位科学家点点头，很欣赏地看着这位豪爽的年轻人。

接着田野沉重地说道：“在我们来之前，上级曾给我们看了一份绝密资料，加上你上次带回的改造人皮肉组织标本，我们分析，这种猛兽应该是还没有经过科学界认可过的新物种。好在这种培育存活率极低，否则，后果不敢想象。”

“这种猛兽有没有什么突出的特征?”赵无极好奇地问，“丛林里猛兽万千，总不可能什么都采集吧?”

“那倒不用。”田野接过话题说，“只要是科学界已经发现的猛兽我们都是知道和见过的。这样，只要我们遇到从未谋面的，就要想办法抓住它们，采集血液和皮肉组织，带回去做进一步化验和分析。”

“那我就放心了。”赵无极之前不太明白如何才能采集标本，那么大只野兽，总不能整只带走吧。活的没有地方圈养，死的带回去还不臭了?所以内心一直很纠结这个问题，不知这个难题该如何解决。现在恍然大悟了，他继续说：“那这次任务就多靠二老费心吧。只要有用得着我的地方，请二老及时开口，毕竟我对科学这些事情不是很清楚。”

“好，安全靠你保障，具体任务就靠我们来完成!”二人说着道了声晚安，起身离开了。

第三天一早，大家踏上了征途，中午十分，总算到达了目的地——库里河支流格罗河的一个码头，一艘快艇正等待着大家。

一行人依次登上快艇后，成钢三两下就把船发动起来。只见快艇在河道上划过一道漂亮的弧线后，逆流而上，飞快地冲了出去。

半天后，大家算是完全脱离了人类生活区，进入了热带丛林地带。格罗河道并不宽阔，两边的植物很密集。王一夫对赵无极说，虽然科学家们做了大量的调查工作，但是面对这座拥有世界百分之七十植物的大“园林”，其中大部分物种还都叫不出名字。

放眼望去，盘根错节的树木挺拔秀丽，硕大的树冠如伞蓬开，枝叶相连。时不时从林荫深处传来一两声小动物的叫声，有的婉转悠扬，有的高亢嘹亮，有的沙哑低沉，各种声音交织在一起，此起彼伏，错落有致，宛如一支自然的交响乐。

但快艇所到之处，这些声音却突然销声匿迹了，极少听见动物鸣叫，只有些小型动物在快速地闪躲，警惕地打量着这群初入密林的神秘客人。

“好漂亮哦!”从未到过雨林的林语惊叹起来。

赵无极却没有丝毫的兴奋劲。眼前的一切，有种熟悉的亲切感，仿佛又回到了过去的时光。

其他人，除了成钢和袁国平，都人手一个DV，忙着拍摄，不亦乐乎。

袁国平坐在快艇的尾部，警惕地看着四周，手里把玩着一把军用匕首，戴着一顶大草帽，一副宽大的墨镜将脸部遮挡起来，很难看出真实的表情。

把握着方向盘的成钢很沉稳，不时小心地看看四周，触手能及的地方也放着一把匕首。

四周的植物变得越来越古怪，越来越让人看不明白了。一些树的根系像蛇一样缠上另一株大树，仿佛要把对方整个儿吞下；一些树则直接从其他大树的树干正中生长出来，根系裹在上面，如同寄生虫一般；一些植物开的花裂成两片，每片的边缘均成锯齿状，像一张张怪兽的嘴。

林子越密，气温越低，河道上升腾起氤氲的雾气，时而像远古的猛兽，时而像婀娜的美女，时而幻化成古堡，时而又像宇宙飘摇浩渺，光怪陆离，如梦如幻。众人感觉到，自己嘴里哈出来的气已经同朦胧的雾气融在了一起，不分彼此。烟雾缭绕着古怪的树木，除了潺潺水声，再无其他声息。

“无极，你以前生活的地方也这么美吗?”林语趴到赵无极耳边问。

赵无极不置可否地点点头，提醒道：“在这里越是漂亮的东西越恐怖，越要小心，这里步步暗藏着杀机。”

“哪有你说的那么玄乎，我看你是故意吓人的吧? 这里的其他地方我们可是来过好次了。”旁边坐着的蔡琼忍不住讥笑道。

赵无极没有理睬她，眼睛盯着周围，暗自戒备着。

两位老专家忙着拍摄，不时提醒身旁的助手们纪录下一些东西，没有在意这边的争论。

“快看，那是吼猴，好漂亮的吼猴!”杨露开心地喊道。

赵无极见过这样的猴子，只是第一次知道那叫吼猴。虽然从小生活在原始森林里，由于没有接受过常规教育，因此赵无极并不知道书里这些动物的学名。

只见吼猴家族的哨兵发出警示的哨音，一只豪猪笔直地冲了出来，惊得一群野羊四散飞跑，林莺也停止了鸣叫，扑拉拉振翅高飞而过。

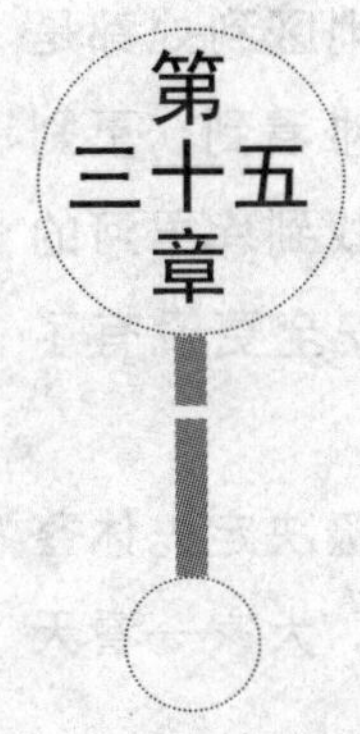

第三十五章 蜘蛛来袭

水齐腰深了，在阳光照耀下，河底的沙粒粒可数，水葫芦偶尔随波漂过，水草在水下如同少女的秀发，任由河水母亲轻轻梳理着；太阳鱼和神仙鱼成群结队，随波摇曳，仿佛水中仙子一般美丽。

“哇，真的好漂亮哦！”林语忍不住再一次赞叹道。

越到丛林深处，河道变得越是狭窄。头顶不时被摇晃的树枝刮到，一个个黑色身影窜过树梢，动作太快，根本看不清是哪种动物。

“真是个奇妙的地方啊！”赵无极也不得不感叹起来。现在来看，这里和自己原来生活的地方有相似但不完全相同，可能是因为那里是高山，而这里地处热带，海拔不高，气候、地理环境不同，物种因此也不一样。

这让赵无极更加不敢大意了。他知道，在丛林里，越是看不见的就越是危险，这些跳来蹦去的小动物反而不用太过担心。他转头看了看成钢和袁国平，给了他们随时保持警戒的手势，二人点点头。

赵无极的感知能力在这里发挥不出什么作用了，现在到处都是生命气息，而且大部分是陌生的，他根本不知道这些生物都是什么。于是他索性闭目养生起来，让自己进入更高一层的空灵境界，把对危险的预知和感应能力发挥到极限。

眼看要到黄昏了，为了能够掌控行程路线，赵无极打开了地图，想通过比对周围的山形地貌，确定一下方位。可奇怪？怎么完全找不到相同的地形？难道走错了？

库里三角洲不是指一条河，而是很多河流的统称。这个地区到处都是库里河的支流和分叉口，目力所及都是参天大树，太阳都很难看到，更别说四周的情况了。怎么办？现在虽说是逆流而上，早晚都会找到库里河的发源地，可这样不但在时间上控制不了，考察队员的生命安全更没有了保障。

“钢子，找个地方停下来，我们需要安营扎寨了。”赵无极决定先休整一下，跟大家一起确定好路线再上路。成钢接到指令点点头。大家一看天色，都没有表示反对。

船在一个较开阔的滩涂停了下来，大家下船后，赵无极和成钢、袁国平一起将船拉到隐蔽的地方，用缆绳系好，并用树枝遮盖在上面，然后拿上露营物品去找大家。

天色越来越暗了，赵无极知道现在必须马上找到一个可以露营的地方，并赶在天黑前做好一切准备。

晚上的丛林比白天更加可怕，不光毒蛇、毒蜘蛛、毒蜈蚣、毒蚁出来活动，许多大型猛兽、有毒气体等更是随时都会碰上，随便哪一样都足以让人致命。

密林深处与河道沿岸是两个截然不同的世界，这里阴暗、潮湿、闷热，四周弥漫着氤氲之气以及令人不安的氛围，一路荆棘密布，横躺下的巨大断木随处可见，而那些枝丫上、草丛中、巨树后，到处都是不友好的窥视眼神，这些潜藏的动物，用或惊恐、或怀疑、或贪婪的目光打量着这群闯入它们世界的陌生人。

大家不得不打起十二分的精神，全神贯注地应付着各种意想不到的事情。这一刻，大家猛然发现，丛林并不如表面上那般美丽。

赵无极充当尖刀，不时地用匕首劈掉挡路的树枝，打通一条可以行走的路。女人们胆子小，就算来过多次的蔡琼和杨露也从没有走过夜路，因此全偎依在一起。科学家们紧簇在队伍中间，成钢走在队伍外围，袁国平断后。

过了一会儿，大家摸索着穿过灌木丛，进入了高大的乔木树林中。

这里因为树林高大，遮天蔽日，阳光照射不进来，树下除了一层厚厚的腐叶和杂草外，并没有生长什么植物，大家找到一处空地安顿下来。

所有的人很快分工合作起来，搭帐篷的、烧火的、寻找水源和食物的……不一会儿，就将一切准备工作做得差不多了。赵无极负责警戒。成钢和袁国平则很快从丛林里拖着一只驼羊和一只肥大的野鸡回来。剥皮、去内脏、切割，大家有条不紊地处理好食物，放到摆好的架子上烧烤起来。第一次配合劳动，居然还挺默契，这也让赵无极内心的担忧少了几分。

大家边吃边小声交流着沿途的所见所闻。袁国平负责烧烤，赵无极和成钢围坐在他旁边，三人总结着今天的行动情况，合计着明天行动的注意事项，林语在他们旁边帮忙作补充。杨露和蔡琼在一旁聊着天。两个专家带着助手激动地讨论着什么，不时地将一些拍摄的资料和采集的数据录入到一台微型电脑当中。

驼羊和野鸡很快被大家消灭干净，体力也补充得差不多了。这时蔡琼有些兴奋地说："袁哥，这东西烤得太好吃了，鲜嫩无比，我从来没有吃过，明天能再做一次就好了!"

袁国平这几日对她和杨露不听赵无极的指挥有些不满。对于军人出身的他来说，在外行动听的就是命令，没有怜香惜玉之说，只有朋友、敌人之分。听到蔡琼的话，只是嘿嘿一笑，不置可否。

蔡琼有些尴尬，看了袁国平一眼，又看看其他人，低下头来。

这一切没有逃过赵无极的眼睛，为了缓解不快，他说："老袁，去把武器弄好，你站第一班岗。"

"好嘞!"袁国平也不多说，拎着装武器的箱子走到一边，麻利地把三把钢枪组装好。

成钢刚找了些水回来，沉淀、过滤，放到火上煮沸后，让大家分装到各自的水壶中。

此时，天色已经完全黑了下来，四位专家还在忙碌着，杨露和蔡琼没事干，也掏出便携式小型电脑倒腾起来。一天的疲惫并没能掩盖住大家的兴奋状态。

赵无极小心地侦察一番四周后，让成钢在大家露营地四周撒上驱虫粉，防止毒蚁、毒虫和毒蛇之类动物的攻击。

随着天色越来越沉，空气也变得憋闷潮冷起来，四周寂静的只剩下了虫鸣。月光透过重重叠叠的枝叶洒下斑驳的银色，在这静谧的景色下，谁也没有想到在距营地不远的一株古树的笔挺树干上，令人毛骨悚然的一幕正在无声地上演。

数不清的蜘蛛密密麻麻地聚集在这里，大的有如巴掌，小的好似麦芒；颜色五花八门，黑的如炭钢发亮，红色的如鸡血欲滴，蓝色的闪烁着幽暗的妖冶，给整棵树披上了一层毛茸茸的“外衣”。它们的腿脚不停攒动、摩挲着，发出超声波般嗡嗡的响声，感觉马上要扑下来，却又像在惧怕着什么。

赵无极正盘坐在营地边一块大石上调整气息，一阵微风拂过，心中荡起了异样的涟漪。不祥的预感让他睁开眼睛，站起身侧耳细听，循着那超微弱的声响走去。当他看到那棵有些“异样”的大树时，大吃一惊，冲着远处的袁国平打了个手势。

正在潜伏警戒的袁国平全身披挂着树枝，从旁边的一棵树上溜了下来，顺着赵无极的手指看到了这一切，脸上满是诧异，皱着眉头说：“是杀人蛛吧？不过有些古怪，按它们嗜血的本性应该早杀过来了。”

赵无极首先想到的是自己身上的气味，莫不是那颗金刚蛇王的“龙丹”在这里也发生了效用？要知道这种气味是只有动物才能感知到的。

赵无极觉得说来话长，便没有解答袁国平的疑问，继续说：“有没有办法驱赶开?”

在丛林里生存，不到万不得已的情况下，尽量不要出手杀生，否则会被其同类追杀一路，大的如狼虎，小的如蛇蚁。

袁国平丛林生存经验丰富，当然也知道这个道理。他冲赵无极点点头，从背包中翻出一瓶喷剂，小心地走上前，对着这些蜘蛛一路喷过去。空气中很快散发出一阵奇异的清香味，再看那些蜘蛛，闻到气味后惊慌失措地四散开去，很快不见了踪迹。

“这种东西轻易不会集体出动，会不会有不好的预兆？老袁，你怎么看?”赵无极问道。

说不太准。按以往资料来看，杀人蛛应该是库里热带丛林里的一种较为原始的巨形蜘蛛，喜欢独栖，每一公顷一般仅有一只或两只，多半是夜间出来活动，而白天总是躲在洞穴或树根之间休息。这次出现那么多，有大有小，且不符合它们的活动规律。”袁国平提出了自己的看法。

赵无极一听觉得很有道理：“也对，大狼蛛有8只脚，伸开有25厘米多长，通体长5厘米，有的甚至可达10厘米，体重60余克。它们喜欢在树枝间或草丛里结网，刚才看到的明显也不符合这些特征。那么，现在只有一种可能，我们这里有吸引它们的东西，至于具体是什么，只有问问那些蜘蛛了。”

“我去问问田老，他不是专家吗?”袁国平说着，跑向两位科学家的帐篷。

不一会，田野从帐篷里出来，兴奋地喊道：“在哪里? 在哪里?”确定已经消失后，田野遗憾地说：“没有看到实物不能轻易下结论。我也是听说过一种大规模群居的蜘蛛。它们像蚂蚁一样形成社会关系，一起捕食，不同的是这种蜘蛛群里只有一只蛛王，其他都母的。”

“它倒是挺幸福的嘛!”袁国平嘿嘿一笑，不过马上看到闻讯赶来的女孩们不满的目光，赶紧哧溜一下，接着到树上隐蔽放哨去了。

“这应该是它们群体出动捕食，属于正常生活习性，不用担心。”田野看着赵无极说道，见没有别的事情后，说了句“辛苦你们了”，就回去休息了。

赵无极听了田野的话并不完全赞同，总觉得这里面很蹊跷，但因为这方面的知识和经验掌握得不多，因此得不出准确的结论，决定再观察观察，便继续修练去了。

第三十六章 暗藏杀机

凌晨，一声凄厉的动物嘶鸣，应该是动物间的捕食或撕杀时的垂死声，把林语惊醒了。她有些颤抖地打着手电筒走出了帐篷。赵无极感觉到她的惊慌失措，便将她拥在怀里说："没事的，不用害怕，森林里就是这样，习惯就好了。但你应该抽空加紧练功，这样我才放心。"

林语点点头，冲着赵无极满是怜惜地说："你从小就生活在这样的环境里，真是难为你了。"

"习惯了。丛林和城市其实一样，只不过活动的生物种类不同而已。"赵无极小声应道。

"等有空了，你能带我回你的家乡看看吗?"林语问。

"嗯，等忙完这事后，真该抽空回去看看了，我也想爷爷了。"说到这，赵无极的思绪飘飞起来，回到了自己的故乡，仿佛看到爷爷正慈爱地看着自己微笑。

把林语送回帐篷后不久，忽然，一道骇人的精光从赵无极眼前闪过。

"谁?"

"我!"

树上"哧溜"下来一个人影，正是换班的成钢，成钢披着伪装，拿着已经打开保险的枪，好奇地看着赵无极。猛然，他也感觉到了什么不妥，扭头一看，正前方黑色密林当中不知道什么时候冒出了阵阵蓝光来。听见动静的袁国平也跑了过来。

蓝光仿佛幽灵火一般，不时变换着位置，在黑色的森林掩护下，看不出是什么东西，但三人很清楚，来的肯定是食肉类的猛兽。

随便一数就可以发现来的还不少，有四五只之多，由于不知道是什么，大家没敢贸然上前，赵无极拔出匕首说："成钢、老袁，你们掩护，我去把火烧大一些。"说着，跑去给火堆添柴火。

森林中忽然亮堂了许多，赵无极站在火堆中间，一双眼睛死死地锁定那些蓝色火团，身上的杀气犹如雄狮一般喷发，平地生风，卷起地上的枯树叶倒飞过去。这一刻，赵无极就像森林中的无敌王者一般，以睥睨天下之势威慑着猛兽们。

成钢早就听说赵无极有不同凡人的一面，今天亲眼一见，果然让人震撼非常，内心顿时狂热起来。对于一个强者而言，能和比自己更强的人并肩战斗是一件幸事，如能学上一招半式更是受益匪浅。

猛兽最有趋吉避祸的本事，对危险有着本能的反应，也许是发现赵无极为首的几个人很危险，不那么好对付，因此没有立刻发起进攻。

过了一会儿，只听"哦——"一声长啸，这群动物转眼间没了踪影。

是狼？赵无极惊讶地看着远去的动物，心里面很清楚，这次恐怕是麻烦了，得罪了天底下最记仇的动物，好日子算是到头了。

成钢同样是一脸的无奈和郁闷，这下算招惹上最难缠的家伙了。

无奈归无奈，问题还得面对。赵无极让成钢、袁国平都回去休息，眼看就要天亮了，剩下的时间就交给自己了。成钢也不客气，将枪和伪装递给赵无极后，就和袁国平去了帐篷。

若说库里三角洲丛林中什么时候最宜人，那无疑要数清晨了。微凉的风吹走了丛林中闷热的潮气，带来泥土和各种植物的清香，随风到访的还有阵阵鸟语。

大家被一阵鸟语欢鸣声吵醒过来，都钻出了帐篷。王一夫奔向赵无极喊道："赵老板，昨晚是不是有狼来过？"

"何止是狼，还有一种大规模群居的蜘蛛，好在没事。"田野道。

"啊？狼？"杨露不可思议地看看赵无极，又瞧瞧袁国平等人，一脸惊讶和好奇，并没有多少害怕，倒也胆大。

吃了点自带的干粮后，大家收了帐篷，带上物品，顺着来路回到了河边，找到快艇，发动后，大家继续上路。

没走多远，大家就看到河水上游一百米的地方，一群蜘蛛猴正警惕地看着他们，没有躲闪，几只奇怪的鸟夹杂其中。

等大家的快艇开过来后，左边的丛林中突然蹿出一头硕大的野猪来，周围的动物们受到惊吓，纷纷躲藏，不过退了几步，又渐渐围了上来，几只胆大的猴子从树上扔东西打向野猪，竟然将它赶回了丛林。

这真是一个有趣的丛林博弈，赵无极微笑地看着发生的这一切，想到了以前发生的一些趣事。然后他叮嘱大家一些注意事项，示意开快艇的成钢慢点，靠边，让两位专家能够从容拍摄，寻找可疑目标。

两位老专家专心致志地看着河岸上的动植物。特别是王一夫有几次都如同发现了宝贝般地眼睛放光，不时地让成钢停下靠岸，采集一些植物标本。田野睁大双眼四处观察，但一直没有发现有价值的目标。

赵无极抬头看看天空，身处热带，即使不是温度最高的时候也闷热难耐，气压好像越来越低。库里三角洲里的热带丛林属于赤道低气压环境，按照常理，一年里有近十个月都被厚厚的热带雨云层所包裹，最正常的天气莫过于每天日出晴朗凉爽，中午开始积云，下午是瓢泼大雨直到黄昏。

可是进入丛林已经一天多了，不仅一滴雨都没下，而且晚上尽是清晰明朗的星空，从那个接头人嘴里赵无极已听说了这里几天没有下雨的奇怪现象，那些热带云层都到哪里去了呢?

虽然赵无极不懂什么低气压原理，但原始森林里不下雨绝对不是好事，不由皱起眉头来。

“怎么啦?”旁边的林语发现了赵无极皱眉不语，关切地问道。

“天气有些不对，但我也说不出所以然来。”赵无极如实地小声说。

忽然，赵无极看到一些小型动物聚集在一片滩涂地，非常好奇，仔细一看，原来是一些年幼的蛛猴正在成年蛛猴的保护下舔食地面！滩涂上的泥巴颜色不再是普通的灰色沙状，而变成了红褐色软泥状。

“奇怪，他们怎么会舔泥巴呢?”林语好奇地问。

“丛林里的植物大多含有毒素。这里的动物长时间食用某些植物的果实、种子或叶子，毒素就渐渐蓄积在它们的体内。小时候听寨里的长辈们说，那种颜色的泥巴可以中和毒素。这就是大自然的奇妙之处了，万物相生又相克。”赵无极分析道。

“那是盐沼地，里面含有大量的盐份，有消毒的功效，和生理盐水一个道理。”旁边杨露听到二人的谈话，忍不住说道。

“看见那只冠雉了吗？它来这里也是寻觅解毒剂的。冠雉是以树叶为食的动物，这类动物会尽量选择嫩叶进食，以防止过量摄入毒素，但即使是嫩叶也很危险，于是它们采取了另一对策——吞食粘土。”杨露见二人看向自己，并没有不满情绪，便继续说道。

赵无极和林语听后若有所思地点点头。赵无极看她这友善的态度，笑道：“谢谢，我还真不知道那是盐沼地。”

杨露笑笑，看了赵无极一眼，体会到了他的好心，然后和林语聊着看到的好玩事物来，一会儿指指这，一会儿点点那，欢喜雀跃的模样倒也可爱。

“看，一只大嘴怪！”蔡琼也加入进来，指着旁边一株大树喊道。这棵大树树干陡直，树冠蓬开，像撑了张无比硕大的伞，一只黑羽黄腹的鸟停在树梢枝头，整个身体都沐浴在阳光下，那张大似镰刀的黄色大嘴里发出刺耳的声音，像在招朋引伴，高亢而歌。

几个女孩子兴奋起来，雀跃不已，偶尔让田野指点迷津，赵无极没有阻拦，冷冷望着天空，那里正飘过一朵不祥的“云”来。

“那是什么？”

“哦，是群石鸡。看见没有，它们在空地上开求偶大赛呢。一群石鸡中通常只有一只雌鸡，因此雄鸡们要竭尽全力来展示自己的舞姿，这才能得到雌鸡的青睐。”

“嘿，快看，树上有个黑乎乎的大家伙。”

“是长鼻浣熊。瞧，那是一对母子呢，它们喜欢群居。”

“那黑梢梢的是什么？不是水蛇吧？”

“是盲游蚓，不用惊讶，这种一尺来长的小家伙，不被别的动物吃掉就算它幸运了。它们家族最大的个体能长到一米半。”

“嘿，绕过去，别碰到它了，这可是危险生物，怎么这地方会有这种大家伙存在的?”

“是什么?”

“电鳗啊。别看这条还是未成年体，但身体头尾间的电压足能达到三百伏特。你们看仔细了，那条蛇恐怕要遭殃。”

只见一条青蛇慢腾腾地潜入水中，正巧从电鳗尾巴尖上游过，那条半米长的怪鱼几乎是本能地将尾巴一扫，小青蛇全身一抖，竟然在水中电得翻腾起来，弹到岸边动弹不得。

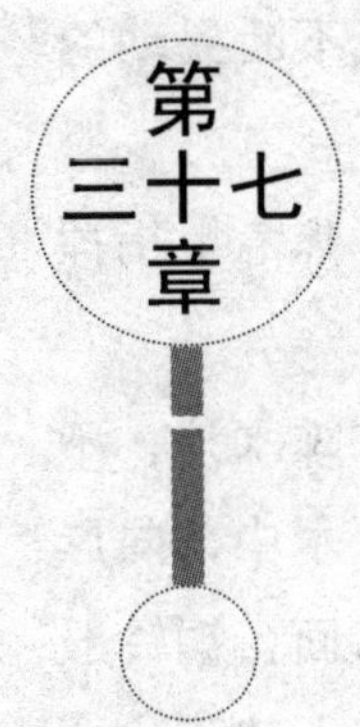

第三十七章 水中搏巨蟒

这段水域明显开阔不少，一路上涓流潺潺，鸟翔蓝天，风景如画，加上田野这位专家的讲解，大家总算感觉放松了一些，享受这旅游观光般的轻松惬意。

为了抓紧时间赶路，大家随意吃了一些方便面，在船上解决了午饭。

随着船的前行，赵无极发现两岸的树林明显稀疏了许多，夹伴着阵阵低沉的轰鸣声，雾气逐渐重了起来，天空仿佛改变了颜色般，混沌不清。众人隐隐觉察到一些异样，停止了攀谈，凝神盯着前方。

“不好，前面有水潭，是断崖瀑布造成的。咱们恐怕要改步行了。”王一夫放下望远镜，担忧地说道。

赵无极示意成钢把船往岸边靠，然后吩咐大家说：“现在听好了，马上收拾好自己的行李，能带走的全部带走。”

说话间，前面豁然一亮，出现了一大片开阔空间，只见一道瀑布从上而降，不算太高，六七米左右。瀑布下方有个水潭，近百米宽，潭水碧蓝碧蓝的，见不到底，应该很深。

快艇很快靠岸了，大家三三两两地下了船。准备最后撤离的赵无极、成钢和袁国平三人刚要迈开脚，忽然赵无极察觉到一股强烈的危险气息正在靠近，不由大喊：“不好！准备战斗！”

众人茫然地回头看看赵无极三人，眼前什么也没有啊？成钢和袁国平凭直觉也感觉到了有股危险气息在逼近，听到赵无极的喊声，两人本能地拉动了枪栓，背靠背单膝跪在快艇甲板上，尽力平衡着随船板不断晃动的身体，举起冰冷的枪口四处搜寻着。

“还愣着干什么?！赶紧往后退!”赵无极见大家一脸木然，焦急地指挥岸上的人离水边远一些。

不过两三秒的时间，水潭里的水剧烈地涌动起来，掀起阵阵水浪，不停地拍打着快艇。船眼看就支撑不住了，赵无极三人纷纷跳入水中，向岸上跑去。还没等众人反应过来，忽然一个黑乎乎的身影探出水面，铜铃般大小的绿色眼珠阴森森地看着人群，是条罕见的热带蟒蛇！让人禁不住浑身打了个冷颤。

这条露出水面的黑色巨蟒有大腿般粗，挺起身子来回晃荡着，不断吐着猩红信子。岸上众人一下子反应过来，杨露、蔡琼更是被吓得连声惊叫起来。林语从没在电视以外的地方见过这么大的活蟒蛇，心里很害怕。但她此时更担心的是赵无极。

为了大家能有更多的时间撤退，赵无极三人直接举起手中枪朝巨蟒开起火来。

巨蟒身中几枪后，一吃疼，倏地又钻入水中，庞大的身躯掀起一阵漩涡，再没有出来。水面渐渐平静下来，赵无极赶紧指挥大家往密林里面撤。他心里明白，靠子弹击退巨蟒，只是一时的安全，并不代表战斗已经结束。这家伙并不会这么容易死，随时都会重新发出致命的攻击。蛇类的记忆力超群，一代代传下来的“打蛇不死，反被蛇咬”的古训可不是糊弄人的。

大家见那条巨蟒躲了起来，以为脱离了险境，暗自松了口气。

田野擦着头上冒出的冷汗说：“好大的家伙！这么大的蟒蛇恐怕开了灵智，热感应是非常敏锐的。更要命的是，它可以喷射出致人失明的黑色胃酸，虽然比传说中的森蚺差点，但说它是丛林中的霸主也不为过，很不好对付啊!”

“别担心，一条小爬虫而已。你要是看得上，我给你弄来当标本，哈哈!”赵无极边观察着水面情况边揶揄道。他的笑声很快感染了大家，让紧张的情绪得到了缓解。

“蟒蛇肉味道鲜美，还美容；它的胆也不错，近视眼的吃了它保管好，嘿嘿！”袁国平一边检查着枪械一边打趣地说道。

一听吃蛇肉，几个姑娘不管真假就把眉头皱得老高，这个玩笑不好笑，这么大的蟒蛇还是先想办法制服它再说，还没怎么样呢就想吃它？

紧张会影响发挥，更会影响战斗力，抚慰紧张的最好办法就是说几句壮胆的玩笑话。赵无极这几个丛林生存好手，当然懂得这个道理。

几句插科打诨，大家的情绪总算稳定了下来，赵无极赞许地看了袁国平一眼，然后闭上眼睛，精神力外放，渐渐锁定住了水潭中巨蟒的行动轨迹。

“老袁开道，钢子断后，护送大家到一个安全的地方安顿下来。”赵无极命令道，“这里是巨蟒的地盘，不会再有其他猛兽，晚上我请大家吃蛇肉。”

“老板，我留下就够了，一条爬虫而已。”成钢抱着枪说道。

赵无极摇摇头，坚定地说道：“服从命令！”

“我一个人带大家离开，让钢子留下来支援吧？”袁国平说道。

赵无极刚想张嘴，田野见状说道：“你们别争了。我看这样吧，人多力量大，一旦巨蟒脱离水潭，我们分散了反倒会被它逐个击破。”

这是一个很重要的问题，关乎大家安全与否。赵无极想了想说：“钢子、老袁，带大家退后二十米，分两队护卫好。绝对不能让蟒蛇离开水面，必要时用枪压制。”

“明白了！”二人答应着，带领大家向后走去。

赵无极瞥了一眼林语，这几天一有空自己就帮她不停地练功、喂招，路上有机会还让她对小型凶猛野生动物比划几下，好让她赶紧在实战中提高自己的修为。

赵无极使了个眼色，把她叫到身边小声地问道：“这几天一直在跟我或者其他小动物过招，这次想让你跟这巨蟒比划两下。怎么样？害怕么？”

林语惊讶地看着赵无极，自己的武功差远了，这能行吗？站在旁边给他当个帮手还差不多，于是说道：“我——主要是我身手不行。倒不是怕死。”

“死?！哈哈！想哪去了。别看这条巨蟒个头大，性子野，但它身中数枪，想活命估计也活不长了。但它却是练武的好对手。你想想‘蛇形’拳来自哪里？你现在学的只是架子，练得再熟实战也不顶用，只有跟这‘源头’体会，才能长进。”

“照你这么说，这是最好的机会？可是我该怎么做呢？”

“这样，一会我先出手，等我把它制服得差不多了，你再上。记住，这次你要做的不是打死它，而是体会‘蛇形’的要义，比如巨蟒行进中的动作，好好体会一下。”赵无极叮嘱道，接着把骑在蛇身上时的手形、身形、脚形怎么摆、放在蛇的什么位置、力道怎么样都飞快地向林语演示了一遍。

林语认真地学了一遍，不停地演练着。

随后，赵无极一动不动地站在岸边，眼睛死死盯着水面，仿佛一把出鞘的宝剑准备刺向目标。林语站在赵无极身后，也全神贯注地看着水面。

巨蟒并不知道岸上两人的打算，此时正在水底潜伏。刚才虽然被子弹打中有些痛，但并不致命，正盘算着如何才能吃到送上门的这些“猎物”。

此刻，岸上的“猎物”们慢慢地停止了运动，分成三组站在岸边。巨蟒悄无声息地游了过去，慢慢靠拢，伺机发出致命一击。

“来了！”赵无极见巨蟒上了钩，压低声音提醒了林语一句。

忽然，毫无征兆，巨蟒跃出水面，它那十米多长的躯体在空中甩动着，张开血盆大口，阴森森地，发出浓烈的腥臭味扑向赵无极。

来得好！赵无极猛然飞身过去，双脚踩着水面，嗖的一下蹿出好几米。嘎——！赵无极发出一声尖锐的鸟叫，身体则借力在水面上腾空起来，仿佛大鹏一般，带着无可匹敌的气势，双手接连幻化几下，冲向巨蟒。

巨蟒看着一跃而起的赵无极，愤怒地扭动着巨头，朝赵无极喷出一口黑色的液体。

好个赵无极！只见他的身体在空中一扭，躲过毒液的同时，整个人从后面一下子抱住了巨蟒，身体瞬间化作蛇形，反缠着巨蟒，手指已经深深插入了巨蟒的身体内。

剧烈的疼痛让巨蟒扑通一下连带赵无极钻进了水里，直扎水底。水面溅起了巨大的浪花，看得林语目瞪口呆。

“哇——！”蔡琼惊骇地看着刚才的一切，不由自主地发出叫喊，一脸的不可思议。

“成哥，老板会不会有危险?”杨露看着渐渐平静的水面焦急地问身旁的成钢道。

“是啊，你看林妹妹好像没事儿似的，应该不会有危险的，对吧?”蔡琼追问了一句。

“没想到小赵的功夫这么好。这个年轻人，有点意思。现在我对库里之行可是信心大增啊!”田野说着点了点头，和王一夫交换了一下眼神，表露出了佩服的神情。

“放心吧！等着晚上饱餐一顿就是了。”成钢对赵无极的能力非常有信心，他认为这些对赵无极来说就是小菜一碟。

分针慢慢走过了几个格，眼前还是死水一片，一点动静都没有，好像刚才什么都没有发生过似的。田野他们不免开始有些担忧起来，时间那么久，换作他人就算不被吃掉也会被憋死。大家面面相觑，没有说话，一齐看向了水潭边凝神蓄势的林语。

大家谨记赵无极的交代，站在原地没有动。但这会儿，五分钟过去了，成钢和袁国平心里也没有了底气。他们知道，就算是受过训练的特种兵，最多在水底下也不能超过三分钟。虽然赵无极能力超群，但这么长时间还没动静，会不会出什么事?

正当大家胡思乱想的时候，水潭表面忽然搅动起来，一个狂傲的笑声霸道地响起来，“哈哈哈，痛快!”

大家惊讶地看到，一条黑色的巨蟒仿佛出膛的炮弹似地飞出水面，腾跃在空中，往旁边的一棵参天大树上飞去。蛇头附近处不偏不倚地骑着一个浑身湿透了的年轻人，他的双手深深地嵌进蛇体内，双脚紧盘在蛇身上，仿佛钉在上面的一颗钉子，随着巨蟒一起在空中划出一道优美的弧线来。

蛇形拳

巨蟒不受控制地在空中扭动着，仿佛被抛飞的麻绳一般，快速向下砸去。赵无极紧紧抱住它，在落地的瞬间，身体腾空起来，然后又骑了上去，一阵雨点般的拳头落在巨蟒身上。不消一会功夫，蟒蛇已被打得晕头转向，气息渐弱，赵无极一看时间差不多了，顺势一脚，将巨蟒踢向林语。

“来啦！”林语咤喝一声，在大家惊讶的目光注视下，一个飞跃，整个人腾空抱住了滚落过来的巨蟒。可由于赵无极力量过大，林语紧接着连人带蛇一起摔在了水潭边。

毕竟是野兽，尽管已经被赵无极打得奄奄一息，巨蟒还是发现身上又贴上了一个人，顿时野性勃发，不知从哪里来的气力，嗖地一下就往树丛里钻，想赶紧把林语甩下来，好留条性命，所过之处留下一阵腥风。

赵无极见巨蟒还要挣扎，怕林语出危险，向大家丢下一句“在这里等着”，转眼间也消失在丛林里。

“哎，老板——”杨露震惊地看着远去的二人，问道：“这俩人是在干嘛啊？怎么这么不靠谱啊！”

“是啊，那么大一条蟒蛇，他怎么能扔给林语这个弱女子？赶紧打死它算了，都什么时候了还在玩？”蔡琼脸色苍白地说。

“你俩少说两句吧！”田野止住二人，转身向成钢、袁国平问：“小成、小袁，你俩说说，小赵这是怎么回事啊？我们现在该做什么？”

成钢和袁国平此时也是两眼一抹黑。他们哪里知道赵无极的用意，只能看着大家，苦笑着摇摇头。

形意拳中的“蛇形”原本是在与蛇的搏斗中摸索出来的。因此没有切身体会，就不会知道蛇是怎么爬行、怎么用力、怎么缠绕、怎么撕咬、怎么闪电般出招的，后人也就很难在习武中领悟到其中的精髓。

林语从赵无极那里学来此拳法后，还没有过实战的经验，遇到这千载难逢的机会，自然不会错过。

等了一会，还不见赵无极和林语回来，王一夫有些担忧地说：“要不，你俩谁去接应一下吧？猛兽都有很强的领地意识，有了巨蟒就不会有其他大型猎食动物，我们在这里不会有危险的。”

“不用，你们就放心好了。老板的实力很强，有他在林语也不会有问题。我看我们还是先找个地方落脚吧。”成钢平静地说道。

“没错，巨蟒现在已经受伤不轻了，我们就等着老板回来就是。成钢说得对，我们先安顿下来，然后再去接应老板。”袁国平抿了抿嘴唇说。

大家见二人信心十足的样子，便安下心来，找到一处相对平坦的空地搭起帐篷来。

这边，巨蟒正夺命狂奔，虽然速度不快，但它身形庞大，一阵飞沙走石后，什么灌木、树枝统统被它扫到一旁甚至崩飞。那些原本隐藏在树林里的飞鸟、小兽，也被蟒蛇吓得惊慌失措地乱飞、乱跑起来。

紧跟其后的赵无极目不转睛地盯着蟒蛇背上的林语。

此时的林语已经没有了刚抱住蟒蛇时的慌乱，她知道赵无极会时刻在身边保护着自己。只见她十指深深插入巨蟒身体内，两脚缠住巨蟒，头脑中反复回响着赵无极的叮嘱，细细感受着巨蟒运动时躯体的变化，完全进入了忘我的状态。

渐渐地，林语有了感悟。原来，“蛇形”拳的关键在于如何发力，但这个力不是爆发力，而是持续力。蟒蛇绞杀动物靠的是持续力，奔走的时候靠的是持续力，而这股力源源不绝的根本在于腰部。

巨蟒带着林语，一路上的树木、石头将她弄的满身伤痕。她的脸被刮花了，衣服被撕成了一缕一缕，头发散乱得跟疯婆子似的，上面沾满了草屑和泥土。更要命的是，大片裸露的雪白肌肤很快被巨蟒的鲜血染红。要知道这巨蟒的血是燥热有毒的，时间长了身体就会受不了。

但赵无极知道，现在还不是出手的时候，必须等林语从领悟的状态中清醒过来才行。

忽然，只听见林语一声呐喊，时候到了。赵无极猛然加速，一个飞跃上前，举起威势无双的拳头仿佛撕裂空气般，发出了惊天动地的一击，直接将巨蟒的头砸碎，然后借势一把搂住林语的腰身滚了出去。再见巨蟒翻滚了几圈，身体扭动几下后，一下子瘫软下来不动了。

“没事吧?”赵无极扶起林语，关切地问道。

“没事，就是身体感觉有些热。无极，我好像领悟到‘蛇形’的要义了!”林语一脸潮红地望着赵无极，无力地说道。

“好，好！先不要说了。你中毒了。我们赶紧走!”赵无极一看林语的状态，心中大急，抱起她就跑。

很快，赵无极带着林语来到了水潭的瀑布边，把她放到一块平滑的大石头上。

“这是什么地方?”林语微睁着眼睛，虚弱地问。

“瀑布边。”赵无极解释道，“你身上有巨蟒的毒血，不赶紧洗净就会有危险。”

“啊?”林语愣了一下，没再多问，慢慢闭上了眼睛。

救人要紧，赵无极顾及不了那么多了，三下两下脱下林语的衣服，然后脱下自己的外衣沾湿拭擦林语身体上的巨蟒毒血。渐渐地，林语的体温降了，苏醒过来。

见到情况开始好转，赵无极赶紧把她扶起来，自己盘坐在后，给她运起气来。经过一番调理，林语吐出一口污血，算是把体内的毒素排了出来，接着身体一软，倒在了赵无极的怀里。

“刚才是在帮我疗伤吧！谢谢你。”林语微笑着说。

“咱俩这么客气干嘛。”赵无极说道，“走，赶紧把衣服弄干。”说着背起林语把她带到了一块干爽的空地上，将衣服铺在上面晾干。

一番修整后，赵无极扶着林语来到巨蟒尸体前，掏出匕首，挖出了巨蟒的胆递给了林语，示意她吞下。

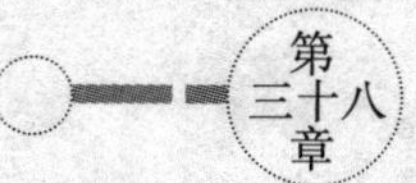

林语听赵无极提过这蛇胆的功效，接过一口咽了下去。

久等赵无极、林语的成钢等人心里有些焦急。正商议着准备寻着痕迹追踪过去，帮他们一把，看到赵无极、林语依偎着过来，顿时心里松了口气。林语一脸兴奋地沉思着什么，赵无极则一手托着林语的胳膊，另一边的肩膀上扛着已经没有了头的巨蟒。

经过这次事情，大家感觉彼此的距离又近了许多，已经把这个团队当成了自己的家。特别是杨露和蔡琼，见识了赵无极的神勇，更是对其佩服得五体投地。

一番寒暄后，大家分工合作起来。杨露、蔡琼和蓝韵忙着生火、支架，袁国平把蛇剥皮后，砍成一段一段地放到支架上烤起来。这番折腾让大家消耗了不少体力，加上一天没怎么补充能量，都饿坏了，连原本惧怕蟒蛇的几位姑娘也吃了几小块肉。

林语吃了几口后，便悄悄站起来，找了个地方继续调整身体内的气息，体悟“蛇形”拳的要诀。刚才和巨蟒的搏斗受益匪浅，实战得来的经验还需要及时消化吸收，融入到自己的武功中去。赵无极明白林语的想法，便静静在她附近保护，免得被打扰。

赵无极知道林语这次收获不小，要知道，想在武艺方面有所成就，除了天赋外还需要运气，这样才能深刻领悟到关键点，并打通它。悟的时间越长，说明领悟到的东西越多，对自己也就越有益。

过了一个小时，林语忽然睁开眼睛，慢慢收功，身体竟然发出极微弱的劈里啪啦的响声，心中大喜，知道自己的功力又进了一层。

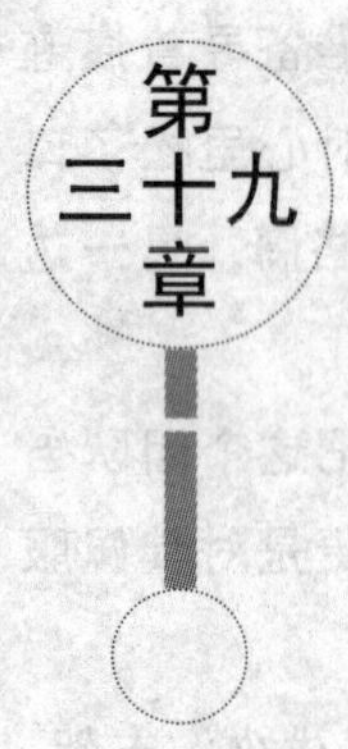

第三十九章 轻装上阵

库里三角洲的夜幕悄悄地拉下。相伴降临的是树叶在风中的沙沙声、各种猛兽的低鸣声和昆虫的鸣叫声，偶尔还有猛兽们争抢地盘、猎食时撕咬、挣扎的拼命搏击声传来。一丝风吹过，夹着阵阵腐败的气味拂过身体，令人产生莫名的恐慌。

在此映衬下，头上墨黑的天空就让人的心情格外惬意。明亮闪烁的星星像点点珍珠静静地躺在华丽的黑色晚礼服上，等待着主人穿上它跳一曲欢快的华尔兹舞曲。

对于赵无极而言，一切都是那么的熟悉、那么的亲切；可在其他人看来，一切的一切都是神秘、古怪而充满危险的。黑色的森林让他们压抑又紧张，尤其是经历了巨蟒事件后，大家已然没有了最初的欢悦和好奇，早早躲进帐篷里合上了眼。

赵无极正望着夜空，田野悄无声息地来到他身旁，举了举采集到的巨蟒血液和碎肉标本，以示感谢。见赵无极笑了笑后，他神情严肃地问："小赵啊，你白天对巨蟒一点都不惧怕，怎么现在看上去有些担心，是不是有什么顾虑?"

"现在我还说不清为什么，只是感觉很不舒服，好像有什么大危险要来临了似的。田老，您看看这天，已经好几天都没有下雨了，这在原始森林里可是个不好的信号。”赵无极如实地坦白了自己的担忧。

“没错，是很不寻常！从我掌握的资料看，现在的热带丛林应该是雨季才对啊。一会我再问问老王，看他有没有什么高见。”田野仰头望着天空说。

“可下起雨来这路就不好走了。”蔡琼不知道什么时候跑了过来，身边还有杨露和蓝韵，继续说：“老板，林妹妹在哪？我们姐妹几个找她聊聊天去。”

“她在帐篷里。”赵无极应道。

看着几个姑娘欢笑着走开了，田野笑道：“看来，经过今天这事后，几个年轻人对你的印象大为改观，这是好事啊。”

“顺利完成这次任务才是最重要的。丛林里有许多有毒的动物和植物，希望田老以后多提醒，免得大家在好奇之下发生意外。”赵无极诚恳地说。

“大家是一个团队，理应互相帮助。这方面你就放心吧，我一定会尽力而为。毕竟谁都不希望发生不幸。”田老说完起身按了按赵无极的肩膀走了。

正在巡逻的成钢和袁国平走了过来，三人把明日的行程安排后，话题转到了天气上，这也是顺利完成任务的重要因素之一，马虎不得。

成钢说：“按常理推断，气压一直凝聚低沉，肯定会有一场大雨，只是不知道这场雨到底有多大，什么时候下，要下多久。这对我们非常不利。”

“是啊，我们得赶紧找到地势高的地方，一旦下大雨，肯定会暴发洪水，顺着河流走非常危险。”袁国平建议道。

“可是，我们这次科考的对象通常会在河边聚集，如果走高地，恐怕我们收获的几率会减小。”赵无极说，“真是个令人头疼的问题啊。”

真是个悖论。明明预测到会下暴雨，走高地要安全的多，但考虑到完成任务却偏偏必须沿着危险的河边走，真是个两难的抉择。

这一夜过得很平静。第二天清早，大家收拾妥当后继续赶路。

丛林里本没有路，地面凹凸不平，走起来非常困难，加上每个人都要背一大包东西，就更加辛苦了。

半天下来，才走了五公里左右，除了赵无极、林语、成钢和袁国平，其他人早已经疲惫的不行。照这个速度下去，从这里到源头还有一千多公里，那得多少天才能走完?

仰望前方那些层层叠叠的苍天巨树，枝丫相连，粗逾人腰，有的从枝上发出根须直垂地面，有的被各种藤蔓植物包裹缠绕……千姿百态，仿佛置身于迷宫中。

赵无极决定改变这种状况，他走到坐在地上休息的队员们中间说："诸位，这样的行军速度太慢，还没走多远就会全部趴下，恐怕要影响我们的行动计划。我知道大家来之前已经做好了艰苦作战的心理准备，以后的路还长，因此现在要重新部署一下。"

"是啊，这样下去恐怕不行。还没找到怪兽就全累趴下了。你说吧，需要我们怎样做?"王一夫问道。

赵无极见大家都看着自己，期待一个答案，便略微停顿了一下说："目前我们的主要问题是负重过多。这样，大家把所有的行李重新整合一下，能共用的只留一件，不需要的、用处不大的重家伙就扔掉。"

"我同意。首先就是铁器，像小铁锹、铁锅，登山用的铆钉、八字环、升降器等都扔掉算了，在丛林里这些东西似乎用不上。"田野赞同道。

"另外，我建议帐篷也压缩一下。不需要每个人都背一个，留下两三个大一点的就可以了，大家挤挤就是了。"白奇说。

看到二老这么支持自己，赵无极心里很是感激，冲他们点点头。其他人自然懂得其中的道理，再按这样的速度下去，恐怕一年也走不出这个原始森林吧。

女孩们本来自己体力就不行，总不能让别人来帮忙背吧?两位老专家走路很慢，助手们有时要照顾着，加上随时要做采集研究，常常搞得手忙脚乱，精力和体力严重不足。赵无极、成钢和袁国平主要负责保卫工作，但对女士和老人还是要照顾的，帮忙提东西、上坡时扶一把必不可少，这样下去战斗力也保证不了。

因此大家都双手赞同赵无极的提议，开始动手从背包里扔东西。赵无极看到大家积极配合，接着说："多谢大家的理解。另外，我建议除了压缩营养品外，那些食品罐头什么的也都要舍弃，有我和成钢、老袁在，吃的方面请大家放心。我们现在最需要轻装上路，必须节省体力，保持最佳状态。"

各自埋头收拾了一番行李，发现还真是减轻了不少重量，扔出去的最少也有个二十公斤左右。大家将资源重新分配了一下，再装好包，有人背帐篷，有人背食品，有人背武器，两位老专家负责拎两个标本箱。

这么一来，大家感觉轻松许多，一路呈直线继续沿着河边挺进。除了不时停下来等王一夫、田野两位专家采集标本外，速度倒是快了不少，精神状态也好了很多。

这会儿赵无极替换袁国平负责在前面开路。在崎岖的丛林中，他把开山刀挥舞得飞快，沿路那些荆棘、树藤之类纷纷向两边翻飞。渴了就砍几根贮水树藤，让大家吸食里面的水分。

“老师，快看，是太阳草、太阳草！”后面的蓝韵忽然惊喜地大喊起来，兴奋地朝前跑去。

“别去！危险！”赵无极猛地一把将蓝韵拉过来，丢给了身后的林语，眼睛盯着前面一动不动，示意大家停下不要动。

蓝韵刚要责问他，但看到赵无极的手势和神情有些不对，于是顺着他的目光往前看去，哎呦妈呀，只见不远处一个断木上横着一根“树枝”，那手臂粗的“树枝”开始缓缓移动，它那坑洼不平的“枯树皮”上片片菱角分明，特别是那一圈深灰一圈浅灰的条纹越发明显。

那“树枝”的头部呈三角形，正吐着信子，一双凶猛逼人的眼瞳正不怀好意地盯着赵无极他们。是矛头蝮蛇！蓝韵认得的，它可是热带丛林中“十大毒物”之一。顿时，她紧张得差点扔掉了手上的采集工具。

“是矛头蝮蛇，剧毒。大家小心，别乱来，不要发出声音。”队伍中的田野低声示警道。

话音刚落，大家便看到这条毒蛇闪电一般，发出嘶嘶声，张着血红大口，毫无征兆地向赵无极发起了进攻。

“啊！”大家都惊骇地叫了起来，慌乱得不知所以，几个女孩更是惊恐地闭上了眼睛。

啪啦！

一声轻微的响动，什么东西掉地上。大家顺势一看，只见那条手臂粗的矛头蝮蛇已经被斩断成两截，嘴里猩红的信子还在频繁地摆动着，尾部盘卷起来在地上打着滚。

呼——!

大家松了口气，遇事镇定，反应神速，出手果断，不愧是国刃大队的优秀特种兵。

用一根棍子将矛头腹拨弄几下后，赵无极让成钢赶紧用土掩埋掉。血腥味一旦在丛林里散发开去，就会招引来更多的猛兽，那时候就麻烦了。

趁着这个暂时休息的当口，蓝韵走了上来，真诚地对赵无极说:“谢谢你救了我。”蓝韵心里面清楚，如果不是赵无极，自己就要为刚才的冒失付出生命的代价。

“别客气，保障你们的安全是我们的使命。下次一定要小心点。在这里，只有小心谨慎才能活下去。”赵无极冲她微微笑着说。

蓝韵点点头，感激地看了赵无极一眼，退到后边去了。白奇过来关切地安抚了蓝韵几句，叮嘱她以后凡事一定要小心了，千万别再冒失。

大家继续赶路，赵无极抬头眺望了一眼，前方依旧是望不到边的丛林，深不可测的模样不免让赵无极对未来担忧起来：那种从未过露面的野兽在哪里？它什么时候才会出现？敌人现在在哪里？他们是否已经注意到了我们？

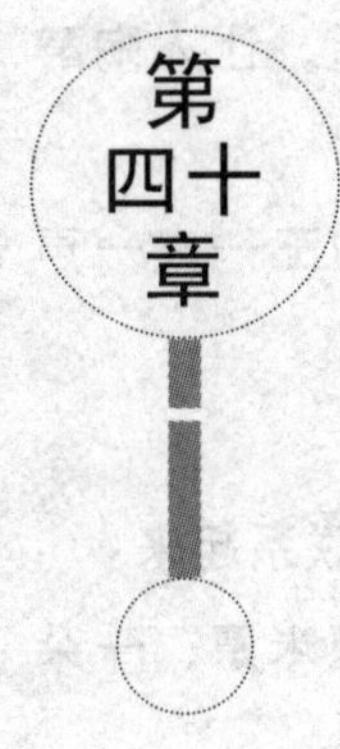

第四十章 百年食人花

库里三角洲的中午是闷热的，尤其在这久未下过雨的日子里，更是让人难过。空气中散发出的树叶腐烂臭气，夹杂着尸体的腥臭味，环绕在赵无极一行人的身旁，实在难闻。这两天的气压更加低沉，压得人呼吸都不顺畅起来，好在刺目的阳光被高达十几米的巨树遮挡，否则非被烤死不可。

赵无极努力透过遮天的树叶看了看天色，万里无云，一丝风都没有。大家汗流浃背，脸上满是汗渍油污，任凭再爱美的女孩也都没有了往日的娇气，一身的汗臭。

看看大家实在走不动了，赵无极命令大家就地休息，准备午饭。林语、杨露几人负责生火、收拾东西，成钢将周围的灌木砍掉，腾出活动空间来。袁国平寻找食物。赵无极则爬到一棵树上警戒，保护大家的安全。

丛林中时时传出各种不知名的鸟鸣兽啸，但放眼望去，除了一片片遮天蔽日的密林，什么也看不到。河道两岸巨树环抱，由于干旱水位下降得很快，河道越发显得稍窄。偶尔一两只金刚鹦鹉从头顶掠过，那五彩斑斓的羽毛在阳光下光彩夺目。

“咦！好漂亮的花哦。”也不知是谁喊了一句，大家都纷纷跑了过去。赵无极顺着声音看去，果然在河边一处当阳的开阔地带盛开着一朵娇艳的花。它的花瓣如春雪玉琢，茶盏般包裹着米黄色的花蕊，细长如茅草的叶子呈日轮般散开，乍看上去，就像娇小的公主将那如雪的脸蛋藏在厚厚的狐裘脖领之中。特别是它的花香，清爽沁人，类似兰花的味道，让人陶醉于自然的芬芳之中。

好动的蔡琼正要迈开脚向前，打算看个究竟，随后赶到的王一夫一声惊呼："别动，是食人花。"

啊——！人群立刻向后扩散开去。

可看着那朵娇艳的花朵，实在无法将它和"食人"的传闻联系起来。

赵无极目测一下，那朵花直径达一米半，花瓣约一个多厘米厚，一朵花有五个花瓣，叶片有三十多厘米长，正是食人花的特征。

这种花赵无极也是第一次见到，很好奇，想不明白它究竟是怎么吃人的，便问道："王老，你给大伙说说，它看上去很漂亮，怎么叫这么个名字啊?"

"食人花是一种神秘的植物，长着植物的样子却有着动物般的习性。它是要吞食过十条左右鲜活的生命才能开出一朵花来。"王一夫看着大家惊恐的眼神，继续说道："看到那长达一米多的尖爪似的花瓣没有，那是它的武器。但更厉害的是花朵后面隐藏的食人蛛，那才是让人致命的元凶，这是一种剧毒蜘蛛。大家千万别去碰。"

听完王一夫的讲述，众人眼中的食人花瞬间从娇美可爱变成了死神的代名词，纷纷摇着头转身继续收拾行头。

"咦? 白奇，把我的眼镜拿来。"王一夫忽然惊讶地说。

戴上眼镜，王一夫紧紧地盯着食人花，脸上满是不可思议的表情，好半天才喃喃地说道："是它，是它，没想到传说果然是真的!"

"王老，你看到了什么?"赵无极好奇地看着失态的王一夫问道。

"食人花果实。"王一夫指着食人花说，"看到没有，那朵花中红色的就是。没想到这种珍品真的存在。快，白奇，把它拍摄下来。"

看到白奇一脸兴奋地忙着拍照，赵无极也开始仔细寻找了起来。果然那里有一颗红得耀眼的果实，仿佛蕴藏着庞大的灵气，饱满润泽。多年在自然中修炼的经验告诉赵无极，那东西应该对练功有很大的帮助，如果那是真的，它的功效应该不亚于千年人参。

赵无极武痴的劲头一下子冲了上来。为了确定它是否是个练武至宝，赵无极赶紧追问："王老，那果实是怎么个珍贵法?"

王一夫还沉浸在这个重大发现的兴奋当中，亢奋地说："十朵食人花经过不断吞食鲜活生命积累下来的给养才能结出一个绿色的小小果实。吃了无数过路的虫蚁鸟兽甚至无辜的路人，同时吞噬掉另外九枚小果实，到百年的时候，食人花的这枚绿色果实才会从绿色到褐红色再熟成滴血的赤红色，那时就成了世间珍品，成为可以做成提高生命力的灵药。可惜那只是传说而已，根本没人见过赤红色的食人花果实。没想到今天有幸一见，死也值了。"

没想到这东西还有这么高的价值，大自然真是奇妙无穷啊！感叹之余，赵无极的心思全放到了如何得到食人花果上。他问："那依王老所见，这果实能吃吗？一百多年才长出来的好东西，已经熟透，不采可就浪费了。"

"这个……"王一夫看了看赵无极关切的眼神，不置可否，"这个还没有相关资料的记载。大家都唯恐避之不及，哪里还有想过食用它啊!"

赵无极听了想想也是。刚才王老也说是头一次见过这东西，当然对它的特性不是很清楚。凭借自己的经验，越是有巨大杀伤力的植物，它的果实营养价值也就越高。赵无极相信自己的判断力，决定试上一试。

王一夫和白奇拍完照片，记录好资料后，判断这附近一定还有不少值得考察的动植物，便招呼正在休息的田野带着蓝韵向密林处走去。

赵无极叮嘱成钢和袁国平跟随，照顾专家们的安全，然后把林语叫了过来。

林语站在赵无极身旁看着他不知道有何用意。赵无极用手指了指不远处的食人花说："看见食人花里那个红色的果实了吗？那可是一百多年的精华。你现在内力比较差，原本身体也不够好，我想把它采下来给你。"

林语听了说道："我吃？那个真有这么大的功效吗?"

"你相信我的话吗?"

"相信！你从没有骗过我!"

"好！那你等着。"说罢，小心地靠了过去，胳膊一晃，手上的开山刀随即向食人花飞了过去。高速旋转的刀影在虚空中幻化出不同的角度，眨眼间，一去一回，食人花果实已经稳稳地停留在刀背上，刀把被赵无极安全地拿到手上。

原来，赵无极用极快的手法使刀在旋转中，先是斩断了食人花果的根茎，然后在回旋的过程中利用巧妙的角度，将果实上轻轻磕在刀背上，与刀一起飞回来。

这一气呵成的动作，看得林语眼花缭乱。顺利采摘到果实后，赵无极高兴地递给了林语说："先收好，晚上练功前吃了它。"

"这样不好，还是你吃吧。它对你比较重要。"林语推辞起来。

"我功力比你深，这东西对我来说作用不大，倒是对你的帮助会更明显。"赵无极将果子轻轻放到林语手心上。

林语深情地看了赵无极一眼，不再言语。

傍晚安排妥当后，林语把食人花果拿出来，三两口就吞了下去，然后跑到帐篷边修炼消化起来。赵无极注意到林语的举动，也不言语，等和大家一起吃过饭后，悄悄来到帐篷盘膝而坐，一边准备修炼，一边感知林语的变化，好及时出手协助。

让赵无极高兴的是食人花果并没有什么副作用，林语的呼吸很顺畅，身体没有不适反应。而随着果实在体内的消融，全身的经络更加强劲起来。

第一个值夜的是袁国平，成钢没有睡意便找去聊天。

"老袁，你有没有发现林妹妹今天有些古怪。这次修炼的时间有些长。"

"你我都没有练过内家拳法，不懂里面的门道，就别瞎想了。"袁国平边扫描四周边回答说。"你误会了。我的意思是老板这么厉害，将来如果能讨教两招就好了。"成钢压低声音说。"有机会的话那是当然的。要是可以的话，拜师我都愿意，听说老板练的内家拳可都是真传!"袁国平一脸向往地说。

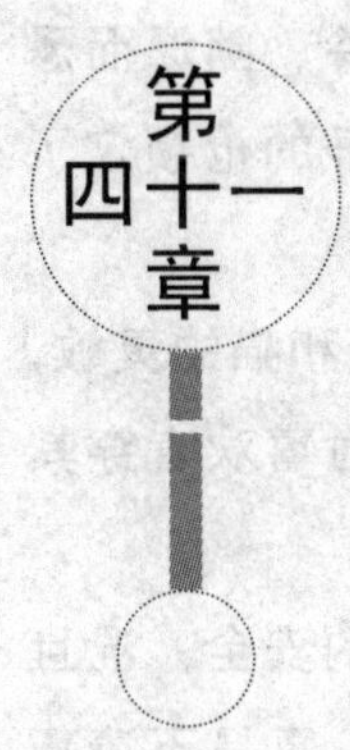

拳打美洲豹

一直处于修炼状态的赵无极并没有睡着，二人交谈的内容一字不漏全部入了耳朵。只是边听心里边苦笑，自己何德何能竟让两名优秀的特种兵这般看得起自己？如果成钢他们说的是真心话，只要他们说一声自己便愿意倾囊相授。

内家拳讲究功力、打法和意境，三者缺一不可，少之一项则境界不稳，实力会大打折扣。成钢、袁国平起点高，意境和打法当然不会差，差的不过是内功实力而已，一旦开了窍，实力肯定会突飞猛进。倒是自己的枪法和作战能力还要多跟他们切磋才是。

深夜十二点，月光如银粉一般洒在库里三角洲的丛林树冠上，努力透过密密的树叶洒落在地面，让人在丛林里的视线只能保持在五米之内，再往远看就是一团漆黑了，抛去危险不说，还真是别有一番趣味。

忽然，赵无极眼睛猛然睁开，一道精光闪动，没入夜色丛林中。他挺身而起，走向营帐外围。正在站岗的成钢在树上好奇地小声喊道："老板，怎么啦?"

"有猛兽靠近。"赵无极低声应道，全身功力运转起来，凝神戒备。

这时，前面的树林中冒出了几双晕黄的光亮，赵无极惊诧地观察着，猛然想到了一种动物，不由吃了一惊，赶紧提醒道："成钢，小心点，是美洲豹。”

“啊？美洲豹，在哪儿？”成钢疑惑地看着丛林深处，再定睛仔细寻找了一下。果然，几团暗黄色的光团忽隐忽现地正在靠近，冰冷、幽深而恐怖，仿佛黑夜的死神一般。他不由大惊，赶紧将保险已经打开的枪锁定了美洲豹所在的方位。

美洲豹身手十分了得，迅速、矫健。它同时具有虎的力量和猫的灵敏，特别是其凶猛的咬合力在猫科中可是最强的。它在捕杀猎物时喜欢直穿其头盖骨，一招毙命，防不胜防！

面对这种“全能型”猛兽，赵无极没有把握保证所有人的安全，况且看上去还不止一只，这次应该是母豹带着三只小豹出来觅食，真是不凑巧的很啊！

这下麻烦大啦！赵无极有些头疼起来，其他人都在睡觉，只有自己和成钢二人。正面进攻倒不怕，怕的是四面合围过来同时动手，就算自己能打，也不能一下子挡住四只美洲豹啊，万一漏掉一只，那就有人要遭殃了。在这种猛兽手下，赵无极看不到人类被逮住后任何生还的侥幸和运气。

不过，美洲豹并没有马上进攻，夜出觅食的它们非常狡诈，应该是在寻找战机。

一只美洲豹开始小心地从草丛里探出头来，接着是半个身子、整个身子，黑色如绸缎般光滑的皮毛，流线型的身躯，那张扬而充满傲气的神情，正冷漠地打量着赵无极——这个今晚属于自己的食物。

一只、两只……一共四只，它们形成一个半包围圈，朝帐篷围拢过来，都是纯黑色的皮毛，不计尾长，体型都超过了两米。

它们是丛林深处的主人，在这片土地上所向披靡，只要足够小心，没有什么可以威胁到它们。

此时，袁国平被成钢用联络器唤醒，端着枪走了出来。他一脸的紧张和决然，看得出对美洲豹，袁国平也没有十足的信心完胜。

其他人也穿好衣服走出帐篷，手中的手电筒照亮了四周。

四只美洲豹一脸嘲讽地看着从帐篷里钻出来的人，在它们眼里这些不过是注定要吃下去的食物。它们现在好像并没有打算马上吃掉这些猎物，而是围着他们缓缓转着圈子，身后的尾巴左右摆动着，一副要弄的样子。

大家背靠背组成个圈，几支黑森森的枪口，加上几把明晃晃的刀子对着外面。杨露和蔡琼一人一根高压电棍拿在手中，紧紧夹在圈子里，大气不敢出。

美洲豹似乎知道那些家伙的厉害，眼睛中反射出的点点金属光泽，让它们选择更大的耐心，以等待猎物们的破绽。

成钢低声骂道："该死，它们不是独行动物吗？怎么一下子来了四只？"

田野苦笑着说："把你在书上看到的那些扔到垃圾桶里去吧！在真正的自然界里，没有什么是不可能发生的。这分明是一个家庭的寻猎活动，现在这样正大光明地围上我们，看来打算吃定了。你们做好准备了，小心些，它们可是会从各种角度攻击的优秀猎手。"

现在，美洲豹似乎出奇的耐心，除了偶尔张动一下强悍的下颚，爆出结实的肌肉外，那双利刃般裸露的尖牙更是闪烁着唾液的光泽。想到被这双牙齿撕烂的情形，不禁让人胆战心惊。

毫无防备的情况下，一只美洲豹出击了！它猛然蹿了上来，快如满弓射出的箭矢，只见一道黑色飓风直扑白奇。白奇一扬手举刀恐吓，那头美洲豹在空中一折，又返回包围圈外，继续环绕。原来这次是假意出击，试探一下。这只美洲豹稳稳落地后，没回到自己原来的位置，而是走到另一只美洲豹身边，并排站好，它们的队形中间出现了一道很大的空隙。

田野低声道："大家稳住啊！它们只是在吓唬我们，让我们自己露出破绽，如果谁受不起惊吓，跑了出去，它们就会群起而攻之。"

袁国平不由叹道："没想到，野生动物的智商这么高，太精明了！"

王一夫说："这是它们在捕杀其他动物时练出来的战术，是战斗经验的积累，也算不上多精明。"

成钢眼露凶光说："竟然把我们当其他动物来宰割，真是不知死活，现在让你们知道我的厉害。"说罢摆了个射击的姿势。

"等等！"赵无极做了个暂停的手势。他觉得不到万不得已的时候，不要用枪来解决。自己身上的龙丹应该对这几只豹子产生了威慑作用，不然它们早就扑过来了，再不然就是它们现在还不太饿，总之，现在还不是开枪的时候。

赵无极有些投鼠忌器，正想拿出更好的方案，可这群丛林霸主不准备再给他思考的时间了。两头美洲豹同时朝成钢进攻了。成钢的枪还没打响，两道黑色的身影已经压了上来，速度快的惊人。人群开始骚动起来，队形有些散乱，成钢顾不得提醒大家不要惊慌逃窜，危急中冒着手臂不保的危险，对着豹口扣动了板机。

嘭——

清脆的枪声在丛林上空响起，惊起一群正在栖息的野鸟。

不料聪明的美洲豹只是虚晃一枪，在即将贴到成钢的同时停了下来，身形向下，擦着他的手臂跳开了。成钢那一枪并没有打中。上面刚躲过一劫，脚下又出事了，另一只美洲豹从下路进攻过来。事情突然，来不及多想，成钢赶忙一个翻跃，想从美洲豹的腰身上翻过去。

腾空的同时，他的余光瞥见赵无极赶了过来，闪电般抬起一脚踢向美洲豹。刚衔到成钢裤边的美洲豹一个吃疼，扯下一大块布，掉头就跑。成钢一阵冷汗，要不是赵无极及时出手，这要是被咬中了，这条腿就废了。

好快的速度，好精妙的配合，赵无极不由高看起这群美洲豹来了。果然不愧是丛林中的王者，食物链上的终结者，要打败它们就得拿出真格的来。这么一想，赵无极不得不抽出匕首来，专注地与面前蠢蠢欲动的美洲豹对峙起来。

嗖——

赵无极忽然身形一动，仿佛幽灵般飘到一只美洲豹跟前，一记飞腿过去，带着撕裂空气的气势，势大力沉地踢在其腰间，直直地使它升到半空中。

“动手！成钢、老袁扫射！”稳稳又落到地上的赵无极大喝一声，还没等美洲豹反应过来，身体又如一阵狂风般卷了过去，抬腿又是一脚，踢飞了另一只美洲豹。

成钢和袁国平听到动手的命令后，敏锐地抓住了战机，手上的 AK－47 直接搂火，对着天空中被踢飞的美洲豹就是一通扫射。

夜空中顿时下起了一阵血雨，两只美洲豹被打成了马蜂窝。众人紧张地看着电光石火间发生的这一切，脸上写满了惊愕。还没等大家醒悟过来，只觉得眼前一花，没有了赵无极的影子，再定睛一看，一幕更加不可思议的情景出现在大家眼前。

只见赵无极骑在一头美洲豹上，拳头雨点般落在它的头上。成钢和袁国平也扔下手中的枪，发力按倒准备逃走的另一只美洲豹。这些野生动物几乎就没跟人打过交道，哪里见过这个架势，立刻恐惧地不停缩躲和摇摆身体，企图将赵无极甩下来，将成钢、袁国平摆脱开。

赵无极他们哪里肯放过它们，只管拼命加强了手脚的力道，一通雨点般的拳头落下来，把两头豹子打得是晕头转向，趴在地上站不起来。

过了好半天，在大家张大嘴巴的注视下，确认豹子没了气息，危险解除后，赵无极他们这才长身而起，三人关切地望了对方一眼后，轻松地咧开了嘴。

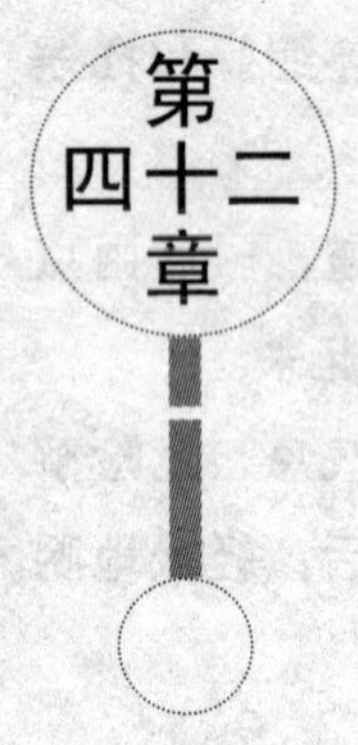

第四十二章 杀人蜂

天色已经放亮，看着地上的四头美洲豹，大家如梦方醒，实在无法相信，这些在野生动物园才见过的动物竟硬生生地躺在自己的脚下，不由一阵唏嘘。

两位科学家一刻也没停地带着助手对美洲豹进行拍照、采集标本的工作。

赵无极指挥其他人开始准备早餐，吃完尽快启程。美洲豹血液留下的血腥味很快就会引来其他凶猛的动物，到时候想脱身也难了。

见大家都分头行动了，赵无极给正在检查武器的成钢和袁国平使了个眼色，把他们带到离营地不远的树林中。

看着二人一脸摸不着头脑的表情，赵无极说："我有几句话想跟二位兄弟说，希望你们认真考虑后再给我答复。"

见赵无极表情严肃，成钢和袁国平知道肯定是重要的事情，马上坚定地点点头说："行，你说吧。"

"虽然我们接触时间不长，相互之间的了解还不够深，但现在我们都是国刃第一组的战士，又是出生入死执行任务的兄弟。你们觉得我是否可以信任?"赵无极开门见山地问。

二人交换了一下眼神，成钢毫不犹豫地说："那还用问?! 老板，你没说的，如果可以，这辈子咱们仨就是哥们了！”

“老板，只要你看的起，我这一百多斤就交给你了。”袁国平干脆利落地回答道。

男人一口唾沫一口钉，听到兄弟们对自己的肯定，赵无极无比激动，他伸出手和成钢、袁国平的手叠放在一起，使劲按了按，眼里满是惺惺相惜的共识。

“好！”赵无极深吸一口气后说：“既然兄弟们看得起我，那我就直说了。其实，昨晚你们的谈话我都听到了。本来想完成任务后再跟你们切磋一下武艺，但是看情形，我们每走一步都是危险重重，又有这么多重要人物需要我们保护。要完成任务，我们国刃的战士就不能有丝毫的闪失。两位兄弟的年龄都比我大，我应该是叫声哥哥的。哥哥们的本事自然不在话下，但既然瞧上了小弟我的三脚猫功夫，我就全盘奉上。可以后也望哥哥们在其他方面多帮帮我提高才是啊，这样我们的整体实力才会更强。哈哈！”

成钢和袁国平正求之不得。他们清楚，要论枪械、谋略三人可能不相上下，但论功夫那可就是一个天上一个地下了。

“老板言重了。你能看得上兄弟们的地方，我们也都会毫不保留。”成钢说完，袁国平附和地点点头。“可你刚才说的是真的吗？愿意教我们拳法？”

“嗯！”赵无极点点头。

“太好了！”成钢、袁国平兴奋地互击了一下手掌，然后一脸期待地看着赵无极。

“这样，等一会吃完饭我们就开始。先教你们一些形意拳的基础动作，你们看怎么样？”

“好，没问题！谢谢老板！”俩人异口同声地喊道。

这时，他们听到林语的招呼声，开饭了。林语的饭量变大了，估计跟练功有关，练功是最消耗能量的。

放下碗筷，赵无极、成钢和袁国平三人起身来到刚才的树林中，赵无极传授起形意拳的三体式来。

三体式是形意拳的最基本桩功，也是最关键的，凡是形意拳大师无不将三体式当成一生的修炼，每天都要站一站。练得好了不仅能出真功夫，还能将功养住。

成钢和袁国平二人身体素质好，加上在军中练过一些外家功夫，悟性不错，底子深厚，一旦点透，很快就上手了。

时间太紧，在当前的形势下，传授武艺只能见缝插针了。花了半个小时将三体式桩功传给二人后，赵无极嘱咐道："你们先把我刚才教的熟记于心。等稍晚的时候我再帮你们打通经脉，然后就可以练习站桩了。现在我们赶紧去帮忙。"说完三人跑回去帮助大家收拾行李。

太阳已经升得很高了，经过了昨晚的打斗，大家虽然有些疲惫，但是精神头十足，行进速度反而快了起来。

林语笑吟吟地走在赵无极的身边。赵无极见她可以跟得上自己的步伐，知道她的功力已经大有长进。

"谢谢你！"林语小声地在赵无极耳边说。

赵无极刚要接话，蔡琼快步贴上来说："你们这对小情侣大清早就卿卿我我，要注意影响啊！我们这几个还没人要的可嫉妒着呢！"

林语脸一红，不作声了，和赵无极对视着傻笑。

抬头看看天色，清晨刚刚过去，丛林中的空气沉闷的要命，恐怕真的要变天了。可以预见的是，这场暴风雨绝对会震天动地，看来得及早防范一下，不然损失可就惨重了。

赵无极找到田野和王一夫。二位老专家虽然不是气象学专家，但长年的野外考察也积累了很多这方面的经验。他们知道，这场暴雨是躲不过的，防范措施做的不好，大家的生命都会受到威胁。三人神色凝重，你一言我一语地商量着对策，最后一致同意袁国平提出的方案——往地势高的地方走。

赵无极快跑几步，哧溜一下爬上一棵大树，四处张望。放眼望去，除了茫茫一片墨绿色的原始丛林外，并没有看到任何突起的山峰，真是头疼啊！他爬下来冲着两位专家摇摇头。

顺着库里河上游行走，一路上除了少量罕见珍奇植物外，与改造人有关的猛兽足迹还是杳无音讯。

环境的艰苦让大家的体力消耗很快，还没到烈日当头，大家一个个就有些步履蹒跚了，汗水像自来水一样不住地往下流。赵无极决定先休息一下。

成钢、袁国平和赵无极三人围着营地巡逻。吃完饭，赵无极安排好后，便攀着树藤像猴子一般飞跃出去，探寻前方情况，很快消失在众人的视线范围内。

赵无极上窜下跳，丝毫不逊色于那些猿猴。现在走着的这片丛林里有很多诸如藤蔓的垂吊植物。看准方向，从一根藤荡至另一根，速度要快，这样才能掌握好节奏。当藤蔓植物减少或无法抓到时，他就直接走“高空通道”——从一颗树上直接跳跃出去，抓住最近一颗树的枝丫，以此类推。

“这才是丛林之王啊!”成钢感叹道。

“好厉害哦!”杨露一脸不可思议地看着远去的赵无极，自言自语。

“真是超乎想象！好像这里才是他的家!”田野看着远去的赵无极，小声对王一夫说。

“是啊，有了他，才让我对完成这次任务充满信心!”王一夫应道。

一壶茶的功夫，大家就看见赵无极手抓一根藤条嗖地飞了过来，稳稳落在大家跟前说：“不好，杀人蜂来了，很大一群。我们快撤!”

啊?!众人大吃一惊，略有些惊慌地看着赵无极。

杀人蜂是恐怖的“丛林飞行战斗群”，是空中最凶猛、彪悍、冷血的“杀手”，遇上它们的生物基本上就无生还希望了。这次恐怕真的是大祸临头了。

“先别慌!”王一夫大喝一声说：“杀人蜂的飞行速度惊人，我们现在再快也快不过它们。大家跟我来。”

众人一想也对，稳了稳神，一起跟着王一夫走去。

王一夫指着灌木丛中一种野草说：“快，就是这种草，燃烧后能散发出一种香味。这种味道对杀人蜂来说具有致命的杀伤力，我们可以借助它将杀人蜂驱走。”大家听闻，也顾不上其他了，赶紧手忙脚乱地薅起草来。

赵无极以前没见过活的杀人蜂，气候条件不同，自己生长的丛林没有这种生物。但在研究库里三角洲资料时，他看过它们的图片和文字介绍。因此这次勘察地形时，才能一眼就认出来。

大家不停地奔波在野草堆和灌木丛之间，等收集到半人高的时候，成钢点燃了草堆。

杀人蜂的前锋部队已经出现在营地上空了，这些凶猛的蜂“战士”长着黑黄相间的条纹，每个都足有五厘米长、小拇指粗细，尾部还带着一根一厘米多长的蜇刺。底气十足的刺耳嗡嗡声，保持整齐的“编队”，机动性超级灵活，无一不展示出它们的强大。

很快，营地上空便被密密麻麻的杀人蜂所占据，目力所及，全是当空乱舞的杀人精灵，它们在几十只蜂王的带领下，响应着号召，浩浩荡荡地汹涌扑来。

它们虽然被下面冒起的一阵阵烟雾冲散，但却一次又一次地快速聚拢过来，没有一点撤退的意思。形势判断有些偏差，这群蜂实在是太庞大了。这些干草烧得很快，烟雾又不够浓烈，不足以驱逐这么一大群野蜂。

“这蜂群怎么如此庞大？对烟雾一点忌惮也没有？”田野懂得杀人蜂的习性，疑惑地自言自语道。

“别管这些了，赶紧，大家再多弄点草过来，把烟加大再说。”王一夫着急地说。

大家赶紧又跑去拔了很多，加在燃烧着的草堆里，让烟雾更浓些。很快，丛林上空升起一团黑色的浓雾来，悠悠荡荡，在大气压的作用下，居然没有完全散开，仿佛一个黑色巨人在跟杀人蜂较量着、胶着着、对抗着。

天空的气压越来越低沉，越来越压抑了，弥散的势头已经变得不可遏止起来。

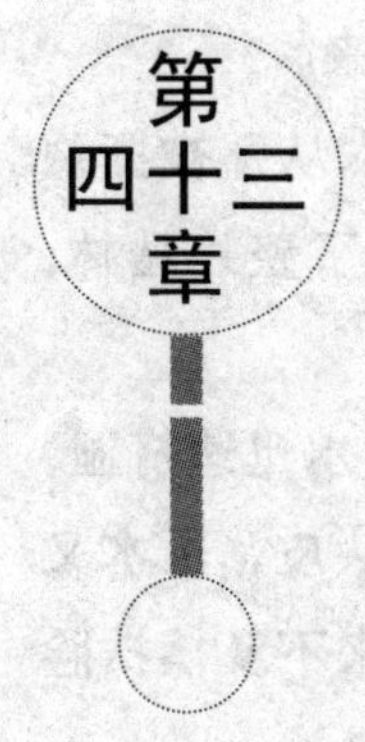

汹涌赤潮

丛林上空的杀人蜂振翅摇腹，开始显得极为不安起来。难道烟熏战略奏效了？不像，蜂群并没有原路返回的意思，它们的关注点明显不在这里。动物的触觉是最灵敏的，赵无极闻到了一丝危险，低头一看，大批蚂蚁集体出动了，暗道一声不好，赶紧爬上旁边的一棵大树。

变天了！赵无极抬头看着那墨汁般的云，仿佛黑色的海，疾速翻滚的墨浪铺头盖脸而来。他从来没见过这样黑压压的云，那么厚，那么密集，那么死寂！白夜，这是白夜啊！本该光亮的白昼，却比夜还深；阳光的普照，被阻断在厚重的积云之外，只留下无尽黑暗。

出现危机了！赵无极惊骇地看着天空，云层中时不时有一丝光亮，呈紫色、红色又或是蓝色，将一小片乌云映得绚丽多彩，没有闪电袭来，好似云母腹中孕育着新的生命，正到了分娩的关键时期，那股蠢蠢的冲动，就要破开天地，喷薄而出！

不顾十几米的高度，赵无极直接跳了下来。此时，下面的众人正在庆幸没有被杀人蜂围困得太久，突然被赵无极的大喊声打断：“快，穿好雨衣，收拾好东西，暴风雨要来了，必须马上离开这里。”

在赵无极的提示下，大家透过树冠的间隙看到上面已经变成了黑色的天空，急匆匆地收拾起来。

去哪里躲？赵无极脑海中思绪急转，目前没有高山可去，怎么办？先不管了，首先要远离河岸，其次跟着动物们逃走的方向跑，它们逃生的本能是最强的。赵无极、成钢和袁国平保护着大家，极速行进起来。

当第一滴水珠落地时，天空就像发起了冲锋的号角，雨水从那被撕裂的天幕倾盆而下。前后不过一分钟，无处不在的水已经占据了整片丛林，犹如万千瀑布一齐轰鸣。

尽管有着雨衣，在狂风的作用下，衣衫还是被钻进来的雨水迅速打湿，雨帽是根本戴不上的，裸露在大雨中的头发很快被淋得紧贴头皮，雨水又沿着发梢在面颊成股流下，很快连视线都模糊起来，赵无极来不及擦抹脸上的水痕，大声道："大家加快步伐，尽快找个能避雨的地方。"

那些参天的大树，此刻就像风中的蓑草，光淋淋地如同被扒走衣服的赌棍。那些大树上的阔叶，竟在迅猛有力的雨滴摧残下，被打得千疮百孔，如同一个个巴掌大的筛子。

暴雨打在身上生疼，一颗颗好似气枪子弹，在头上、肩上、手臂上、脚背上……不管是暴露在空气中，还是被衣服遮盖的地方，统统可以真切地感受到那股九天之上的冲击力。

水落在泥地上，一砸一个坑。吸饱了水分的泥土，瘫软得像新鲜的牛粪，踏上去又软又滑。这时的行走是最艰难的，脚陷进泥里几寸深，拔出来时又黏又紧，每走一步即要防止滑倒，又不能让鞋被扯掉。一行人走得踉踉跄跄，就像一个个醉汉。

这样下去真的不行。在前面带路的赵无极猛然看到前面的灌木丛，脸色凝重起来，高举手臂，示意停下来。他走过去认真查看了一番，又趴近闻了闻后，喊道："大家跟我走。"狂躁的暴雨声，像个减音器，任何声音到了它那里，都要变成哗啦啦的下雨声。

众人虽然听不清赵无极在说什么，也不明白要干什么，只是机械地紧跟在他身后——队长总是有法子的。

这时的天空，遍布的墨云突然变成了一头宽十几公里、长数十公里的史前巨兽，它缓缓地自西向东而行，成千上万的蓝色触手，一瞬间就从它的腹部刺出，鞭挞着它身下的一切事物。下一个瞬间，又突然全都消失了，就好像什么都没发生过，只留下焦土和烟味。

就在大家不明就里之际，那些紫色、蓝色的触手，又突然刺出，肆虐着这片土地，它愤怒地咆哮起来。那决不是地面上的任何生物所能发出的啸声，而是一种让所有生命战栗、让大地颤抖的啸声。

赵无极脸色大变，在大自然威力面前，人类什么都不是。“轰”的一声，一棵高达百米、约需八九个人才能合抱的参天巨树，在众人眼前笔直地倒下。这棵哪怕用电锯也需要大半天时间才能锯断的林中巨人，只被那触手轻轻一拂，便拦腰截断，如此弱不禁风。

当蓝紫色闪电拂过之后，紧接而来的就是震耳欲聋的咆哮声。如果你不立即掩住耳朵，可会头痛欲裂。空气中弥散着氮气的味道，赵无极突然想起什么，大叫起来：“快，趁雷暴还没到来之前，把刀扔掉！还有那些金属品统统扔掉！趴在地上千万别动，不要被蜘蛛闪电扫到了。”

众人赶紧把所有金属物品尽可能远地扔了出去，全身贴在地上一动不敢动。白奇的反应慢了点，刀刚离手，就看见一道闪光击中了那刀，形成一个闪着光亮的大球，朝前面的树林方向缓缓横移。

那颗直径有两米左右的光球，如同一颗明珠，将黑森林照得如同白昼。趴在地上的人都张大了嘴巴，任由雨水落入口中，看着这一奇特的自然现象如此近距离地出现在眼前。

“那……那是什么?”白奇呆呆地大声喊道。

“球状闪电！那是球状闪电！大家千万别动！”田野高声喊道。

众人都被吓坏了，哪里还敢动?球状闪电像漂浮在空中的巨大水母，蓝色的触手在它体内扭曲延伸。一棵大树挡在面前，球状闪电温柔地包裹上去，噼啪如同电线断裂的声音，一阵红色的光芒耀眼闪过，那棵大树没有逃掉被摧毁的命运，轰然倒地，燃起了熊熊烈火。它走过的地方，如被炙火烤过一般，地面干裂，草枯藤焦。

可怕的雷暴持续了近半个小时，才挪动起巨大的身躯，缓慢远离了众人所在的地方。大家见识了大自然的愤怒，那种狂暴的气息，远非地面上任何生物所能比拟。

一切就像被战火洗礼过的战场，高耸入云的树木被劈得东歪西倒，随处可见的火头又很快被磅礴的雨熄灭，只留下阵阵焦臭和青色的烟；有些地方，火势竟顶着雨水越长越大，像只巨兽般准备压制住来犯的敌人。

浓郁的氮气令人呼吸不畅，望眼都是破败萧条的景象。大家艰难地从泥水里爬起来，拾起地上幸免于难的家伙，愤怒地仰望着天。那一刻，他们已经被雨水打得有些头痛了。

终于，赵无极颓然低下了头，像只斗败了的公牛，无奈地叹道："走吧，这雨恐怕得下好几天，要赶快找个可以避雨的地方，否则没法挨下去了。"说着，朝前带路而去。

没有白天和黑夜之分，丛林里仿佛陷入了永久的黑暗，唯一的光亮是那呼啸着准备摧毁一切的雷电。雨依然下着，仿佛要洗尽这世间的罪恶般，在丛林里反复冲刷着，永不愿停息。地上除了和着雨水的泥汤外，什么都没有。行走在雨林中的众人如一具具行尸走肉，凭着本能跟在赵无极后面，任凭雨水淋在他们头顶，爬过他们的身体，已被浸透太久的手掌皱巴巴的如同史前人猿的前掌。

大半天时间过去了，雷声在耳畔好似夜里的毒蚊，挥之不去。大家能做的只是走，不停地走，而支撑大家的唯一动力，就是寻找一处可以避雨的地方。

毫无声息的黑色天幕仿佛被猛兽的利爪撕裂一道口子，白色、炫目的闪光，迅速填满那道伤口，跟着从伤痕处探出身子，仿佛一把炙烈的光剑划过大地，直照得整片丛林惨白。

轰——咔——

那炸雷的声音，震得人头顶一痛，脚下的大地也跟着颤抖起来。

"雷暴又要来了!"赵无极低喃着，"不对！是有什么东西正从西边经过。"

忽然察觉到不妙的赵无极手指西方。这不是自己脑袋里的声音，确实是听到的，好像千军万马，没错，那种声音绝不是雷鸣，也不是雨声，是什么呢？奔涌而来，对！就是奔涌而来的声音!

他迅速爬上一个大树，抬眼看去，只见地上一片红色的水奔涌过来。这水不复原有的清澈，所到之处吞噬着泥土，然后汇入河中。

河水顿时变成了赤红浑浊的一条翻滚着血液的河。河道面积迅速增加了不止十倍。几十米长的大树在河中央旋转着，飞快地被冲向下游，无数大大小小来不及逃走的动物在赤色的河水中沉浮。饶是赵无极胆子再大，也被吓得愣了一下，赶紧跳下树，将情况告诉了大家。王一夫站在他身后说：“大洪水！从库里山脉上下来，夹石带泥，冲毁一切，吞没一切，甚至可以令库里河改道。一旦泛滥开来，所到之处，村落被毁，农庄尽淹。我们在这丛林之中，根本无路可逃。”

田野嘴角抽动着，面色难看之极，接着说：“是赤潮，我早该想到的，大雨之后，肯定会有赤潮，可是……唉……”情况很清楚，就算想到又有什么用，哪里可以躲避这种大范围的天变？

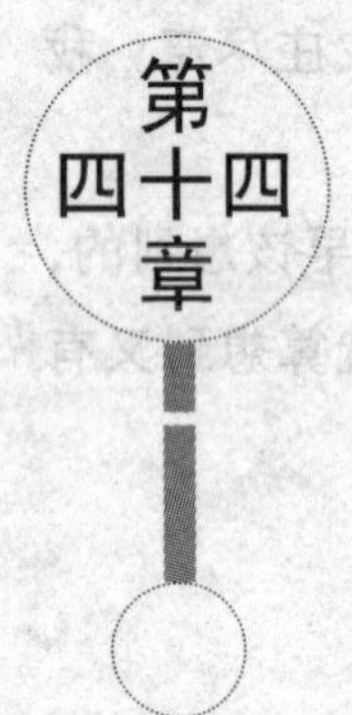

第四十四章 蛇洞避险

听完这番话，众人的脸色一下变得苍白，甚至是一片绝望。在大自然的威力下，一切力量都显得那么的渺小。

赵无极一下子冷静了下来。面对危险，只有无比的冷静才能生存下去，这是原始丛林教给赵无极的生存准则。

“什么是赤潮?”赵无极忍不住问。

田野一愣，解释道：“在热带丛林，有两种“潮”，一种叫白潮，一种叫赤潮。赤潮就是洪水，是最具破坏力的水文自然灾害。”

怎么办?大家有些担忧地看向赵无极，期待着他力挽狂澜，带大家找到一条生路。

赵无极猛然想起自己刚才在灌木丛中发现的蛇走过留下的痕迹。经验告诉他，那是一条巨大的眼镜蛇行走路径。而顺着“蛇路”就可以找到蛇洞。身形那么大的眼镜蛇，洞穴肯定小不了，正是大家需要的地方。真是天无绝人之路!

于是，抱着试试的心态，赵无极带着大家顺着蛇路奔袭过去。这种在常人眼中无疑是找死的办法，对现在的赵无极他们来说也许就是活路，至少要比什么等死强。

努力探寻着痕迹，加上赵无极超敏锐的感知力，很快，他们就在一处地势较高的山腰上发现了蛇洞——一个足以让人钻进去的洞！这里地势高，背对着奔袭过来的赤潮，无疑是最理想的避难场所。

“现在唯一的活路就是抢夺这个山洞。不瞒大家说，这里面有一条眼镜蛇，大的可能超乎我们的想象。”赵无极说。

前后都是死路，不如拼上一把，还有胜算的可能。大家一齐看着赵无极，点点头。

“把纽扣炸药给我。”赵无极对成钢喊道。

“还是我来吧。”成钢抢先一步冲到蛇洞口，抢着说道。

“别跟我争，我不行了你们再上。无论如何也要保护好大家，安全离开这里！”赵无极一把拉下成钢，用毋庸置疑的口吻命令道。

他拉动枪栓，发现此时的枪已经在暴雨下无法使用了。好在纽扣炸药放在密封的盒子里，并没有进水。赵无极拿了足够量的炸药，嘴里叼上一把匕首，快速弯腰钻进了洞穴。

王一夫情绪有些失控地咬着牙，握紧拳头，替赵无极捏了一把汗。

林语一脸焦虑，双手合十，默默地在心里面祈祷着。

时间一分一秒地过去了，赵无极还没有消息，眼看咆哮着的洪水奔涌而至，突然山洞里响起了一连串沉闷的爆炸声。随着脚下微微的颤抖，赵无极带着满身的血水出现在了洞口。

“这个山洞很好，里面空间很大，很干燥，也很坚固。大家赶快进去吧。”赵无极边搀扶着王一夫到洞口，边用眼睛扫了一眼了即将冲上来的赤潮。

千钧一发的时刻，众人来不及多说，依次进了洞穴，最后进去的赵无极用炸药将洞口炸塌下来，并将碎石填在洞口处，以抵挡洪水的侵袭。

众人举着手电筒，弯腰一直走了十来米，石洞豁然开阔起来，完全能够直立行走了。又过了十来米，看到前面横着一条巨大的蛇，它的头已经被炸得稀巴烂。

“炸药是直接在蛇口里面爆炸的，这招厉害！”成钢对身后的袁国平说。

“的确高明。否则将这里炸塌了，我们也别想活命。”袁国平回应道。

走到洞穴顶头后，大家停下来。蛇洞里面空气不流通，腥臭味很大。赵无极走到队伍中间，示意大家都蹲下，然后说：“各位，我们恐怕要在这里待上一段时间了，等赤潮过了再想办法出去。没有可燃物，不能生火，大家要忍耐一下。”

蛇洞上面传来轰隆隆的水流声，强大的赤潮已经漫过这里，带着吞噬一切的气势，嚣张地朝前开去。大家都明白这个道理，一时间静默下来。从赤潮下逃到这里，虽然暂时保住了性命，但谁知道下一刻会怎样?

“不管怎样，与其被洪水淹死，我宁愿安静地在这里等待。”成钢无所谓地说，“何况，我们不是没有机会。”

“是啊，别忘了我们还有超强的氧气瓶，可以维持一百零八个小时，也就是四天多。我就不信了，这赤潮能坚持四天不退?”袁国平乐观地说。

“你说的没错。”田野接过话说，“可眼下的问题是，这里空气不流通，意味着我们呼出的二氧化碳无法散开，高浓度的二氧化碳毕竟不是件好事。不过有一点你们可以放心，赤潮应该不长时间就会过去。”

赵无极看了一眼那条被自己炸死的眼镜蛇，忽然想到了什么，抄起一把军匕走了过去，三两下掏出一颗蛇胆出来，递给了袁国平说：“你是狙击手，把它吃了，对你有好处。”

袁国平当然知道那是好东西，一条水桶般粗大的眼镜蛇很是罕见的，这蛇胆的功效就更不用说了，感激地一口吞了下去。接着赵无极又在眼镜蛇头部寻找着什么。

田野到底是专家，很敬业地跑去采集标本，助手蓝韵虽然很想过来帮忙，但总归不敢。

王一夫也好奇地过来问：“小赵啊，我很好奇你是怎么找到这里的?又是如何知道这里是一条眼镜蛇的?那么大一条眼镜蛇居然被你轻松搞定，若不是亲眼所见，说出去恐怕都没人信，哈哈。”

“我就是凭经验，就像您知道什么植物在哪里生长一般。”赵无极一边翻着破碎的眼镜蛇头盖骨一边说，“至于斗败这条眼镜蛇，说穿了很简单。一来，这场大雨掩盖了我们的气息，眼镜蛇没能及时发现我们；二来，这里地方狭窄，不利于眼镜蛇的发挥；三来，有心胜无心，加上手上又有炸药，说起来还是我占了天大的优势。”

在一块没有完全碎裂的头盖骨夹缝处，赵无极掏出一颗鸽蛋般大小的乳白色珠子，上面散发着淡黄色光晕。

田野惊讶地喊："哇，这是——天呀，这是龙丹，传说中的龙丹，没想到这个传说是真的，真的有龙丹，快，快拍摄下来。"

看到这个发光的珠宝般的东西，蓝韵兴趣大增，胆子也壮了起来，从包里掏出 DV 拍摄起来。赵无极满手是血地将东西递给成钢说道："没想到它身上也有这个东西。快，马上吞了，不要咬，快。"

看到血淋淋的大手上那颗洁白的龙丹，成钢有些犹豫。但想到赵无极不会害自己，这么做肯定有他的道理，旋即毫不犹豫地抓起一口吞了下去。龙丹咕咚一下滑入食道，成钢就感觉一股庞大到无与匹敌的热量弥漫开去，心中大惊，觉得真是不同凡响。

大家浑身都湿透了，再不把湿衣服换下来恐怕就得生病。但这里空间有限，很是不便，女孩们商量了一个办法，让男士们集体背对她们，然后她们几个人站成一道人墙，轮流在里面换衣服。

这时，一直留意洞口的成钢忽然惊呼："不好，有水渗进来了。"

赵无极听见声音快速跑了过去。果然，河水正慢慢地从洞口上面渗透进来，显然赤潮还没有结束。赵无极脸色沉重，虽然蛇洞很深，自己完全可以继续炸塌一些，将洞口埋得更深。但问题是这会给大家将来出去带来很大的不便，土石多了，再出去时清理的难度会加大。

赵无极蹲下身细致地检查了一遍洞口四周，很快通过敲击发现，洞口右下角的位置有咚咚的回响，下面应该是空的。

于是，赵无极让已经换好衣服的成钢拿着纽扣炸药过来。当初他跟斌子没少学东西，定向爆破现在已不在话下。这样轮番炸了几次，硬生生地把地面炸出一个洞来。

赵无极贴近一看，下面居然有一小股暗河，河水不是很深，平稳地流淌着，没有上涌的趋势。这下可好了，渗透进来的水会直接通过洞口流到暗河里面去。

第四十五章

史前动物

渗水问题顺利解决了，加上从暗河内不时冒出来的冷空气，使蛇洞里的空气有了些许对流，大家的处境变得相对安全起来。杨露从包里掏出一些巧克力，大家分着吃了，感觉身体暖和了许多。

王一夫正在摆弄电脑，它小巧玲珑，不论是外表还是键盘结构，看上去都和一般的电脑不一样。赵无极问："王老，你这台电脑好奇怪，刚才被那么大的雨淋都没事啊?"

王一夫看到赵无极好奇的眼神，便说道："这是国家专门为野外考察的科学家研制的，防水、防火、防雷、防震、防辐射，太阳能充电，一个星期的待机时间，配有顶级黑客都无法破译的防火墙。"

"这么厉害?"赵无极惊讶地说道。

"哇?"其他几个人也都好奇地凑了过来。

"看把你得意的。"田野笑道，"生怕别人不知道这电脑是你老婆研发出来的一样。"

田野的一句话让王一夫哈哈大笑起来，满脸的幸福状。

"好像是陶瓷做的外壳?"袁国平凑过来问。

"是啊，借用制陶技术，将机身做成陶瓷的，就可以防雷、防火、防水了。当然，不能超过陶瓷熔点温度。"王一夫说。

趁这个功夫，赵无极把成钢和袁国平的经络打通了，然后指导他们练习内家拳。由于消耗了太多的体力，赵无极在不知不觉中打起盹来。其他人有一搭没一搭地聊着，时间在不知不觉中溜走。

蛇洞外，赤潮还在继续，哗哗的流水声扰醒了赵无极。怎么这么久还没有退去的迹象？他一骨碌爬起来，走到还在整理资料的两位老专家身边坐下，将心中的疑惑说了出来。田野和王一夫也觉得很奇怪，认为情况很复杂，最可能的是暴雨期间，山洪爆发，同时引发了海啸，把海水引进了河道。总之，要做好打持久战的心理准备了。

“咿，怪了，这不是眼镜蛇！”田野惊呼着，看着和王一夫一模一样的电脑，屏幕上显示的是眼镜蛇的图像，非常清晰。他将电脑推给赵无极，继续说：“从外形对比来看，这条蛇有一些地方和眼镜蛇不符，特别是皮肤的纹路，而且我的资料库里面也找不到这种蛇的图样。”说道这里，停顿下来，一脸的沉思状。

赵无极认真地看了一眼电脑图样，再跑去看了看那条蛇，确实是有些不同啊，不仔细观察的话很难发现。

“哈哈哈，我明白了。”田野忽然惊喜地喊了出来，吓了大家一跳，“果然如此，果真如此啊。”“一惊一乍的，想到什么了？”王一夫不满地说，大家也都一脸期待，很想知道事情的状况。“大家都知道改造人这件事。”田野整理了一下头绪，激动地说：“据说改造人的基因是根据一种神秘野兽的基因改造而成的。但是根据对拿回来的标本进行检验发现，这种野兽根本不是人们熟知的，而是一种未知的动物。”

“说重点。”王一夫催促道。

“也就是说，这种动物应该是史前动物！”田野得意地笑了，仿佛一下子解开了心中的疑惑般，心情舒畅得很。

“什么意思？”这次轮到赵无极追问起来。

“库里三角洲已知的物种近万，但在动物学界一直有一种说法，那就是这里还存活着史前生物，这既包括动物也包括植物。就说你刚才找到的那颗龙丹吧，应该只有史前存活下来的动物才有，一般的蛇再大也不会存在。当然，这也是动物学界的一个推论。因此说，眼前这条蛇可以说是史前动物，改造人模拟的基因标本也来自史前猛兽，这样就能够解释为什么改造人这么强大了。你说呢，老王?”

“嗯，你这样分析有道理。从史前存活到现在的，一定是有着超强基因的动物。怪不得这条蛇与众不同，资料库里也没有可以比对的资料，原来是一条史前爬行类。这也难怪波托集团如此阻挠各国前来库里地区了，这种可遇不可求的珍稀物种，掌握在自己手中才是最安全的啊!”王一夫恍然大悟地说。

大家一听是史前动物，都好奇起来，问东问西，田野也乐此不疲地解释：“准确地来说，是亚史前动物。这些动物经过上万年的进化，其基因已经发生了突变，更具可塑性和融合性，人类也就更容易破解和模仿了。当然了，这些都是我的猜测，还需要科学论证才行。”

“那改造人的存活率有多高? 培育成功后能力有多强呢? 你们有没有详细的资料?”赵无极想了想，将他最关心的疑虑说了出来。

“放心吧，这种改造过的人存活率应该很低，大概万分之一吧，主要取决于这些人的身体素质。据说这些改造人都是从受伤将死的特种兵中培育出来的，因此一旦成活，其战斗力和破坏力都会非常强。”田野耐心地说。

“难怪波托集团和瓦乌集团能横行世界这么多年，原来除了高科技尖端武器外，改造人也功不可没呢!”成钢若有所思地说。

“是啊，估计所有和改造人战斗过的人基本都被杀死了，因此大家对改造人的情况都知之甚少。要不是老板上次打伤一个，说不定至今很多情况还是未解的迷。”袁国平也说道。

咕咕——

也不知道谁的肚子叫了几下，大家会意地笑了起来，知道肚子开始罢工了，再不解决恐怕身体要出问题。

大家稀里哗啦地开始往外掏东西，发现零零散散地也就是一些小糖果，大部分干粮都在上次清减装备时丢掉了，一路来吃吃喝喝剩下的很少。现在的肉类只有那条躺着的蛇了。

问题是原始森林当中寄生虫、细菌特别多，生的东西是不能吃的，否则会染上疾病，得不偿失。不能多想了，先活命要紧。大家七手八脚地把零食分着吃了个干干净净。

外面溢进来的水仍旧汩汩地流淌着，这样下去不是办法啊，谁知道这鬼天气什么时候会好转？左思右想了一会儿，赵无极站起来拍拍双手，走到暗河边，一个利落地探身，滑了进去。爬行了十几秒钟，他很快发现这条暗河竟和地上河有一个连接层，从这里往上可以到达地面。赵无极当机立断。决定到上面试试运气。他折返回去，对大家说："各位，我发现暗河可以直通到地上。你们在这里等一下，我出去想办法，有吃的带回吃的，没有吃的就找一些取暖的燃料，最多一天时间就回来。"

王一夫抬起手腕看了一眼表说："现在是零晨三点四十分，外面一团漆黑，什么也看不见，你出去也没有办法，我建议还是再等两个小时看看，说不定那时赤潮就退了。"

大家也觉得再等等比较保险，反正也不着急这一会儿，都坐着原地休息，不会耗费身体多少能量，扛一扛就过去了。

赵无极可不这么想，大家所处的位置在赤潮的覆盖范围内，外边有河水，下面有暗流，虽然地势高，但暴风雨不知道要下到什么时候。雨量过大，暗河河道的水位肯定会上升，到时候里外夹击，再出去不但困难，也很危险，可能连找食物的机会都没有了。况且自己吞食过"龙丹"，夜视能力自然没的说，现在出去不存在大家说的问题。

他用眼睛扫视了一圈，决定说服大家："大家不要担心，现在是非常时期，暴雨如果一直这么下着，水位不断上涨，就会错过出去找食物的最好时机。我们赌上一把还是值得的。"

田野见赵无极态度很坚决，便说："既然小赵决定为大家拼上一把，我除了感激也就没什么要说的了。只是你出去后要千万小心河水里的一种生物——食人鱼。相信你也知道这种鱼的厉害，它们的行动方式是成群结队地进行觅食，所以一旦遇上，就是在跟成百上千的'杀人小恶魔'进行对抗，危险可想而知。"

赵无极嗯了一声，感激地点点头，面色坚定地对大家说："虽然会有很多未知的危险，但我们绝不可在这里坐以待毙，大家等我的好消息吧！"说完给了成钢、袁国平一个手势，让他们借一步说话。

"我想去寻一下快艇，现在我们的可燃物都湿掉了，必须弄一些汽油回来生火，否则大家生存是个问题。因此这一去时间会很长，你们要做好警戒工作，不可麻痹大意，尤其要保护好两位老专家的安全。兄弟们，这里就拜托你们啦！”

成钢扶住赵无极的肩膀说：“老板，你放心去吧，我们会见机行事的！”

袁国平也冲他点了点头，“只要我们在，保障大家会平安无事，这是我们的职责。你就放心吧！记得早去早回！”

赵无极穿上蝙蝠衫，绑好军匕和一瓶固体氧气瓶，头也不回地跳下了暗河。

不知不觉中，时间已经到了第二天清晨，大家在蛇洞里小歇了一会儿，陆续醒来，开始三三两两地小声聊起天来。蛇洞上面还有水声在轰鸣，赤潮还没有退，这种日子什么时候能到头？大家心里有些慌慌的，谁也拿不准事情的发展会如何，赵无极去了这么久到底怎么样了？千万不要出什么意外才好！

洞中修炼

暗河有七八米宽、五六米深，虽清澈可视，但却冰冷刺骨，流速很快。赵无极将功力运至极限，热量升腾上来才感觉好受一些，接着手脚并用，飞快地朝前游去，仿佛迅猛的鲨鱼般，瞬间已在十米开外。

暗河内没有什么生物，赵无极上次已经考察过了，但他不敢大意，保持着匀速。不长时间，他来到了暗河和地上河的连接口处，两股温度明显不同的冷暖水流在这里交汇。

通过这个十平方左右的洞口就要到地上河了，赵无极抬头看了看前方浑浊的河水，猛地发力划了上去。这段距离也没有出现食人鱼的身影，赵无极暗自松了口气，现在要抓紧时间游到地上河中。这里的水冲力明显大了许多，身体会不由自主地随着暗涌在水里波动，赵无极脚上暗加了一把劲，身体嗖地一下窜出了水面。

外面的世界仍旧一片暴雨连天，河水不断地咆哮着扩展开去，灰暗的天空压抑沉重，要不是稍远一点的地方从黑云中迸射出无数蜘蛛闪电，给周围带来一丝亮光，视野中真是黑蒙蒙的一片。

赵无极确认了一下方向，左脚蹬了一下右脚，身体借力，一个弹跳飞射出水面，一下子跨越了近十米的距离后，身体再次快要落水时，赶忙运功提气，使出形意拳中的“香象渡河”式，身体重心上移，脚下飞快地踩水踏浪而行。

内家武术练到一定程度，身体可以依势踩水而行，功力越深，脚没入水面越浅。可见当年达摩祖师“一苇渡江”并不是什么神话传说。

当然，踩水而行除了功力之外，还有一个重要的条件，那就是速度要非常之快，这道理如同动物界的水蛙。这类蛙之所以能在水面行进，靠的就是速度。

赵无极仿佛一缕轻烟，瞬间消失在河面上，双脚踩上陆地后，接着一用力，身体轻松地窜上了一棵十几米高的古木。

自小习惯一个人在丛林里行走的赵无极现在可是如鱼得水，大致看了一下方位后，张开双手，蝙蝠衫伸展，脚上吃力，身体一下子朝前滑翔起来，同时双脚不时点一下路过的树枝借力，以把滑翔的速度和力量控制好。他整个人就像一只大鸟般，在森林里自由穿梭飞翔，痛快又舒畅。

逐渐地，蝙蝠衫的高性能加上练武之身，使得赵无极一次滑翔的距离越来越远，二三天的路程，赵无极用了三四个小时就走完了。很快，他来到上次和巨蟒搏斗的水潭边，这里现在到处都是波涛汹涌的河水，根本不见快艇的踪影。

赵无极顺着河流方向寻去，过了二三里，在一处横倒着两棵巨大古木的河道旁，看见了已经翻了底的快艇。它被河水冲刷到这里，正好卡在两树之间，随着水浪颠簸摇摆。赵无极跳到古树上，用力将快艇翻过来，上面的备用油箱还在，被铁链捆绑着，完好无损。赵无极大喜，用力扯开铁链，将油箱拎了起来，估计了一下，大概有十公升左右。

有了汽油就解决了燃料问题，赵无极高兴地抹了一把脸上的雨水，赶紧往回赶。这次手上多了一个油箱，依照原来的方式，不但控制不了平衡，还影响了速度。

灵机一动，赵无极将油箱用树藤捆绑在自己后背，手脚完全腾了出来，速度也一下子提了起来。等赵无极终于顺着原来的路线回到蛇洞进口时，已经是傍晚时分了。

雨已经小了，赤潮消退了很多，河道的水位在慢慢回落。洞口处的碎石被洪水带走了许多，露出一个凹坑来，要不是洞口背向赤潮，恐怕非被冲个干干净净不可。赵无极找来一根手臂粗细的树枝，当成工具将洞口掏通。

袁国平、成钢闻声赶来解开赵无极身上的油箱，利用洞内的枯草把火点燃。火就是希望，尤其在这连续的雷雨天里，更是大家生存下去的信心。

一个小时后，一大锅蛇肉熟了，大家吃着、说笑着，心情变得好起来。林语笑盈盈地坐在赵无极的身边，靠在他肩膀上。这晚，大家围着火堆可以睡个踏实觉了。

第二天清晨，赵无极起来替换袁国平进行戒备。他慢慢走到洞口，手扶在岩壁上，默默看着依旧淅淅沥沥下个不停的雨。照这个情形，下午是不是就可以出发了？回忆起这些天行进中的点点滴滴、遇到的种种困难、自己的所作所为，赵无极渐渐陷入了沉思。

突然一双温柔的臂膀揽住了他的腰，赵无极没有回头，他知道林语来了。

“在想什么呢？担心这雨势吗？”林语柔声问。

“嗯，很让人担心啊。如果雨可以停，我们就能继续赶路，快点完成任务；如果还是继续下，唉——”赵无极叹了口气，眉头紧锁。

“顺其自然吧！这种事情是谁都无法预料的，好事多磨嘛！会好起来的。”林语安慰他说。赵无极转过身，双手按在林语的肩上，看着她明亮的眼睛，微笑着点点头。

大家陆续醒来了，赵无极带着林语回到洞内，和大家一起忙活起来。大家的体力有些恢复了，精神明显好了很多。

临近中午，外面除了偶尔从天边传来隆隆闷雷声外，雨倒是小了不少。赵无极冲林语招招手，把她叫到了洞外。两人面对面，定气凝神，互相对视着，谁都没有说话。许久，赵无极说：“林语，这几天你感觉自己的武功进展如何？”

“长进了不少啊！除了每天一有空便练习你交给我的心法外，在借助了食人花果实后，感觉体内的气息更足了。这都多亏了你！”林语回答说。

“林语，你是除了爷爷之外，我最重要的人。即便如此，身为队长的我也不该做一些错事。以前我只知道要让你的武功快一点长进，而忽略了周围人的感受和你自身的能力，不分时间和地点。像上一次为了帮你体会蛇形拳而抛下大家不顾就是我的失职之处，好在大家安然无恙，否则真成了国家的罪人。虽然这些天的困难对我来说不算什么危险，但是对你们这些从没有到过丛林的人却不同，每一天都是生死考验。”赵无极望着林语迫切的眼神，顿了顿继续说：“以后，至少在完成任务之前，我是不会再特别关照你了，可能更多的是要保障这个团队每个人的生命安全，所以今天我再最后一次点拨你。你要记牢，你现在的武功除了自保外，更重要的是可以帮助到别人。好了，现在把你的全部能耐亮出来!”说完摆出了防守的姿势。

林语听明白了赵无极的意思，是啊，自己真是太自私了，怎么可以把这次行动当成报私仇、修炼自己武功的机会？当初自己执拗跟来就已经给无极带来了困扰，由于迫不得已，上级才同意自己加入的，现在怎么还要拉无极后腿呢？真是太不懂事了！林语的眼神变得坚定起来，是该自己替无极分担困难的时候了。好吧，就这一次好了！想着，林语摆出了进攻的姿势。

“看招!”赵无极一个先发制人，一招平实简单的直冲拳攻了过去，毫无花俏但威力极大。武术界有句谚语：练武不练功，到老一场空；练功不练武，打架气鼓鼓。武是打法，功是内劲。如果只练打法，不练内劲，成就只能算一般，难以大成。而练功不练武的人，也就是说空有一身浑厚的内劲，但不懂得打法，就像守着巨大宝库的乞丐不懂得花一般，和人对打时，只会被动挨打，气得鼓鼓也毫无办法。林语现在具备了强大的内劲，也懂得了一些打法，这一次，赵无极就是要帮她多掌握一些临战经验。

一看到赵无极攻击过来，林语瞬间明白了赵无极的意思，但也想不出什么精妙招法应对，只想先简单地格挡一下，再顺势攻击。

赵无极知道林语没有什么精妙打法，也不变换招式，紧接着又是一拳直拳。他打定主意要用这样方式，逼迫林语自己不断变招、换招。

两人就这样一来一往，动作不快，但势大力沉，一个是为了把对方体内多余的能量激发出来，另一个则在挖空心思想出制敌之术。以硬碰硬，三四米外居然能听到沉闷的肉体接触碰撞的声响。

砰——!

两人拳头对拳头，发出了一声巨响，身体都飞速后退起来。林语更是一连撞了两棵大树。

赵无极甩了甩拳头，望着十米开外飞速奔过来的林语，摆出了迎战的姿势。

这次林语没有选择以往的打法，使出的是形意拳中的渡象式轻功步伐，手为虎形拳。渡象式讲究的是快而迅猛，奔跑的时候所向披靡，加上虎形的犀利攻击招式，威力极大。看来林语有些开窍了。

赵无极沉着冷静，脚步一滑，身体一下子软了起来，双手成爪，贴地而行，带着呼啸的破空声，锁定了林语的中下路，用的正是形意拳中的绝杀“龙蛇双形”。蛇形以柔克刚，避开了渡象式的锋芒，手上龙形对虎形，看似以硬碰硬，但龙形讲究刚中带柔，和虎形的霸道刚猛不同。

好个林语，没白听赵无极讲解的拳理、拳意和打法技巧，察觉到他的招式后，身体猛然跃起，尖锐高亢一声，身体仿佛九天归来的大雕，双手幻化，直取赵无极脊梁，用的正是形意拳中的“鹰形”。这一招换个武艺高强之人抓实了，非捏碎赵无极的脊梁骨不可。

赵无极见势哪敢大意，身体猛然挺立，大喝一声，整个人运足气力，肌肉隆起，右手臂和手掌顿时变得红润，仿佛一只巨大的熊掌顺势朝林语拍了过去，用的正是自悟的绝杀技巧“熊拍”。

林语见赵无极使出了绝技，微微一笑，在空中诡异地扭转一圈后，倒退几步，站定后背过双手，望着赵无极，脑海中回忆起刚才的对攻招式来。

为什么刚才自己感觉到了一股无法撼动的气势？为什么刚才感觉到呼吸不畅？难道是——想到这里，林语猛然醒悟过来，“是拳意!”

武功练到一定境界后，拳意非常关键。比如说，赵无极的拳意是“自然”二字。也就是说任何一个跟赵无极对打的人都有一种错觉，仿佛是在和威力强大的自然界抗争，时而狂暴，时而厚实，时而温煦……但无论种种，都是不可撼动的。

选择修炼什么样的拳意非常重要。道家的太极以“天地万物”为拳意，儒家以“家国天下”为拳意，佛家以“普度众生”为拳意，不同的拳意决定了将来的武道方向。

虽然明白了这个道理，但林语依然迷茫，迷茫于自己的拳意仍旧需要慢慢领悟。想到无极还在跟前，林语幸福地跑了过去，紧紧地抱住了他，任由黑色吞噬二人的身影……感受着彼此的心跳、彼此的体温、彼此毫不保留的爱恋，他们沉醉了。

两人偎依着回到蛇洞内，看到除了值班的袁国平外，大家都在忙着，便相视一眼，默契地在火堆边坐下，小声聊起刚才过招的细节，添好柴火将衣服烘烤干。

第四十七章 智斗鳄鱼母

下午时，雨又开始下大了，夹杂着电闪雷鸣，把大家的心搅得郁闷之极，看来行程又要往后推了。

这场雷暴雨足足又下了两天，直到躲进蛇洞的第四天才慢慢停了下来。大家走出洞穴，沐浴着雨后明媚的阳光，吹着清爽的风，一下子精神了很多。

天一放晴，气温马上上来了，温度的反差让丛林的空气中弥漫着土腥味，加上腐烂的动物尸臭味和枯枝腐叶的气味，非常难闻。

河水还没有恢复到往日的水位，茂密的丛林已经在风的抚摸下泛起绿浪，站在坡上远眺，真是心旷神怡。

“快看，河上面是什么?”不知道谁喊了一句，大家都顺着声音望过去。只见水面上一片蠕动着的火红色生物正在朝对岸移动，不时地被冲开一小片漂离远去。

“是食人蚁。”田野喊道，“它们在抱团渡河。快，蓝韵，快拍摄下来。”

渡河的食人蚁虽然速度较慢，但在付出了损失外围大片兵蚁的代价下，总算安全抵达了对岸。着陆后的蚁群又显现出了霸道本色，所过之处可谓是寸草不生，甚至连地皮都恨不得啃掉一层。鸟儿惊恐地鸣叫高飞，蛛猴与美洲豹同时落荒而逃，负鼠与虎猫争着奔跑。不一会儿，蚁群消失在丛林当中。

虽然雨过天晴，但日渐黄昏，加上满地稀泥，非常不好走。而各种腐气、臭气、毒气也增加了前行的难度，赵无极跟大家商定决定明天一早再出发。

天很快又亮了，东方泛起的红润，预示着太阳要升起来了。经过一个晚上的沉淀，丛林中的气息变得清爽了，大家收拾好行囊，陆续走出了蛇洞。

成钢在前面开路，大家排着散兵队形朝前走去。一路上，不少动物的尸体和奇花异草的残枝映入眼睑，应该是被赤潮淹死、冲断后，从上游冲下来的。这样一来可忙坏了专家们，他们不时有新的发现，不停地采集标本、记录数据。

也许是受到了赤潮的恐吓，一路上大家没有碰到什么大型猛兽，偶尔听到一些生活在树上的小动物的欢快叫声，倒是给这片丛林增添了几分生机。

这里的河道宽敞起来，大家沿着河边急速行走，突然路边一片“腐叶”跳起来，对准成钢的小腿狠狠咬了下去。

“什么东西!”成钢大惊，踢腿就要甩掉那家伙。可腿上面的那片“腐叶”却纹丝不动，随着腿运动的方向上下摆动。赵无极凑近才看清楚，原来是一只满身长着伪装灰色的蛤蟆。“放心，没毒，是角蛙。”田野过来说道。大家听了都哈哈大笑起来，把成钢弄了个大红脸。

路线图是杨露和蔡琼根据行动要求绘制的，非常清晰。上面标志的几处重点区域确实有不寻常的发现，虽然不是真正的目标，但是对大家来说还是非常有参考价值的。马上要经过的地方，是已在路线图上标注的重点区域，可能发现史前猛兽，因此大家提高了百倍的精神。

走了一百多米，赵无极忽然举起了右手，示意前方有情况，队伍停下来，袁国平拉动枪栓跑到赵无极身边。自从赵无极背回来汽油，成钢和袁国平就将枪械子弹全部清洗过一遍。

“怎么啦?”袁国平谨慎地问，眼睛四处张望。

“感觉有些不对，前面应该有危险。你在这里小心点警戒，我去看看。”赵无极叮嘱道。

赵无极轻声朝前跑了一段路，眼前的河岸上布满了黑乎乎的动物，定睛一看，不由大惊，这不是凯门鳄吗？关于库里三角洲的资料里，介绍过这种脾气暴躁的凶猛动物。它的咬合力非常强大，一旦被它咬住了，不死也得丢掉半条命。这种动物唯一的弱点就是胆子特别小。一旦嘴巴闭上力量就会变弱，并且时常会觉得斗不过对方，将头埋藏在地下，如同鸵鸟般，等对手走了以后才敢离开。

侦察过周围地势后，赵无极赶紧原路返回，将情况向大家做了个通报。虽然凯门鳄的这些特点大家都知道，但谁也不敢大意。

商量了一下，大家决定绕道行走，正当大家准备动身时，忽然听到了沙沙声响，赵无极眉头一皱喊道："不好，我们的气味被它们发现，追上来了。快，大家朝右边山上跑，老袁保护好大家，成钢跟我来。"

经过几次遇险，这次大家并没有多少慌乱，听到赵无极的命令，都有条不紊地行动起来。赵无极、成钢手持钢枪，带上纽扣炸药后，一起朝河边反冲锋过去。

两人刚走了几步，就看到了前方一头硕大的鳄鱼冲了过来。只见这条鳄鱼横冲直撞，灵活地避开着前面的障碍物，像一辆坦克般在丛林里所向披靡。

"好大一只！"成钢不由惊叫起来。

"不好，是鳄鱼母！"旁边一个声音喊道。

两人回头一看，是田野。赵无极略带责怪地喊："你怎么来了？危险，快跑！"

"来不及了！"田野无谓地笑道，"如果你们都挡不住它们，我们又能跑到哪里去？还不如多采集些资料，没准会被其他人发现。好强悍的鳄鱼母，想不到会遇到它，太不可思议了！"说着，拿起 DV 拍摄起来，浑然不顾身处险地。

这种体型硕大的鳄鱼一般生活在原始丛林，它们比史前巨鳄偏小，但比寻常鳄鱼要大一倍，当地人管这种鳄鱼叫"鳄鱼母"，据说和血蛙、巨蛙等生物一样，是一种奇异的变种。确实，这头大鳄鱼的头颅是刚才看到的凯门鳄的两倍，体长更是超过五米。

面对这种未知的庞然大物，赵无极不敢大意，大喊道："开枪！"

枪声响起，嗤嗤声不断，打在巨鳄皮上的子弹竟然全被弹了回来，让赵无极他们好一阵躲避。巨鳄受到攻击蛮性大发，用力狂奔过来，发出嚯嚯的怪叫声。

三人一看惊呆了，刀枪不入啊，这怎么打？边往后退，成钢边看向赵无极，“老板，怎么办？怎么对付它？”

赵无极明白，现在这头巨鳄全身上下唯一柔软的地方，除了肚皮，就是——对，眼睛！“瞄准眼睛开火！”

成钢一听，豁然开朗起来，战意澎湃，对着巨鳄的眼睛位置一通狂扫。在密集的枪声下，巨鳄的眼睛被打中了一只，一吃疼，身体摇晃着朝大家撤退的方向狂奔起来，一时之间周围飞沙走石。赵无极心中叫声“不好”。

咔嚓！

偏偏这个时候成钢的枪声停了，只听到板机撞击的声响，一个基数的子弹眨眼睛全部打完。巨鳄现在离大家不过十来步远了，换子弹已经来不及了，赵无极将纽扣炸药调整后，刚准备扔过去，就看到一道人影从人群中朝巨鳄飞了过去。

“语儿，小心！”赵无极看清是谁后，大喊起来。

只见林语在空中划出一道优美的弧线，身体一扭，脚一收，膝盖狠狠地朝巨鳄的头部砸了下去，带着破裂声，势如千钧。

咚！

膝盖和巨鳄的头部来了个激烈碰撞，发出了沉闷的响声。

巨鳄一下被砸得头昏眼花，身体扭动，张大嘴嘶哑狂呼着向刚落稳的林语冲撞过来。赶过来的赵无极当机立断，将纽扣炸药准确地扔进了巨鳄的嘴里，大喊道：“快，语儿快闪。”这时，林语也看到了赵无极出手的动作，脚尖快速一点巨鳄的背部，整个人仿佛一只大鸟般飞了起来，稳稳落在赵无极身旁。

大家来不及叫喊，拼命地朝前跑去，走了没几步，就听到后面轰的一声巨响。

大家被气浪掀翻在地，等爬起来再看时，只见巨鳄的头部已经被炸得支离破碎，鲜血、脑浆洒了满地。

遭遇火拼

赵无极一行十人沿着路线图一路寻找着任务目标。已一个多礼拜过去了，连猛兽的影子都没有看见。除了威胁到大家生命安全的动物被赵无极三人毫不留情地消灭外，大家都尽量不去打扰动物们安宁的生活。

这天，大家略作休息后，行走到一个河道转弯处。眼前的水面不宽，一些巨大的树藤漂浮在上面，几棵被雷电击倒的大树横躺着，仿佛天然形成的木桥。

杨露和蔡琼停下来，拿出自己绘制的路线图，比照着商量了一下，然后走到赵无极面前说："老板，我们觉得前面这段路可能会不好走，山坡和碎石比较多。不如我们从这里过去，在对岸继续走。动物们也都喜欢树木茂密、平坦的地方。"

赵无极征询两位老专家的意见，得到肯定答复后，便指挥大家从横木上走过去。围着树干的水下面有许多小鱼，这吸引了田野的注意，他趴伏在上面，头尽力低下，几乎要贴到水面上，"你们看，真正的极品七彩豹斑！"

这些小鱼儿身体薄扁，缀有豹斑，鱼鳞在阳光的映照下，使全身呈现出类似彩虹的不同色泽。七色交相辉映，在波光的映衬下五彩斑斓，宛若在表演一场水中芭蕾，优雅而灵动。

“这样的豹斑，在欧美市场上能卖到两千美元一尾。”田野边补充边用手上的相机拍下来。

大自然就是这样，生趣盎然。闪蝶刚在凤梨科植物上收起羽翼，就遭到了变色龙弹舌的袭击，而旁边的绿蟋蟀却因此而逃过了一劫。蜂鸟正忘情地吸食着花蜜，却早早地被食鸟蛛盯上。这名优秀的潜伏猎手凭空跃起，利用黏附在树丫上的蛛丝，以惊人的速度跳了过去，像一发跟踪导弹般准确。蜂鸟完全来不及作出反应就被扑倒，成了食鸟蛛的盘中餐。

犰狳拖着尖而细长的尾巴，一扭一扭从林中步出，仰头看看那些高高在上的雨蛙，美味可餐却遥不可及，无可奈何地只能低头寻找白蚁的洞穴。而闻风赶来的食蚁兽仗着庞大的体型与犰狳争抢起来，处于劣势的犰狳只能将身体缩成一个球滚走了，但却意外地按住了一只小蜥蜴……原始丛林中真是蕴含着瞬息万变的广大天地，看得大家惊心动魄，连连发出惊叹声。人类此时真是渺小得可怜！

半小时后，大家来到一片高大的密林前，忽然一只巨兽从密林深处冲了出来。只见它外形像野猪，体形硕大，四蹄如柱，直立在那里便如一头牛。不，应该说比牛还要高大一些，立高恐怕有一米七八。

前面开道的成钢看到这个体重超过一吨的家伙，连忙给后面示警，随即斜身藏到一棵大树后。赵无极猫腰快速跑到成钢旁边。奇怪，为什么那双牛铃般的大眼里透出一种惊恐之情？看这大家伙膘肥体壮，但微张的嘴里并无锋利而巨大的切牙，估摸着是食草动物，便松了口气，示意田野上来。

田野吃惊地“咦”了一声，一双睿智的眼睛死死盯着巨兽，摇摇头说：“看不出来，猪不像猪，牛不像牛，体形这么大，估计又是史前动物的变种。”

见对方并没有进攻的意图，赵无极试探着向前，嘴里发出类似野兽威胁的声音，那个硕大的身躯居然吃不住架势，不住地倒退。

赵无极也不过分紧逼，因为这家伙要是发起疯来，只消轻轻一顶，自己就得翻倒在地，再一脚踩上去就算不成肉泥，断几根骨头也肯定是免不了的。

那大家伙也并非蠢物，几番试探下来，发现赵无极并没用真的攻击，于是左顾右窜，突然从赵无极的面前绕了过去，眨眼工夫就消失在了密林中。这肥硕家伙动作倒也出奇的敏捷，赵无极摇摇头，心里笑了笑。

“应该是史前动物。快，小赵你帮忙去采集一下它的样本。”田野惊喜地喊道。

看着已经消失在密林中的巨兽，赵无极暗自估量了一下，吩咐道：“成钢，你跟我来，其他人原地待命，不要乱跑动。”说完抚了抚背上的AK－47，朝着巨兽消失的地方跑去。

“食草动物一般不会攻击人，你们用些非常手段，不要伤害它性命!”他们背后响起了王一夫的叫喊声。赵无极听后也不回头，举手摆了摆表示知道了。

片刻功夫，大家便看到赵无极、成钢二人走了回来。赵无极的手上拿着一小块东西，应该是巨兽的皮，他递给田野说：“应该够用了吧？我用刀割下来的，只是后腿上的一小块，这点伤相信它很快就会恢复的。”说着看向王一夫，对方投来了赞许的目光。

砰！砰！砰！

什么声音？三声急促的枪声让大家停止了手上的工作，警惕地抬起头四处张望。赵无极、成钢、袁国平三人更是拉动了枪栓相互对望一眼，满是疑虑和紧张。

轰——轰！砰——砰！

爆炸声和枪声一下子激烈起来，这种熟悉的声音，无论是赵无极还是成钢、袁国平都不会听错。有枪炮声就说明有其他人，而且不是普通的探险者、当地土著，难道是游击队？或者是波托集团的武装力量？如果是这样，情况就复杂了，需要马上部署对策。

赵无极把成钢和袁国平招拢来，摊开路线图，按照声音传来的方向，用手点了点。“你们怎么看?”赵无极用询问的眼神问。

“应该不是针对我们。可能是其他两伙人在火拼。”成钢答道。

“嗯，我同意。但就目前的形势看，在我们前方，也就是说，如果我们要完成任务，那先要经过交火区!”袁国平有些担忧地说。

误入敌控区

在原始丛林中，有时候遇到人比遇到动物更危险，特别是装备了枪、炮等现代武器的人。前方正在等待他们的就不是善类。赵无极认真听着二人的分析，不时地点点头。

“首先肯定，这些人不是针对我们。现在我们要做的是弄清楚情况，然后再做打算。”赵无极手按地图说，“这样，成钢、老袁，你们先分发给大家一些炸药，教会他们使用，以防万一。我先去前方探探路！一切等我回来再定夺。”然后转身提着枪，带上纽扣炸药，朝前跑去。这边，成钢和袁国平不敢大意，给在场的每个人发了两颗纽扣炸药，仔细把使用方法交给了大家，叮嘱他们不到万不得已切不可使用。对年龄比较大的两位老专家则进行了重点保护，以防万一。

赵无极一路在树林中穿行，忽觉后面有人跟踪，一手抽出匕首准备着，一边转头用余光扫描。一看是林语紧随其后。

原来，林语见赵无极只身前往很想帮他一把，虽然自己学艺不精，但现在总归不会拖他后腿，便趁大家学习使用炸药的功夫，一个人偷偷跑了出来。

赵无极虽心中责备，但眼前情况紧急，也就不再多说，心想不要误事就好。进入高大的密林中后，赵无极攀上树藤，像猴子一样朝前荡了过去。

林语没跟赵无极学过荡树藤的要领，只是见样学样，开始根本荡不开，一会儿好容易荡开去，却因为来不及抓住前面的树藤，结果又荡了回来。好在她有股不服输的劲头，加上有些武功底子，很快就掌握了借力使力的办法，速度逐渐提了上来。

前面的赵无极见林语没有跟上，觉得这时知难而退也未尝不是一件好事。不多时，却觉得脑后传来嗖嗖的风声，心里暗惊，没想到她学得这么快。

一副拼命三郎架势的林语很快出现在距赵无极十米远的地方。此时，她有一种想大声呐喊的快意，仿佛周围的一切都静止了一般，树叶的脉络，风吹过的轨迹，虫蚁翻动土地的样子，无不清晰可辨。林语感觉自己整个人都处于一种愉悦当中，每一个细胞都在欢畅地唱歌，又好像整个人泡在温泉中，身心无比舒畅，全然忘了身处危险之境。要不是猛然注意到临近的赵无极，真会想不起自己最初的打算。

前面飞奔的赵无极敏锐地感觉到了林语的变化，虽然一方面为林语的进步感到高兴，可眼下还真是担心她会因为控制不住自己做出什么出格的事情，不由轻叹了一口气。

估摸着快接近敌情了，赵无极纵身攀上一棵大树，定神凝望远方。林语不一会儿也赶了过来，还没有学好控制的她一下子刹不住，眼看要跌撞到了树下。好在赵无极手疾眼快，一把拽住她，拉了上来。林语惊魂未定地看着赵无极做出噤声的手势，不敢大喘气。

前方约一公里远的开阔处，十几个全副武装的军人正在和几条巨大的蛇搏斗，地上已然躺着几条死了的巨蟒尸体，有被炸死的，有被枪杀的。原来是人兽大战，赵无极心里稍稍安稳了些。

转念一想，不对啊，怎么有那么多的蛇？这些全副武装的军人又从哪里来的？赵无极仔细地分析起来。

林语也看了大概，小声嘀咕道：“咦，怎么是黄头发的外国人？不像N国的啊？”

这么说是波托集团的人？当地人确实不是这样。赵无极愣了一下，现在范围小多了，难道已经进入了波托集团的势力范围？这样情况可不太妙啊！

片刻功夫，只见那帮武装分子开始集中围捕剩下的四条巨蟒。他们交替掩护，用庞大的火力将那几条凶悍的蟒蛇压制住。几条蛇已经是伤痕累累了，在一条蛇被炸死后，其他的趁着空当，飞快地消失在丛里当中。

那帮武装分子好像已经很满足了的样子，并没有追击的意思，而是马上围拢上来，一群人蹲在巨蛇跟前叽里呱啦地说着什么，距离太远根本听不清。

什么？赵无极猛然发现蹲下来的人中有人做着非常熟悉的工作。他们两个人配合着，用工具在巨蟒身上比比划划。不由小声问："语儿，你看看，蹲下来的那两个人在干什么？我怎么觉得跟队里的老爷子们做的事情有些像？"

"嗯，对，奇怪，他们这是在干什么，难道……"猛然，二人惊讶地对视了一眼，脸上闪过一丝震惊，显然他们想到了同一种可能。

赵无极马上说："快，离开这里，回去再说。"

林语点点头，二人如同来时那样，利用树藤荡了回去。

大家见是赵无极二人回来，纷纷想要上去问个明白。赵无极径直走到两位老专家跟前说："如果有人做着跟我们同样的事情，那说明了什么？"

"什么事情？说的再明确些！"田野问。

"情况有些糟糕。刚才我们看到了十几个全副武装的军人正在屠杀大批巨蛇。而且，这些人拿着和你们采集标本时一样的工具，也在对巨蛇尸体进行标本采集。"

"你的意思是，我们刚才听到的枪声是这些人为采集标本而发出的？"袁国平在一旁忍不住地问。

赵无极表情严肃地看着他，点点头。众人的心情一下子跌到了谷底，明白这意味着什么。

"不好！"王一夫沉吟片刻后，猛然说："该不会是波托集团的人吧？"

"不会那么巧吧？"旁边的蓝韵惊诧地回应道。

"不是没可能。"蔡琼先是一愣，然后幽幽地说："没准我们已经到了他们的势力范围。之前在绘制地图时就发现这一带有很多搏斗的痕迹，而且是现代武器留下的。"

"这就说明，我们已经越来越接近目标了？"田野随即高兴地笑了一笑。

“要不然我们趁这个机会，潜入他们的实验室，把他们的标本抢回来?”成钢愤愤地说，一只手握成拳头砸在另一只手上。

“不行，现在情况还没有摸清，不能轻易行动。”袁国平摇摇头说，“他们的实验室在哪里? 驻扎了多少人? 我们都不清楚。”

“没错! 思路倒是不错，但是眼前这伙人的来头还没有弄清楚，急不得!”赵无极虽然对成钢的这种想法激动不已，但转念一想，哪有这么简单，否则老唐也就不会费劲巴拉地假意组成个什么探险队，让他们深入虎穴了。

赵无极苦笑了一下说：“现在，我们还是按原计划行进。但考虑到前面有可能进入到敌控区，因此大家的一切行动都要听从我们三个人的指挥。”面对危险，赵无极心思沉重，这才领悟到出发前唐智语重心长的含义。要知道自己现在随便一个决定，就可能决定了大家的生死，真是容不得半点马虎!

在赵无极的带领下，大家按照相同方向，改大路为小路行进，以避免和那帮武装分子正面冲突。

第五十章 远古文明

一口气走了三四个小时，两位老专家总归是年迈了些，体力有了透支的迹象，赵无极命令全队原地休息。

望着眼前这样一支队伍，赵无极完全体会到了当时张鹏的心情：既要制定作战计划，带领大家突围，还要完成上级交给的任务，确实不易。现在自己只是带领一支考察队，如果是一支作战队伍，还不知道能不能胜任呢！赵无极心里感到阵阵紧蹙。

成钢和袁国平都是军中一等一的好手，也是带过兵的人，当然能够领会赵无极的心情。虽说赵无极这个毛头小子没有指挥过什么大的战斗，但个人能力超群，战斗素养极高，是未来国刃的新星。上级安排他们辅佐赵无极，肯定是有用意和打算的。两人看见赵无极冥思苦想的表情，默契地一笑，同时站起身来，靠着赵无极坐下来。

赵无极懂得战友们的鼓励和安慰，感激地点点头，未来还有很长一段路要走啊！

这是一个临水不远的地方。嗒的一声响，一只小青蛙不知从哪棵树上跳下来，正落在一个行李包上。成钢看见正准备用手拿开，旁边的田野抬起一脚，将青蛙踢飞开去。成钢惊讶地看了呼吸已经变得沉重的田野一眼，又瞧瞧那只青蛙，猛然想到了什么，脸色惨白，知道刚才自己与死亡擦身而过。

虽然这片丛林随时随地都会有不知名的毒物出现，但看到这一切的赵无极心中却疑惑起来：按说一般的小毒物闻到自己身上的气息都会躲避逃走，加上成钢也吞食了“龙丹”，威力应该更加明显才对，怎么会有不知死活的东西靠近呢？走近一看马上明白了。这可不是一般的毒物，而是知名的库里三角洲“十大剧毒”之一——箭毒蛙。

箭毒蛙的表皮多为黄金色与黑色条纹相间，也有宝石红、宝石蓝等其他鲜艳亮丽的色彩。它们的体型小巧，一般不超过十公分，喜欢生活在阴暗的丛林中心地带，能上树。土著人常用它表皮分泌的毒素熬制毒汁，涂抹在箭头上猎杀动物。

赵无极没想到这个地方居然是箭毒蛙的地盘，心中清楚它们不是独居的，不由抬眼望去。这一看不要紧，手心不禁溢出了冷汗——四周树上满是潜伏着的带有各种迷人绚丽颜色的毒蛙。它们或绿如翡翠、或红如鸡血、或黄如金子、或蓝如宝石，而长像更是如粉雕玉琢，让人看了就有一种捧入手中摩挲观赏的冲动，偏偏它们又剧毒无比。

“老板，现在怎么办？”蔡琼惊慌地小声问道，一边警惕地四处观望。

“大家别怕，慢慢后退，一个一个来，别弄出响动。”赵无极小声叮嘱大家。

很快，后队变前队，大家悄无声息地往后撤退。确定安全后，大家庆幸地松了口气，只有田野一脸惋惜地说：“恐怖的小东西，却是好东西啊。听说这里毒箭蛙表皮分泌的毒素骇人，只须用万分之三克就能致人死命！”

赵无极知道这“万分之三克”的威力。以前在原始森林生活的时候，他用的都是冷兵器，上面没少涂抹各种动植物身上的毒素以增强杀伤力。

现在，这小小的毒蛙对科研有着巨大的帮助，沉思片刻后，他上前对田野说：“田老，拿两个器皿给我，我去采集一些过来。”

田野一愣，感谢地点点头，翻开背包，从一个可以控制温度的铝合金箱子中，拿出两个玻璃试管，递给赵无极，并给他形容了一下毒箭蛙身上毒素的位置，以及取毒的技巧，最后叮嘱他们戴上防护手套。

赵无极让大家在这个安全的地方原地待命后，留下袁国平戒备，叫上成钢带着匕首朝毒蛙栖息处走去。

到了那几棵大树下，赵无极四处寻找了几十枚大姆指盖大小的石子，然后内劲暗运，忽然手一上扬，手中的小石子如同天女散花般，带着尖锐的破空声，仿佛子弹群射，目标直取树上的箭毒蛙。

再看那些箭毒蛙，就像被风吹落的果实般，扑簌扑簌纷纷掉了下来。因为只是收取毒素，没必要伤其性命。这些被打在地上毒蛙透着哀鸣声，在地上挣扎着。忽然发生的大面积袭击让树上剩余的箭毒蛙惊慌起来，四处乱窜着、怪叫着，很快消失在丛林当中。

“快！速战速决，这些毒蛙很快会恢复的。”赵无极冲着成钢说。

二人戴上防护手套，小心翼翼地走上前拿起一只，然后用手上军用匕首按照田野教授教的方式，轻轻划拨着它的表皮，用试管接住流出来的毒液。就这样，一只、两只……十只、二十只，慢慢地二人掌握了技巧，越干越快，不一会功夫，两支玻璃试管就被装满了。

看看地上还有几只，手套上也沾染了许多毒汁液，二人又将所带匕首、子弹上全部涂抹上毒液。

二十分钟后，二人离开箭毒蛙的老窝，志得意满地朝大家走去。将装有毒液的试管交给田野收好后，又将情况简略地说了一遍。确认所做无误后，大家商量着要趁天色还没有黑下来之前，继续赶路。在这里露营已经不安全了，大家必须另外寻找合适的地方。

又前行了几里路，眼前突然豁然开朗。

这是一块留有明显人工开凿痕迹的空地。巨大的石板铺在地面上，无数的杂草从石板缝隙中生长出来，偶尔有一两棵手臂粗细的小树顶翻了石板，破土而出。石板铺砌的范围大概有一个篮球场的面积，四周没有别的建筑。

在石板路的另一头，几块巨石傲然挺立，远望去颇像复活岛上的巨型人像。它们整齐地耸立着，看样子已被荒草密林掩盖了很久。

在满眼都是绿色、灰色、褐色的丛林深处，陡然见到这么大型的人工建筑、遍地的白色巨石，仿佛让人回到了那古朴而辉煌的远古时期。

“你们看呐，这是遗址，古老的遗址。也许我们是第一个发现它们的人！”王一夫按捺不住激动的心情，冲了上去，半跪在地上，用手抚摸着微凉的石板，喃喃低语道，“这么巨大的石头，是从哪里弄来的？为什么修葺在这里？太不可思议了，太不可思议了！”说着，他又向前跑去，身形微微地颤抖着。

看上去那几块石头好像拼成了一个图案，但是部分石头已经崩塌了，甚至有被挪移过的迹象，很难想象它曾经的样子。

每块巨石都高达四五米，满身都是浅浅的浮雕，其绘画工艺古朴典雅，里面的形象独特迥异。一块倒塌的巨大白石上面雕刻着人头、抽象形态的动物以及各种古怪的几何图案。特别是巨石的下端，全是一个个圆边方形图案，在图形里面装载一个个不同姿态的人头、动物，规规整整，即像图案又像文字。

大家被王一夫的样子感染了，纷纷跑过去，时而抚摸着巨石，时而跳上一块石墩，时而趴在地上从石缝向里探望，不停地拍着照，对这里的每一件事物都感到无比新奇。

看着这一切，赵无极竟然产生了一丝凄凉的感觉。它们的缔造者已然消失，只留下了这些石头，无声地诉说着历史，在永恒的岁月面前人类显得这般脆弱。

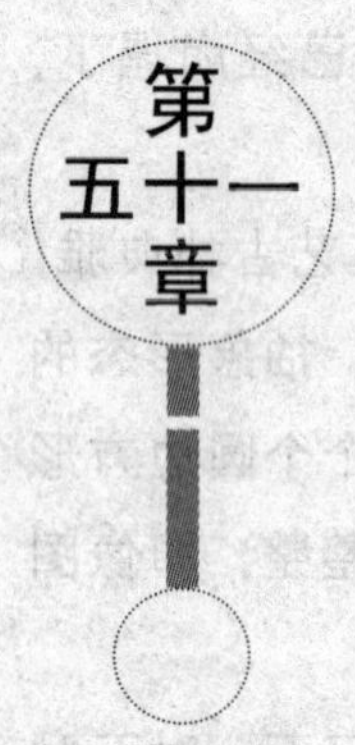

第五十一章 食人部落

“天呐，是七根石柱！老田你过来看一下！”王一夫忽然想到了什么似的冲着田野招了招手，“七根石柱应该是象征着当时的七个部落。难道那些石柱上的图像，记录的是这些部族的发展历程?”

田野凑了上去，赞同地点点头：“据我以前的研究经验，这地方一定是某个曾经兴旺过的古老部落联盟的公共活动场所，像祭祀、战争等一定是在这里商议后决定的。”二人猜测起各种可能来，还不时地指导各自的助手将所有的东西全都拍摄下来，事无巨细，准备回去后交给其他领域专家研究。

对于赵无极而言，这是个安营落脚的理想场所。他瞧了瞧那些古代艺术的瑰丽结晶和正在忙碌着拍摄的众人，给成钢和袁国平使了一个眼色，二人会意地结伴而去，消失在丛林中。

杨露和蔡琼浏览了一会儿，转身看见赵无极和林语在搭帐篷，便跑去帮忙。

自从来到这块空地，两位专家的兴致就没有丝毫减弱过，一直在交流着。直到成钢和袁国平打猎回来，晚霞爬上树梢，才意识到肚子有些咕咕叫了。

酒足饭饱后，大家围坐起来，商量着日后的行程。

“按路线图的标示，我们现在应该出了 S 国边境了。”白奇手捧地图头也不抬地说。

“按说，现在我们所处的区域就是猛兽们可能出没的地方。它们究竟躲在哪里呢?”蓝韵依靠着石柱，侧身凑到白奇旁边看地图边说。

“应该随时都有可能。这里是波托集团武装力量控制的区域，越往前走越是危险。”杨露看着火堆低声叹道。

“大家以后的行动可要小心了，有情况要及时告诉老板他们，毕竟他们的丛林经验和身手会保障我们的安全。”蔡琼及时提醒道，大家点点头。

前半夜赵无极站岗，成钢和袁国平跑去练习形意拳内家功法，同时也在调整这些天的奔波劳顿。林语默默地坐在离赵无极不远的石头上，注视着他。

在那天地消融的夜色边际，隐隐传来了天籁之音，那歌声幽怨哀婉，如杜鹃啼血、黄莺送子，仿佛是一种来自天堂的哀伤，深深地思念着什么，足以勾起人们心灵最深处的伤痛，让听者为之动容。

赵无极迷茫之中，只觉得自己的心也被那歌声揪去，时而失落，时而感伤，虽然还没有恸哭的悸动，但灵魂深处那道被封印得最深的记忆之门，好像在那一声声悲壮凄婉的诉说之中，不经意间被敲碎了。他想起了从未谋面的父母、青牛寨的小伙伴和日思夜想的爷爷，他们此时在做什么呢?爷爷要是知道我做的事情，会不会感到高兴呢?

那歌声，时而像是风过密林的轻声，时而又像山涧细泉的低吟，时而如万军征战的激昂战歌，时而如漫天繁星的窃窃私语……带着赵无极静静地思索着、回忆着。

一夜安全。

接下来的两天，科考队选择的都是避开大路的小道，国刃第一组的三人轮流在前面开道，为大家披荆斩棘。

偶尔遇到一些小的猛兽，不用三位特种兵出手，林语便帮着解决了，让赵无极他们感觉轻松不少。路上又遇上了几株食人花果实，这次赵无极采下来，和成钢、袁国平两人分着吃了。但有种种疑问却在赵无极的脑海中来回颠倒：这些天来为什么不见大型猛兽的踪影，情况有些反常啊? 这里草丰水足不应该出现这种情况啊?

这天，临近中午，行走在密林中的众人来到一条溪边。这条小溪横穿树林，在重重叠叠的树缝中缓缓流淌，滋养得树木枝繁叶茂，下垂的根须悠悠地摆动，一派欣欣向荣的景象。

早上刚下过的一场雷阵雨，无数从天而降的根须，还带着冰冷的雨水，拂在脸上让人心头凉凉的。此时的原始丛林昏暗阴凉，眼前的一大片巨树干枝粗壮，其中的一棵更是大得令人咂舌，目测一下至少要十余名壮汉才能合抱起来，它的根系更是布满整个河道，并与其他树根交织在一起，形成影影绰绰的网络。如此声势的树中巨人，偏偏不是云杉，连带它周围的荆棘灌木丛，也高达十几米，让人仿佛置身于童话世界里的巨人国。

奇怪的是，这一切却传递给赵无极一种不好的信号，可问题出在哪里呢？那股时时来袭的巨大的危险气息究竟是什么呢？为什么让自己如此憋闷？看着这阴森诡异的巨树丛林，赵无极赶紧让大家停了下来，查看了一下路线图，决定改道前行。

“老板怎么了？有什么发现吗？”杨璐忍不住问，“如果改从左侧的小路出去，危险性就无法把握了。我们在绘制地图时参考的资料中没有关于这里的。”

赵无极听后略微思考了一下，“之所以改变路线，是我感觉到一股巨大的危险力量正梗阻在前方。我也查看过路线图，确实没有标注左侧这个方向的情况。但你看——”说着展开地图，“我们是要往这里走，如果我们现在从左侧走只是稍微地绕了一下。这里是个小山，而我们现在要走的路线恰好绕过了这座小山。”

杨露叫来蔡琼，让她也回忆一下绘制地图时有没有看过关于这个方向的资料。

蔡琼认真地想了一下说：“资料中倒是没有。不过我听过我们探险队的前辈说过，这条线路曾经发现过人类活动的迹象，会不会是国外探险者经常走的？”

既然有过这样的先例，方向应该没有问题，加上大家非常相信赵无极的判断力，因此决定听从赵无极的命令，改变路线。

两个小时后，赵无极一行人来到了小山下。忽然，前面的灌木丛中有几只鸟受惊飞了出来。赵无极忙挥手让队伍停止前进。有许多人类的生命气息强烈地冲入赵无极的鼻腔，而且越来越近。不好，什么人？会不会是敌人？来不及多加分析，赶紧吩咐大家上树。

有蛙鞋相助，加上野外生存能力都不算差，除了需要助一把力的两位老专家，大家不多时都爬上了一棵棵大树。

视野一下子开阔起来，只见一里开外的树林中有人影闪动，不多会儿就看出来是全副武装的军人，正呈散兵队形搜索前进。

赵无极眼尖，看出来正是前些天自己碰到的那帮人，不由暗示大家屏住呼吸，千万不要暴露。不对啊？怎么还有其他人活动的气息？而且应该离自己不太远。赵无极的眼睛开始不由自主地在树林上方观察。

乍一看什么都没有，这些人的隐蔽功夫可与自己不相上下，应该是经过训练的。他们是什么人？为什么要躲着这些军人？有什么目的吗？难道是土著？赵无极疑惑地沉思起来。

这时，一声尖锐的叫声响起，林中的树梢上、洼地里，突然竖立起了各色丰满的羽毛，它们晃动的影子晃得赵无极不禁眯上了双眼。

土著！他们终于出现了！

丛林是这些原著民的地盘，他们在这里完全是如鱼得水。只见这些人的身形比猿猴还要灵巧，在树丛中不论是上下翻飞，还是跳跃奔跑，都如履平地。

这些人仿佛个个都是神箭手，不知道从哪里射出的土箭，箭无虚发，支支命中。虽然箭伤不致命，但箭头上的毒液却是致命的，倒下的军人惨叫不了几声，就沉寂下来。

作为反击，那帮武装分子也开火了，可强大火力却在参天巨树的掩盖下失去了往日的威风。一通扫射打得树枝直晃，却不见命中任何一人，反倒是箭、石头和标枪飞来飞去，把战场织成了一张大网。没想到这些远古的武器竟让一群火力充足的现代人抱头鼠窜、狼狈不堪。

第五十二章 祭杀仪式

眨眼功夫，全副武装的军人丢下几具尸体和三四名伤兵后，就全速撤退了。上百名脸上画着图腾、头戴羽毛装饰的土著人，成群结队地从树林中冒了出来。他们把受伤的捆在木棒上，抬起尸体，兴奋地叫嚷着，高举武器欢呼着，簇拥着消失在丛林中。

赵无极看着眼前发生的一切，目瞪口呆，感觉想做梦一般。两天前从老专家们口中说出的食人族的种种行为特征，如同电影一般在脑中放映着，巧妙的配合，敏捷的身手，虽然行为残忍，但作为武士来讲战斗力十足，连这些手持先进武器的现代人，一旦落入他们的包围圈，都毫无反手之力。这些生活在密林深处，保持着原始落后生活方式的部落，神秘而又嗜血，让人一想起就不寒而栗。

必须确认这些人完全离开有效的狩猎范围，不然嗅到考察队员的气息，就会折返回来再来一次杀戮。等到王一夫在袁国平的帮扶下最后一个落地后，赵无极清点了一下人数。遇到这些食人族比遇上冷血的猛兽还要可怕，因为他们是人，会动脑子，何况这里除了赵无极三个，其他几人没有丝毫的实战经验，没有经历过战场上的血腥考验，在这些食人族面前只有等死，连刚才那些武装分子都不如。

显然，大家还没有从刚才的暴力场面中缓过神来，情绪都不高，一路上沉着脸默不作声。蔡琼想起前辈跟她说的话不禁冒起阵阵冷汗，莫不是那些探险队员都被这些食人族抓住吃了吧？怪不得说有人活动的痕迹！真是道听途说害死人啊！觉得有人在看她，抬头正好迎着杨露的目光，看得出来她在责怪自己，唉，有什么办法，已经走到这里了，听天由命吧！没准大家都在怪她这个不靠谱的人吧！

谁知后边的路居然出奇的安全，黄昏时分，大家匆匆找了个地方安顿下来；可能食人族们正在庆功呢，今天抓住这么多人，够他们享用几天的了。

吃过东西后，已是晚上七八点钟了，大家都休息去了。赵无极在营地外围不放心地转了一圈，确定没什么危险后，抬头望了望天上蒙上面纱的月亮，又看了一眼第一个值夜的袁国平，点点头，找了个地方打坐修炼起来。

库里三角洲是地球上不可多得的保持原始风貌最完整的地区，灵气十足，否则林语的进步也没那么快。这些天走来，赵无极也没少琢磨这个问题，隐隐中感觉自己修炼的《自然经》有些奇特。赵无极是在山地原始森林长大的，但到了这里，修炼的效果反而不明显了。

这两天他有些顿悟：大自然是由五行组成的，如果原始森林属木的话，有河流的地方就属水，那库里三角洲应该介乎于木和水之间，因此自己这个源自木性的功法，自然在这里就无所长进了。也许，自己该去金、火、土的地方看看，说不定能够突破。不过，话又说回来，哪里属于金、火、土呢？

这里灵气充足，赵无极又已经达到了随心所欲的境界，即使不用刻意去修炼，身体内的真气也会自然运转，吸收外界灵气，因此不用担心胡思乱想会走火入魔。

正寻思着，一缕分出去警戒的精神感知力忽然传送回来一阵奇怪的响声，不由一惊，睁开双眼，遗憾的是，丛林里一片漆黑，什么都没有，除了上面星辰满布的夜幕。

咚——咚——

帐篷里面的人陆陆续续醒来，大家都听到了远远地从密林深处传来的奇异声音。

“是鼓声！”田野皱着眉头说。没错，是鼓声。那清晰的节奏，致密的音质，也只有鼓才能和自然界融合得如此完美。

难道是食人族？赵无极不由一怔，担忧地侧耳倾听，生怕大家明白这点后情绪会不稳定起来。

咚——咚——咚咚——咚咚——

鼓声还在有节奏地响着，大家面面相觑。遇到这种事情，睡是不可能了，就算食人族找不到自己，声音也会引来丛林中的危险野兽，因为那声音明显离这里不是很远。

也许只有熄灭火，将身体融入到黑夜中，不发出一点声音，成为这片森林的一分子，才能神不知鬼不觉地隐藏掉自己吧？

鼓声还在继续，而且变得越来越急促起来，众人的心也随着鼓声不安起来。

赵无极寻思了一下说：“这里应该离食人族居住的地方不远。从鼓声判断，他们应该是在举行一个仪式，暂时不会注意到我们。”

“应该说是祭杀仪式，他们准备开餐了！”王一夫冷静地说，“他们的仪式是秘而不宣的，几百年来无人知晓。就算有幸看到了，恐怕也是作为他们‘美食’的时候。”

“老板，食人族不是我们的目标，况且他们人数众多，我们不能轻举妄动。不如我们过去打探一下，看看他们距离我们有多远。否则等到他们发现我们，我们就危险了。”成钢建议道。

“嗯，有道理。这样，老袁！”

“到！”

“你还是继续负责站岗，我和成钢过去打探一番。一旦情况危机我会给你鸣枪示警，你要带着大家赶快离开！”

“是！老板放心吧！保证完成任务！”

赵无极三人在营地周围布置好若干个陷阱后，赵无极和成钢拿起武器，施展潜伏功夫，一溜烟消失在了大家的视线里。

顺着声音，二人很快摸到了食人族的部落。这里现在是火焰冲天，大鼓好像知道有陌生人接近似的，和着二人心跳的节拍，越来越清晰，越来越强劲，直到最后心跳的频率与鼓声完全融合在了一起。

啪！赵无极拍了自己一下，让自己冷静下来，恢复感知力，然后朝成钢指了指旁边的大树。借着微弱的星光，成钢会意地点点头。两人爬了上去，透过重重叠叠的阻碍，向声音和光亮处望去。

远处火堆四周密密皑皑地围了三层人，正中是巨大的茅草和树木板搭成的祭台。平放的木板上画了一对巨大的黑白分明的眼睛和被涂成红色的类似鲨鱼嘴的嘴巴。旁边不远处摆着巨型烤架，足够一个人平躺的长度，下面码放着半米高的柴火。

祭台下人头攒动，男女老少都有，半身赤裸，绘有图腾，人人都双手捧着一个器皿，形状各异。

祭台上，左右两侧平架四尊大鼓，四名赤膊壮汉正挥汗如雨，挥槌击鼓，正中是五个大十字形木架，其中三个上面绑了人，细细看去，应该是刚才他们围捕活捉的武装分子。

十字木架前，一个装饰华丽、黑袍羽冠、满脸涂彩的祭师，手里拿了把剔骨尖刀，正念念有词。祭师后面是一张木桌，有乒乓球台大小，他旁边站着几名魁梧大汉，背手傲立，赤红的火焰映照着他们古铜色的肌肤。

而他们身后，在一个稍高一点的小平台上，衣着华丽、头上插着五彩斑斓羽毛、手持木杖的族长正端坐着，冷冷地注视着眼前的一切。

那被绑的三人中，一人在破口大骂，一人痛哭流涕，另一人脑袋低垂已经瘫软在木架上。台上的大祭师好似见怪不怪，依然念着咒语，台下的人也没有骚动的迹象。

咒语念完了，祭师拿着明晃晃的尖刀来到了表情最为凶狠那位面前，手臂一挥，身旁的壮汉便整齐地迈步上前，解开了那人的绳缚，除去衣服，抓起双手双脚，平举抬起，然后放在木桌上，死死摁住手脚。

那军人倒也强硬，也不挣扎，只是嘴里仍旧不停地咒骂着。祭师不为所动，准确而熟练地找到心脏跳动的位置，挥动刀把，飞快地一刀剜了下去……喷射出的鲜血刺激了族人，人群开始欢动，围着祭台跳起舞来。

成钢看得拳头咯咯作响，赵无极强忍怒火按住他的拳头，以免发出声响扰动食人族。看对方几百人的样子，真要是发起进攻来，人生地不熟的，只有死路一条了！两人趁着又一阵鼓声大作，赶紧滑下树，跑向营地，组织大家撤离。

连跑带颠，一行人连夜逃离了这片密林，一口气走了十几公里。当他们绕过一座小山时，天边已经见了白露。老专家实在是走不动了，单手伏在树上，大口大口地喘着粗气。赵无极、成钢和袁国平分散在队伍四周，警惕地观望着，丝毫不敢大意。

“现在还不能停下来，要走到没有高大树木的地方才行。林语，你去扶着田老；杨露，你去扶王老。大家都跟紧了！”

可能是大家都太想离开这里了，居然没一个人喊累。等到赵无极决定休息时，已经是下午一点了。

“不好！田老有些虚脱！”林语突然叫道。

田野此时已经闭眼倒在了林语的怀里，身体变冷，呼吸微弱。赵无极赶紧跑过去，翻开田野的眼皮，又摸了摸他的脉搏，一边让林语给他喂点水，一边不住地摇着头。

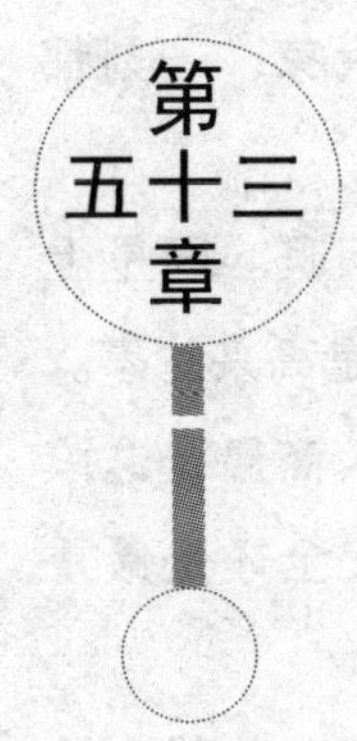

第五十三章 元气大伤

连夜奔走，加上食物太单一，田老的身体有些顶不住了。

“林语，你照顾好田老，谁有压缩饼干先给他吃一点。我去找找有没有草药。钢子、老袁注意警戒！”说完，赵无极插好匕首，跑开了。

当大家把简单的饭菜准备好时，赵无极一只手握着一些草药，另一只手拎着两只肥硕的野兔跑了回来。见到有肉可以吃，大家的精神为之一振。正在一边戒备的成钢忙不迭地跑过来，接过兔子迅速地收拾起来。

赵无极去帐篷里，找到正在照顾田老的林语，把手里的草药递给她，教她如何熬制。

不一会工夫，弥漫了整个营地上方的肉香味飘了出来，大家拿出碗筷，跑到灶前坐了下来，迫不及待地伸手撕着兔肉，已经完全不顾自己的形象了。

赵无极让袁国平留下两只兔腿送到田老的帐篷里。此时，林语正在给田老喂药。见到有肉吃，田老也精神起来。

一顿美餐吃下去，赵无极负责警戒，让大家都抓紧时间休息一下。众人都很快进入了梦乡。这次奔走时间太长，路也不好走，一直在磕磕绊绊中度过，加上对食人族的恐惧，使大家像打了鸡血般神经一直绷得紧紧的，马不停蹄地往安全地带撤退。现在能够好好休息一阵，才体会出平日生活的幸福来。

一个小时后，赵无极把大家陆陆续续地叫起来。此时，他的身心也很疲惫，可是他必须挺住，为了漂亮地完成任务，为了保护好大家，一刻都马虎不得。

田野的气色明显好了很多，王一夫走上前去不停地嘘寒问暖。同是上了岁数的人，真要是一下子留在这青山绿水间，风景再美也不是高兴的事。

考虑到田野的身子还很虚弱，赵无极和成钢、袁国平二人商量，这段路由三人换班背着。出发前，唐智就交代过，专家们的生命安全才是最重要的，因此一定要保护好他。

由于背着一个人，三人的速度不是很快，而且大家的精神一放松，疲惫之感顿时侵袭而来，这节路走起来显得很漫长。

没办法，其他人不是经过训练的特种兵，不能要求他们有过硬的心理和身体素质，赵无极只能在保证所有人不掉队的情况下，随时警戒着周围的情况。毕竟踏上的是波托集团的控制范围，万一遇上当地的土著或其他武装力量，以大家现在的精神状态，估计保命都困难。

三个小时后，夜色悄然降临了，一路走走停停的科考队再也没有气力了。尤其是几位专家，别说是收集标本，就是停下来的时候，也只有大口喘气恨不得躺下的份了。

现在大家身处的密林中，周围闪动的尽是贪婪的动物们光亮的眼睛，必须找一个相对安全的地方才能停下来休整。于是，赵无极托了托身后背着的枪，逐一走到队员身边为他们打气，要他们提起精神，赶紧走出这片丛林。

清凉的夜光如水一般，洒在密密麻麻的树冠上，顺着树枝空隙流下来，落在灌木丛中。除了偶尔的猴啼声，周围是那么的静谧，显得那么的和谐、宁静而又美好。但这一切阻挡不住食肉猛兽对猎物的渴求。

一股强大的危险气息猛然向这群人袭来，赵无极大惊，马上把身上背着的田野交给袁国平，然后拿下身后的长枪，屏住呼吸，瞪大眼睛，缓慢而又僵硬地抬起头来，怔怔地扫视着四周。突然，在他九点的方位出现了两道凌厉的黄光。这只猛兽再也按耐不住，准备进攻了！

赵无极举手，命令队伍停下，然后把成钢召唤来协助自己，决定去会一会这只嗜血动物。在两人交叉行进过程中，面前模糊的邪恶身影轮廓逐渐清晰起来：这是一条十多米长、腰身粗壮的巨型蛇类。此刻，它正探头张着充满腥气的嘴不停吐着信子，直勾勾地盯着赵无极他们。看清了，它就是能让其他生物产生天然恐惧感的库里三角洲地带“霸主”——森蚺。

自古以来，森蚺就是人类崇拜的神明，因为它是战无不胜的丛林杀手，以及一个惯用守株待兔伎俩的潜伏猎人，是一只连美洲豹见了也要退避三舍的可怕生物。它可以好几个月不吃不喝停在同一个地方，而如果猎物经过它的领域，便会毫不犹豫地盘卷上去，以绝对的体型优势，令体型再大的生物也难逃被它一口吞食的命运。

赵无极很奇怪，森蚺怎么会出现在这里？森蚺嗅到了人类的气息，快速靠拢过来。成钢发现敌情赶忙拉动枪栓，随时准备支援赵无极。

“先不要开枪。”赵无极制止道。在这片安静的森林里，一旦开枪，说不定会引来不必要的麻烦，比如食人族、波托集团的雇佣军或者其他猛兽。“你先把枪背好。一会我们一起上，我攻击头部，你攻击尾部，用崩劲震碎它的脊梁骨就行了。注意一点，它尾巴的攻击力很强也很灵活，最好用蛮劲贴上去再打。”

“明白了。”成钢一听心里满是兴奋，这是赵无极第一次主动邀请自己协同作战。

这时，森蚺离二人不到十米远了，这个距离如果它攻击的话，只用几微秒的时间就够了。要知道，森蚺最厉害的捕食技巧就是闪电般的攻击动作。

赵无极当然很清楚这点，大喝一声“动手”，身体便率先飞了上去，仿佛一颗出膛的炮弹，毫无顾忌地直取森蚺头部。成钢听到号令，也紧跟赵无极身后直取森蚺尾部，仿佛山野中的灵猴，动作快到看不到。

森蚺仿佛意识到面前是劲敌一般，蠕动着身躯，迎头对准赵无极就是一击。直到这一刻，他们才完全看清，这条巨兽长达十五米以上，粗大到需要两个成年人手拉手才能合抱，一张血盆大口刚一张开，就卷起一股浓郁的腥风来。

森蚺见过太多在它面前掉头就跑的动物，可眼前的这两个居然不怕。他们不但不跑，还跃起直取它头部和尾部，不由得大怒，使出全身气力，想要一口把他们吞进肚子里。

来得好！赵无极在与森蚺碰撞上的一瞬间，看好周围环境，在空中身体一扭，顺势蹬在一棵树上，借力而起，在提升数倍爆发力的同时深吸一口气，将内劲运至极限。

忽然他健壮的右臂仿佛壮大了许多，在空中幻化出一道霹雳，仿佛一座大山般，朝森蚺头部压了过去，隐隐中发出雷鸣一般声响。

森蚺本能地将头一歪，想闪躲过去，但庞大的身躯想在这么短时间内挪移是不太可能的，它哪里赶得上赵无极的速度，只能硬生生地挨了一记重拳。

砰！

一声巨大而沉闷的声响过后，森蚺上半身受惯力作用，前后摇摆了几下。这边还没有在疼痛中缓过神来，那边尾部又受到一股大力的攻击，成钢发力了，仿佛被巨石砸中般，尾骨有要断裂的感觉。森蚺本能地嘶嘶乱叫起来，尾巴不由自主地收缩扭动着，搅得地面微微颤抖。

没错，赵无极等的就是这一刻。森蚺吃疼后身体在收缩的过程中气势也随之减弱，这时是它最弱小而没有防御能力的时候。赵无极就是抓住了这个最佳攻击时机，使出带有气流、仿佛磨盘一般有力的拳头狠狠地砸在森蚺头上。

砰！

又是一声沉闷的肉体撞击声响起。赵无极一招既出，强悍的力量便如决堤的潮涌般一发而不可收拾。借着这招“隔山打牛”，赵无极身体里的内劲不断朝森蚺涌去，隔着头骨将其头内绞得乱七八糟。

森蚺哪里承受得了赵无极的全力出击，况且击打的又是最敏感的头部，加上尾巴处成钢刚刚的一记重拳正好打中了脊梁骨，将森蚺打得一点反抗力气都没有。它只有不停地晃动着头颅，将粗壮的身躯渐渐扭动在一起，做着垂死的挣扎。

随着扭动的频率越来越慢，森蚺最后直挺挺地躺在地上，仿似毫无知觉，只靠肌肉的本能收缩缓缓翻动，完全丧失了任何的攻击力和破坏力。最后，赵无极沉声纳气，对着它的七寸位置又是一记重击……

看了一眼还骑在巨蟒身上的成钢，赵无极点了点头，暗示危险已经解除了。确定对方没有受伤后，他内心稍定，席地而坐，利用几分钟调整了一番气息。刚才的一次全力重击，耗费了大半内力，谁知道还有没有其他危险会逼近。在这片森林里面，恢复状态是保命的当务之急。

怕什么就来什么。正当赵无极休整内力的当口，又一股危险气息游移而来，在距大家大概500米开外的地方。

那股气息和眼前这条已死的森蚺一样，阴冷、凶狠，杀气腾腾。难道是它的同伴过来了？以自己现在的状态，恐怕已无法再应付这么大的动物了？怎么办才好呢？赵无极心里想。

意外收获

修炼必须停止了，赵无极收功起身，让成钢把袁国平叫来。

二人快步跑来，袁国平看了一眼地上死掉的森蚺，再看看脸色有些惨白的赵无极，关切地问："老板，你还好吧?"

赵无极向他摆摆手，表示已经没有时间多说了，稍微平缓了一下气息说："刚才一仗，我的功力耗费太大了。现在又有危险逼近。如果来的还是一条森蚺的话，恐怕我已难以对付。"

"那据你计算还有多长时间?"成钢相信赵无极的感知力，听他这么一说未免有些担心起来。

"也就是几分钟的时间吧。现在近身搏斗是不行了，必须使用武器。"赵无极说。

"开枪不是会引起敌人注意吗?"成钢问道。

"不用枪和炸药。"赵无极看了他一眼，静静地说。

"那只有匕首了。"袁国平猜道。

"匕首? 你是想让我们跟它近距离搏斗?"成钢有些不解。

"我的计划是用'刀阵'克敌，毕竟它们的腹部是最脆弱的。"赵无极信心满满地说。

"明白啦！老板，听你的。我现在就去把大家的匕首和刀具都收集过来。”成钢边说边往回跑去，两分钟后抱着一堆匕首跑了回来。

三人选好几个地方，马上行动起来。借着微弱的月光，他们将匕首的刀把部分埋在地下，刀尖开刃处朝上，对着森蚺来的方向。

这埋刀桩原本是极为熟练的丛林猎手才会的活儿。蛇有蛇道，狐有狐踪，深山老林的猎户们常常有这样的说法。在蛇的必经之路上埋下暗桩，就能杀蛇于无形。赵无极年龄虽不大，但却是名经验丰富的“老”猎人，当然深谙此道。很快，十来把匕首全部被埋好了，并做了一些伪装。

一切妥当后，三人赶紧退后躲进草丛里，端起枪，以防万一。

不一会儿，一股腥风吹来，阵阵沙沙声响后，一团黑影出现在了大家眼前——一条稍小的森蚺窜出了密林，吐着血红的信子，玩味地看着远处的营地。

突然，它看见了不远处已经死掉的同伴尸体，立刻骚动不安地转而暴怒起来，一个箭蹿，扭动着扑了过来，速度惊人的快。

趴在不远处草丛中的赵无极三人一阵暗喜，它马上就要闯入布置好的尖刀阵了。突然响声大作，三人按下眼前的野草定睛一看，只见那条森蚺正在满地乱滚——尖刀阵起作用了，但并没有马上把森蚺解决掉，毕竟它的体形太庞大，并不是刀刀致命。

其实，这次最致命的不是埋在地下的刀，而是匕首上涂满的箭毒蛙毒液，杀伤力就在这里。

过了十分钟，森蚺不再挣扎了，看起来毒药起了作用。黑夜中看不分明，赵无极等人小心上前，脚下不知踩到什么东西，又黏又软，仔细一看，原来是那森蚺被开膛破肚后从腹腔里撒出来的东西。这些东西在它扭动的过程中喷洒得到处都是，腥臭味极重。没想到尖刀阵有这么大的威力，一条森蚺就这么解决了。

计划很成功，三人都松了口气，击掌欢呼庆贺，然后收起匕首，往回走去。

没有在森蚺脑中发现“龙丹”是赵无极这次最感遗憾的地方，为这还暗自叹息了好一阵。不过这次他带了一样好东西——森蚺脊梁骨上面的主筋——算是小小弥补了一下。赵无极打算用它们做几把弓箭。冷兵器在原始森林里有时候比热兵器更有用。

火苗渐渐地熄灭了，又一个晚上过去了，不知不觉中天色亮了起来。大家吃了点昨晚赵无极带回的森蚺肉后，继续上路。

赵无极连夜做了四把弓箭。做弓需要选择好材料，并经过烘干、油浸、压缩、定型等一系列技术手法才行，好在赵无极对这个流程已经烂熟于心了。箭矢由材质坚硬而又极富弹性的铁木做成，森蚺牙齿做成了箭头，上面全部涂上毒液。除了自己留了一把，他把弓箭分给了成钢、袁国平和林语。

太阳慢慢升了起来，大家走到了一处开阔河岸边，河水的流速很缓慢。

“老板，这里好像有人类活动的迹象。你看这些脚印，都是没有穿鞋的，应该是当地的土著。不会是食人族吧?”前面开路的成钢突然跑回来向赵无极汇报。

赵无极闭上眼睛，仔细感受了一下。不错，是人类的生命气息，而且很多，但没有攻击性，危险性气息估计是这里的另一群土著。正打算和成钢、袁国平商量一下，突然一阵急促的枪声响起。紧接着，赵无极察觉到一些人在朝科考队的方向快速靠近。

怎么办？一边是宽大的河流，一边是密林，想要在这么短时间内带领大家完全避开，难度很大。赵无极赶紧对成钢他们下达了准备战斗的指令。

大家分别潜伏起来，赵无极带着成钢和袁国平呈三角队形分布。十几分钟后，陆陆续续有许多人从前面的丛林中冒了出来，朝着大家的位置跑来。

来人是土著无疑，有老有小，主要是妇女，一个个都惊慌失措的样子。她们有着黄褐色的健康肤色，肌肤饱满而有弹性的。她们将一头青丝梳做两条马尾辫斜搭在双肩上，没有任何装饰。每个人的上身都是一丝不挂，但画满了各种图腾，双臂上是如长城城垛般的游龙图案，腰际至小腹好像是画了扇内有神明的门，就连双乳也画上了荷花一样的装饰图案，就好像一幅完美的人体彩绘。唯一有遮掩的地方就是在腰际系了一条草绳，前后分别挂着两片描绘得很精美的树皮。

看到忽然冒出的这群人，大家有些不知如何是好。赵无极很清楚地感觉到了后面的追兵，一时间也没有特别好的对策，不知道该怎么办。袁国平低声提示赵无极，可以让林语帮一下忙。

林语一脸娇红地跑过来，听赵无极说了几句后，站了起来，朝那些人迎了过去，大喊着，示意她们到自己这边来。

遗憾的是语言不通，这帮土著看到忽然冒出来的人也吓了一跳，但认清对方是一位姑娘时，再看看她连比划带喊叫的样子，疑虑了一下，试探性地按照林语的指示跑了过去。等林语刚将这些人带入后面的丛林里，十几个全副武装的军人便出现了。

这些军人全副武装，一副张牙舞爪的模样，让人觉得来者不善。赵无极仔细观察了一番他们的长相和装备，确定和之前遇上的是一伙人，心想这些败类又在做伤天害理的事，连妇女和小孩都不放过，于是毫不犹豫地下达了战斗的命令。

这帮武装人员正兴致高昂地追击着那群手无寸铁的土著，全然没有想过会招到袭击，面对突如其来的子弹，也仅能做到交替进攻，明显不在战斗状态。

跑在前面的几人毫无悬念地被一枪爆头，其他人见状则训练有素地趴在地上潜伏起来。赵无极估算了一下，一共十二个，刚才开枪，每人干掉两个，也就是六个，还剩下六个。你潜伏有什么用？我赵无极能准确找出你们的位置。

噗噗！

赵无极率先发动了第二轮攻击，对方还没松下一口气，就发现对方的子弹像长了眼睛一般，可以准确地发现自己的位置，于是便不再躲藏，而是顺着子弹来的方向回击过去。双方立刻展开了枪战，一时间你来我往，打得满地开花，鸟兽四窜。

对方虽然只有六杆枪，但随时可能有帮手赶来，必须马上结束战斗才行。赵无极忽然站了起来，弯着腰，拎着枪，跑着避弹步，朝对方阵地冲杀过去。

敌人没有想到对方居然有种直接冲过来，勃然大怒，子弹更是不要命地朝赵无极身上招呼。林语一看，不由大急，冲动地想冲上去，被眼疾手快的袁国平一把拉住，按在了地上说："放心！老板不会有事的！还有我们在呢！"还不是很冷静的林语这时才发现，几乎所有的子弹都比赵无极慢了一拍，根本就打不中赵无极。

像丛林中的死神一样，赵无极速度快的只能看到一道残影，一边跑动一边还击，每一次出手都能收割一个生命。

成钢和袁国平看到赵无极迎着子弹冲过去了，知道他是想速战速决。这时候看的就是配合了，只见他俩站起来，边跑边射击，与赵无极形成锐三角形，一副决一死战的样子。

几分钟后，残余的敌人都被消灭干净了，三人开始打扫战场，收集有用的武器。在洒下的阳光笼罩下，三个汉子显得那么的高大和挺拔。

成钢从地上捡起了一个铝合金箱子递给了王一夫和田野。打开一看，发现里面全是采集的标本，大家不由狂喜，得来全不费工夫啊！原来就是那些采标本的人。算他们倒霉，遇上国刃第一组，估计做梦也没想过会命丧这里吧？

这时，林语带着那帮土著过来了，看到对方的装扮，大家还都不太习惯。这时，前面的密林深处出现很多人追击过来的声音，速度快的惊人。不会吧？敌人这么快就发现情况不妙过来支援了？赵无极来不及多想，赶紧命令众人重新蛰伏起来，准备再打一仗！

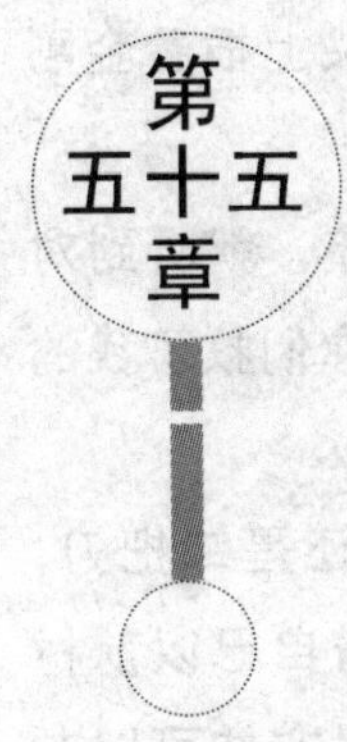

第五十五章

库尔族朋友

服从命令就是天职，对特种兵来说更是如此。成钢、袁国平二话不说，赶紧找好伏击地点，眨眼间便进入了战斗状态。

前面一声凄厉而又尖锐的声音响起，仿佛来自远古的猛兽，又如悲壮凄婉的战歌，实在古怪。喔喔喔！

身后的土著们听后居然兴奋起来，和着声音振臂高呼，弄得赵无极三人一头雾水。

正当大家严阵以待时，前方丛林中直接从树藤上荡下来十几个身影，也许是看到了前面的尸体，落地后警惕地隐藏起来。

赵无极看到他们的穿着，旋即反应过来，松了口气。旁边成钢小声说："老板，好像是土著居民，该不会是那帮人的族人吧？"

"我看像，但警报未解除之前不要大意。"袁国平小声说。三人继续纹丝不动。

这时，被救的人当中，几个孩子兴奋地朝赶来的人跑去，咿咿呀呀地不知道说些什么，很快那些人站了起来，走过来跟土著女人汇合了。

又是拥抱又是亲吻。好一阵子，一个汉子才缓缓朝赵无极三人藏身的草丛中走来。赵无极、成钢和袁国平举着枪纷纷站了起来。

这个汉子强壮结实，腿脚粗短，肩膀宽，脑袋大，其棕褐色的眼睛和黑色头发看起来有几分亚洲人的特点。他身上的服饰也相当简单，只有一个布条在腰际束成几匝，一端挂在身前，一端挂在身后，颇似日本的相扑选手。与其他人不同的是，布条的两端插着羽毛编织物品，头上插着金刚鹦鹉的尾羽。只见他高举双手，示意自己没有敌意。

赵无极谨慎地迎了上去，丝毫不敢大意，正想着如何交流，就听到对方用英语高声喊道："对面的兄弟，我是库尔族的雪鹰，感谢你们救了我的族人，我是带着和平和友谊过来和你们讲话的。"

能交流就是好事，赵无极知道自己虽然学的是英语，但还是二把刀，只是大概意思还听得懂，便将枪口朝下，再扔到地上，并学着自己以前村寨族长的模样，张开双手，脸上露出真诚的微笑，示意接受对方并可以友好相处。

对方虽然没见赵无极说什么，但看到他的手势也明白过来，高兴地走上前来，和赵无极来了个熊抱，高兴地哈哈哈大笑起来，希望通过笑声来缓解气氛，拉近关系，表达善意。

赵无极赶紧朝林语招手，让她过来跟对方交谈。林语的口语能力很强，三言两语就将情况搞的清清楚楚。原来，那帮武装分子和食人族结怨后，看到本地的土著就屠杀。也不知怎么的，今天就走到了库尔族的领地，赶巧族里的壮丁们都出去打猎了，这些人就开始屠杀村里的老人和妇孺。

后来的事情大家就知道了，一些族人发现危险后，就朝这个方向跑了过来，毕竟是长期生活在丛林里的居民，速度一点都不比这些军人慢，但还是死伤不少。等这些精壮男丁闻讯赶回来时，悲剧已经无法避免了，便一路奔跑着赶了过来，准备跟这些杀人魔鬼决一死战。

这下可好了，赵无极等人被视为了他们的救命恩人，雪鹰带着剩下的族人整齐地拜倒在他们脚下，并盛情邀请他们到村中做客。

赵无极有些犯难，不知道大家的意见如何。倒是田野的一句话提醒了他："库尔族不是食人族，这点大家可以放心。我想的是，可不可以利用他们的土著身份，打听打听改造人猛兽的消息。这样我们可就事半功倍啦！"

嗯，的确是个好机会！大家纷纷表示赞同后，赵无极来到雪鹰面前，用简单的英语对他说，接受他们的邀请。

雪鹰回过头对着族人用土语说了几句后，人群沸腾起来。他们纷纷涌上来，举起赵无极三人，一路欢呼着向自己的村寨挺进。有了这帮库尔族人的带路，根本就不用担心遇上其他的危险事情了。

坐在库尔族人用标枪搭成的“座椅”上，雪鹰面带笑容与赵无极聊了起来。

原来，雪鹰在M国上过学，但带有库尔人血统的他，却十分忠于族群赋予他的使命，因此毕业后回来重振部落。

“怪不得你的英语说得那么好!”赵无极感叹道。

“这个没什么难的。倒是你们的东方文明最伟大，不然你们怎么那么优秀！不是吗？哈哈哈!”雪鹰爽朗地笑了起来。赵无极骄傲地笑着点头赞同。这一刻才体会到放松是个什么滋味。

走了几公里后，赵无极突然感觉不太对劲，有几十个略带杀气的生命气息正飞快地朝这边赶来。他骨碌一个翻身从标枪杆上下来，将这个情况告诉了雪鹰，并问他是否知道对方的身份?

“现在我也不能确定。你等一下，我让我们的族人去打探一下。”雪鹰一听非常重视。

接着他发出一声口令，所有库尔族的干将们一下子就全部潜伏到了周围丛林中。真不愧是这片丛林的主人，这份凭借周围地理环境潜伏的本领不是一般人能够做到的。

随后，雪鹰召来一个矮小的人低语了几句。小个子点点头，手持武器，两三下就消失在丛林中，看来是安排人打探去了。

赵无极命令成钢和袁国平检查一下手上的武器。“准备战斗！林语，告诉雪鹰，让他安排他的非战斗族人躲到后面去。敌人应该有三十多人，恐怕是一场硬战，大意不得，你们几个也躲到后面去吧。”太复杂的语言赵无极怕说不明白，于是请林语帮他翻译。

听了林语的传话，雪鹰疑惑地望着赵无极，实在搞不懂他怎么会那么清楚地知道对方的情况。正寻思着，那名小个子忽然荡着树藤出现在他面前。小个子先恭敬地在雪鹰跟前行了个礼，然后把刺探到的情况详细地跟他说了一遍。

怎么情况跟赵无极讲的大致相同？这个人的本领可不一般啊！雪鹰冲赵无极竖起了大姆指说：“根据打听过来的情况，是先头那支武装力量的残余势力和当地的毒贩子。放心吧，这点儿人我们能够解决。”

说完后，雪鹰转身对身边吵闹着要报仇的族人说了几句，这些嗷嗷叫着的人马上安静了下来，认真听完安排后，一个个摩拳擦掌地准备好手上的冷兵器——弓箭和短刀，仿佛丛林里的饿狼一般，飞快地朝对方过来的方向迎了上去。

大家看到雪鹰及族人们的反应，知道他们已经准备开始作战了。雪鹰看到赵无极和成钢、袁国平两人已经开始拉动枪栓，料到了他们想法，跑上前来说：“尊贵而又伟大的库尔族恩人，族里的耻辱需要敌人的鲜血来洗刷，这个仇我们自己不能放弃。当然，也希望强大而又无所不能的恩人能够跟我一起去看看，一旦情况危机，希望可以得到你们的援助，库尔族上下将感激不尽!”

这番多少有些绕嘴的客套话，让赵无极清楚对方现在是报仇心切，不想假手他人，因此点点头，答应下来。转身留下成钢驻守，以免发生意外，接着带着林语和袁国平跟了上去。

走了几百米后，在一处敌人的必经之路旁停了下来。周围的树上已经埋伏好了库尔族人，他们凭肉眼是难以发现的，可见这些人的隐蔽技能十分了得。雪鹰示意赵无极他们上树躲起来。赵无极三人点点头，知道这是保证自己安全的好办法，便分别爬上了几棵大树。

很快，一大帮武装分子从密林深处急匆匆地走了出来。他们手持武器十分戒备的样子，随时准备应对突如其来的危险。

当这些人一踏进入库尔族人的包围圈后，雪鹰率先射出了自己手上的弓箭，准确地命中了领头人的面门。其他库尔族人一看族长发出了进攻的指令，纷纷张弓射箭。受到攻击的武装分子也不甘示弱，快速隐蔽到旁边的草丛中，开枪回击。一时间，丛林里子弹、箭矢纷飞，人影晃动。

赵无极看到这些人身手无比敏捷，不但可以在树之间飞跑，荡树藤的速度更是奇快无比，而且在运动中手上的弓箭照样可以射中目标，箭箭夺命，真是好厉害!

可敌人毕竟人数不少，也是长期在丛林里讨生活的人，反应并不慢，很快结成了圆阵，手上的枪更是不要命地四处扫射，一时之间库尔族人失去了开战时的优势。赵无极见状，从兜里摸出一颗手榴弹抛给雪鹰。雪鹰接过去，一手抓住一根树藤，脚上用力一蹬，身体箭一般飞窜过去，另外一只手将手榴弹扔到了对方的阵中心。

“手榴弹！”敌人中不知道是谁大喊一声，赶紧前扑分散躲避。可等待他们的不只是爆炸，还有一旁虎视眈眈窥视着他们的库尔族人……

捕获目标

一场酣畅淋漓的战斗毫无悬念地结束了，库尔族战士们欢呼着从树上、草丛中聚集到了地上，大家围着族长雪鹰和赵无极三人振臂欢呼庆贺着。之后人群散去，三三两两准备返寨。

赵无极见他们不打扫战场，很是奇怪，便问雪鹰。雪鹰笑道："丛林里的枪并不比弓箭厉害。祖先传下来的东西才是我们要遵从和保留的。这些枪是现代武器，对于我们来说弊大于利。再说，整个库里三角洲的居民都是不会使用这些武器的。"

"哦，为什么?"赵无极好奇地问。

"子弹、枪的威力固然不小，但如果我们用这种武器，就会荒废手中的弓箭。一旦没有了子弹，我们拿什么守护自己的家园? 总不能变卖这片丛林中的瑰宝换武器吧?"雪鹰解释道。

听到这里，赵无极恍然大悟，赞同地点了点头。

雪鹰明白，这些武器虽然对自己来说用处不大，但对赵无极来讲却是保身立命的工具。于是他豪爽地冲手下人喊了一声，一个瘦高个马上跑过来。雪鹰在他耳边叮嘱了几句，高个点点头应着，然后带着几个人将所有的枪械收缴过来，放到雪鹰面前。

雪鹰冲他们挥了挥手，然后转过身指着脚下的武器对赵无极说："这些武器就作为见面礼，希望你们笑纳!”

赵无极感激地握了握雪鹰的手说：“谢谢你们的美意!”叫来身边的成钢、袁国平看一下，把需要用的全部收了起来。

库尔族村寨坐落在库里三角洲源头附近一处地势稍高的丘地上，整个地方被丛林包围。全村最高的地方是祭坛所在的位置，站在那里能够看到周围丛林的大致面貌，听见蜿蜒流淌的库里河流水声。

在郁郁葱葱的密林掩盖下，百余间由木板和棕榈叶搭建的房屋错落有致地散布其间。这里的建筑既保留了原始部落的特征，也明显印烙下了异域的痕迹，祭坛、神龛和椭圆形、v字形顶屋等等一应俱全。

进村后，赵无极一行人受到了最热烈的招待，库尔族人为他们准备了最好的房间。不过，对于大家来说，现在没有什么比洗个热水澡更急切的事情了。当得知大家的这个需求后，雪鹰立刻安排下去。不到二十分钟，热水就准备好了，并安排了两处封闭的浴室。轮流洗完澡后，大家的精气神又都提了起来，开始仔细打量起这个村寨来。

这里的房屋屋檐很低，可以遮雨挡阳。里面用木板隔成两部分，前面做客厅，后面是卧室，中间没有门。床是用树枝编成的，上面铺草席，睡觉时用草编毯或棉布当被子。

库尔族人在室外露天起火烧饭。他们耕种玉米、木薯、蚕豆等农作物，也圈养少量的羊驼、骆马等大型牲畜，族里健壮的男人们经常去丛林里打猎。一些手艺精湛的工匠打造出的武器足以媲美现代工艺品。打猎回来的食物如果吃不完，他们还会拿到外面去交换，通常要的是一些日用品。

族里最受尊敬的是大祭师，他居住在神庙里。这座所谓的神庙是一间不大的树屋，耸立在近四十米高的树冠中，让人产生一种神圣高贵的敬仰之情。

一路边看边问，不知不觉中肚子开始咕咕地乱叫了。

库尔族人准备的晚餐在傍晚时分开始了。健康美丽的姑娘们早早地把食物端了上来，有水煮玉米、蚕豆以及烤木薯。库尔族人善饮，他们把蜂蜜和水混上一种特殊的树根汁酿制成美酒，酒气浓香醇烈。

这一晚，大家一边喝酒一边尽情跳舞作乐，直到深夜。

第二天早上，赵无极起来后将大家召集过来，讨论接下来的计划。

“我们应该尽快找到改造人身上的基因源。”田野说。

“是啊，眼看快三个星期了。虽然上次敌人遗留下来的标本里可能含有传说中的猛兽基因标本，但最好还是亲自采集一下，这样才保险。”王一夫跟着说。

“如今有了雪鹰的帮忙，应该会很快实现。”“老板，我觉得我们现在要抓紧时间。”

赵无极冲大家点点头说：“没错，我同意大家的看法。既然统一了意见，我现在就去找雪鹰。”说罢起身向外走去。

不一会儿，赵无极就和雪鹰两个人一起走了进来，然后大家简明扼要地把要找的野兽模样跟雪鹰描述了一番。

雪鹰手握权杖沉思了一下，扭头与身边跟来的两名族人沟通了一番，用英语对赵无极他们说：“我们崇拜的一种‘神兽’跟你们描述的野兽非常相像。它是我们的守护神，从我们祖先来到这片丛林起就存在了。这样，我叫两个熟悉路的猎手领路，我陪你们一起去！”

众人一听怪兽的事情有了着落很是激动。

“但是——”雪鹰看看赵无极接着说：“我有一个条件。”

“尽管说！”赵无极快速应了一句。

“你们绝对不能伤害它们的性命！”

赵无极听后一笑说：“这个你尽可放心。我们只是需要它的一点皮毛，绝对不会伤及它的性命！”听到赵无极的保证，雪鹰略微放心了一下。

“据我们的分析，将要前往的地方很可能是一伙敌人的控制范围。除了我们仨——”赵无极指了指成钢、袁国平，“其他人基本没有战斗的经验。用不用多带几名你们族里的战士？”赵无极有些担忧地说。

雪鹰摇摇头，“这个情况我们也掌握了。从几年前开始，就有人不断地在猎杀我们的‘神兽’。只可惜我们势单力薄，根本不能与他们对抗，现在它们的数量在急剧减少，我们也是尽量把它们赶到环境更为险峻的地带，不让那些人轻易得手。不过你们不用担心，我们领你们走的都是只有我们知道的小路。再有，神兽很敏感，我们人数太多一定会惊吓它们，而一旦躲起来，就不好找了。”

赵无极与成钢、袁国平相视一下，点点头表示同意。这样，一行人出发向密林深处走去。

穿行在荆棘密布的丛林小路中，行走虽然不顺畅，但可以避免打草惊蛇，躲开波托集团的监控，这让赵无极、成钢、袁国平三人安心不少。这里是彻彻底底的波托集团势力范围，稍有不慎就会遭到强大敌人的武力袭击，凭三个人的实力还不足以保护这么多人。

就这样，两名库尔族猎手在前，雪鹰、赵无极随后，中间的是科考队其他成员，成钢和袁国平断后。一行人走了将近一个小时后，前面的两名猎手突然蹲了下来，其中一名打手势，暗示后面的人停下来。

赵无极感到一股略带犀利的生命气息由远及近。再侧耳细听，有涓涓流水声，现在应该是潜伏在了一条小溪附近。前面一名猎手轻轻拨开了面前高过半人的杂草，雪鹰让赵无极凑前观看，只见一头通体略微发白、体长近四米、脚长利爪、额头长角的怪兽出现在四十米开外的溪流旁。它全身饱满健壮的肌肉，正随着呼吸起伏着。此时，它在低头饮着溪水解渴。好像听到了什么声响，它警惕地抬起头，咄咄逼人的目光中，可以想象出它捕猎时的凶猛模样。

没错，就是它！

赵无极看后兴奋地向后招手叫来田野、王一夫两位科学家。二老匍匐向前，举起手中的望远镜仔细地观察了一下，然后兴奋地相互点了一下头，激动的神情溢于言表。为了不发出声响惊动怪兽，两人悄悄地抽身出来，撤到后面。赵无极紧跟其后，招呼大家来到一块稍微有些稀松的草地中间。

“小赵，你说吧，我们什么时候动手?”田野抑制不住兴奋地低声说。

“我看这样，时间紧迫，我们只有这一次机会，万万不可失手。”赵无极顿了顿，接着说：“这头怪兽体型巨大，看样子还很凶猛。我觉得只有智取，才能既完成任务，又不伤及它的性命。”

“你是说麻醉针?”王一夫猛一醒悟。

“没错。唐奇、蓝韵，你俩看一眼怪兽再去准备麻醉针。记住计量要适当，严格控制好它舒醒的时间。”

“好，没问题！”两人应着跑开了。

“成钢，留在原地警戒，关注敌情。老袁，一会儿等怪兽麻醉后，和我一起掩护王老过去采集标本。”

“是！”“是！”

一起布置妥当，各就各位。

赵无极重新来到库尔族猎手旁，伸手接过装好麻醉针的枪管，对准已经喝饱水正在梳理毛发的怪兽，深吸一口气，猛地一用力。

嗖！

麻醉针在怪兽还没来得及反应的情况下，稳准地插进了它的肚皮侧面。被激怒的怪兽张开血盆大口正要发威，踉跄的几步还没有走完，就眼睛直勾勾地瘫软在地上。

赵无极举臂一挥，早在旁边等不及的王一夫拎着工具箱就奔了出去。考虑到附近可能埋伏着敌人，赵无极和袁国平不敢怠慢，两人左右分开，举枪边做警备状边朝怪兽方向奔去。

好大的家伙啊！眼前的这头怪兽全身长着半指长的短毛，上面点缀着细细的浅灰色条纹。它下颚长了一对锋利的獠牙，半张的嘴里呼呼哈着热气，发出瘆人的低吼声。

王一夫动作麻利地从它的后腿处剥下一小块皮肉，迅速放入标本瓶中，然后掏出相机准备拍照。

“不是说不会伤害它吗?!”不知什么时候雪鹰来到了王一夫身后。

“我们只是对它进行了麻醉，几分钟后它就会醒过来，没有大碍。”王一夫边解释边忙着用手中的相机不停地拍着照。

“好了吗？赶紧撤离！”赵无极命令道。

回到库尔族村寨，顺利完成任务的科考队员们高兴地拥抱在了一起。现在有了标本，就等着回去破解了。两个多星期的丛林生活，让大家体会颇多，感触颇多，收获匪浅，是时候离开了。

但问题是，刚才取回标本的过程会不会太顺利了？在激动过后，赵无极首先冷静了下来，回想一路上的点点滴滴，总觉得事情透着古怪。波托集团的武装力量不止这一点啊，难道背后隐藏了更深的阴谋?

接下来，就是该怎么安全地离开了，看来需要费些脑筋。赵无极看着地图寻思起来。

垂死挣扎

从地图上可以看出，这里距离伊基地区直线距离不是很远。如果按照原计划赶到那里乘坐快艇，赶一赶时间的话，应该没有问题。目前最棘手的问题是，敌人的具体情况己方根本一无所知啊！赵无极剑眉紧锁。

“老板，冒然行动的话，很可能会落入敌人的圈套。”成钢一只手撑在地图上说道。

“怎么说?”

“敌人在暗，我们在明，形势对我们不利！虽然一路上我们尽可能地做到行迹隐秘，保持有生力量，但除了我们三人，其他人都是普通人，清扫障碍的同时，恐怕已经暴露了。要不是遇到土著，标本的采集也没有这么顺利。”

“嗯，钢子说得对。摸清敌人的情况是当务之急。否则要想安全地离开此处恐怕不易!”袁国平接道。

赵无极目光灼灼地看向二人道：“好兄弟，我们想到一块了！没错，现在只有摸清敌人的情况才能制定撤退方案。这样，我们一起去找雪鹰，看看他有没有什么好法子!”

“雪鹰兄弟，如果可以的话，我想请你再帮个忙。”一听赵无极开口，雪鹰毫不犹豫地答应下来。

“来，你看——”赵无极说着把雪鹰引到地图旁，“我们想近快启程，到这个地方。但想必我们的行动已经引起了那帮敌人的注意。若想离开这里，只有避开这些人。因此我们想请你帮忙，希望可以帮我们打听一下外面的情况，看看他们的布兵情况，以便我们做下一步打算。”

“这个容易，后天早上等我好消息！”雪鹰马上安排人手去打探消息。

波托集团库里三角洲某秘密实验基地会议室。

一个金色头发、身体微胖、西装革履的中年人正脸色铁青地听着助手的汇报。

“麦德总裁，前方传来最新情况！”戴着眼镜、矮小精干的棕色头发男子说。

“说！”麦德面无表情。

“刚收到一名实施‘采摘’任务的成员临死前发来的信号，通过解密发现是一张照片。”

“拿来！”麦德把手伸向他。

盯着图片仔细看了几秒钟，麦德的脸上出现了一股杀气。

啪！

照片被重重地摔在桌子上，一双锤头似的肉拳狠狠地砸了下去，面露狰狞地咆哮道：“又是他！真是阴魂不散！”

“您认识照片中的人？”小个子男人惊愕道。

“化成灰我也认得！你不觉得照片右上角的那个人有些面熟吗？”

小个子男人上前拿起照片，看着看着也露出了不可思议的表情，“这个不是——在A市破坏我们计划的那个人吗？要不是他的眼睛和嘴型还真是认不出来，伪装得不赖啊！奇怪，他怎么来这里了？难道他们知道我们的计划了？”

“看来他们已经得到怪兽的标本了。现在传我的命令下去，坚决不能让这群人离开这片丛林！不惜一切手段，坚决不能！”

“是！总裁！他们要是得逞了，那我们的计划就要全部破灭啊！”助手逢迎道。

“事关重大，我不希望看到失败！”麦德冷冷地命令道。

时间飞快地流逝着，赵无极、林语和成钢、袁国平四人抓紧时间跟雪鹰练起了弓箭。原本箭术不错的赵无极进步飞快，连雪鹰这个丛林地带最强的射手也不得不佩服至极。

消息很快打探清楚，有六队人马正朝这里奔袭而来，都是全副武装，约有百余人。看来敌人不但已经知道了他们行踪，而且誓死要把他们铲除干净。为了避免祸及库尔族人，赵无极下令科考队即刻启程，奔向接应地点。

豪爽义气的雪鹰在赵无极一行人收拾行囊之际，又仔细地向属下询问了敌人的情况，然后手持一张用狼皮做成的手绘地图，用手指在上面划了一条线指给赵无极说："你们要到的是这个地方，在地图上看离我们这里不远，但是要想在最短时间内到达，就要这么走。看，要经过这几个部落。你们是我们的救命恩人，在你们遇到危难的时刻，我们不能袖手旁观。再说你们也是言而有信的人，我们的'神兽'那天很快就苏醒了，我们很感激你们保护了它们。丛林是我们的天堂，这里的路我们最熟悉。这次由我亲自带领族里的战士们护送你们，就算遇到了其他部落也不用担心。你看怎么样?"

这再好不过了，有了雪鹰的保护，赵无极他们就如虎添翼了，对安全和时间也就有了保障。赵无极感激地握了握雪鹰的手，谢谢他的大力相助。

大家收拾一番，带上足够的武器弹药和物品整装待发。赵无极看了一眼正在给护送队伍训话的雪鹰，倒也有几分将军的气度，想想他们认识不过区区几天时间，竟然这样舍命相报，不禁心生敬佩。

情况危机，队伍在库尔族男女老少的注目下，快速离开了村寨，朝丛林远处走去。一路上，有了雪鹰的带路，不但不用担心迷路的问题，而且避开了生禽猛兽，速度自然提高了很多。但赵无极的警惕心可是一点都没有放松，在丛林里，越安全的时候往往越危险，大意不得。

天快要黑下来了，雪鹰建议扎营。原来已经快接近一个部落的地界了，如果继续赶路的话，是无法在天黑前穿过那个部落的。没有经过对方许可便擅自闯入，会被视为挑衅行为，双方打起来便很麻烦，根本没必要旁生枝节。

这晚，库里三角洲丛林里静悄悄的，可能是到了有人活动的地方，猛兽都在避让，一直到早上也没有发生什么意外，大家睡了个安稳觉。清早，大家起来继续赶路。

走到一片杂草茂盛之处。突然，赵无极察觉到左侧有人靠拢过来。静心感觉一下，人数还不少，赶紧将情况告诉了雪鹰，两人商量了一下对策。

雪鹰先派出一个壮汉打探消息，其他人则在赵无极的指挥下隐藏起来，成钢、袁国平都做好了战斗准备。

很快，打探消息的人回来了，告诉雪鹰是一个部落的狩猎队伍。这两个部落之间素有往来，相处还算融洽，雪鹰向赵无极做了个安全的手势，赵无极、成钢、袁国平三人起身向雪鹰靠拢过来。

很快，两帮人马碰到了一起，雪鹰用丛林居民特有的礼节上去和对方首领打了个招呼。两人问候了一会儿后，交谈了起来，然后雪鹰送给对方几只沿途打来的猎物。

等这支狩猎队伍走远后，雪鹰铁青着脸对赵无极说："刚才的部落首领告诉我一个不好的消息，昨天他们在狩猎时碰到了一支军队，正满世界悬赏找几个东方人。好在当时天色较晚，他们也想不到我们在一起，要不然就麻烦了。"

哦？赵无极心里一沉，敌人的动作不慢啊，要用什么办法化解呢？随即暗自思索起来。

"我估计是那帮袭击过我们的人搞的鬼。"雪鹰分析道。

赵无极赞同地点点头说："看来，我们只得加快速度才行。"

"是啊！必须赶在他们前面到达目的地。否则让他们抓住我们的行踪就不好办了。越往目的地走，能够遮掩我们行踪的灌木丛就越少，暴露的几率就大增了。"雪鹰忧心忡忡地说。

大敌当前，路上不再有人说笑，成钢、袁国平和赵无极三人更是提高警戒级别，随时关注周围的情况。谁也不知道有没有敌人在前方围堵，会不会遇上什么危及考察队员生命的情况？

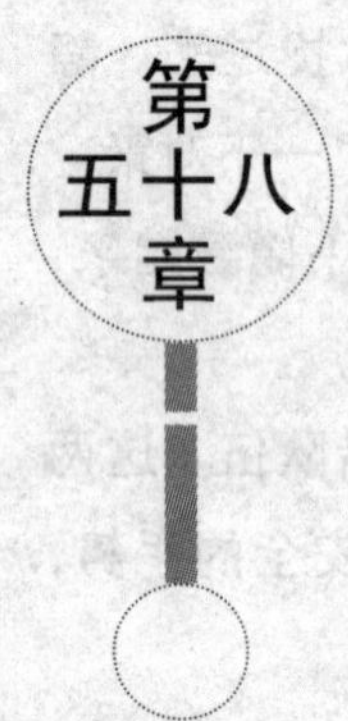

巧妙脱身

大家都有意地加快了步伐，两位老专家也小跑跟上，白奇和蓝韵拿着标本箱紧随其后。杨露和蔡琼两人打起十二分精神默不作声，快速前行。毕竟现在能安全离开这片丛林才是最重要的。

炎热的夏季，丛林里水分蒸发得很快，闷热和潮湿交杂着让人透不过气。加上一路的快速行走，让原本身体比较虚弱的田野上气不接下气，慢慢地几乎只靠袁国平的搀扶才能挪动脚步。

这样下去，还没走出丛林，人就不行了。赵无极看在眼里，急在心里，跟雪鹰商量后，匆匆找了个略微适合隐藏的灌木丛让大家躲了进去，算作暂时休息之地。

已经接近中午了，为了避免引起不必要的麻烦，大家没有生火吃饭，就着冷水咽了点干粮和干肉。蓝韵得空让杨露协助给田野做了一些简单的治疗。

正当大家觉得体力上升之际，赵无极猛然眉头一挑，不好，附近有危险！成钢和袁国平一见赵无极的表情就知道周围有变，赶紧拉动武器集中注意力、分散警备。雪鹰也带领部下做好了准备。

“怎么样？什么情况？”成钢低声问。

“地图！一公里左右的地方有大量敌人活动的气息。”赵无极回应道。

雪鹰赶紧摊开了地图，和赵无极认真地研究起来。对比周围的地形情况，基本能确定目前所在的位置已经离目的地不过半天路程了，快的话，天黑之前就能走到。问题是，眼前那些冲过来的人让情况变得有些麻烦。

赵无极转头问："雪鹰，还有没有第二条路?"

雪鹰看了赵无极一眼，没有多问，对照地图比划了一下说："在这里，路无处不在。但如果现在改走其他路线，要多花费时间才能到达你们接头的地方。"

"要多长时间?"

"我估计要到明天下午了。"

听到雪鹰的话，其他人都围拢过来。这眼看就要走出丛林了，目前的危险怎么躲避是关乎大家生死的问题。

"估计敌人的几队人马都快要到了。这里有，还有这里。"赵无极指着地图说。

啊——！众人大吃一惊，谁也没有想到敌人的速度这么快，看来实力不容小视。

"嗯，看来敌人是有备而来，是得考虑重新规划路线了。"雪鹰眼睛不离地图地说。

"敌人既然是从后方呈扇形推进，那对我方就成了包围之势，我们又能躲到哪里去?"成钢反问道。

"嗯！"赵无极点点头，"不错，敌人来者不善。此次出动这么多人，看来是势在必得。我们得另想办法，避免不必要的伤亡。"

众人一听，不再说什么了。一路走来，这么多困难都挺了过去，现在胜利在前，只有一搏才有希望，也没什么好害怕的了。

"老板，调虎离山之计怎么样? 没准还有一线希望。"袁国平建议道。

"对！是个办法。"成钢期待地望向赵无极。

"好主意！这样，雪鹰，一旦遇到敌人，我们就兵分两路突围出去。你看怎么样?"赵无极问。

"嗯，好吧。估计他们也不敢拿我们怎么样。倒是你们会比较危险。他们一共有六组人，如果前方再遇到敌人就只有靠你们自己了！"雪鹰有些担忧地说。

“剩下的就只能靠我们自己了!”

约摸走了不到一公里，前面影影绰绰地出现了一队人马，看来是有一组敌人率先斜插到他们前方了。

赵无极赶紧指挥大家躲进附近的杂草丛中，然后三步并作两步，迈着轻盈的步伐跑向一棵大树，爬了上去。

很快，敌人出现在了他的望远镜里。走在前面的大概十来人，身穿迷彩服，肩上扛着步枪，腰间别着手榴弹。他们身后跟着一辆悍马军用车，里面坐着两个人，副驾驶上那个高大强壮的光头应该是个小头目，此刻他戴着墨镜，正四处观望。车后又跟着十来个人，除了步枪和手榴弹外，还扛着两挺机关枪。

看来雪鹰的情报还是比较准确的。照这个小分队计算，对方确实一百来人！而且武器精良。看来硬仗是难免了！可现在队中除了国刃小组的三个人，也就林语稍微有些战斗力，但也仅限于冷兵器，这可如何是好?

赵无极迅速爬下大树，将情况跟成钢和袁国平商量了一下。最后三人决定，先分路绕道，保存战斗力，敌人太强大了，只能走一步看一步。

赵无极将想法跟雪鹰商量了一下。二人又重新爬上大树观察了一下，很快确定了一条新路线。

为了不惊动丛林里的飞鸟，提前引起敌人的注意，先由雪鹰带库尔族的人迎过去，将这帮人引开。以土著居民的身份，这些敌人应该会放行。而这时赵无极等人就可以乘机从这里穿过去。

计划确定好后，赵无极和雪鹰拥抱道别。雪鹰从脖子上摘下一串由五颗美洲豹牙做成的项链送给赵无极。赵无极并不客气，接过后直接戴在自己脖子上以示尊重。同时，他也将自己戴的那由两颗狼王牙穿成的项链作为交换礼物送给了对方。

“无极兄弟，你们老人和女人多，前方要多加小心才行！有情况随时鸣枪呼叫我们！我们一定及时赶过来帮忙!”听到雪鹰热忱的一番话，赵无极感激地又跟他拥抱了一下。

雪鹰带着族人们飞快地朝那一小伙敌人走了过去，靠近敌人时，故意弄出了响动，引起鸟兽惊散。

果然，这伙敌人发现异常后，马上鸣枪，朝雪鹰的方位追了过去。

一阵嘈杂声过后，赵无极从草丛中探出了脑袋，左顾右盼之后，向成钢和袁国平打了打手势，表示按原计划路线前行！

现在是生死关头，己方处于明显的劣势，只有靠运气提前到达接头地点，才能得到安全的保障。

不用太多的吩咐，成钢和袁国平一人负责一位老专家，除了必须物品和枪械武器外，其他无用的东西全部扔掉，大家完全轻装上阵。

真是害怕什么就来什么。还没走到一个小时，忽然赵无极感觉侧面有一股敌人正在逼近，“快找地方潜伏！”

众人赶紧藏匿起来，一个个贴在地上一动不敢动。

国刃三人检查了一遍武器，并发给其他人每人一把手枪和几颗炸药防身。

赵无极看看手上的 G－22 狙击枪，示意成钢、袁国平二人跟上他，三人开始朝敌人活动的方向前行。

五六分钟后，藏身在树上的三人在十二点方向看见了一队正急冲冲行军的敌人。他们的装备跟之前的一伙人差不多，可以肯定都是波托集团的爪牙。

走着走着，他们突然分散开来。看来他们还没有发现赵无极他们，只是碰巧选对了方向，这时走累了，应该是要休息了。他们散坐着，车上的小头目跳下来，跟一名手下嬉笑着，向周围的同伴分发着香烟。

“这帮小鬼！没一个好东西！”旁边的成钢狠狠地说。

赵无极看着这些人一副长坐不走的样子，心里面很着急。再这样拖下去，就不能按原计划走出丛林了。现在偷袭倒是好时机。可是，又怕惊动了其他几股敌人。一旦他们都围过来，形势就会变得很不利。

“老板，怎么办?”

“打吧！躲是躲不过去了！”

那只能狙击枪和匕首并用了，而且必须速战速决才行！

“成钢、老袁你们过来！”赵无极凑到他们耳边部署了一番。两人心领神会地不住点着头。

袁国平继续埋伏在树上，架起装上消音器的步枪，赵无极、成钢二人身手敏捷地滑下了大树，放下步枪抽出匕首，猫腰扑了过去。

噗噗!

两发子弹发出，两名正在放哨的敌人还没来得及哼上一声，就倒了下去。赵无极、成钢二人不等敌人有所反应，快速施展手中的武器，几个人还没来得及反应就已经被锋利的匕首划破了喉咙。

擒贼先擒王。

噗!

一记漂亮的点射，正在小解的首领干净利落地被袁国平消灭掉了。

啊!

成钢身后突然一个声音响起。他猛地一转身，看见一名刚要举起手枪射向自己的敌人被一把匕首直插心脏。

原来是林语。林语见赵无极他们许久没有回来，心中很是担心。刚巧赶到时，看到一个人准备开枪，大急之下，抽出匕首脱手甩出，匕首在空中划出一道墨黑的弧线后，准确地钉入对方的胸膛。

成钢来不及感谢就发现旁边一人举起一把开山刀朝赵无极后背偷袭过去。只见赵无极并不慌张，猛然一个侧身，转身之间一拳飞了出去，轰在对方脑袋上，顿时一团血雾喷射而出。

砰!砰!

余下的两三名反应过来的敌人还是打响了手中的枪。事不宜迟。赵无极和成钢干脆拿出腰间的手枪，几记精准的点射后，快速解决了残余势力。

二十来名敌人转眼都成了尸体，林语目瞪口呆地看着眼前的一切，一股强烈的恶心感突然涌了上来……

第五十九章 顺利返航

林语将肚子里的东西全部吐出来后，感觉好受了许多。看到大家都在等自己一个人，歉意地一笑，深呼吸一口气，示意自己没事了。

这里不是说话的地方，已经惊动了敌人，除了继续前行，期望接应的人按时到达接应地点外，已经别无选择了。

大家继续朝前走去，成钢走到林语旁边，小声地说："谢谢你刚才救我一命，第一次都是这样的，难为你了！"

林语感激地朝成钢点点头说："没事，现在我感觉好多了。"

成钢手握拳头做了个加油的动作，便跑到队伍后面去了。赵无极看了一眼往后走去的成钢，朝林语点点头笑道："不错！干得好！"

一路又躲过两股夹击的敌人，将近天黑的时候，大家来到了一片矮小开阔的丛林前，看到了奔涌的河水。

大家按照赵无极的指示原地待命，潜伏在丛林里，并没有轻举妄动。

赵无极看了看时间，摊开地图，仔细比照了一下，确定是撤退地点后，让成钢按计划发出了接应信号。

国刃大队唐智办公室。

唐智兴奋地拿起电话拨通了一个号码，大声说："张鹏吗？我收到你发给我的卫星图片了。看来赵无极他们正在接近伊基地区。我已按计划派人在那里等候了。你那边有什么新动态没?”

“没错，看来他们是完成任务了！这个赵无极真是好样的！不过，有情报显示波托集团预置他们于死地，几股敌人正在夹击他们，不知道第一组的三个人能不能应付得来。”张鹏在电话里略带忧虑地说。

“我相信他们的实力！我这边也会加派人手过去支援的。你完成手上的工作，就赶紧归队！我们一起迎接他！”

“是!”张鹏痛快地答应下来。

波托集团麦德办公室。

“你们这帮饭桶！蠢猪！三天时间不仅损失了一队人马，而且连他们的毛都没摸到！我现在不管你们用什么方法，一定要在逃跑之前截住他们!”麦德面对两名手下气急败坏地大声骂道。

“是！总裁!”一名属下大气不敢出连忙答应着，然后小心翼翼地说：“总裁，我怀疑他们已经走出了丛林。如果在丛林里，没理由找不到，只有这个原因可以解释。如果真是这样的话，那些人已经起不了作用了，因此我建议派杀手前去执行任务!”

“你总算还有些脑子。不管你们用什么方法，我要在明天醒来的时候见到他们的尸体！滚吧!”麦德冷声喝道。

此时，等待在丛林中的赵无极等人焦急万分，对面迟迟没有发来接头暗号。到底怎么回事？是接应人员没有来，还是途中出现了什么变故？如果总部不知道我们现在的情况，接下来又该如何应对?

正寻思着，只见黄昏中一道黑影飘落在密林附近。

谁？赵无极等人马上警觉起来，拉动了枪栓。

“不许动，举起手来!”袁国平低声喝道。

来人也不说话，马上匍匐在地，手持电筒打着预定好的暗号。

王一夫疑惑地仔细一看，不由乐了说：“是自己人。没错，看来我们得救了！老田，你也看看，是不是真的?”

噗噗噗！

话音未落，狙击枪子弹突然在来者身旁落下。只见他接连几个翻滚，冲进了附近的草丛中。

有埋伏！难道自己的行踪被敌人发现了？这可不好办了，快艇近在眼前，要是被敌人截住了可就九死一生了！

“看来我们要先突围出去才行。敌人暂时找不到我们的快艇，我已经和同伴把它藏起来了！”接应的人不知什么时候爬到了赵无极身旁。

“你的同伴在哪里?”赵无极问道。

“和快艇在一起，暂时安全。但是我们已经约定好，如果在一个小时内不过去，他就会先行离开。”

大家一听倒吸了一口冷气。来者叫罗海，看身手也是军人出身。

形势不容乐观。

四周有狙击手，位置不明，轻举妄动只能暴露自己的位置。看来敌人已经下血本，派出精锐部队刺杀他们了。

三分钟后，大家按照赵无极的吩咐四散开去，科学家们和杨露、蔡琼、林语等人被围在中间，人手一把手枪，趴在地上，其他人就地构筑防御工事，补充好武器弹药，严阵以待。

此时，十几道身影已经朝这里悄悄匍匐过来，渐渐把包围圈缩小再缩小。

危险气息扑面而来，赵无极的内心越来越紧绷，低声对同伴们叮嘱道：“大家注意了，敌人靠近了！”

天刚暗下来，赵无极举起夜视望远镜顺着声音的方向望去，只见四五个身穿夜行衣的敌人正鬼头鬼脑地潜行。他们没有料到，此刻，前方等待他们的将是一颗颗残酷的子弹。

赵无极两眼死盯着那从其他方向冒出来的黑黝黝身影——敌人越来越多，已经进入射击的有效范围了。

“开火！”随着一声短促而低沉声音，步枪、手枪一起开了火。

前方和左右七八名敌人连声哼都没来得及哼一声，就统统上了天。

咚！咚！咚！

咣！咣！咣！

一枚枚子弹像雨点般落下，砸在赵无极四人工事上，土石飞扬，火光四溅。

赵无极四人沉着应战，远处的敌人拿狙击枪解决，一些冲到跟前的敌人，就拔出手榴弹掷过去。除了精准度，这时显示他们的就是过硬的反应能力、判断能力和协同能力！子弹声、爆炸声、敌人的惨叫声此起彼伏。

第一波攻击过去后才几秒钟，第二波又重新开始。一时间阵地附近硝烟弥漫，烟尘滚滚。不少受了重伤的敌人没能得到救治，呻吟着，直到鲜血流尽、凝固……

轰！轰！嗖——

不好！有炮弹飞过来，可能是火箭炮发过来了！

没等大家反应过来，阵地后方传来砰的一声巨响。罗海转头一看，不由大吃一惊，那个爆炸位置离工事不远，炮弹要是稍微偏正一些，随着弹片四溅的可能就是自己的血肉了，但他不愧是一名优秀的军人，只是冷笑了一下，便又投入到了战斗中。

忽然的爆炸、援军的到来，竟让敌人振奋起来。重新补充上来的士兵加上侥幸没被打死的混杂在一起，重新对赵无极他们发起了第三轮攻击。

四人也毫不示弱，沉稳冷静地交替使用着手中的钢枪和炸药，不给敌人留有一丁点儿的希望。

对方都是些退役的雇佣兵，哪里比得上赵无极他们拥有的坚定信念！很快，又是一次溃退！战场瞬间变得安宁了。

乘此间隙，赵无极他们加固工事，检查弹药。

子弹所剩不多，四人知道坚持不了太久，赵无极边往身上插装手榴弹边对成钢说："我掩护，你去把九点钟方向打坏的那辆车开过来，我们不能恋战！"

"是！"成钢背上枪，拿着两颗炸药，利落地一个翻身，跃出工事，快速地爬向汽车。

在夜幕和炮弹炸出的浓烟掩护下，一辆悍马军用车很快驶入赵无极一方的阵地。

“罗海副驾驶，其他人都上车。”赵无极冷静地指挥道。

“老板、老袁上车!”成钢大喊。赵无极、袁国平一个箭步分站后车门两边，一手扶车窗框，一手持步枪进行掩护。

随着车子的驶离，发现他们撤退迹象的敌人也加紧了攻势，火箭炮、手榴弹、子弹紧随其后。成钢发疯似地驾驶着车子，透过反光镜来回躲避着炮弹，凡是车子开过的地方都变成了一片火海、烟海。

轰!

随着一声爆炸，车子在热浪的冲击下飞了出去，赵无极、袁国平飞身滚了下去。在浓烟中，车子竟然像在表演特技一样跨过一些碎石稳稳落了下来，可由于反冲力的作用，车子在落地的同时一下子失去了平衡，侧翻着滑行了出去。

浓烟是最好的掩护。在赵无极的指挥下，成钢和袁国平迅速帮助车里的同伴一个一个爬出翻倒的汽车。除了林语轻伤外，其他年轻人都出现了骨折，满脸鲜血。最严重的是两位老科学家，尤其是王一夫，等到他被生拽出来时，已经完全不能动弹了。赵无极二话不说，矮身背起王一夫，成钢扶起田野，带领大家在炮弹的压制下快速向近在咫尺的河边跑去。

也许是听到了猛烈的炮火声，前来接应的另一名同伴已经驾船驶到了岸边，轰轰的快艇马达声召唤着身心欲裂的一行人。

突然，从后面的草丛中杀出一辆车，飞快地向赵无极他们追过来，从后车窗里探出两颗人头，对着赵无极等人狂射起来。

来不及多考虑，赵无极示意罗海接过王老，拿过他手中的枪，双手齐开火打向敌人，掩护大家爬上快艇。

发现有人在准备肩扛式火箭炮，赵无极不由无名火起，瞄准那辆车的轮胎砰砰两枪过去，前后不过一秒钟时间，砰的一声，那辆车失去平衡，猛然翻了几个跟斗，砸在后面赶上来的一队敌人中间，发出了巨大的爆炸声……

半个小时后，一艘飞速行驶的快艇在太平洋上划出一道深深的水痕。

望着已经消失在天边的库里三角洲，满脸血痕的赵无极依靠在船帮边，深思着……身边的罗海掏出半根烟递给他，并帮他点燃，他深深地吸了一口，突然一阵猛烈地咳嗽声响起。哈哈哈，四周响起了一阵阵大笑声，只见一张张看不清五官、血污浸染的笑脸环绕在赵无极的周围……

（本册完）

图书在版编目（CIP）数据

国刃第一组/ 掌天灯著. —北京：时事出版社，2011. 7
ISBN 978-7-80232-388-9

Ⅰ. ①国… Ⅱ. ①掌… Ⅲ. ①长篇小说—中国—当代 Ⅳ. ①I247. 5

中国版本图书馆 CIP 数据核字（2010）第 257218 号

出 版 发 行：时事出版社
地　　　址：北京市海淀区万寿寺甲 2 号
邮　　　编：100081
发 行 热 线：（010）88547590　88547591
读者服务部：（010）88547595
传　　　真：（010）68418647
电 子 邮 箱：shishichubanshe@ sina. com
网　　　址：www. shishishe. com
印　　　刷：北京百善印刷厂

开本：787 × 1092　1/16　印张：19. 5　字数：330 千字
2011 年 7 月第 1 版　2011 年 7 月第 1 次印刷
定价：29. 80 元
（如有印装质量问题，请与本社发行部联系调换）